我為愛而生，我為愛而寫
文字裡度過多少春夏秋冬
文字裡留下多少青春浪漫
人世間雖然沒有天長地久
故事裡火花燃燒愛也依舊

瓊瑤

瓊瑤經典作品全集

㉔

我的故事

（全新增修版）

繁花盛開日，春光燦爛時

我生於戰亂，長於憂患。我瞭解人事時，正是抗戰尾期，我和兩個弟弟，跟著父母，從湖南家鄉，一路「逃難」到四川。六歲時，別的孩子可能正在捉迷藏，玩遊戲，我卻赤著傷痕累累的雙腳，走在湘桂鐵路上。眼見路邊受傷的軍人，被拋棄在那兒流血至死，也目睹難民爭先恐後，要從擠滿了人的難民火車外，從車窗爬進車內，車內的人，為了防止有人湧入，竟然拔刀砍在車窗外的難民手臂上。我們也曾遭遇日軍，差點把母親搶走，還曾骨肉分離，導致父母帶著我投河自盡……這些慘痛的經驗，有的我寫在《我的故事》裡，有的深藏在我的內心裡。在那兵荒馬亂的時代，我已經嘗盡顛沛流離之苦，也看盡人性的善良面和醜陋面。這使我早熟而敏感，堅強也脆弱。

抗戰勝利後，我又跟著父母，住過重慶、上海，最後因內戰，又回到湖南衡陽，然後到廣州，一九四九年，到了臺灣。那年我十一歲，童年結束。父親在師範大學教書，收入微薄。我和弟妹們，開始了另一段艱苦的生活。可喜的是，這段生活裡，沒有血腥，沒有別離，沒有遷徙，沒有朝不保夕的恐懼。我也在這時，瘋狂的吞嚥著讓我著迷的「文字」。中國的《西遊記》《三國演義》《水滸傳》……都是這時看的。同時，也迷上了唐詩宋詞，母親在家務忙完後，會教我唐詩，我在抗戰時期，就陸續跟著母親學的唐詩，這時，成為十一、十二歲時的主要嗜好。

十四歲，我讀國二時，又鑽進翻譯小說的世界。那年暑假，在父親安排下，我整天待在師大圖書館，帶著便當去，從早上圖書館開門，看到圖書館下班，看遍所有翻譯小說，直到圖書館長對我說：「我沒有書可以借給妳看了！這些遠遠超過妳年齡的書，妳都通通看完了！」

愛看書的我，愛文字的我，也很早就開始寫作。早期的作品是幼稚的，模仿意味也很重。但是，我投稿的運氣還不錯，十四歲就陸續有作品在報章雜誌上發表，成為家裡唯一有「收入」的孩子。這鼓勵了我，尤其，那小小稿費，對我有大大的用處，我買書，看書，還愛上了電影。電影和寫作也是密不可分的，很早，我就知道，我這一生可能什麼事業都沒有，但是，我會成為一個「作者」！

這個願望，在我的成長過程裡，逐漸實現。我的成長，一直是坎坷的，我的心靈，經常是破碎的，我的遭遇，幾乎都是戲劇化的。我的初戀，後來成為我第一部小說《窗外》，發表在當時的《皇冠雜誌》，那時，我幫《皇冠雜誌》已經寫了兩年的短篇和中篇小說，和發行人平鑫濤也通過兩年信。我完全沒有料到，我這部《窗外》會改變我一生的命運，我和這位出版人，也會結下不解的淵源。我會在以後的人生裡，陸續幫他寫出六十五本書，而且和他結為夫妻。

這世界上有千千萬萬的人，每個人都有自己的一本小說，或是好幾本小說。我的人生也一樣。幫皇冠寫稿在一九六一年，《窗外》出版在一九六三年。也在那年，我第一次見到鑫濤，後來，他告訴我，他的一生貧苦，立志要成功，所以工作得像一頭牛。「牛」不知道什麼詩情畫意，更不知道人生裡有「轟轟烈烈的愛情」。直到他見到我，這頭「牛」突然發現了他的「織女」，顛覆了他的生命。**至於我這「織女」，從此也在他的安排下，用文字紡織出一部又一部的小說**。

很少有人能在有生之年，寫出六十五本書，十五部電影劇本，二十五部電視劇本（共有一千多集，每集劇本大概是一萬三千字，雖有助理幫助，仍然大部分出自我手。算算我寫了多少字？）我卻做到了！對我而言，寫作從來不容易，只是我沒有到處敲鑼打鼓，告訴大家我寫作時的痛苦和艱難。「投入」是我最重要的事，我早期的作品，因為受到童年、少年、青年時期的影響，大多是悲劇。**寫一部小說，我沒有自我，工作的時候，只有小說裡的人物。我化為女主角，化為男主角，化為各種配角。寫到悲傷處，也把自己寫得「春蠶到死絲方盡」**。

寫作，就沒有時間見人，沒有時間應酬和玩樂。我也不喜歡接受採訪和宣傳。於是，我發現大家對我的認識，是：「被平鑫濤呵護備至的，溫室裡的花朵。一個不食人間煙火的女子！」我聽了，笑笑而已。如何告訴別人，假若你不一直坐在書桌前寫作，你就不可能寫出那麼多作品！當你日夜寫作時，確實常常「不食人間煙火」，因為寫到不能停，會忘了吃飯！**我一直不是「溫室裡的花朵」，我是「書房裡的癡人」！因為我堅信人間有愛，我為情而寫，為愛而寫，寫盡各種人生悲歡，也寫到「蠟炬成灰淚始乾」**。

當兩岸交流之後，我才發現大陸早已有了我的小說，因為沒有授權，出版得十分混亂。一九八九年，我開始整理我的「全集」，分別授權給大陸的出版社。臺灣方面，仍然是鑫濤主導著我的「全部作品」。愛不需要簽約，不需要授權，我和他之間也沒有簽約和授權。從那年開始，我的小說，分別有「繁體字版」（臺灣）和「簡體字版」（大陸）之分。因為大陸有十三億人口，我的讀者甚多，這更加鼓勵了我的寫作興趣，我繼續寫作，繼續做一個「文字的織女」。

時光匆匆，我從少女時期，一直寫作到老年。鑫濤晚年多病，出版社也很早就移交給他的兒女。我照顧鑫濤，變成生活的重心，儘管如此，我也沒有停止寫作。我的書一部一部的增加，直到出版了六十五部書，還有許多散落在外的隨筆和作品，不曾收入全集。當鑫濤失智失能又大中風後，我的心情跌落谷底。鑫濤靠插管延長生命之後，我幾乎崩潰。然後，我又發現，我的六十五部繁體字版小說，早已不知何時開始，大部分的書，都陸續絕版了！簡體字版，也不盡如人意，盜版猖獗，網路上更是零亂。

我的筆下，充滿了青春、浪漫、離奇、真情……的各種故事，這些故事曾經絞盡我的腦汁，費盡我的時間，寫得我心力交瘁。我的六十五部書，每一部都有如我親生的兒女，從孕育到生產到長大，是多少朝朝暮暮和歲歲年年！到了此時，我才恍然大悟，我可以為了愛，犧牲一切，受盡委屈，奉獻所有，無需授權。卻不能讓我這些兒女，憑空消失！我必須振作起來，讓這六十幾部書獲得重生！這是我的使命。

所以，今年開始，我的全集經過重新整理，在各大出版社爭取之下，最後繁體版「花落城邦」，交由春光出版。城邦文化集團春光出版的書，都出得非常精緻和考究，深得我心。說來奇怪，我愛花和大自然，我的書名，有《金盞花》《幸運草》《菟絲花》《煙雨濛濛》《幾度夕陽紅》……等，和「春光出版」似有因緣。對於我，像是繁花再次的綻放。這套新的經典全集，非常浩大，經過討論，我們決定「分批出版」，第一批十二本是由我精選的「影劇精華版」，然後，我們會陸續把六十多本出全。**看小說和戲劇不同，文字有文字的魅力，有讀者的想像力。希望我的讀者們，能夠閱讀、收藏、珍惜我這套好不容易「浴火重生」的書，它們都是經過千淬百煉、嘔心瀝血而生的精華！那樣，我這一生，才沒有遺憾！**

瓊瑤 寫於可園

二〇一七年十一月十日

緣起

一九八八年四月九日，我在離開故鄉三十九年以後的第一次，從臺灣飛抵北京。展開了我為期四十天的大陸之行。

當我初抵北京，就有讀者和朋友，拿著坊間出版的各種介紹「瓊瑤」的書籍來給我看，我這樣一看，才知道自己這「渾渾噩噩」的大半生，已被「糊糊塗塗」地報導過了。其中不少「新聞」，是我從來都不知道的。在閱讀這些刊物的時候，我不禁震動，不禁感動，原來在海的兩岸，竟有這麼多人對我關心著！當時，我就激動地說了一句：

「回臺灣後，我要寫一本書，來介紹真實人生中的我！」

回臺後，這願望一直纏繞著我。但是，真實人生中的我，是那樣難以下筆啊！鏡中的我非我，別人眼中的我非我，未來的我不知何在，今天的我仍在尋尋覓覓……那麼，能談的我只有過去的我！

過去的我是怎樣的？當前塵往事在我腦中一一湧現，我真不相信自己已走過這麼長久的歲月，歷經了這麼多的狂風暴雨，目睹過生老病死，體驗過愛恨別離。至於人人皆有的喜怒哀樂，在我的生命中也來得特別強烈！我的過去，原來堆積著這麼多的汗水和淚水，這麼多的痛苦和狂歡，這麼多的相聚和別離，這麼多的寂寞和掙扎，這麼多的矛盾和探索，這麼多的錯誤和抉擇……還有，這麼多的「故事」和「傳奇」！我細細整理，前塵如夢！

我細細整理，為那些關心我、愛護我的朋友們！

且聽我「從頭細述」！

第一部

一、我出生

我的故事，開始在我出生以前。我必須先從我父母的故事說起。

我父親名叫陳致平，祖籍湖南衡陽，出生於南京，長大於北京。

我母親名叫袁行恕，祖籍江蘇武進，出生於北京，也長大於北京。

北京，可以說是我父母兩個人的第二故鄉，他們在這兒長大，在這兒相遇，在這兒相戀，在這兒結婚。他們從相遇到結婚，就帶著些浪漫和傳奇的色彩。那時，我母親在北京的「兩吉女中」讀書，父親在兩吉女中教書，就這樣結下一段師生姻緣。據說，他們的結合，也經過了一番奮鬥和掙扎，因為母親有個大家族，她是典型的大家閨秀，家教非常嚴謹。而父親卻獨居於北京，生活有些瀟灑不羈。外祖父對父親摸不清底細，對於母親這段婚事，非常遲疑。遠在湖南的祖父知道之後，立刻寫了一封長長的信給外祖父，代子求婚。據說，外祖父一讀完這封信，立刻大大嘆賞，說：

「虎父怎會有犬子！父親有這麼好的文筆，兒子還會弱嗎？」

於是，父親和母親結婚了。他們結婚那年，父親二十七歲，母親剛剛二十。年輕時代的母親，非常好勝，非常要強，學習力也非常旺盛。結婚後，她仍然不想放棄學業，所以進入北平藝專，開始學畫。事實上，琴棋書畫、詩詞歌賦，是母親自幼不曾間斷的家庭課程，她對於繪畫和詩詞，愛之如命。

❖

在我出生前後的許多事，我都只能用「據說」兩個字來開始。

據說，母親和父親結婚時，就有個附帶條件：婚可以結，學業不能停！所以，母親一點也不想當「母親」，她還要繼續念書。可是，母親的願望被破壞了，她結婚後沒多久，就發現她懷孕了（那並不是我）！據說，母親當時非常惱怒，一心想要拿掉孩子。但，在那個年代，如此「不道德」的行為和思想，簡直是荒唐的！絕不允許的。母親懷著她的第一胎休學了，心裡實在不甘心，也實在不開心。

就在這種不開心又不甘心的情況下，有一天，父親和母親不知道為什麼吵架了！這一架吵得驚天動地，天翻地覆。母親在盛怒中，要離家出走。於是，她跑進臥室去搬箱子，這一搬箱子就驚動了胎氣，當晚，就把已懷孕五個月的一個成形男胎給流產了！父親這一下傷心欲絕，在祖母的遺像前掉了一夜的眼淚。

提一提我這位早夭的哥哥，只因為，他在我們家庭的傳說中，似乎是永遠存在的。

失去了我那位哥哥之後，母親又繼續念書，念了沒多久，「七七事變」發生了。父親和母親離開了居住多年的北京，遷移到四川成都。這時候，我和我的孿生弟弟來報到了。

關於我們兩個，又有許多傳說。其中一個說法是：母親發現自己再度懷孕時，非常震怒。她還沒有準備好要當「母親」，正準備繼續求學呢！一怒之下，她就去醫院要求墮胎，醫生看了母親一會兒，安撫地說：

「不忙，不忙，妳的胎兒看起來有點不尋常，讓我先幫妳照張X光片子，看看為什麼胎兒會這麼大。」

X光片子照出來一看，赫然是兩個胎兒，清清楚楚地一正一倒地蜷縮在母體中。醫生驚喜地對母親說：

「**妳懷了一對雙胞胎呀！**」

據說母親一看到片子，當時，所有的「母性」都在一剎那間醒覺，她立即愛極了腹中這對未出世的雙胞胎！她歡天喜地地回家了，再也不提要墮胎了，開始為雙胞胎準備一切小衣服小被包小枕頭，一切都是雙份。她興沖沖地告訴我的姨媽和舅舅：

「我會生一對漂亮的雙胞胎女兒！想想看，一對一模一樣的小女孩兒，像一對白雪公主一樣，多麼可愛呀！我要給她們梳一樣的小辮子，打一樣的蝴蝶結，穿一樣的小紗裙……帶著她們上街逛公園！」

母親當時的心態，大概多少有點扮家家酒的味道。畢竟，那時母親還很年輕！但，母親要生雙胞胎的這個消息，卻震動了袁家親人。那時候，外祖父母都留在北京，有些舅舅和阿姨已紛紛移居四川，我父母就和我的五舅及三姨，一起在成都暑襪街布袋巷中租了一幢屋子合住。在我出世以前，我的舅母和姨媽們，都幫著母親準備雙胞胎的衣物——都是粉紅色的，而且全是女孩子的用品。因為，母親堅持說：

「女孩子才好玩，我要一對女兒，不要一對兒子！所以，我一定會生一對女兒！」

母親的個性那麼強，自信心又那麼重，誰都不敢提醒她，生兒子的可能性也很大。至於我的父親呢？我們後來一致猜想，他大概是希望生兒子的。一來，他尚有傳統的思想；二來，他對前面失去的那個兒子，餘痛猶存。可是，當母親強烈地表示，她要生一對女兒時，父親可不敢說什麼，就怕掃了母親的興，又去臥室搬箱子！

這樣，在一九三八年四月十九日晚間八點，母親開始陣痛，住進成都市四聖祠的仁濟醫院。距離預產期還有一個半月。我們這對雙胞胎在母親肚子裡已經擠得不耐煩，竟提前來到世間！

四月二十日凌晨一點多鐘，我先出世。母親正在產床上痛得呻吟不止，當我一出世，母親第一句話就是：

「是男孩還是女孩？」

「是個女孩！」醫生說。

母親心中大喜，一對女兒的願望顯然已經實現。她一放心之下，忘了肚子裡還有個孩子，就打起瞌睡來。在醫生又鼓勵又催促下，足足過了兩小時，她才又生出了我那孿生弟弟，當醫生驚奇地告訴她：

「第二個是個男孩！」

母親這一驚，真非同小可，差點沒有暈倒。再仔細一看兩個孩子：弟弟皮膚黑，我皮膚白；弟弟頭大，我頭小；弟弟濃眉大眼，我小鼻子小嘴。兩個孩子別說「一模一樣」，簡直是沒有一個地方相像，何況還是一男一女！剛出世的我和弟弟，因為是早產兒，都瘦弱不堪，我只有四磅十三盎司，弟弟略重，也只有五磅十二盎司，看起來又脆弱又蒼白。母親看來看去，真是失望極了。醫生安慰母親說：

「別難過，他們雖然瘦小，看來情況還不壞，尤其這個男孩，大概可以帶大，至於女孩嘛，反正是個女孩子……」

醫生的意思，女孩先天不足，不帶也罷！這一下，激起了母親所有的母性，怎可放棄這女孩呢？說什麼也要把她帶大的！一瞬間，母親忘記了她所有的失望，只想如何帶大她這兩個嬌弱的早產兒！

至於父親，當他知道他竟在一胎之內，獲得了一兒一女，別提他有多高興了！據我舅母告訴我，好長的一段時間，他都興致勃勃地說：

「以前失去了一個兒子，現在不是又來了嗎？」

這話可有些玄，好像弟弟是我那個哥哥投胎轉世而來的。不過，如果世間真有轉世之說，我的孿生弟弟，說不定正是我的哥哥，誰知道呢？瞧，我和弟弟的出世，就帶著點傳奇色彩！

父親在喜悅之餘，就忙著幫我們取名字。因為我們是雙胞胎，父親決定用雙拼的字來為我們命名。又因為父母相識於「兩吉女中」，就把生為長女的我，取名為「喆」，弟弟取名為「珏」。這兩個名字，唸起來都有點拗口，當下，又為我們取了兩個乳名，我是「鳳凰」，弟弟是「麒麟」。

這樣，一下子，我們家裡，鳳也有了，麟也有了。只是，我們這兩個小東西，卻全然不知我們正來到一個多難的人間，和一個多難的時代。我們的父母，在新生命來臨的喜悅裡，也暫時忘了生活的困難，和戰爭的陰影，只是全心全意地撫養我們。因為是早產，我們從呱呱墜地，就必須特別照顧。尤其是我，生下來連吃奶都不會，還在保溫箱裡放了二十天。這二十天中，母親就忙著選奶媽，她雖然深愛兩個孩子，卻無法同時哺乳兩個孩子。二十天以後，母親帶著我們一對雙胞胎出院，也帶回家我的奶媽。奶媽姓區，是從一百多個應徵的奶媽中選出來的。

我和麒麟滿月的那天，父親在所有的紅蛋上，都畫了兩個娃娃，分送親友。有位久婚未育的伯母，一口氣吃了六個紅蛋，想分沾母親的「福氣」。父親的一位朋友，還為我們這對雙胞胎，寫下了一首打油詩，雖然那首詩連韻都沒押對，仍然被我們全家津津樂道：

一男一女同時生，

喜煞小生陳致平，
待到男婚女嫁後，
一聲阿丈一聲翁！

我和麒麟，就這樣結伴來到人間。

二、四歲以前

從我出生，到我四歲，我一直住在成都。

這段童稚的年齡，我幾乎沒有任何記憶了。所有的事，都是我「聽」來的，小時的我，是個安靜的、依人的、喜歡聽大人談話的孩子。據父母說，小時的我很「乖」，但是，非常害羞，怕見生人，家中一來客，我就會把自己藏起來。我自我分析，童年的我，一定頗有自卑感。

談起「自卑感」，我覺得這三個字，一直到現在，還常常纏繞著我。我常常會莫名其妙就犯起「自卑感」來，此症一發作，總覺得自己一無是處，做什麼都錯！

童年的我，自認為不是一個很漂亮的孩子。母親希望她的女兒像白雪公主，我和白雪公主差了十萬八千里。我的眼睛不夠大，鼻子不夠挺，右邊額頭部分，還有一塊胎記。五官中，勉強只有嘴巴合格。所以，小時母親唯一可以對別人誇耀我的地方就是：

「你們相信嗎？鳳凰的嘴，小得連乳頭都放不進去！」那時，審美觀念還停留在「櫻桃小口」的時代。

乳頭放不進去？想必也有點誇張。不過，我因為不會吸吮，確實用滴管餵奶，餵了將近兩個月。小時候，姨媽或舅母常抱著我說：

「糟糕，額頭邊有塊胎記，將來一定嫁不出去！」

後來，我六歲的時候，跟著父母逃日本兵，有一次，坐在一輛木炭汽車中，急駛在貴州一個荒山上，那山路名叫「七十二道彎」，由這名稱，就知地形的險惡。我坐在門邊，誰知汽車一個急轉彎，門竟然開了，我從車中直摔出去。當時，全車都認為我不死也將重傷，父母都嚇壞了。當車子停了，下車去察看時，卻驚見我坐在山壁下哇哇大哭，渾身上下，只有鼻子上有好大一個傷口，其他地方都只有擦傷。當時在逃難，荒郊野外，既無醫院，也無醫藥。母親用牙膏粉撲在我的傷口上，為我消毒。從此，我的鼻子上又多了一道疤痕。親友們對我更加同情了。

「糟糕，糟糕，臉上有胎記，鼻子上有疤痕，將來一定沒人要，一定嫁不出去了！」

小時候，我覺得最嚴重的事，就是「嫁不出去」，感到好悲哀（後來，隨時間的流逝，鼻上的疤痕越來越淡，以至於完全看不見了，額邊的胎記，等到有蓋斑膏的發明，我就會把它遮蓋起來。等到我中年以後，這胎記也越來越淡，現在已經看不出來了！）

❖

話題扯遠了，且回到我四歲以前。

我雖然不是個很漂亮的娃娃，但是，我仍然是我母親的心肝寶貝。因為我和麒麟結伴而來，一般的中國人又比較重男輕女。母親為了表示她「一視同仁」起見，雖然僱了奶媽，卻定下了規矩，我和麒麟兩個輪流，一個月我吃母奶，一個月麒麟吃母奶。母親和奶媽，輪流餵我們兩個，以免造成「母親偏心」的錯誤觀念。母親想得確實很周到，誰知餵到六個月大，我剛好輪到奶媽餵，要換回母親的時候，我竟然認起人來，不肯換奶了。因而，我是奶媽餵大的，麒麟是母親餵大的。

我四歲以前，唯一有記憶的，就是奶媽。而我那位奶媽，更是愛我如命。每次我和麒麟打架了，奶媽總是提著嗓子嚷嚷：

「是麒麟的錯，麒麟先打鳳凰！」

於是，麒麟會被母親打手板。而我很「乖」的觀念，也是由奶媽灌輸給每一個人的。

當我和麒麟兩歲的時候，母親的肚子裡又有了小寶寶。這時的母親，已經認命了。對於「母親」的身分，也十分熟悉了，這次，竟心安理得地期待著又一個小生命的來臨。我和麒麟已經都會說話了。提起說話，母親總是堅持說，我九個月就會說話，會喊媽媽爸爸。兩歲半時母親因小病臥床，我嬉戲於母親床前，母親拿著父親的教科書，指著「國文」兩個字教我認字。據母親說，我從此就認識了「國文」兩個字！這說法實在有些離譜，但母親言之鑿鑿，我們也就姑妄聽之。

一九四〇年秋天，我的弟弟巧三出世了。巧三的名字也是父親取的，因為這個弟弟和「三」字十分有緣，他在家中是第三個孩子，出生於陽曆的八月十三日。陰曆的七月初十，正好是七巧後三天，所以，就取了個小名叫「巧三」。我的姨媽舅舅都認為這名字非常女孩子氣。我那遠在湖南的祖父，聽說又添一個孫子，高興極了。那時抗日戰爭已進行到第四年，全國上下，渴望勝利。祖父寫封信來給小弟弟命名為「兆勝」，這個名字，陽剛得像個軍人。於是，小弟弟有了兩個截然不同的名字，兆勝和巧三。他成年後畫水墨畫，又給自己取了個藝名「陳懷谷」，就像我給自己取了個筆名「瓊瑤」一樣。

小弟弟巧三出世時重達八磅半，是個胖小子。長得眉清目秀，非常逗人喜歡。我和麒麟一下子就被這個小弟弟給比下去了。小弟弟從小愛笑，胖乎乎的人見人愛。我和麒麟自幼多病，又瘦又小，和這個胖小弟比起來，簡直不夠看。父親從巧三弟一出世，就愛極了這個孩子。母親堅持不偏心，但新生的嬰兒總得到較多的照顧，我和麒麟變成了奶媽的工作。這時，我們兩個，已經懂得自己開門出去玩，去門前欣賞油菜花，去巷口叫住賣白糕的小販，「買」白糕吃，吃完了從不懂得付賬，抹抹嘴就回家啦！據我五舅母後來告訴我：

「那個賣白糕的也是個小孩子，只有八、九歲，不敢向你們要錢，每次跟著你們回到大門口，就坐在門檻上等，一等就是大半天，等到有人進出時，才拉長了臉說：『雙胞胎吃了我的白糕！』」

我已記不得吃白糕的事，記不得在成都的生活，對於成都，我除了記得門前的油菜花以外，就只記得我和奶媽分手時，雙雙抱在一起，哭得難捨難分的情景。

和奶媽分手，是我四歲的時候。

那時，抗日戰爭已經打得如火如荼。但是四川省得天獨厚，算是大後方，所有其他各省的人，都遷移到四川來，四川一下子變成了人口彙集之地。我們一家，早早就到了成都，原該好端端地住在成都，不要離開才是。如果我們不離開成都，以後許許多多的生離死別、悲歡離合都不會發生。可是，我們卻在一九四二年離開了成都，去湖南老家和祖父團聚，這一團聚，才把我們全家捲入了漫天烽火之中。

原來，到了我和麒麟四歲，小弟兩歲那年，成都的生活程度，已經越來越高，物價飛漲。父親當時在光華大學的附中當訓導主任，又在光華大學兼了課，還在華西大學附中教課，好幾份薪水，仍然不夠維持我們這個五口之家。就在這時候，祖父思兒心切，更盼望見到從未見過面的三個孫兒，就三番兩次地寫信給父母，催促父母早日回湖南老家，讓祖孫三代，能有團圓之日。當時，父母分析，抗日戰爭絕不會打到湖南，在祖父聲聲催促，而成都物價飛揚的雙重因素下，就毅然決定，帶著我們三個，動身回湖南，去和祖父相聚了！

所以，我必須和奶媽分手了。我只記得，奶媽抱著我，哭得天翻地覆。據說，我也哭得上氣不接下氣，纏著母親不停地追問：

「為什麼我們不能帶奶媽一起走呢？為什麼要和奶媽分開呢？我不要和奶媽分開！我們帶她一起走！」

我們當然不可能帶奶媽一起走的。所以，哭著，哭著，哭著……哭了好幾天，我和奶媽終於分別了。**這是我生命中第一次認識「離別」，也是我童年中最早的記憶。**母親說，以後接下來的許多日子裡，我都在半夜中哭醒，摸索著找奶媽。

三、祖父和「蘭芝堂」

在我印象中，祖父是個很威嚴、很有氣派的老人。

祖父名叫陳墨西，他有五個兄弟，都住在老家衡陽縣渣江鎮的一棟祖屋「蘭芝堂」裡。祖父在家鄉小有名氣，他曾跟隨孫中山先生，留學日本，參加北伐，足跡踏遍東南西北。祖父年輕時，一定是風流倜儻的。因為，他在家鄉有元配夫人，又在南京娶了我的祖母。據說，祖母並不知道祖父家裡還有太太，直到祖父要帶祖母回家鄉時，祖母才赫然發現，自己不是元配。祖母一怒之下，拒絕跟祖父回家，竟帶著我父親和伯父，去北京定居了。也虧得祖母個性如此倔強，父親才會在北京長大，才會遇見母親，也才有了我和弟弟們。

當我們一家五口，到湖南去見祖父的時候，我的祖母和那位元配夫人都已作古。祖父又納了一位「許姨」做為老年的伴侶。而且在蘭芝堂旁邊，蓋了一棟小小的房子，和許姨同住。蘭芝堂的陳家人，都稱這幢小屋為「新屋」。

我們一抵家鄉，拜見了祖父之後，整個蘭芝堂都震動了。大家搶著看第一次回鄉的父親，搶著看那一口京片子的新媳婦，搶著看一男一女的雙胞胎，搶著看那個「會讓墨西老人拿著照片偷笑」的巧三！（在這兒，要補充說明，據說，我小弟巧三因為生得乖巧，非常得到祖父的鍾愛，祖父把小弟的一張照片，貼身藏在胸前的衣兜裡，沒事時就拿出來看，看著看著就會悄悄笑起來。如果他心情不好，他也會拿出這張照片來看，看完了，就得意地說一句：『有這麼好的孫子，我還有什麼事可煩惱呢！』說完，立即就笑顏逐開了。所以，我家小弟未回鄉，已先轟動。）

這樣，我們一家人都成了蘭芝堂的嬌客。祖父成天帶著我們，拜見這位爺爺，那位奶奶……還有各房的叔叔伯伯姑姑嬸嬸。祖父的舊禮教很嚴，拜見長輩，一律要磕頭。我和麒麟、小弟這三個孩子，幾乎變成了三個「小磕頭蟲」。就不知道家鄉裡，怎麼會有這麼多的長輩！後來，我才弄清楚，祖父雖是陳家長房，元配卻沒有生兒子，只生了女兒。我的父親是祖父四十歲時才生的兒子，所以，我們在蘭芝堂的同輩，都比我們大了一截。

蘭芝堂在我幼小的觀念中，是個深院大宅，有好幾個院落，有好多好多間房間，我和弟弟們在這些房間中捉迷藏，常常躲得連父母都找不到我們。祖父對我們這三個孫兒，真是愛極了。麒麟從小就有個「大頭」，我和小弟常常拍著手笑他：

「大頭大頭，下雨不愁，人家有傘，我有大頭！」

祖父卻欣賞麒麟的方頭大耳，認為將來必有後福。小弟巧三非常機靈，嘴巴又十分會說話。我們初抵家鄉，和祖父一起住在新屋，祖父買了各種糖果餅乾給我們吃，又怕我們吃多了，就把餅乾盒糖果盒都放在高高的架子上，讓我們拿不到。有天，祖父一進房，就發現我那小弟已從廚房偷了很多白糖吃，白糖沾了滿臉，像長了白鬍子一樣，而他還不滿足，正爬上高椅子，在那兒搆餅乾筒。祖父一見，不禁大驚，生怕他摔了，忍不住大喝了一聲。據說，我那小弟回頭一看，竟面不紅、氣不喘地說：

「爺爺，我爬上來拿餅乾，要給爺爺吃呀！」

祖父這一聽，心花怒放，本就疼小弟，這一來更寵愛無比。至於我呢，我是祖父唯一的孫女兒，再加上我比兩個弟弟文靜多了，常跟著祖父去拜望朋友，帶出帶進，不吵不鬧。所以，我雖是個女孩子，祖父仍然視我為掌上明珠。

和祖父團聚，那種生活真好！祖父有個長工，名叫黃才餘，對祖父忠心耿耿。沒事的時候，黃才餘就帶著我們三個去後山上玩，我依稀記得的，是我最喜歡在松林中撿松果。童年的我，沒有多少玩具，我的玩具就是松果、竹葉、狗尾巴草。

我們在新屋住了一段很短的時間，父親就跟著祖父一起去南華中學教書，連母親也在南華中學教國文。於是，我們一家五口和祖父，都搬到學校的宿舍裡去住。南華中學在衡山的山坳裡，風景優美。

回湖南家鄉這段時間，是我童年生活中比較幸福的日子。在蘭芝堂的院落中，我曾奔來跑去享受大人們的疼愛。在家鄉的後山上，我撿松果找鳥窩玩得不亦樂乎。在南華中學的校園裡，我學著放風箏和認方塊字……但是，好景不長，漫天烽火已逐漸逼向湖南。學校裡的氣氛一天比一天緊張，大人們的臉上，失去了笑容，堆上了層層陰霾。祖父和父母親常常聚在一起商討大計，滿面憂愁。

那是一九四四年，中日戰爭席捲了整個中國，在我剛剛初解人事的時候，我的童年就被戰爭的火舌一下子捲走了。所有的歡樂和幸福，全在一夜間化為灰燼。

四、小錦旗

孩子的記憶力是很奇怪的，他們會忘記一些很重要的事，卻記得一些芝麻綠豆般的小事。在我印象裡，與戰爭第一個有關聯的記憶，是一面小錦旗。

錦旗是父親的一個同事送我的。一天，學校裡開運動會，那些彩色繽紛的小錦旗，懸在操場中隨風飄揚，在陽光照射下，閃耀著豔麗的光澤。我迷惑了，纏著母親，固執地要求給我一面小錦旗。母親不允，父親叱我胡鬧，我哭哭啼啼，只是要一面小錦旗。父親的一位同事（不記得姓什麼，反正是位好伯伯）取下一面錦旗對我說：

「妳跳一支舞，我就送妳一面錦旗。」

童年的我，是靦腆而羞澀的，要我跳舞，比登天還難。但是，那面錦旗光滑豔麗，帶著那麼強烈的誘惑力對我閃耀著，我的占有欲勝過了羞澀感，我跳了一支〈弟弟疲倦了〉，換得了那面錦旗。

得到了這面錦旗，我的快樂簡直難以言喻，似乎我整個人的喜悅，都被這面錦旗所包裡著，我終日拿著這面錦旗，愛不忍釋。可是，戰火蔓延過來了，學校解散了，我們全家幾度遷移，東藏西躲，我仍然隨身攜帶著我的錦旗。一天夜裡，我從熟睡中被炮火聲驚醒，我爬起床來，看到父母和祖父都聚在窗邊，滿臉凝重地遙望著衡陽城——那城市已被一片大火所吞噬了，連黑夜的天空，都被火映成了紅色。

第二天，我們所居住的地方是一片混亂，母親匆忙地收拾著箱籠，告訴我說，這些箱子要寄放到農家的閣樓上去，因為日本散兵已遍布四周，所有財物，隨時可能遭遇洗劫。我望著母親收拾箱子，想起我的小錦旗——我真擔心日本人會搶走我的小錦旗。於是，我鄭重地把那面錦旗交給母親，要她幫我鎖進箱子裡去，免得被日本兵搶走。母親把錦旗收進了箱子裡，我親眼看到祖父的長工黃才餘，把那幾口箱子搬到農家的閣樓上去。我很安慰，覺得我的錦旗已到了世上最安全的所在。因為，母親說，日本兵不會去搶農舍——農舍中除了雞鴨豬狗外，只有一些稻穀。

那夜，我睡得很甜，半夜裡，卻被母親倉皇地搖醒了。我睜眼一看，父親正手忙腳亂地給麒麟小弟穿衣服，滿屋子的人奔來奔去。我胡亂地下了床，怔忡不已。**然後，我聽到了槍聲，此起彼伏，驚心動魄。我跑到窗戶一看，不得了，農莊中到處都是火光，人聲、槍聲、追逐聲、雞鴨犬吠聲亂成了一團。**我還沒從睡夢中完全清醒，這時，嚇得完全呆住了。父母和祖父已急忙拉著我們三個孩子，匆忙地說：

「噓！不要出聲音，我們要躲到山裡去！」

我不知道為什麼要躲到山裡去，但，已完全體會出周圍的緊張氣氛。於是，我們摸黑離開了居住的農家，父母扶著祖父，抱著小弟，拉著我們這對雙胞胎。大家跌跌衝衝地走入山裡。山中遍是荊棘和雜草，我們刺到了，割傷了，卻沒有人敢哭。一直摸到一個山谷裡，大家藏在巨石堆中，緊緊擁抱在一起。整夜中，我們看到火焰沖天，處處都冒著火舌，天空都染成了紅色。

慢慢地，天亮了。槍聲逐漸遠去。當黎明終於來臨，四周變得特別地安靜。然後，我們聽到黃才餘的聲音，在呼喚著、找尋著我們。我們從蟄伏的地方跑了出來，黃才餘找到了我們，見我們完好無恙，又驚又喜，接著，卻又哭喪著臉告訴我們：一隊日本兵連夜侵襲了農莊，他們果然沒有搶劫農舍，卻很乾脆地放了一把火，把整個農莊燒成了平地，燒掉了閣樓，燒掉了我們全部的箱籠，也燒掉了我的小錦旗。

於是，我失去了心愛的小錦旗，於是，我也失去了童年的歡樂和喜悅——在記憶中，這是一連串苦難的開始。

五、在山溝裡

接下來，日軍大量地湧到了鄉間，洗劫村落。他們所過之地，殺人放火，搜刮一空。據說，日本兵最恨知識份子，凡是搜到讀書人，一概殺無赦。我們家，祖父、父親和母親都在教書，又都是積極的反日分子。**平時在教室中，祖父和父母都不厭其煩地灌輸學生民族觀念，此時，想當然耳，會成為日軍殺戮的目標。事實上，那時日軍鐵蹄踐踏之處，生靈塗炭，滿目瘡痍，不論老弱婦孺、士農工商，都慘遭殺害，又豈是讀書人而已。**但，讀書人，尤其是教書的，確實更難倖免！

因而，我們一家六口，祖父、父母，和我們三個孩子，有一段時間，完全隱藏在深山裡。我記憶最深的，是一條山溝。

這條山溝原來是有泉水的，現在水已經乾了，我們用油布鋪在地上，露天席地而坐，已經坐了整整三天。山溝的出口處直通山下的小路，黃才餘砍了許多松柏樹木，偽裝地種滿了那出口，遮住外界視線。我們就待在那窄小的泥土溝中，靠黃才餘冒著生命危險，每天送食物來給我們吃，並報告我們外界的消息，那消息一定越來越壞，因為父母的眉頭是越皺越緊了。

我真不知頭兩日是怎麼捱過去的，只記得麒麟總是哭，總是吵肚子餓了。母親為了安撫他，把皮包裡的鑰匙鍊、髮夾、口紅套子、小梳子、小鏡子……都搬出來給他玩，他藏了一口袋的叮叮噹當，仍然又哭又鬧。小弟才只有四歲，更是無法講道理的年齡，他愛動物，抬起頭來，他就研究松樹裡有沒有鳥窩，低下頭去，他就在草叢裡猛抓螞蚱，他唯一的好處是愛睡，一無聊就哭，哭哭就睡著了。三個孩子裡我最安靜，坐在那兒，我一直在追悼我的小錦旗。

第一天，我們全家只吃了黃才餘送來的兩大碗白飯。第二天，仍然只吃了兩碗白飯。第三天，長工一直沒有出現，我們饑腸轆轆，麒麟和小弟又開始哭。我聽到父親在悄聲對祖父說，他真擔心黃才餘的安危。時間從清晨一直捱過去，太陽從山溝的那一邊移向山溝的這一邊，在饑渴交加之下，最安靜的我也不能安靜了，麒麟叫餓，小弟叫渴，我開始抽抽噎噎地哭。一時間，我們三個孩子鬧成一團，父親喝罵著，祖父直搖頭嘆氣，母親左手摟著弟弟，右手摟著我，不住口地安慰，整個山溝裡都是我們的聲音，就在此時，山溝外面，忽然傳來一聲清脆的槍響，接著，有一個人影從掩護著我們的松柏外面閃過去。我們全嚇怔了，忘了哭，也忘了叫，瞬時間，山溝中寂然無聲，我從松樹的隙縫裡望出去，正好看到那奔跑著的人——一個平凡的農人，腿上滴著血，一跛一跛地飛跑著逃走，然後，就是一陣日本人的呼喝聲，又一排槍聲，那農人倒了下去。**我呆住了，第一次瞭解死亡是怎樣突然就能來臨的，第一次看到鮮血從一個活生生的人體裡流出來。**

母親的臉色雪白，她緊摟著麒麟，用手按住他的嘴，阻止他哭出聲來，小弟的頭全埋在父親的長衫裡，嚇得身子發抖，祖父的嘴唇顫動，在那兒不出聲地詛咒。時間似乎過了有一世紀那麼久，然後，那批日本兵從山溝出口的松柏掩護之處，一個個地走了，居然沒有人發現我們。

目送那群日本兵走得看不見了，母親長長地吐出一口氣來，臉色依然發青，麒麟掙出了母親的手心，坐在地上直喘氣，也忘了吵肚子餓了，小弟抬起頭來，那對又黑又亮的眼珠骨溜溜地轉著，嘴裡結結巴巴地嘰咕著：

「槍，槍，好長……好長……的槍！」

母親伸手要去抱小弟，小弟仍然結巴著：

「槍，槍，有槍！有槍！」

母親的臉色猛然間僵住了，我們都不由自主地抬頭向上看，這才發現，居高臨下，一排日本兵站在山溝外，俯身注視著我們，一管管長槍，正對著我們。我和弟弟擠在一堆，全倚進母親懷裡。有幾秒鐘，山溝裡的我們，和山溝外的日軍，大家彼此注視著，都沒有出聲。然後，一個戴眼鏡的日本軍官，跳進了山溝，拿槍對著祖父指了指，用中文說：

「站起來，給我檢查！」

祖父不得已地站了起來，那軍官在祖父的口袋裡搜出了錢、名片、鋼筆、校徽……一大堆東西，他收起了錢，緊盯了祖父一眼。

「教書的，嗯？」

祖父拒絕答覆，那軍官也不再問，同樣地，他又搜查了父親，洗劫了父親身上的錢，母親早已悄悄地把皮包塞進了草叢中，站起身來，她主動地拍了拍自己的身子，她只穿了件旗袍，實在無處可以藏錢。

那軍官仍然握著槍，望著手裡的校徽、名片等物，猶豫地看著父親和祖父。山溝裡的空氣僵著，母親的嘴唇越來越白，忽然間，我那孿生弟弟麒麟排眾而出，大踏步走到那軍官面前，昂著頭，清清楚楚地說：

「你不用檢查我，我身上的東西，都給了你算了！」

他從口袋裡，叮叮噹噹掏出他那些鑰匙鍊、口紅套、梳子、小鏡子、髮夾、彈珠，還有些小石頭子兒，全遞給那個軍官。一時間，那軍官怔著，接著，一絲笑意忽然掠過他的嘴角，同時，山坡上的日軍，也發出一陣哄笑。在這突然爆發的笑聲裡，那軍官跳出了山溝，對他的部下揮了揮手，示意離去。顯然，祖父和父親的命是撿回來了。那些日本兵正要走開，其中卻有個身材高大、相貌粗魯的大漢，突然竄了出來，用日本話吼了幾句，就一下子跳進了山溝，直奔母親而來。這一下變生倉卒，我們全呆了，母親慌忙說：

「我身上沒有錢！」

那日本大漢敞著胸前的衣服，軍裝上一個釦子也沒扣，手裡沒有拿槍，卻握著一根大木棒，他咧著嘴，面目猙獰而凶惡，一伸手，他抓住了母親的手腕，用生硬的中文，口齒不清地說：

「跟我走！」

說著，他就死命地把母親向山溝外面拖，一向文質彬彬的父親，立即爆發了，他陡然間衝過來，抱住母親，對那日本兵大吼大叫：

「放手！你這禽獸！放手！」

一切發生得好快，我看到那日本兵舉起木棒，對父親攔腰一棒，父親站立不穩，那山溝又是一個往下傾斜的斜坡，父親摔了下去，順著斜坡，就一直往下滾。祖父忍無可忍，也衝上前去，日本兵再一棒，把祖父也打落坡下，然後，他繼續拉著母親，往山溝外面拖去。母親用手抓緊了山溝兩壁的青草，哭著往地上賴。**我眼看父親和祖父挨打，母親又將被擄走，恐懼、憤怒和無助的感覺一下子對我壓了下來，我用雙手扯住母親的衣服，放聲大哭。同時，麒麟和小弟都撲了過來，分別抱住母親的腿，也放聲大哭，我們三個孩子，這一哭哭得驚天動地，我們邊哭邊喊著：**

「媽媽不要走！媽媽不要走！」

我們哭，母親也哭，那日本大漢卻用日文大聲咒罵，頓時間，哭聲、喊聲、咒罵聲，鬧成了一片。而母親的身子，逐漸從我們手中滑了出去，我和弟弟們驚恐之間，哭得更加慘厲。就在這時，那戴眼鏡的日本軍官似乎動了惻隱之心，忽然用日文喝叫了一聲，那大漢立即鬆了手，抬頭和那軍官爭執著，軍官嘰哩咕嚕地講了一大串，一面用手指著哭成一團的我們，臉色非常嚴厲。終於，那大漢悻悻然地一摔手，跳出了山溝，揹著他的木棒，揚長而去。我們驚惶之餘，都撲進了母親的懷裡，母親用雙手緊抱著我們，都哭得上氣不接下氣。好半晌，才發現那日本軍官並沒有走，一直站在那兒望著我們發愣。等我們哭聲稍歇，他就跳進山溝，把小弟拉到他身邊，我們以為他要擄走小弟，又都驚恐地撲過去抓小弟，誰知，他卻用手帕拭去了小弟的淚痕，轉頭問母親：

「他幾歲？」

母親顫聲回答：

「四歲。」

那軍官仰頭看了看遙遠的雲天，若有所思地輕聲說了句：

「我兒子和他一樣大！」

說完，他轉身走出山溝，手一揮，帶著他的隊伍，頭也不回地走了。我們驚魂未定，實在不相信就這樣度過了一場大難。**我那時還不能瞭解，即使是日軍，也有妻兒，也有子女，在他們殘殺無辜的當兒，也會有幾個無法全然泯滅「人性」的軍人**。這個戴眼鏡的日本軍官，想必也是個知識份子吧！

當時，父親和祖父都從山坡下爬了上來，一家人我望望你，你望望我，剎那間已恍如隔世。父母執手相看，驚嚇未消。我們三個孩子，用手臂緊擁著父母，仍嗚咽未已。祖父用枴杖一跺地，毅然地對父親說：

「湖南不能待下去了。我已經老了，不拖累你們，你們還年輕，給我趁早離開！你們到後方去，想辦法回四川去！走！走！一定要走！」

父母和祖父在山溝中默默相對，彼此心中都明白，大難已在眼前，分離是必然的事。只是當時，誰也無法就去面對這個事實！

六、在柴房中

從山溝到柴房，這兩個不同地點所發生的事，之間到底隔了幾天，還是一星期？我已經完全記不清楚。童年的記憶，往往只是一些片段的「面」，而不是一條清晰的「線」。只記得那些日子裡，日軍整日在鄉間搜刮搶掠，殺人縱火之事，更是每個村子中都經常遭遇的。我們一家東遷西徙，到處躲避日軍的耳目。主要的，仍然因為父母是「讀書人」的緣故，日軍可以放過一般農民，卻殺掉了無數的知識份子。

似乎在離開山溝後沒幾天，我們一家就和我表叔的一家會合在一起了。表叔是父親的表弟，年紀很輕，表嬸在我記憶裡是個嬌小玲瓏的小美人，他們有個一歲大、還抱在襁褓中的兒子。我那小表弟長得白白胖胖，面貌清秀可人，很明顯地，他是我表叔和表嬸的命根子。當我們結伴遷移的那些日子中，他們最關心和最保護的，就是那個懷抱中的小兒子。

那天，我們到了祖父以前的一位老佃農家中，這位老農夫自己有田有地有農莊，是個敦厚樸實善良的典型農人。他的房子占了一個極好的地理環境，是建造在一座竹林的深處，因為單獨隱蔽在密林之中，極難被外界所發現。更妙的是，這屋子背後就是一座未開發的山林。萬一給日軍發現，往這深山裡一躲，那就更難被找到了。所以，我們投奔到這老農夫家裡來。

到了老農夫家裡，我們才發現那兒已成為附近所有知識份子及鄉紳們的避難所。老農夫熱情而慷慨，來者不拒，家裡早就擠滿了人。這是父母始料所未及，而最沒料到的，是這「避難所」早被日軍所發現，據老農夫說：

「昨天一天，來了三批鬼子，到處抓人。我早派了人守在竹林外面，一有鬼子來，我就叫大家躲，十分鐘之內，所有的人都可以疏散到山裡去。所以，日本鬼子一個人也沒抓到！」湖南人稱日本人，都稱「鬼子」。

那老農夫一股得意樣兒，他的太太是個憨厚的老太婆，老夫婦倆對祖父和我們招呼得無微不至，細心地告訴我們如何躲藏，如何走捷徑入山，如何在山裡找山洞樹洞等等。我們這才知道，他們幾日之內，已救了無數人。而那些其他的避難者，也早對入山之路，熟悉萬分了。

那是午後，我們走了許久的路，抵達老農夫家裡時已又餓又累。老農夫對我們指示完了，就立刻弄了一桌子的飯菜，招呼我們吃飯。我們都餓得頭發昏，坐下來就開動，誰知才拿起筷子，就聽到門外一陣吆喝，馬上就是一陣人來人往、大呼小叫的混亂之聲，我們還沒弄明白是怎麼回事，那老太婆已衝進屋子，對我們揮著手叫：

「快！快！快！去山裡！鬼子來了！快快快！」

父母丟下筷子，七手八腳地來抱我們，孿生弟弟麒麟賴在飯桌上不肯下來，小弟弟塞了一嘴的炒雞蛋。表叔表嬸同時撲到床邊去抱他們那才睡著的寶貝孩子……混亂中，老農夫也衝了進來，口齒不清地、臉色倉皇地喊：

「來不及了，沒時間進山裡了！鬼子來得好快！找地方躲一躲，快找地方躲一躲！」

說得容易，農家的房子傢俱簡陋，房間都一目瞭然，我們兩家老老小小有九個人，什麼地方可以躲？我們正猶豫間，農夫的兒媳婦又衝了進來。

「鬼子已經進來了！這次來得凶，看樣子知道我們家藏了人！別人都躲進山裡去了，只有陳家……」

再沒時間耽誤，老太婆當機立斷，招手把我們帶出屋子，繞到農莊後面，把我們兩家老小，全塞進了一間堆柴的柴房，倉卒地對我們拋下一句叮嚀：

「千萬千萬不要出聲音！」

說完，她帶上房門，匆匆而去。

我們擠在那小房間裡，大家面面相覷，呼吸都不敢大聲，我記得，麒麟手裡，還緊握著一雙筷子，嘴裡嘰哩咕嚕地嘮叨著：

「我餓了，我要吃飯！」

母親用手蒙住麒麟的嘴。父親試圖把柴房的門拴起來，這才發現，這柴房根本沒有門閂，鄉下人堆柴的房間也實在不需要門閂。而且，那簡陋的木板門上有著手指一般粗的隙縫，從內往外看，可以把農莊天井看得清清楚楚，可想而知，從外向內看，也不難發現我們這群婦孺老小。這個「藏身地」，實在是糟透糟透！父親揮手要我們遠離門邊，但是，天知道！那柴房一共有多大，擠了我們兩家人，已經是密不透風了，還能退到哪兒去？

我們緊倚著柴堆站著，孩子們都瑟縮在母親的懷裡。很快地，我們聽到日軍走進農莊的聲音，一陣大聲的吆喝，日本兵立刻分散在農莊各處，顯然在大肆搜尋，有個發號施令的軍官，似乎就站在柴房外的天井裡，在用日語大聲下令。於是，我們聽到，日兵在每個房間每個房間地搜查，有箱籠倒地聲，有桌椅翻倒聲，有日軍呼喝聲，有老農夫喊叫解釋聲……在這一大片混亂聲中，還有日兵在抓老農夫的雞鴨宰殺，於是雞飛狗跳，人喧馬仰，鬧得天翻地覆。而那些挨房搜查的日兵，已逐漸走近了柴房……

我們傾聽著那日軍的靴聲，沉重地敲擊在曬穀場上，發出重重的聲響，我們聽老太婆在賭咒發誓，呼天呼地地亂喊：

「什麼人都沒有！雞也快殺光了，狗也給你們殺了，你們還要什麼……」

外面很鬧，柴房裡卻靜得出奇，母親緊緊地摟住麒麟，因為這些孩子裡，麒麟最會鬧。可是，我們卻沒算到表叔的小兒子，那個在襁褓中的嬰兒，會忽然間放聲大哭起來。

這嬰兒的哭聲把我們全體都震動了！表嬸也無法避諱，立即解衣哺兒，想堵住他的哭聲，誰知那孩子拒絕吃奶，卻哭得更加厲害，表嬸急了，用手去蒙他的嘴，但是，卻蒙不住那哭聲，孩子的臉漲得通紅，哭得更響了，祖父長嘆一聲說：「命中注定，該來的一定會來！」

表叔的臉色在一剎那間變得慘白，他迅速地對我們全家看了一眼，這一眼中包涵了太多的意義（在以後很多年很多年後，我才能體會到表叔那一眼的深意）。然後，忽然間，表叔從表嬸懷中搶過了孩子，迅速地用手勒住了孩子的脖子，死命地握住，孩子不能呼吸了，臉色也變了，表嬸撲過去搶，哭著喊：

「你要做什麼？你要弄死他了！」

「是的，我要勒死他！」表叔啞聲說：「可以死他一個，不能死我們全體！」

「你瘋了！你瘋了！你瘋了！」表嬸忘形地大嚷，眼淚流了一臉，她發瘋般撲過去搶孩子，一面哭著喊：「要勒死他！你先勒死我！」

「妳要識大體！」表叔叫：「我不能讓這一個小小嬰兒，葬送了我們兩家的性命！尤其是連累表哥一家人……」

「你要殺他，先殺我！先殺我！」表嬸是瘋了，她的頭髮披散了，淚流滿面，喉嚨嘶啞，居然拚命地搶過了孩子，孩子能夠呼吸，就更大聲地哭了起來，父親立刻抱住表叔，表叔還要掙扎著去搶孩子，父親沉著嗓音喝阻著：「夠了！如果日軍要發現我們，這樣一鬧，他們已經發現，你殺他也沒用了！」

真的，在這一時間，孩子哭叫，大人吵鬧，表嬸狂喊，表叔怒吼……什麼聲音都有過了，我們大家彼此注視著，父母臉上，都有著聽天由命的平靜。而忽然間，那嬰兒卻止住了哭聲，柴房裡頓時又鴉雀無聲了。同時，靴聲清脆地停止在柴房的前面。

「打開門！」是日軍的日本腔國語。

「啊呀，老天爺！」是老農夫的太太，那從沒受過教育的老太婆，在唉聲嘆氣地叫著：「連茅廁都要檢查呀！」她用手推門，聲音又平靜又自然：「門都沒有門，能藏得住什麼人？」

（我至今還在想，那老太婆真該得最佳演技獎。）

門已經開了一條縫，我們的心怦怦跳。但是，像奇蹟一般，那日軍用日本話叫了一句什麼，就逕自掉頭而去。我們幾乎不能相信那日本兵是真的走了，難道我們那一陣哭叫和喧鬧，他們會聽不到？這是不可能的事！父母和祖父以及表叔和表嬸都瞪大了眼睛，不信任似地彼此注視著。然後，又一陣雞飛狗跳，那些日本兵抓了許多雞，一個軍官一聲令下，這隊日軍居然不可思議地走了，不可思議地放過了我們。

好半天，當外面完全平靜了以後，老太婆推門走了進來，這時卻蒼白著臉，又嚷又叫地說：

「老天爺！你們怎麼弄的呀！小的哭大的叫，我放了一籠子雞出來，趕得它們滿天飛，才掩過你們的聲音呢！」

我們彼此凝視，又一次噩運被逃過了，又一次災難被避免了！我太小，還不能瞭解那種死裡逃生的滋味。但是，當表叔知道危機已過，立刻就抱住表嬸，不顧一切地、瘋狂般地吻她，又抱過那差點死去的兒子，含著淚，滿頭滿臉地亂吻時，我才第一次體會到，人類的「愛」，是多麼複雜、多麼珍貴的東西！如果說我是個早熟的孩子，大概就由於我自幼體會了太多的東西吧！

七、「中國人」

接下來的幾天，我們不知怎的，又和表叔一家分開了。父親知道老佃農之處已不是藏身之地，事實上，整個衡陽縣的境內幾乎沒有一塊淨土。我只記得，父母和祖父常徹夜商量，如何越過日軍的封鎖線，並且討論又討論，祖父是否和我們同行的問題，因為祖父已年近八十高齡，如何能承受顛沛跋涉之苦？可是，把耿直的祖父留在淪陷區，父親卻怎樣也不放心。

這問題最後終於有了結論，祖父留下，我們走。於是，我們先要把祖父送回老家渣江去。記得我們全體化了裝，穿著老佃農給的衣服，打扮成一家鄉下人。不過，儘管父母都穿上了粗布短衣，但父親的文質彬彬，和那近視眼鏡，母親那口北平口音，以及風度舉止，都很難掩飾原來面目。不管怎樣，我們又離開了佃農家，冒著被日軍捉住的危險，往老家走去。

這天是倒楣的一天！

這天是充滿了風浪與戲劇化的一天！

這天也是我記憶中很深刻的一天！

我們大約在動身後兩小時，遭遇了第一批日兵。

「站住！檢查！」日軍吼著。

我們全站住了，這大約是日本兵來中國之後「必修」的一句中國話。以後我們遭遇了幾次日軍，都是用這句話來喝止我們的。

帶隊的日本軍官大踏步對我們走來，上上下下地打量我們，父母都不說話，以免暴露身分。那軍官指著祖父，對手下的士兵命令了一句，大約是要搜查祖父。祖父的眼睛要噴出火來，卻無法阻止日本兵在他渾身摸索。因為我們都化了裝，那日本兵主要是想搜查有沒有武器。既然找不到武器，他洗劫了祖父身上所有的錢，然後，就輪到了父親。

這批日本兵沒有為難我們，只是，他們把祖父和父親身上所攜帶的金錢全洗劫一空，就揮手命令我們離去。我們默默地走著，祖父、父親和母親都那麼沉默，使我們三個孩子也靜悄悄地不敢吵鬧。**那時，在我們童稚的心靈裡，只覺得日軍是一群令人恐怖的劫掠者。但，對於父母們那種受異族迫害的恥辱及憤怒卻無法深深體會**（直到我長大後，童年點點滴滴的回憶，才帶給我更深的感受）。

中午時分，我們遭遇了第二批日軍。

「站住！檢查！」

同樣的一句話，同樣是日本兵，同樣第一個搜查祖父，同樣再搜查父親。所不同的，是祖父和父親身上找不到金錢了。但，那日軍卻在祖父身上找到一張寫了字的十行紙，他看看，顯然並不懂中文，又對祖父那身老農的裝束仔細打量了一番，似乎找不到什麼嫌疑，他就拋開那紙條不管了。嘰哩咕嚕地，他用日本話罵了一大堆，就帶著隊伍揚長而去。父親透過一口氣來，才對祖父說：

「爹，你那首詩就丟了吧！」

「不！」祖父簡單而固執地說，把那張寫滿字的紙又鄭重其事地揣回了懷裡（後來我才知道，那是祖父所作的一首長詩，主題是憂國哀民，咒罵日軍的。如果落在一個懂中文的日軍手裡，我們必被槍殺無疑）。

午後，我們「運氣」真好，又碰到第三批日軍。

「站住！檢查！」

父親忍無可忍了，他翻開自己所有的口袋，把口袋底都拖了出來，憤憤地說：

「你們要檢查幾次？身上的東西，早被前面檢查的人拿走了，再也沒有東西了！」

那日軍不見得懂中文，但是，他懂得了父親的意思，知道我們已不是第一次遭遇日本兵，更明顯的，是知道我們這疲倦的、老老小小的一家人，身上確實沒有值錢的東西可以搜刮了，於是，他又放走了我們。

一天裡遭遇三批日軍，使我們深深明白，整個鄉間已遍布日軍了。對我們來說，這天還是幸運的，因為這三批日軍都志不在人而在財，除了搶劫以外，沒有發生在山溝裡那種擄人的恐怖事件，也沒有被識穿本來面目，在不幸中，這已是萬幸了。

黃昏時分，我們已走得又餓又累又渴，再加上隨時可能聽到那聲「站住！檢查！」的聲音，使我們都精神緊張而心力交疲。小弟弟開始哭，父親只得揹著他走。當夕陽銜山，晚風拂面的時候，我們才發現已經越走越荒僻了，鄉間四顧無人，只有山林樹木，四周安靜得出奇。在遇過三次日軍的吆喝與跋扈之後，這份「安靜」居然也使人惴惴不安，尤其是在這暮色漸濃，山樹模糊的景象裡。

我們走了一大段山路，什麼人都沒有碰到，連個農家和茅屋都沒有，父親懷疑我們已迷路了。大家徬徨四顧，猶豫不決是否往前走，尤其，前面是不是沒有日軍占領？正在磋商而舉棋不定時，忽然間像天神下降般，我們迎面走來了一個鄉農，這農夫一目瞭然就是湖南鄉間那種最老實憨厚的鄉民，他大踏步而來，手上拿著一枝竹枝，背上揹著兩個疊起來的竹簍，通常，是農夫們用來裝雞鴨或紅薯的。

父親和祖父都興奮了。有什麼事比迷路在荒郊野外——遍布日軍的荒郊野外——時，遇到一個自己的同胞、一個中國人，更令人興奮和快樂的呢？祖父攔住他，幾乎是喜悅地問：

「你從前面來，有沒有遇到鬼子呀？」

那農夫瞪眼望著祖父，似乎不瞭解祖父在說什麼。湖南人一向稱日本人為「鬼子」。父親怕那鄉下人誤會我們的來路，又重複了一句：

「前面是什麼地方？我們在躲鬼子，前面有沒有日本人？」

那農夫的眼光從祖父身上移到父親身上，他沒有笑容（湖南民風憨厚，最愛交友，對陌生人也是笑容滿面的）。他慢吞吞地放下揹著的竹簍。

父親覺得不對勁了，拉拉祖父，說：

「我們走吧，別問他了！」

那農夫迅速地攔住了父親，用標準的國語，厲聲地說了一句：

「不許走！站住！檢查！」

父親母親都呆了，祖父的臉色也頓時大變。我們三個孩子，雖然懵懂無知，對這「站住，檢查」四個字已經十分敏感，就也都怔住了，呆呆地望著那個農夫。在這一瞬間，我們都明白了，這農夫和我們一樣化了偽裝，他不是普通的鄉下農民，而是「知識份子」，為日本人做事的知識份子。**是的，他是中國人，比日本人更可惡更可怕的中國人，日本人到底是為他們的天皇打仗，這中國人卻為日本人來打中國人，這是一個——漢奸！**

那「農夫」用手指著祖父說：

「你站住，我先檢查你！」

每次都是先檢查祖父！祖父瞪視著那「農夫」，忽然間爆發了，他高昂著白髮蕭蕭的頭，堅決而果斷地說：

「不行！我不給你檢查！日本人檢查我，我無可奈何，你，中國人！不行！我不給你檢查！」

那「農夫」臉色立刻變得鐵青，把地上那壘著的竹簍打開，裡面沒有雞鴨，沒有紅薯或任何收成，只有一堆稻草，稻草上，赫然是一把手槍！

「很好，」那「農夫」拿起手槍，對祖父揚了揚。「聽你的語氣，就知道你的身分，農人？你是個老農夫嗎？不給我檢查？你身上藏著什麼嗎？」

祖父的臉色更難看了，父親和母親交換了一個注視，空氣好沉重好緊張，我想著那張寫著字的紙，望著祖父和父母，我知道，他們也在擔憂那張紙，一個中國人，他會認得中國字！

「你不許碰我！」祖父嚴厲地說：「今天我們已被三批日本鬼子檢查過！我再也不被中國人檢查！」

那「農夫」大大地發怒了，他吼著：

「不檢查，也行，我馬上槍斃你！」

他舞動著手槍，樣子是完全認真的，絕非虛張聲勢。祖父挺直了腰，更堅決、更固執地說：

「你槍斃我，我也不給你檢查！」

那「農夫」舉起了槍，父親立刻撲過去，攔在祖父面前，急急地說：

「爹，讓他檢查吧，您就讓他檢查吧！」

「不行！」祖父斬釘截鐵地說：「我寧可死，也不給他檢查！」他望著那「農夫」說：

「你槍斃我吧，放掉我兒子和孫子們！」

「你是個頑固的老頭，嗯？」那「農夫」有些困惑地看著祖父。「我只要檢查你，並不想要你的命，你對檢查比生命還看得重？」

「是的，你可以槍斃我，就是不能碰我！」祖父越來越固執。「你開槍吧！」

那「農夫」再度舉起槍，臉色嚴厲，看樣子，祖父的生命已繫之於一髮，小弟弟首先「哇」的一聲嚇哭了。立刻，父親對祖父跪了下去，含淚祈求：

「爹，讓他檢查吧，請您讓他檢查吧！」

「檢查了是死，」祖父低語：「不如維持尊嚴，讓他槍斃我，你們給他檢查，你們到後方去！」

「爹，」母親看父親跪下了，就也對祖父跪下了。「要死，就全家死在一塊吧！」

小弟弟素來是祖父所鍾愛的，此時已明白這「壞人」要打死祖父，就哭著跑過去抱著祖父的腿，一個勁兒地叫：

「爺爺不要死！爺爺不要死！」

我和麒麟也熬不住，撲過去，和父母們擁成一團，也抱著祖父，哭著叫「爺爺」。一時間，我們三個孩子哭聲震野，祖父只是用顫抖的手緊摟著我們，卻依舊固執地嚷著：

「不檢查！不檢查！不檢查！」

那「農夫」大概被我們這一幕弄傻了，半天都直瞪著我們沒說話。然後，他忽然粗聲吼了一句：

「別哭了！還不快走！」

「走？」父親愣了愣，站起身來，望著那「農夫」。「你不是要檢查我們嗎？」

那「農夫」凝視著父親，輕輕地搖了搖頭，啞聲說：

「檢查過了，你們走吧！」

「全體？」父親不信任地問。

「全體。」那農夫說，忽然嘆了口氣。**低下頭來，他用手中的竹杖，在地下的泥沙中，寫下「中國人」三個字，指了指自己，又指指我們。接著，他又寫下「日本人」三個字，指了指西北方，輕聲說了句：**

「往東邊去吧！」

說完，他迅速地用腳掃掉了泥沙上的字跡，揹起地上的籮筐，頭也不回地往前走了。好半晌，我們還呆站在那兒，好半晌，父母都無法回復神志。最後，我們走了，走往東方。那夜，我們是露宿在一座小山林裡的，沒有再碰到日本兵。第二天，我們找到了路徑，回到了鄉間的老家。把祖父平安地送回了「蘭芝堂」。

很久很久之後，我還記得那泥沙上的「中國人」三個字，我總是迷惘地想著，那「農夫」是好人還是壞人？是沒天良的「漢奸」，還是個有人性的「中國人」？他為何在最後關頭放了我們，而且指示我們正確的方向？

於是，我知道，即使一個「壞人」，也有一剎那的「良知」，即使是「漢奸」，也不見得完全忘了自己是「中國人」。

我的國家民族觀念，就是在這槍口下建立起來的。所以我常說，別的人童年的教育來自學校，我童年的教育，卻來自戰爭。

八、夜半，穿越火線

終於到了那一夜。

父母和祖父殷殷話別，我們孩子們一個個地吻別了祖父。門外，夜色深沉，天空中有幾顆寒星，和一彎冷冷的月亮。鄉下人都睡得早，這時早已入夢，四周雞不鳴，犬不吠，寂靜得令人心慌。

院子裡，我們白天僱用的兩個挑伕正在等待著，他們每人挑兩個大籮筐，籮筐中，只有一個裝著我們全家的衣服（是鄉農們的衣物，我們仍然化裝成鄉下人），另外三個籮筐，卻是為我和弟弟們準備的。這是一次長途的跋涉，按父母的意思，要從湖南走到四川，這漫長的旅程，不知道要走多久。而正在稚齡的我們，卻無論如何禁不起這種步行之苦。因此，竟採取了鄉下人的辦法，把孩子挑著走。

自幼，我坐過各種交通工具：轎子、車子、輪船、手推的「雞公車」……而乘坐籮筐旅行，這卻是破天荒的第一次。對那籮筐的好奇沖淡了我對祖父的離愁，但是，當我看到父母和祖父都滿眶淚水，執手無言之時，我才驀然兜上一股難解的酸楚，第一次體會到那種「生離死別」的滋味。

我們出發了。盤腿坐在籮筐裡，我和麒麟被一個挑伕挑著，小弟和行李被另一個挑伕挑著。我們要「夜行曉宿」。四周早已被日軍包圍封鎖，我們必須連夜穿過敵人的火線，如果被發現了，連挑伕帶孩子，一個也別想活著走出淪陷區。我和弟弟們早被父母再三叮囑，路上絕不可說話、咳嗽，或發出任何聲音。事實上，我和弟弟們已被這些日子的各種遭遇所驚懾住了。早就知道日軍是隨時可以出現，刀槍都不再是「玩具」，而生死之間，只有一線之隔。不用父母叮囑，我們也不敢輕易出聲了。大家「靜悄悄」地「摸黑」行進，沒有火把，沒有燈籠，也沒有鄉下人用的風燈。父母、挑伕和我們孩子都穿著全黑的衣服。

不敢走大路，我們穿小路往前走。兩個挑伕顯然對路徑很熟悉，對日軍駐紮的區域也很熟悉，大約他們並非第一次送人出淪陷區。這次我們僱用他們，卻不止於送出淪陷區，還要一直把我們送到廣西境內，聽說，到了廣西，就有難民火車，可以到桂林。我們的路線，是乘湘桂黔鐵路的火車，越過廣西，穿過貴州，再赴四川（多麼一廂情願的打算！我們怎麼知道，這條路竟整整『走』了一年之久！當我們在一年之後，終於抵達重慶時，正是家家鞭炮、戶戶歡聲，大街小巷一片旗海，抗戰勝利的時候了）。

❖

在暗沉沉的夜色裡，我們這一行人悄悄地、小心翼翼地往前移進。許多時候，我們根本不走在路上，而是穿過一人高的稻禾，從田裡面走過去，那分開稻禾的沙沙聲，以及偶爾踩到一塊碎木的破裂聲，都足以使我們膽戰心驚。從衡陽淪陷起，我們似乎一直有逢凶化吉的運氣，這穿越火線的一關，是不是也能安然度過？我想，父母一點把握也沒有。支持我們做這樣「壯舉」的，只是父母的那份決心與勇氣而已。

那種「夜遁」的日子只有幾天，白晝，我們會被好心的鄉農所留宿，夜裡，又繼續我們的行程。在籮筐裡的旅行一點也不舒服，兩腿盤坐久了，就痠麻無比。因而，一路上，我們孩子們總是要求「下來走一走」，孩子的腿短步子又小，進度緩慢。所喜的，是這段路程，我們始終沒有遇到過日軍。但，我們所經之地，已遭日軍蹂躪過的村鎮卻不在少數。記憶中最難忘的，是一個劫後餘生的小女孩——小娟。

怎樣「撿」到小娟的，我已經記不很清楚。好像是我們聽到哭聲，追蹤而至，她正躺在田裡哭泣。她大約和我差不多，或者比我還大一點，父母把她抱起來，她衣衫襤褸，遍體鱗傷，在簡短的對話裡，我們已知道她父母雙雙遇害，他們遭遇到一批殘暴的日軍，在鄉間濫殺無辜，她僥倖逃開毒手，孤身飄零，而饑寒交迫。她帶哭帶說，渾身泥濘，我卻大大地「激動」起來，自幼，我就是個感情豐富的孩子。

「媽媽，我們帶她一起走！」我說。

那女孩用一對渴求的眸子望著母親。至今，我對那烏黑的、期望的、無助的眼神仍念念不忘。母親嘆口氣，沒說什麼，卻把那孩子攬進了懷中，為她拭淨了嘴臉，又找出東西給她吃。我把這種舉動看成了「默許」，於是，我興高采烈地讓出了我的籮筐（反正我已坐得腿發麻）。我在她身邊走著，悄聲地、絮絮叨叨地安慰她，在我的心目中，她已經成為我們家庭中的一員，將會永遠跟我們在一起了。因為，她已沒有家了。在戰爭中，收留撿到的孩子是常有的事。

一夜之間，我和小娟已成為了好友、姊妹及親人。凌晨，我們投宿在一個農家。母親給她洗了澡，換上我的衣服，受傷的地方也擦上了藥。於是，我和她躺在一張床上，我挽著她，頭靠著頭，肩並著肩，就這樣親親熱熱地睡了。

那天我睡得不安穩，依稀恍惚地聽到，父親母親一直沒有睡覺，而在研究路線，似乎，當夜我們就可以穿出日軍的火線，走出淪陷區了，因而，他們特別緊張，也特別興奮。然後，他們在討論撿到的女孩，討論了很多很多，什麼人性、現實、經濟、自身難保……我聽不懂，後來，我睡著了。

迷糊中，我被母親搖醒了，我坐起身子，母親輕噓了一聲，示意我不要吵醒小娟。我睡夢朦朧地被穿好衣服，帶出農舍，天上無星無月，又是一個暗沉沉的夜！直到我坐進籮筐中，我才陡然驚醒了過來。我掙扎著站起身子，惶惑地嚷著：

「媽媽，你們忘了小娟了！」

母親按住我，她試圖對我說明白：

「鳳凰，我們沒有辦法帶小娟一起走，我們要走的路太長了，已經自顧不暇，實在沒辦法再多帶一個小孩！這家農人認得小娟的舅舅，我已經留了錢，託他們把小娟送到她的親人家裡，這是我們唯一可以做的事。」

「可是，媽媽……」我慌亂地喊：「小娟以為我們會帶她一起走的！妳也答應了的……」

「孩子！」母親長嘆了一聲，滿臉凝肅。「妳要懂事一點！」

我不敢再說話了。坐在籮筐中，我們開始了前進。籮筐顛簸著，四周寂然無聲，我們涉過小河，穿過稻田……夜風帶來深深的涼意。我瑟縮在籮筐裡，悄悄地哭泣著。孩子的感情多麼奇怪，離開祖父時我沒哭，離開小娟時我卻哭了。我哭了很久，因為，我總是想著，當小娟醒來後找不到我們，將多麼傷心和絕望呢！（事後很多很多年，我才能體會父母毅然留下小娟的那份無可奈何。**戰爭中，生死聚散，原是那樣不由自主的事！**）

黎明時，我們穿過了火線。

中午時分，我們見到了第一隊國軍，看到了第一面國旗，在父母歡欣雀躍中，我以為，前面都是光明大道了。怎料到前面還有重重困厄，和更多更大的風浪呢！

無論如何，我們結束了「夜遁」的時期，恢復了「曉行夜宿」的生活，開始一段長途的跋涉。那一路上，我始終依依懷念著那女孩——直到如今。

九、曾連長

曾連長，那是我一生難忘的人物！

曾連長，那是我們這一次逃難中，命運安排給我們的最大的奇蹟！

曾連長，如果我們沒有遇到他，我們一家人的歷史都必須改寫！

曾連長，曾連長是怎樣的一個人呢？

當我們穿出了日軍的封鎖線之後，眼見的是寬敞的大道、耀眼的陽光，和一隊隊南下的中國軍隊。我們不必再偷偷摸摸躲日本兵了，不必再擔心被捕和槍殺，天知道我們有多高興！那些日子，我們孩子們依然被挑伕挑著，沿湘桂鐵路的路線往廣西走。但是，才走了幾天，我們就發現情況完全不像我們想像的那樣簡單。

首先，這條路上已經少有難民，老百姓要走的早就走了，剩下的農民是根本不預備離開鄉土的（湖南人鄉土觀念極重，輕易不離故鄉）。我們這挑著孩子、打扮得不倫不類的一家人，顯得非常特殊。其次，我們正趕上了抗戰史上的「湘桂大撤退」，各路駐守國軍，正撤離湖南，因而整條馬路上，有騎兵，有輜重，有步兵，有傷兵……一隊一隊，不知道有多少人馬。這些國軍行軍速度極快，我們這家人卻進度緩慢，雜在軍隊中前進，難免會妨礙行軍。於是，牽牽絆絆、推推拉拉，我們一直被前面的軍人往後擠，後面的軍人往前推，經常弄得進退無據而狼狽不堪。

母親生平沒有受過這樣的罪，沒多久，就走得雙腳都起了水泡，再兩天，水泡磨破了開始出血，一跛一跛的，顯得極為痛苦。兩個挑伕不堪負荷，也開始抱怨和提出辭意，父親竭力挽留，一再提高他們的待遇。我們孩子在風吹日曬之下連日奔波，也逐漸困頓了下來。這樣，我們的速度是越來越慢了。

就在這艱苦的行程裡，日軍的轟炸機出現了，經常是一陣隆隆機聲，由遠而近，然後呼嘯著從我們頭頂掠過。國軍們雖在撤退中，仍然紀律嚴明，他們背上都揹著掩護用的稻草，轟炸機一過來，他們就地一滾，就只看到一片稻草。日本飛機很少投彈（它們多半是奉命去炸城鎮的），卻偶爾會來上一陣掃射，那就相當可怕而觸目驚心了。

危機越來越重，幾天後，我們得到消息，日軍正沿湘桂鐵路追打過來，國軍奉命保全實力，盡量撤向廣西，而避免正面交戰。於是，軍隊的行軍速度更快，我們夾在軍隊中，也更加行動不便。國軍作戰之餘，飽受風霜之苦，難免都脾氣暴躁而易怒，當我們妨礙了行軍時，各種吆喝也紛紛而至：

「讓開！讓開！老百姓別擋住軍隊！」

「你們不會走小路？一定要妨礙行軍嗎？」

「你們懂不懂，軍隊為你們老百姓打了多少仗？你們還在這兒礙事！」

我們被推前推後，說不出有多狼狽。

這樣，一天中午，敵機又隆隆而至，軍人們都伏下身來，輜重和馬匹也被牽往隱蔽的地區。我們一家人沒有掩護，就都避向山腰底下的一棵大樹下面，站在樹下，眼看那些敵機一架架地掠過頭頂。

在那大樹底下，並不是只有我們一家人，還有幾個軍官，帶著輜重也在那兒掩蔽。其中有一個軍官，一直對我們不住地打量著，他手裡牽著一匹馬。說實話，我對那軍官的注意力遠沒有那匹馬來得多。那馬是褐色的，高大而魁梧，鼻子裡不停地噴著氣。

父親看著敵機掠過，看著滿路的軍隊，又看看委頓不堪的我們，忽然嘆口氣說：

「不甘異族迫害，要付出多少代價！」

穿著一身農裝的父親，一句話就洩了底牌。那軍官把馬綁在樹上，對我們大踏步走來，望著父親，他問：

「你們不是普通農民吧？」

對中國軍官，父親不需要掩飾身分，他坦然回答：

「我是一個教員。」

「教書的老師？」那軍官眼睛一亮，又望望母親。「那是你太太？」

「是的，她也是個教員。」父親說。

「哦！」那軍官黝黑的臉龐上湧起了一片肅然起敬的神色，他看看父親又看看我們，簡單明瞭地問：「你們要到什麼方去？」

「四川！」

「四川？」那軍官像聽到了什麼稀奇古怪的話一般，訝然地大叫了起來：「你知道那有多遠？」

「我知道，」父親冷靜而堅決。「離開家鄉，我就知道這是條多遠的路，但是，我必須走！我不能留在淪陷區，讓日本人侮辱！」

那軍官緊緊地盯著父親。我這才注意到他，方面大耳，濃眉大眼，身材高大，肩膀寬闊……他看來和他那匹馬一樣，雄赳赳，氣昂昂，一個典型的、粗壯的軍人！一個典型的、掄槍打仗的軍人！他對父親不解地注視著，我想，他一生也沒看過像父親這種書呆子。好半天，他才問：

「你預備就這樣挑著孩子，走到四川嗎？」

「有難民火車，就搭難民火車，沒車，就走了去！」

那軍官重重地搖頭。

「你們走不動！」

「走不動也要走！」

那軍官又蹙眉又懷疑，他仔仔細細地看父親，又研究著我們，忽然說：

「你們讀書人真奇怪，我沒念過書，生平就佩服讀書人！這樣吧，讓我指示你們一條路。像你們這樣混在軍隊裡亂走根本不是辦法，我注意你們已經很久了，目前我們在撤退，軍隊情緒壞、脾氣壞，你們遲早要惹麻煩！現在唯一的辦法，你們找廣西軍隊，讓他們保護你們往廣西走，廣西軍隊的路線和你們相同，有軍人保護，你們不至於受欺侮，也不會落後，這樣，或者能走到目的地！」

「廣西軍隊？」一直不說話的母親插了進來：「這麼多軍隊，我們怎麼知道哪一隊是廣西軍隊？」

「我就是廣西軍隊。」那軍官推推帽子，忽然朗聲地說：「你們如果願意，我保護你們到廣西！」

這一下，父母都呆了，他們面面相對，彼此交換著目光。亂世之中，人心難測，父母必須面臨一個決定，這軍官，是好人，是壞人？很快地，父親下了決心，他伸出手去，坦然地、誠懇地說：

「我姓陳，陳致平，我們誠心接受您的幫忙。感激您的熱心！」

那軍官用大手一把握住父親的手，熱烈地搖著，爽朗而愉快地說：

「我姓曾，名彪，第二十七團輜重連的連長！」

這就是曾連長！從此，我們成了他保護下的老百姓，跟著他的軍隊走，吃他的軍糧，喝他水壺裡的水……曾連長，他改變了我們一家人的命運！

十、騎馬

和曾連長同行的那段日子，是令人刻骨難忘的。

首先，曾連長發現母親的腳跛了，父親也步履蹣跚，他立即命令手下一位排長把他的馬讓給母親騎。那排長姓王，是位和氣而服從的好軍人。他把馬牽了過來，母親一看那又高又大、直甩頭、鼻子裡直噴氣、蹄子直踹土的龐然巨物，就已經嚇壞了。拚命搖著頭，母親說：

「我走路！我寧願走路！」

「不行！」曾連長皺著眉，命令地嚷著，完全把母親當成他手下的「軍人」，他橫眉豎目，十分威嚴地說：「非騎馬不可！上去！」

母親不敢不「聽命」，只好壓抑著恐懼心，乖乖地往馬背上爬，她才碰到馬鞍，那馬認主人，一聲長嘶，嚇得母親回頭就跑。軍人們忍不住都笑了，曾連長卻絲毫不笑，對母親嚴厲地看著。於是母親又乖乖地走回那匹馬身邊，在王排長的扶持幫忙之下，好不容易總算爬上了馬背。可是，才坐直身子，那匹馬又一聲長嘶，背脊一聳，前蹄直立，嚇得母親尖聲大叫，抱著馬脖子，死命不放。這一下，連曾連長也忍不住笑了。他搖搖頭，示意王排長把母親攙下馬背，拉過他自己的馬來，他簡單地說：

「換馬！」

原來他自己那匹馬十分馴良，母親坐上去之後，它絲毫沒鬧脾氣。但是，母親仍然戰戰兢兢、臉色發白，於是，連長又派了一個士兵，幫母親牽馬，並且：「負責保護陳太太的安全！」他自己卻騎了王排長那匹劣馬。後來，我們才知道，曾連長對他自己那匹馬，是十分珍愛的，輕易不肯讓給別人騎。

我們就這樣跟著曾連長走了。兩個挑伕仍然負責挑我們孩子和行李。一經上路，我們才發現行軍的速度和我們那慢吞吞地走走停停完全不同，他們可以一連走數小時不休息，而且包括「夜行軍」，深更半夜，也可能突然開拔。這樣走了兩天，兩個挑伕開始怨聲不斷，對父親表示，他們決定不幹了。父親只是軟言相求，希望他們忍耐一點，無論如何要挑下去，兩個挑伕猛烈地搖頭，不停地說：

「我們不去了，我們要回家了！這筆錢不好賺，我們不幹了！」

父親怎麼說好話都沒用，兩個挑伕執意不做，就在糾葛不清的時候，曾連長大踏步走來，一聲怒吼，大嚷著說：

「不幹了？誰允許你們不幹？事先講好到廣西，沒到廣西之前，你們敢不幹！」

兩個挑伕看到曾連長就害怕，畏縮著不敢多說什麼，其中一個仍然在唸唸叨叨地低聲訴苦，曾連長「啪」的一聲，手重重地按在腰間的手槍上，豎著眉毛問：

「哪一個要不幹？」

兩個挑伕再也不敢開口了。當天，我們仍然往前行走著。黃昏的時候，我們停下來吃飯。軍隊都有伙夫，專管做飯，隨時隨地，就可以搭起爐灶來煮飯吃。吃飯時，一個挑伕露出他肩頭的肌肉來察看，父親才赫然發現他肩上已磨掉了一層皮，正流著血。父親不禁惻然滿面。曾連長站在一邊，也看到了，他連眉毛都沒皺一下。當軍隊再度要開拔的時候，曾連長卻牽了一匹馬過來，對父親說：

「陳先生，你帶你女兒騎馬，挑伕的負擔必須減輕！」

父親欣然從命，不為了自己，而為了挑伕。於是，父親也被送上了馬背，我仰頭望著父親，對他騎馬的姿勢不太信任，他顫巍巍地坐在那兒，樣子一點兒也不「威武」。曾連長把我抱到父親前面，讓我坐在父親懷裡，問：

「行不行？陳先生，你會不會騎馬？」

「沒問題，」父親愉快地說：「我不是我太太……」

父親的話沒完，那匹馬突然一甩頭，又一撅屁股，我只聽到父親大叫一聲「哎喲！」就抱著我從馬背上直滾了下去，我尖聲大叫，接著就重重地摔在地上，父親在我身邊直叫「哎喲」，我卻嚇得放聲大哭，母親慌忙抱住我檢查有沒有受傷，而四周的軍人卻爆發了一場哄然大笑。還好，我沒摔傷，只是嚇壞了，父親也沒摔到什麼筋骨，站起身來，他訕訕地對曾連長說：

「看樣子，這馬對我沒什麼好感！」

曾連長哈哈大笑。

「陳先生，念書，你行！騎馬，你不行！」

說完，他翻身上了馬背，對我說：

「跟我騎馬吧！」

我拚命搖頭，往母親懷裡縮。

「我不像妳爸爸，我不會摔著妳！」曾連長對我嚷著，下了馬，不由分說地一把抱住我，就又躍上了馬背，我連怎麼上去的都不知道，就已經穩穩地倚在他懷裡了。他用手臂環繞著我，對我說：「怎麼樣？很穩吧？」

我不說話。在我童年的印象中，這位曾連長是個使我又敬又畏的人物，他威武而神勇，粗獷而凶猛，我實在有些怕他。他不再問我什麼，一拉馬韁，他大喝一聲：

「準備——開拔！」

就帶領著整隊人馬，往前行去。我坐在那兒，山風吹著我，馬背上一顛一簸，腿伸得直直的，說什麼也比坐籮筐舒服。想想麒麟和小弟都想騎馬，曾連長卻選了我，我心裡不禁得意起來，把剛剛摔的那一跤也忘了。悄悄地，我回頭去看曾連長，立即，我接觸到他的眼光，原來他正對著我笑呢！

「我有兩個兒子，」他對我溫和地說：「就是少個女娃娃！所以，我喜歡女娃娃！」我笑了，沒說話，童年的我又安靜又害羞。

「以後，妳都跟我騎馬！」

於是，從這天起，我不再坐籮筐，我都跟曾連長騎馬，羨煞了小弟，氣壞了麒麟。而，這一項安排，竟使我和弟弟們，在以後的一個大變故中，扮演了不同的角色！

十一、大風坳

後來，我們開始翻越「大風坳」！

大風坳是一個山的名字，這名字在我的記憶中，留下極深刻、極慘痛的印象。

那時候，我們已在湖南邊境，正朝向廣西進軍，雖然有好幾條大路可去，但路途遙遠，並且日軍又節節進逼，情況十分危急。曾連長細細研究地圖後，翻越大風坳是到廣西的一條捷徑。

軍隊中有嚮導，但他們也沒有翻越這座山的經驗，當地人用「上七下八橫十里」來描寫這座山，這句話到底什麼意思，沒有人真正知道，只知道這是一座奇怪的山，荒蕪之至的山，毒蛇猛獸密集的山，總之是一座沒有人能翻越的山！

但曾連長所決定的，絕不改變！

他把馬隊集中起來，他領先率馬隊在前面開路，步兵和輜重跟在後面。我母親本來也有一匹馬騎的，那時候，也得把馬讓出來，給精於騎術的兵士前去開路。

我還是騎在曾連長的馬上，一馬當先，走在最前面，我頗有些驕傲和興奮，因為不必像弟弟們那樣盤膝坐在籮筐裡，可以坐得正正的，任兩腿伸得直直的，並且還是開路的先鋒呢！

但一上山，我的驕傲與興奮一下子全給撲滅了！山上長滿了比人還高的野草，曾連長和其他騎士穿了長褲和高高的馬靴，我穿的是短裙，裸露的兩腿被鋒利的草緣割出無數傷口，曾連長全心帶路，當然不會注意到這件小事，我雖然疼痛不堪，卻強忍著奪眶而出的眼淚，咬著牙，哼也不哼，**我覺得，騎在馬背上的人是不能流淚的**。

我們從清晨出發，雖然據說上山只有七里路，但走了好幾小時，還沒到達山頂。烈日當空，人人汗流浹背，軍人們的制服都被汗水濕透。山上遍布荊棘石礫，沒有水源。大家隨身攜帶的水壺都已喝光了。山路越來越崎嶇，越來越陡峻，烈日越來越炙熱……有位士兵暈倒了，引起一陣騷動，曾連長這才下令停下來休息一下。

他把我抱下馬來，吃驚地發現我兩腿上的傷痕，他大惑不解地瞪著我說：

「被刺成這樣子，怎麼話都不說一聲？」

他永遠不會瞭解，在我當時的心目中，他像個神。我怎能在一個「神」的身邊，還呻吟叫痛？

他叫醫官為我敷藥，又解下他的水壺給我喝水。他的水壺還是滿滿的，一路上，所有的士兵都把自己的水壺喝乾了，只有曾連長，始終沒動過他那個水壺。我喝了兩口水，知道此時水比什麼都珍貴，不敢多喝，就把水壺還給了他。他還是沒喝，把水壺遞給了我父母和兩個弟弟，他們也只喝了一兩口。曾連長再把水壺遞給那暈倒的士兵，等水壺終於傳回來的時候，裡面的水已涓滴不剩！

曾連長，這奇怪的軍官，給了我太深刻的印象。以後，有好長一段時間，我所崇拜的男子漢，都是曾連長這種人物。**若干若干年後，我寫《六個夢》，其中有一篇〈流亡曲〉，就以曾連長為範本來寫的。**

❖

話說回頭，那艱苦的行程，又開始了。

山更陡，無路的荒山上橫亙著無數大石塊，大家連走帶爬，馬的進度往往比人還慢。士兵們不叫苦，但都已委頓不堪。曾連長已經下了馬，牽著馬走，馬上坐著我，還有一些行囊。此時，有個身背輜重的工兵，眼看著步伐蹣跚，又快倒下去了，曾連長一句話也沒說，走過去卸下那工兵的輜重，回頭看看已不勝負荷的馬背，他就把那份輜重，全揹到自己背上去了。

下午，終於，我們到達了山頂。

我們站在山峰的最高處，居高臨下，望著山的下面，大家都怔住了。接著，所有的軍人，全都歡呼起來了！

原來，山下已是廣西省境。「桂林山水甲天下」這句話，只有見過廣西「山水」的人才能瞭解。這大風坳一山之隔，竟是兩個世界。

山下，一望無際的平原上，布滿了一座座的石峰。那些石峰形狀怪異，嵯峨聳立，有的陡峭尖利，有的圓禿光潤，一座又一座，全散布在平坦的、綠草如茵的大草原上，真怪極了，也真美極了。但，讓軍人們歡呼的，並不是這「甲天下」的風景，而是水！好久看不到的水！大家渴求已久的水！原來，在那些石峰之間，一條蜿蜒的河流，正盤旋著一直流經山腳下，水聲淙淙，都清晰可聞！

這一下，大家都瘋了！

忘了軍紀，忘了疲憊，大家狂喊著，蜂擁地往那山下衝去。曾連長第一次沒有約束他的隊伍，他一任士兵們連滾帶爬地衝下山，衝向河流。

不知道是怎樣的，我也衝進河水中了，我和父母、麒麟、小弟，我們一家人全在河裡。

我們潑著水、濺著水，又叫又嚷。流亡以來，這是第一次，全家都笑得好開心。河水又清又涼又舒服，我們人人都浸得透濕透濕。

那天晚上，我們就在水邊紮營。

那夜有星有月，那夜有山有水，那夜的一切都很美，但是，那夜以後呢？

十二、弟弟失蹤了

第二天，又開始行軍。曾連長的部隊不是作戰部隊，而是輜重部隊，沉重的裝備，不足的人力，在人疲馬乏的情形下，行走那些崎嶇的小路，仍是十分艱苦。那天的目的地是廣西邊境的一個大城東安，但走到東安前的一個小鎮，那小鎮有個奇怪的名字，叫「白牙」。到了白牙，大家實在疲乏得寸步難行，更何況黑夜早已來臨，大家已摸黑走了很久。於是，曾連長下令在白牙的鎮外紮營。

曾連長盡量不在城鎮中紮營，盡量不使老百姓受到任何騷擾，也避免士兵在城鎮中受到物質的引誘而犯紀。記得有一晚我們駐紮在一個小鎮，半夜裡突然被兩聲槍聲驚醒，一時還以為日軍追殺而來，後來才知道是曾連長處決了手下的一個士兵，因為那士兵竊取了農家的一根甘蔗，被曾連長發覺，當場槍決。我父親為此事深表不滿，向曾連長抗議，說一條人命怎可低於一根甘蔗呢？這種處分不太重了嗎？曾連長大不以為然，他說：行軍而不守紀律的話，所到之處，必然像蝗蟲過境，為老百姓帶來極大災難，**日本人蹂躪人民，還不夠嗎？還容得了我們自己的軍隊去騷擾**？一根甘蔗事小，但這是一個原則，一個不容許違反的規定！曾連長真是一個奇怪的人物！

話說回頭，我們那晚在白牙紮了營，不久後伙夫們已煮好了又燙又香的稀飯，來叫我們吃。接下來，那晚的一切，都清晰得如同昨日。母親為我裝了稀飯，就去招呼弟弟們也來吃稀飯，發現他們不在身邊，就高聲喊叫他們的名字，竟然沒有人答應！

「麒麟！小弟！麒麟！小弟！」母親的叫聲越來越高亢，越來越恐懼，越來越驚惶。「麒麟！小弟！你們在哪裡？你們在哪裡？挑伕！挑伕！兩個挑伕呢？孩子呢？孩子呢……」

父親加入了呼喚，聲音更急更淒厲：

「小弟！麒麟！你們在哪裡？」

沒有回答。

籮筐不見了，挑伕不見了，我的兩個弟弟也不見了！

整個隊伍都驚動了，曾連長也趕了過來。因為行軍的隊伍很長，兩個挑伕前前後後混雜在隊伍裡，不一定隨時在我父母視線以內，我父母已對他們很信任，又覺得有軍隊在保護，不怕他們開小差。可是，現在，連挑伕、行李、籮筐，帶弟弟們，一起不見了！

我父母幾乎要發狂了。他們抓著每一個士兵問：

「有沒有看到挑伕？有沒有看到孩子？」

曾連長立刻派了兩個人，全隊搜查，並分別到前後各路去找尋，回報都說，開拔後就沒人見過他們。

弟弟們丟了！弟弟們失蹤了！我父母急得快瘋了。

「別急！」曾連長鎮定地說：「我們的目的地是東安，臨時決定在白牙停留下來，一定是挑伕走得快，先到了東安，說不定，他們正在東安找我們呢！不要慌，明天我們早一點到東安，保證一找就找到！」

曾連長自有一股鎮定人心的力量，我父母聽了，大概也覺得言之有理。雖然惶急得坐立不安，粒米難下，也只得眼巴巴地等天亮。

那一夜實在太漫長了！父母和我，都整夜沒有闔眼，母親急哭了，一直自怨自艾沒有看好兩個弟弟，父親不住地安慰母親，自己的眼眶也紅著。我咬著牙默禱，天快一點亮吧！弟弟們一定在東安城裡，一定在東安！

終於捱到天亮，終於大隊開拔，終於到了東安城！

一進東安城，父母和曾連長，就都怔住了。

原來，東安是個很大的城，居民很多。但是，東安在政策上，準備棄守，所以，城裡的老百姓，早已在政府的安排下，完全撤走了。我們現在走進去的東安城，已沒有一個居民，所有的民房都敞著大門，城裡駐紮的全是國軍。各師各營各連的國軍都有，這根本是一個大軍營！

城裡哪兒有兩個挑伕？哪兒有兩個弟弟？

曾連長叫來幾個士兵，走遍全東安城找！

找不到！根本沒有人看到過兩個挑伕挑著兩個孩子！

父母親傷痛欲絕，連一向鎮靜的曾連長，也開始不安起來。他又說，可能他們還在白牙。我們從大風坳山下到白牙走的是小路，路較近，如果挑伕走了大路，或在中途休息，那麼可能比我們較晚才到白牙。也可能從白牙到東安走了一條與我們不同的路，尚在路上。於是，他一面安慰我們，一面分派兩批快騎，分兩路向白牙趕去！

第一批快騎回報：沒有蹤跡。

我們把希望寄託在第二批快騎身上，等待中時間變得特別緩慢，焦慮也越來越重，然後，第二批的王排長快馬跑回來了，他大聲叫著說：

「我們找不到陳家的娃仔，卻與一批日軍遭遇上了，他們向我們開槍，我們也向他們開槍！我想找娃仔事小，回來報告日軍的動向更重要！」

據說，政府為了保持抗戰的實力，不願意做無謂的消耗戰，軍隊都奉命退守到各地。東安既不是迎戰的戰場，又知道日軍加速進逼，於是，頓時間，東安城亂成一團。各路軍隊都紛紛提前向各自目的地開拔。曾連長率領的是輜重部隊，更不能不與其他部隊一起撤離！

眼看別的部隊都已撤離，曾連長不能再猶豫，一面大聲下令自己的部隊撤退，一面飛快地把我抱上馬，對我父親大叫著說：

「陳先生，年紀輕輕的，還怕沒兒子嗎？生命要緊，快走吧！」說著便拍馬疾馳。也許在他想來，只要把我帶走，我父母也就會跟上來了！

這些日子來，我一直跟著曾連長騎馬，也因為跟著曾連長騎馬，我才沒有和弟弟們一起失蹤。曾連長馬背上的位子，我都坐熟了。可是，這次，我驚惶回顧。只看到我那可憐的爸爸媽媽，呆呆地站在路邊，像兩根木樁，動也不動。我心中大急大疼，那位子就再也坐不穩了。我嘴裡狂叫了一聲：

「媽媽呀！」

一面，就掙扎著跳下馬去，曾連長試圖拉住我，我早已連滾帶跌地摔下馬背，耳邊只聽到連長那匹駿馬一聲長嘶，再回頭，那馬載著曾連長，已如箭離弦般，絕塵而去。我沒被馬踩死，真是古怪！

我從地上爬起來，跌跌衝衝地爬到母親身邊。

母親用雙手緊擁住我，父親愣愣地站在旁邊。我們一家三口，就這樣呆呆地、失魂地，眼看著軍隊一隊隊飛馳而去。

一切好快，曾連長不見了，所有的駐軍都不見了，只有滾滾塵埃，隨風飛揚。

偌大的東安城，在瞬間已成空城。城裡只有我們三個人，四周變得像死一樣寂靜。

風吹過，街上的紙片、樹葉、灰塵……在風中翻滾。家家戶戶，房門大開，箱籠衣物，散落滿地。

我們佇立在街邊上，聽而不聞，視而不見，心裡想的，只是那兩個現在不知流落何方的弟弟！

十三、投河

我不知道我們在東安城裡站了多久。只知道，最後，我父母終於開始走動了。他們牽著我的手，一邊一個，很機械化地、很下意識地、很安靜地向城外走去，沒有人說一句話。

我從馬背上摔下時，把鞋子也滑掉了。跟著父母走出東安城，在那種攝人心魄的肅穆氣氛下，我想也沒想到我的鞋子。出了東安城，地上滿是煤渣和碎石子，我赤足走在煤渣和碎石子上，腳底澈骨地刺痛，但我咬緊牙關，不說也不哼。父母的沉默使我全心酸楚。雖然我那麼小，我已深深體會出當時那份淒涼，那份悲痛，和那份絕望！

城外有條河，叫作東安河，離城要經過東安河上的那座橋——東安橋。

我們像木頭人一樣，慢吞吞地走上橋，母親走到橋的中央，便停下步子，站在橋欄杆邊，癡癡地凝視著橋下的潺潺水流！

我還不知道母親要做什麼，父親已閃電般撲過來，一把抱住母親，他們雖然沒說一句話，但彼此心中已有默契，父親知道母親要做的事。

「不行！」父親流著淚說：「不行！」

「還有什麼路可走嗎？」母親淒然問：「兩個兒子都丟了！全部行李衣服也丟了！鳳凰連雙鞋子都沒有。曾連長走了，日本軍人馬上就要打來……我們還有路走嗎？孩子失去，我的心也死了！而且，日本人追來了我們也是死路一條，與其沒有尊嚴地死在日本人手裡，不如有尊嚴地死在自己手裡！」

父親仰天長嘆：

「好吧！要死，三個人就死在一起吧！」

母親俯下身來，對我說：「鳳凰，妳要不要跟爸爸媽媽一起死？」

那時候，我只有六歲，但是已經看過了很多死亡。我知道，死了就不能動了，不能說話了，不能站起來了……至於「死亡」的真正意義，我還是懵懵懂懂的。可是，我既然跟定了爸爸媽媽，爸爸媽媽要「死」，我焉有不死的道理。我只覺得心裡酸酸澀澀，喉嚨裡哽塞著，眼眶裡充滿了淚水。我想麒麟、想小弟，我知道他們丟了，我們再也不會見面。

所以，我回答說：「好！」

說完，我哭了。

母親也哭了。

父親也哭了。

我們一面哭著，一面走下橋來，走到岸邊的草叢裡，我親眼看到父母相對凝視，再淒然地擁吻在一起，然後從岸邊的斜坡上向河中骨碌碌的滾去，一直滾進了河水。

河水並不很深，我看到父親把母親的頭按在水中，我不知道他為什麼這樣做。母親不再動彈，父親也不再動彈，河水不能使他們沉沒，但已使他們窒息。

我開始著急，我不知道父母是否已死，我既然答應說也願意死，當然也得一死，我不知道怎樣才會死。既然父母說要死便滾進河水，諒必要死就得下水。

因此，我一步一步地向河水中走去，慢慢地挨向父母。水流很急，我的身子搖搖晃晃只是要跌倒，我也不知道為什麼還要維持身子的平衡。河水逐漸浸沒了我的小腿，浸沒了我的膝蓋，當河水沒過我的腰時，我再也無法站穩，就坐了下去。這一坐下去，河水就一直淹到我的頸項了。這樣一來，恐懼、驚嚇和悲痛全對我捲來，我本能地就放聲大哭，邊哭邊喊：

「媽媽呀！爸爸呀！媽媽呀！爸爸呀！……」

我淚眼迷糊地看到，母親的身子居然動了，接著，我感到母親的手，在水底摸到了我的腳。

原來，母親並沒有死，她只是被水淹得昏昏沉沉，這時，被我一陣呼天搶地的哭喊，竟然喊醒了。她母性的本能還想保護我，伸手在水底摸索，正好握住我的腳。頓時間，她醒了，真的醒了。

我看到母親掙扎著從水裡坐起來，又去拉扯父親，父親也沒死，從水中濕淋淋地坐起來，怔怔地看著母親。母親流淚說：

「不能死！我們死了，鳳凰怎麼辦？」

一句話說得我更大哭不止。於是，三人擁抱著，哭成一團。

哭完了，父親和母親決定不死了。

我們三個，又從水裡爬上岸。

那天，有很好的太陽，我們三個人，從頭髮到衣服都滴著水，除了身上的濕衣服以外，三人都兩手空空，別無長物。離開家鄉以來，這是第一次如此「一貧如洗」——我們還真是入水「洗」過了。頂著滿頭的陽光，我們大踏步地往前走去。因為我沒鞋子，父親心痛，常常把我揹在背上，我對親情的感受從沒那時來得深厚。尤其，失去了兩個心愛的弟弟！

父母都走得很安靜，很沉默，也很輕鬆，因為他們真的一點「負擔」也沒有了。他們似乎連顧忌和害怕也沒有了。對一切都不在乎了（事實上，以後許多年，父母都常談起這次『死後重生』，認為那是一生中最『海闊天空』的一剎那，對生與死、得與失，都置之腦後）。

我們就這樣又「活」過來了。

十四、老縣長

一家五口，現在只剩下三個人。我喉嚨中始終哽著，不敢哭，只怕一哭，父母又會去「死」。

以往，我們的旅程中雖然充滿了驚險，也曾在千鈞一髮的當兒，逃過了劫難。但是，總是全家團圓在一塊兒，有那種「生死與共」的心情。現在，失去了弟弟，什麼都不一樣了。麒麟愛鬧，小弟淘氣，一旦沒有他們兩個的聲音，我們的旅程，一下子變得如此安靜，安靜得讓人只想哭。

我們忍著淚，緩緩而行，奇怪的是，一路上居然一個人也沒有碰到。連那隊被王排長所遭遇的日軍，也始終沒有追來。

東安城外，風景絕美，草木宜人，花香鳥語，竟是一片寧靜的鄉野氣氛。誰能知道這份寧靜的背後，隱藏著多少的腥風血雨！發生過多少的妻離子散！我們走著，在我那強烈的、對弟弟的想念中，更深切地體會到對日軍的恐怖和痛恨！

平常我也常和弟弟們吵嘴打架，爭取「男女平等」（湖南人是非常重男輕女的）。而現在，我想到的，全是弟弟們好的地方。我暗中發過不止一千一萬次誓，如果我今生再能和弟弟們相聚，我將永遠讓他們，愛他們，寵他們……可是，戰亂中兵荒馬亂，一經離散，從何再談團聚？他們早已不知是生是死，流離何處。

那一整天，我們就走著，走著。母親會突然停下腳步，啜泣著低喚弟弟們的名字。於是，我和父親也會停下來，一家三口，緊擁著哭在一起。一會兒過後，我們就繼續往前走。在我的記憶中，從沒有一天是那麼荒涼，那麼渺無人影的。郊外，連個竹籬茅舍都沒有，國軍都已撤離，日軍一直沒有出現……**彷彿整個世界上，只剩下了我們這三個人**。

我們似乎走過一座小木橋，似乎翻過了一座小荒山，黃昏的時候，我們終於聽到了雞聲和犬吠，證明我們已來到了人的世界！加快了腳步，我們發現來到了一個相當大的村莊。

那村莊房屋櫛比鱗次，像一個小小的市鎮（可惜我已忘記那村莊的名字），在村莊唯一入口的道路上，卻站著好幾個身強力壯的年輕人，像站崗般守在那兒。我們跋涉了一天，在劇烈的哀痛中，和長途步行的勞累下，早已筋疲力盡而飢腸轆轆。再加上一路上沒見到一個人，現在，看到了我們自己的同胞，心裡就已熱血翻騰，恨不得擁抱每一個中國人。我們感慨交加地往村莊中走去，誰知道，才舉步進去，那站崗的年輕人就忽然拿了一把步槍，在我們面前一橫，大聲說：「什麼人，站住，檢查！」

我們愕然止步，父親驚異和悲傷之餘，忍不住仰天長嘆，一疊連聲地說：

「好！好！好！我們一路上聽日軍說這兩句話，想不到，現在還要受中國人的檢查！只為了不甘心做淪陷區的老百姓，才落到父子分離，孑然一身！檢查！我們還剩下什麼東西可以被檢查！」

父親這幾句話說得又悲憤，又激動。話才說完，就有一個白髮蕭蕭、面目慈祥的老人從那些年輕人後面走了出來，他對父親深深一揖，說：

「對不起，我們把村子裡的壯丁集合起來，是預備和日軍拚命到底的。檢查過路人，是預防有漢奸化了裝來探聽消息。我聽您的幾句話，知道您一定不是普通難民。我是這兒的縣長，如果您不嫌棄，請到寒舍便飯，我們有多餘的房間，可以招待您一家過夜！」

老縣長的態度禮貌而誠懇，措詞又文雅，立刻獲得父母的信任和好感。於是，那晚，我們就到了老縣長家裡，老縣長殺雞殺鴨，招待了我們一餐豐盛之至的晚餐。席間，老縣長詢問我們的來歷和逃難經過，父親把我們一路上的遭遇，含淚盡述。老縣長聽得十分動容，陪著父親掉了不少眼淚。最後，老縣長忽然正色對父親說：

「陳先生，您想去後方，固然是很好，可是，您有沒有為留在淪陷區的老百姓想過？」

父親不解。老縣長十分激昂地說：

「您看，陳先生。中日之戰已經進行了七年，還要打多久，我們誰都不知道。日軍已向東安進逼，打到我們村裡來，也是彈指之間的事，早晚，我們這裡也要像湖南其他城鎮一樣淪陷。我已經周密地計畫過了……」他完全把父親引為知己，坦白地說：「我把附近幾個村莊聯合起來，少壯的組織游擊隊，發誓和日軍打到底。老弱婦孺，必須疏散到深山裡去，我們在山裡已經布置好了，只要日軍一來，就全村退進深山，以免被日軍蹂躪。那深山非常隱蔽，又有游擊隊保護，絕不至於淪入敵手。可是，我一直憂慮的，是我們的孩子們，這些孩子需要受教育，如果這長期抗戰再打十年八年，誰來教育我們的孩子？誰來教他們中國的文化和歷史？誰來灌輸他們的民族意識？陳先生，您是一個教育家，您難道沒有想過這問題嗎？」

父親愕然地望著老縣長，感動而折服。於是，老縣長拍著父親的肩膀，熱烈地說：

「陳先生，留下來，我們需要您！您想想，走到四川是一條漫長的路，您已經失去了兩個兒子，未來仍然吉凶難卜！與其去冒險，不如留下來，為我們教育下一代，不要讓他們做亡國奴！」

老縣長的話顯然很有道理，因為父親是越來越動容了。但是，父親有父親的固執。

「為了逃出淪陷區，我已經付出了太高的代價，在這麼高的代價之下，依然半途而廢，未免太不值得了！不行！我還是要走！」

「留下來！」老縣長激烈地說：「留下來比走更有意義！」

「不行，我覺得走比留下來有意義！」

那晚，我很早就睡了，因為我已經好累好累。可是，迷迷糊糊地，我聽到父親和老縣長一直在爭執，在辯論，在熱烈地談話，他們似乎辯論了一整夜。可是，早上，當老縣長默然地送我們出城，愀然不樂地望著我們的時候，我知道父親仍然固執著自己的目標。父親和老縣長依依握別，老縣長送了我們一些盤纏，他的妻子還送了我一雙鞋子，是她小腳穿的鞋子。我只走了幾步路，就放棄了那雙鞋。我至今記得老縣長那飄飄白髮，和他那激昂慷慨耿直的個性。**長大之後我還常想，一個小農村裡能有這樣愛國和睿智的老人，這才是中國這民族偉大和不朽的地方！**

我記下老縣長這一段，只因為他對我們以後的命運又有了極大的影響。我們怎知道，冥冥中，這老縣長也操縱了我們的未來呢？

和老縣長分手後，我們又繼續我們的行程，在那郊外的小路上，行行重行行，翻山涉水，中午時分，我們抵達了另一個鄉鎮。

這個鄉鎮並不比前一個小，也是個人煙稠密的村莊，我們才到村莊外面，就看到一個三十餘歲的青年男人，正若有所待地站在那兒。看到了我們，他迎上前來，很禮貌地對父親說：

「請問您是不是陳先生？」

父親驚奇得跳了起來，在這廣西邊境的陌生小鎮上，怎會有人認得我們而等在這兒？那年輕人愉快地笑了，誠懇地說：

「我的父親就是您昨夜投宿的那個村莊的老縣長，我父親連夜派人送信給我，要我在村莊外面迎接您。並且，為了我們的孩子們，請您留下來！」

原來那老縣長的兒子，在這個鎮上開雜貨店，老縣長雖然放我們離去，卻派人送信給兒子，再為挽留我們而努力。父親和母親都那麼感動，感動得說不出話來。於是，我們去了這年輕人的家裡。

在那家庭中，我們像貴賓一樣地被款待，那年輕人有個和我年齡相若的女兒，他找出全套的衣服鞋子，給我重新換過。年輕人不住口地對父親說：

「爸爸說，失去您，是我們全鄉鎮的不幸！」

父親望著母親，好半天，他不說話。然後，他重重地拍了一下桌子，下決心地說：「好了！你們說服了我！我們留下來了！不走了！」

於是，我們在那不知名的鄉鎮裡住了下來。

這一住，使我們一家的歷史又改寫了。假若我們一直住下去，不知會怎樣發展。假如我們根本不停留，又不知會怎樣發展。而我們住下了，不多不少，我們住了三天！為什麼只住了三天？我也不瞭解。只知道，三天後，父親忽然心血來潮，強烈地想繼續我們的行程，他又不願留下來了，不願「半途而廢」。雖然，老縣長的兒子竭力挽留，我們卻在第四天的清晨，又離開了那小鎮，再度開始了我們的行程。

這三天的逗留，是命運的安排嗎？誰知道呢？

十五、難民火車

我不知道有沒有人記得抗戰時期的「難民火車」，我不知道坐過那火車的人能不能忘記那種經驗。

我們離開那小鄉鎮後，翻過了一座荒山，就第一次看到了去桂林的難民火車！初聽汽笛的狂鳴，初次看到那麼多的人，車廂裡，車廂頂上，車廂下面……人疊著人，人擠著人……我們興奮得大叫。有火車，我們不必再走路了！有火車，我們就安全了！有火車，可以把我們帶往四川！於是，我們爬上了車頂，擠進了人潮裡。

在我記憶中，那難民火車有「上」「中」「下」三等位子。「上」位是高踞車廂頂上，坐在那兒，無論颳風、下雨、大太陽，你都浴在「新鮮」的「空氣」中。白天被太陽曬得發昏，夜晚被露水和夜風凍得冰冷。至於下雨的日子，就更不用去敘述了。「中」位是車廂裡面，想像中，這兒有車廂的保護，沒有風吹日曬雨淋的苦惱，一定比較舒服。可是，車廂裡的人是道地道地的擠沙丁魚，男男女女、老老少少，混雜在一個車廂中，站在那兒也可以睡著，反正四面的人牆支援著你倒不下去。於是，孩子們的大小便常就地解決，車廂裡的汗味、尿味、各種腐敗食物的臭味都可以使人生病。何況，那車廂裡還有一部分呻吟不止的傷兵和病患。「下」位是最不可思議的，如今回憶起來，我仍然心有餘悸。在車廂底下，車輪與車輪的上面，有兩條長長的鐵條，難民們在鐵條上架上了木板，平躺在木板上面，鼻子頂著的就是車廂的底，身側轟隆轟隆旋轉的就是車輪。稍一不慎，滾到鐵軌上去，就會被輾為肉泥。

這，就是難民火車。

我和父母還算幸運，我們在「上」位上找到了一塊位置。我想，三種位子裡還是上位最好。但是，當時選擇車頂的人比選擇車廂的人仍然少得多。因為車頂上極不安全，一根突出的樹枝可以把你掃下車子，電線可以掛住你，打個瞌睡，也可能滑下車子。所以，每個動作都要小心翼翼，坐好了就不能移動。

我們有了「上位」，本以為是一段「徒步跋涉」的終止，誰知道，搭上了車，我們才發現高興得太早。姑不論坐在那種車頂上有多少限制和恐懼，那車子是燒煤的，陣陣煤煙，隨風而至，車子開了沒多久，我們也都成了黑人，而且被煤煙嗆得咳個不停。再加上，時時刻刻，可以聽到一陣慘呼或哭叫，使我們明白又發生了一件「意料之內」的「意外」。在一個大的戰亂裡，生命是那麼渺小而不值錢。

過了沒多久，我們又有個新發現，這難民火車並不是挨站停車，而是「隨時」停車，高興走的時候走，高興停的時候停，停多久也不一定。因為燃料的不繼，常常一停就停上好幾小時，又因為火力的不足，常常會把整節車廂拋下來不顧了。我們就這樣坐在車頂上，走一陣，停一陣，再走一陣，再停一陣……白天，黑夜，黎明，黃昏……一日又一日。

我們坐在那兒想弟弟、想未來、想那早就該到達而始終未曾到達的桂林城。母親常常啜泣，我用手緊緊地環抱住母親，父親再用手緊緊地環抱住我們。父母和我都知道，我們再也不能分散。因而，在那幾日搭難民火車的時間裡，我們要下車就三個人一起下，要上車也三個人一起上，生怕車子忽然開走，又把我們給分散了。

這難民火車越走越慢，越停越久，我們相信，如果是步行的話，我們早已到了桂林。這火車的速度比步行還慢，可是，母親的腳創未癒，我的腳上更是傷痕累累，坐車總比走路好，所以我們也就一直搭著那輛火車。

這樣，我們居然又遭遇了一件奇蹟！

這天早晨，車子又停了。和往常一樣，停下來似乎就沒有再走的意思。停了一個多小時以後，我堅持下車走一走，因為我又兩腿發麻了。父母帶著我下了車，怕那火車說走就走，我們沿著車廂，在鐵軌邊走來走去，活動著筋骨。就在此時，忽然有個聲音在大叫著：

「陳先生！陳先生！陳先生！」

我們循聲看去，在一個車廂頂上，有位軍人正對著父親又揮手又揮帽子，大呼大叫。我們跑過去，那是個負著輕傷的傷兵！看來似曾相識，那軍人上氣不接下氣地、急促地嚷著：

「陳先生！我是曾連長的部下！你快去找我們的連長，你家的兩個娃仔，被我們連長找到了！」

不相信我們的耳朵，不相信我們的聽覺。父母一時之間，竟呆若木雞。然後，是一陣發瘋般的狂喜及雀躍，父母忘形地大跳大叫，夾雜著父親緊張、興奮、語無倫次的詢問聲：

「真的，你親眼看到嗎？他們好嗎？但是……但是……你的連長在什麼地方？」

「連長在桂林！他今天才去的桂林！你們去桂林找他！孩子們找到了！找到了！他們好好的！我親眼看到的！」那軍人和我們一樣興奮。「快去桂林！快去！」

桂林！啊！桂林！父母相對注視了一秒鐘，看了看那毫無動靜的難民火車。同時間，他們做了一個決定，舉起手來，他們對那軍人感激涕零地嚷著：

「謝謝！謝謝！謝謝！」

然後，父母一邊一個，拉著我的手，我們放開腳步，就沿著鐵路，向桂林城的方向狂奔而去。

十六、弟弟找到了

桂林！桂林！桂林！

我想，父母和我，都從未這樣發瘋般地狂奔過，我們跑得上氣不接下氣，跑得無法呼吸時才停止，休息一、兩分鐘，又再度狂跑，這樣，我們一直跑了好幾小時。那難民火車，始終沒有開上來。

從早上跑到中午，我們終於到了桂林城！

抵達了桂林城，天知道我們有多焦急，多興奮，多迫切！一進城門，我們就呆住了！彷彿又回到了當日的東安城，滿桂林都是各路駐軍，街邊上、民房中，全是軍人，老百姓幾乎找不到，只見到滿城滿街的駐軍。桂林比東安大，這麼大一個城中，在成千成萬的駐軍裡，哪兒去找曾連長？父親顧不得避嫌疑，看到任何軍官就問：

「請問您知道二十七團輜重連連長曾彪駐紮在什麼地方嗎？」

「不知道！」

不知道！不知道！不知道！沒有人知道！父親越問越急，這消息顯然有些靠不住，曾連長確實在桂林城嗎？父親焦灼得滿街亂闖。

「你知道曾連長嗎？」

「你認識二十七團輜重連連長嗎？」

一個軍官攔住了父親。

「老百姓為什麼要打聽軍隊？」他狐疑地問：「你的身分是什麼？」

父親惶急地解釋著，就在這時，一聲熟悉的大吼忽然傳了過來：

「陳先生！陳先生！陳先生！」

我們一抬頭，迎面大踏步衝來的，正是曾連長！父親忘形地狂叫了一聲：

「曾連長！」

衝過去，他們緊擁在一起，父親頓時淚如雨下。曾連長急急地說：

「好了！好了！這下好了！我正準備今天下午，把你的兩個兒子送到鄉下我的老家裡去，交給我的老婆撫養，如果你們晚來一天，你們就見不到這兩個孩子了！」

「他們好嗎？」母親哭泣著問：「你怎麼會找到他們的？他們沒受傷嗎？」

「兩個小傢伙又壯又結實！」曾連長笑著：「怎麼找到的？說來話長！我們一直以為兩個挑伕落在後面，誰知道他們早已出了東安城，走到前面去了。那兩個挑伕準是發現落了單，就不安好心，商量著開了小差，把兩個孩子遺棄在一條小路上！事有湊巧，我出了東安城，就選了這條小路，王排長聽到有孩子哭，找了過去，兩個孩子正爬在一口荒井上哭呢！說爸爸媽媽不要他們了！」

母親想笑，卻一直哭，父親也淚盈滿眶。曾連長帶著我們往他駐紮的院落裡走去，一面說：

「我曾經派人奔回東安城去找你們，卻沒有找到，我想，戰爭總有一天會結束，結束後，我要在四川、湖南，各大報登啟事找你們，把孩子還給你們，如果找不到，這兩個孩子，就是我自己的兒子了！」

沒有言語可以說出我們對曾連長的感激。我那時雖如此稚齡，卻也能體會到父母那刻骨銘心的感謝和激動。

這樣，在一間小小的平房裡，我們又見到了我那失蹤多日的兩個弟弟！

至今記得當時的情景：

小弟弟一看到母親，就「哇」的一聲放聲大哭，撲奔過來，用手緊緊箍住母親的脖子，把臉埋進母親的懷裡。麒麟手中有一把玩具小手槍，大約是王排長找來給他的。看到了我們，他癟了癟嘴，紅著眼睛，舉著槍，對我們瞄準，說：

「砰砰砰！打你們，你們好壞，為什麼不要我們了？」

父親跑過去，把他抱進懷裡，於是，他也哭了。我跑過去，加入了他們，我也哭了。**我們一家人擁抱著，哭成一團，抱得好緊好緊。什麼叫「喜極而泣」？什麼叫「悲歡離合」？我在那一瞬間全瞭解了。**

我們哭了好一會兒，然後，父母拉著我們三個孩子，轉身對曾連長跪了下去。這是我這一生中，第一次看到父母親這樣誠心誠意地跪倒在一位恩人的面前。

我們和弟弟，前後整整分散了七天。在一個大戰亂裡，分散七天而又重聚，像個傳奇，像個神話，像個難以置信的故事！後來和曾連長談起來，我們才知道，曾連長是當天才到桂林的，如果我們早到桂林一天，碰不到曾連長，晚來一天，弟弟們已被送到遙遠的地方去了！

是誰安排我和父母遇到那熱心的老縣長，在那小鎮莫名其妙地逗留了三天？為什麼是三天而不是四天？是誰安排我哭醒父母，從河中爬起來繼續求生？是誰安排我們搭上那班難民火車，剛好遇到連長的部下？人生的事，差之毫釐，就謬以千里！從此，我雖是無神論者，

卻相信「命運」二字！我和弟弟們的故事，我只能說：「命運」太神奇！

所以我常說，人生的故事，是由許多「偶然」造成的，信不信？

十七、別了！曾連長！

在桂林城中，和弟弟們重逢之後，我記得，我們並沒有停留多久。因為戰火的蔓延，桂林城中，早已重兵駐紮，而日軍環伺左右，桂林城早晚要成為一個戰場，絕不是個可以停留的地方。

那兩天，父母親和曾連長有談不完的話，我和弟弟們都三跪九叩地拜倒在曾連長面前，正式認了曾連長為乾爹。本來，和曾連長重逢，我們原可以又像以前一樣，在連長保護下往前走。誰知道曾連長奉命「死守桂林」。既有「死守」二字，就等於與桂林共存亡了。曾連長一面部署他的隊伍，一面安排我們全家的去路。他用充滿信心和希望的語氣對我們說：

「你們先去後方，我們把日本鬼子趕走，勝利之後，再好好地團聚！喝他兩杯酒，來回憶我們的認識經過！」

我不知道父母心裡怎麼想，我對曾連長，卻已有那份孺慕之情，總記得跟著他騎馬翻越大風坳的日子，總記得喝他水壺中的水的情景，總記得他把我失去的弟弟們帶回給我們的那種奇蹟！可是，我們終於離開了曾連長！

我們是搭難民火車離開桂林城的。曾連長在找到弟弟們的同時，也找到了被挑伕們拋棄的行李，所以，我們的行李，又都回到我們的身邊了。連長預先派他的部下，在難民火車的車廂中，給我們占據了一塊不算很小的位置，於是，一天清晨，我們全上了火車，倚著車窗，含淚望著站在月臺上的曾連長。

車子終於蠕動了，曾連長仍然站在那兒，一身軍裝，威武挺拔。他不住對我們揮手，我們也不住對他揮手，車子越開越快，越開越遠，曾連長的影子就越來越小，終於再也看不見了。

別矣，曾連長！

這是我們最後一次見到曾連長。在我們以後的流亡生活中，不斷打聽桂林的消息，知道桂林終於失守。但是，我們都很有信心，曾連長一定等著和我們「舉杯話當年」，只是，茫茫人海，一別之後，就渺無音訊了。

（勝利後，我們曾經多方尋找曾連長的下落，可惜一直沒有找到，這是我們全家都引以為憾的一件事。）

和曾連長告別，搭著難民火車，我們的目標是先入貴州，再往四川。當時，是遵照曾連長的指示，走一條入山的小路，從桂林往西邊走。

記憶中，這一段路程相當模糊。難民火車似乎只搭乘了一小段路，就不知道為什麼又開始徒步而行了。失去了挑伕，我們不但每個孩子都要步行，而且，連六歲的我，背上都揹著包袱，行行重行行，每日徒步三十里路。

只記得那條路上，滿坑滿谷都是難民，拖兒帶女，扶老攜幼，是一次大規模的流亡。至今閉上眼睛，還能回憶出那條崎嶇山路中的難民群，和那幅背井離鄉的淒涼景況。我們走得苦極了，小弟弟總是哭，可是，我們一家人是團圓的！弟弟的哭聲也變得可愛了！我想，在那麼多難民群中，可能只有我們家，在淒涼之餘，還有一份劫後重生的喜悅吧！

可是，好景能維持多久呢？喜悅又能維持多久呢？戰亂中朝不保夕，我們的生命力，又能有多強？

十八、打擺子

我們沿途的食物和住宿，都是依賴身邊僅有的一點盤纏。和曾連長分手時，曾連長又堅持送了我們一點錢。靠這有限的一點資金，我們流亡到了貴州的融縣時，終於分文不名了。

融縣（不知是否如此寫法，記憶已經模糊）是個相當大的縣鎮，當時也擠滿了難民。我們投宿在一家小客棧中，父親發現城裡居然還有當鋪，於是，我們的衣物，母親收藏在內衣中的一些僅有的小首飾，就一一進了當鋪。這樣，只能勉強日換三餐，夜換一宿。然而，就在這最艱苦的時候，母親終於病倒了。

當時，貴州廣西一帶，都像瘟疫般流行著瘧疾，病勢凶猛，患者忽冷忽熱。普通瘧疾都隔日發作一次，而貴州的瘧疾，卻每日發作，來勢洶洶，而且持久不退，當時在難民群中，死於瘧疾的人非常多。當地的人稱這個病叫「打擺子」，幾乎人人聽到打擺子就變色，因為這種病可以纏綿數年或數十年，而治療此病的奎寧藥片，又十分昂貴。我們真是「屋漏更兼連夜雨」，母親竟染上了惡性瘧疾，病倒在小客棧裡了。

沒有錢，沒有醫藥，沒有食物，舉目無親而前途茫茫。那困守在小客棧中的日子真是淒慘萬分。母親躺在那張木板床上，終日呻吟不絕，父親每天抱著一些已沒有當鋪肯接受的衣物，出去想辦法，只希望能換得幾片藥片。我印象中最深刻的就是那間小木板房，我每日守在母親病床前面，聽著母親一聲又一聲的呻吟，我心中越來越慌張，越來越恐怖。自從流亡開始，我早就已經體會出「死亡」及「離別」的意義，這時候，當父親出外奔走，而把照顧母親的責任交給我的時候，我那麼害怕，「死亡」的陰影，似乎籠罩在整個房間裡。

一天，我又在這種情緒下守著母親，那小屋裡空氣極壞，我一直頭昏昏的，心裡又急又怕，母親的呻吟使我緊張得渾身都痛。忽然，母親睜開眼睛望著我，含著滿眼眶的淚水對我說：

「孩子，如果媽媽死了，你們怎麼辦？」

我再也撐持不住，「哇」的一聲，我放聲痛哭，我這一哭，把母親也嚇了一大跳，她慌忙摟住我，安慰我，不絕口地說：

「別怕！別怕！媽媽嚇妳！」

可是，我哭不停了。哭著，哭著，我渾身抽搐而暈倒了。等我醒來，醫生在屋裡，我躺在母親身邊，頭上壓著冷毛巾，渾身滾燙……我早已感染了瘧疾，只是硬撐在那兒，現在是完全發作了。

這樣，在那小客棧裡，母親和我都病倒了。那「打擺子」的滋味，至今還深深刻在我記憶中，它忽兒熱得你滿身大汗，忽兒又冷入骨髓，使你周身抖顫，再加上劇烈的頭疼和渾身痠痛。六歲的我，畢竟無法忍受這些，我開始哭泣，不停地哭泣（後來，這病曾折磨我好幾年，忽好忽發，直到勝利後復員到上海，才完全治癒）。

一家五口，病倒了兩個。請醫生的錢再也籌不出來了，客棧的住宿費也欠了很多，客棧老闆生怕我們母女死在他的客棧裡，不住催我們搬走。到了這步田地，真正是已經山窮水盡，一家五口，擠在小房間裡，彼此面面相覷，不禁都淒然淚下。這時，我們全家，除了身上的衣服之外，都早已典當一空，再也沒有東西可以賣了。

眼看全家要結束在這小山城裡，母親顯然已放棄了希望，她常常和父親談起死亡。我病得昏昏沉沉，總是回憶起在東安河裡的情形，當時何以不死？今日難道會死？這樣，「奇蹟」又再度來臨了。

這天，父親和往日一樣，又出去「想辦法」。我和母親都躺在那暗沉沉的房間裡呻吟等死。忽然間，門開了，父親帶著一個年輕人走了進來，興奮地對母親嚷：

「妳瞧！我遇見了誰？」

同時，那年輕人直撲床前，激動地喊：

「陳師母，你們怎麼會狼狽到這種地步？」

原來，這是父親教過的一個學生，姓蕭（名字叫什麼，我已記不清楚）。當時，蕭先生正在廣西大學當助教，而廣西大學正好疏散到融縣。父親滿街亂竄時，竟遇到了這位蕭先生！

當時，蕭先生一看我們母女都已病得半死，弟弟們也都餓得半死，他毫不遲疑，立即跑出去，請醫生、買藥、買食物、結清欠客棧的錢……他馬不停蹄地為我們全家奔走，那份熱心及熱情，真令人感動。**我們一家，總在危急關頭，有這樣的奇遇，也實在是很費解的事。或者，患難之中，人與人之間，更容易發揮潛在的互助之情吧！**

我們的難關，終於在蕭先生的全力協助下度過了。瘧疾也被藥物所控制了。但是，我們已身無分文，而前面的路還長著呢，如何繼續下去呢？為了解決我們以後的問題，蕭先生又把父親介紹給廣西大學。當時，廣西大學的教授職員，都已經走的走了，散的散了，學校當局，正為師資缺乏而焦慮，雖在戰爭中，學校仍有復課的信心。他們和父親一談之下，認為父親是難得的人才，立刻聘用了父親。於是，我們做夢也想不到，在融縣那個小地方，只因我們母女一病，父親竟進入了廣西大學，有了職業，有了薪水，解決了我們以後許多困難。

於是，我們跟著廣西大學，集體行動，繼續往貴州撤退。第一步，就是搭乘一條小木船，沿著山間的一條激流融河，往貴州的榕江前進。在這小船中，我們又度過了驚險刺激的二十天。

十九、融河二十日

我們坐的小船，正像國畫中老漁翁垂釣江邊的那種小船，細細長長的，中間有一個半圓的篷，是用竹片編成的，篷的兩頭是船頭和船尾，篷下便是「船艙」。在圖畫中，這種船是很詩情畫意的，但你必須乘坐這種小船，捱過二十天的激流逆行，就簡直苦不堪言了。

廣西大學一共租下了二十多條這種小船，編成了一個船隊。每兩戶人家共乘一條船，我們當然也與另外一家人共同分配一條船。「船艙」的中間掛起了一條布幔，做為藩籬。這一半的「船艙」有多大呢？在我的記憶中，比一張方桌大不了多少。白天，我們一家大小五口，圍坐在一起，中間用一床棉被蓋住腿，說說笑笑，倒也容易捱過。到了晚上，面積怎麼也不夠五個人平臥下來，必須有兩個人輪流睡到船頭的「甲板」上去——至少有兩個人的頭或腳，必須暴露在「船篷」以外——天晴，倒也罷了，到了下雨颳風的天氣，可真慘不忍睹。風浪太急的時候，江水也會濺得衣襟盡濕，露水也會浸得你徹骨冰冷。記憶中，我常常輪到睡在「甲板」上！（也許父母認為我比弟弟們年長一點，比他們更能忍受一點風寒）。記憶中，我常常被冰涼的雨水、河水、露水冷醒！記憶中，我還是倦極而入眠。

那麼長時期的「煎熬」，居然沒有生病，也可說是奇蹟了！

船艙的面積，已不夠我們容身，炊事只能發展到船頭上去。伙食當然是愈簡單愈好，早餐稀飯，用點紅糖拌一下就打發過去了，午晚餐，用白飯拌點豬油和鹽，就可以充饑了。我們經常就這樣沒有佐菜下飯的。可能隔一天才有一道「美味」打牙祭——幾顆辣椒炒豆豉。那一小瓶辣椒豆豉，實在太珍貴了，全家食用時，定量分配，每人只能分幾顆，我記得享受那幾顆辣椒豆豉，比山珍海味還可口，必須在口中嚼上老半天，才捨得吞下肚去！

有一天，船隊停泊下來的時候，有些船民，煮了新鮮的玉米來兜售。我們實在抵制不了這麼大的誘惑，孩子們吵翻了天，要求父母買玉米。事實上，我們窮得不應該有這樣奢侈的享受，但是父母還是狠下心買了一根玉米，像分珍珠一樣地大家分食。如果辣豆豉是山珍海味的話，那一根玉米，不啻是龍肝鳳肉了！

我們這條船，是由父子二人來操縱的，那父親才三十來歲，兒子只有十歲左右，還是一個孩子，所以實際上，只能算一個半人。這樣滿滿的一船人，這樣漫長的路程，由這樣一個半人來操縱，前途如何真不可想像。

開船以後，比我們想像更壞。

融河，也稱融江，兩岸都是千仞峭壁，江水湍急，處處有暗礁，時時有漩渦，真是危機四伏。這種船當然沒有機械動力，也沒有風帆，全靠父子二人合力用竹篙、用木槳，與江水奮鬥，所以船速緩慢，並且只能在白天行舟，入晚就停泊在岸邊。為了怕江水把船沖散，停泊時二十多條船都用繩子串聯在一起。如果停泊的地方無法上岸，大家只能枯守一夜，如果停在一個大站，有碼頭可以上岸，這可是一大樂事，就可以去補充一點必須補充的用品，也可以上岸伸展一下手腳。當然，孩子們只許在岸邊玩玩，不許走遠。我記得我最喜歡在岸邊撿各種顏色的鵝卵石。有一天，我撿到一些白得晶瑩可愛的石塊，人家告訴我是打火石，可把我樂極了。我常常蹲在船頭用打火石碰擊著玩，看點點火星飛耀，覺得美極了、快樂極了，也幫助我度過不少這些難捱的日子（後來我常用「火花」形容自己，說不定就是這些打火石打出的小火花，在我腦中種下了的深刻印象）。

有一天，我又蹲在船頭玩打火石，船一個顛簸，便把我顛到江水中去了，江水湍急，眼看就要小命歸天，幸好船伕眼快手快，他的泳術是何等高明，一下子就把我救起來了。雖然命是撿回來了，但我失去了這些寶貴的打火石，難過極了。當時，我覺得這些打火石比生命更可貴！我的童年沒有什麼玩具，可是到現在我還記得清清楚楚，我的小錦旗和我的打火石！

後來，我又掉進水中好幾次，幾乎每個人都有掉進水的經驗，因為我們每個人必須在船舷解決一些「大事」、「小事」，掉進江水的機會是很多的。好在船伕十分機警，每一次都被他救起來，然後，大家就「有恃無恐」了！

但不幸的事件，終於又發生了，我們生命的保障——那位年輕力壯的船伕突然病倒了，是潛伏的瘧疾症發作。英雄只怕病來磨，何況一打起「擺子」，任憑你鋼筋鐵骨，也禁不起折磨。

雖然，他咬了牙「主持大局」，不過划船、撐篙的重任，也就落在他兒子身上，也就是說，我們兩家人的性命，操縱在一個孩子手中了！

船速越來越慢，終於脫離了船隊，無助地在激流中漂流。

船伕和他的兒子——加上船上其他成人們手忙腳亂地幫忙，勉強把船靠到了岸邊，船伕上岸買藥。那時候，這條船的主宰就完完全全落在這個十來歲大的孩子身上。

水流太急，綳斷了繩纜，船便向下流漂去。孩子用盡了渾身解數，設法把船穩住，他雖然「身懷絕技」，畢竟力氣不夠，最後，他實在沒有辦法了，只能用雙手抓住岸邊的雜草，全船的人也都紛紛抓住可抓的東西——一塊大石，或一根樹根。

總算在筋疲力盡的時候，救星出現了，船伕買了藥回來了，靠著他的經驗和技巧，把船穩住。

第二天，我們終於又趕上了船隊，大家都不相信我們會歸隊。已經有兩條船離失，而從此失去了蹤影。

經過了這次「大難」以後，我們更能忍受生活方面的痛苦。對這條小船，也增進了不少信心，不再羡慕那些坐「大船」的人們了。

對了，這些小船是我們這種貧窮的難民坐的，富有的人家，可以包大船，船艙寬大舒敞。船是幾十個縴伕在岸上拉縴，再由兩排船伕在船上撐篙，配合著前進。

我記得那些縴伕弓著身子，拚命地向前一步步邁進，繩子都好像快要嵌進肉裡去了。他們那些深沉的呼叫聲，單調的、重複的、淒愴的、有韻律的「哎唷、哎唷」的呼叫。這不是歌，這是為生存而掙扎的吶喊。拉縴的在岸上每喊一聲，船上的船伕們就應一聲。

我中學時學會了一支歌〈拉縴行〉：

前進復前進，
大家縴在手。
顧視掌舵人，
堅強意不苟。
前進且從容。
駭浪驚濤中，
無涯終可至，
南北或西東。

曲子是洪亮動聽的，歌詞是快快樂樂的，中間所謂的「駭浪驚濤中，前進且從容」與我小時候目睹的景象完全不同，那前進絕不「從容」，而是「沉重」。我覺得我們寧可多吃一點苦坐上這條小船，而不願坐那些把舒適建築在別人痛苦上的大船。

終於，我們越來越耐得住苦楚了。

終於，我們到達目的地——榕江。

但是，榕江並不是我們的真正目的地，我們真正的目的地是重慶。從榕江到重慶，還有好長好長的一段旅程。

到了榕江，廣西大學本身發生了財務困難，既無法發放薪水，也無法繼續整隊向內地疏散，於是大家紛紛各奔前程，無形中解散了。父親又失業了，而我們的生活，仍然要繼續下去，行程，也要繼續下去。

二十、糍粑與紅薯

貴州當地人最常吃的一種食物是糍粑，用糯米磨粉做糕，油煎而成。

另一種比糍粑更廉價而足可果腹的食物是紅薯，那時候天氣太冷，兩手拿著蒸得軟軟熱熱的紅薯，邊走邊吃也真是亂世中的一大享受呢！

我父母一商議，賣這兩種「價廉物美」的食物，可能是最好的生計；再一商議，決定雙管齊下——我父親去賣紅薯，我母親去賣糍粑。全家分成兩組，我是歸入父親的一組。因此，母親賣糍粑的經過，我沒法親眼目睹，父親賣紅薯的故事，卻使我記憶猶新。

當時的榕江，擠滿了難民，大家又都各謀生計，父親賣紅薯，有更多的人也在賣紅薯，大家賣紅薯，又叫又吼的，生意興隆。我這位爸爸大人啊，平常在講臺上是滔滔不絕的，在市場上，卻真呆若木雞，完全不知道如何去招攬顧客。他悠閒得很，瀟灑得很，姜太公釣魚，願者上鉤，靜待顧客上門。顧客偏偏不上門，一個問津的人都沒有，他既不急又不惱，只是靜靜地等下去。

終於上天不負苦心人，等到別的紅薯攤把紅薯賣得差不多後，總算有一條魚兒自動上鉤來了。我們好高興地招呼這位「貴人」——他要買半斤紅薯。

我這位「好好先生」似的父親興高采烈地到鍋裡去撈紅薯，鍋中的紅薯一直用火燉著，所以燙得很。他可不知道如何把如此滾燙的紅薯撈出來，好不容易一面撈而一面掉地撈出了一些紅薯，包了起來用秤來稱，糟了，他不會認秤，不知道怎樣才算半斤。稱來稱去稱了半天，也不知道是多重，他滿頭大汗地對我說：「鳳凰，怎樣才算半斤？」天啊，我那時候才六歲，怎會認秤，後來還是旁邊的攤販實在看得忍不住，幫他稱好了半斤紅薯。當他把紅薯從秤上拿下來的時候，卻把那些紅薯全部掉到地上去了。

那位顧客已經忍無可忍，我父親心一橫，乾脆把秤往地上一扔，把鍋蓋一開，對那位顧客說：「你自己拿吧，你愛拿多少就拿多少！」

這是唯一的一筆交易。我媽媽賣糍粑的經過如何，不得而知，卻只記得以後幾天，我們的一天三餐不是紅薯，便是糍粑。

二十一、瞿伯伯

然後，我們認識了瞿伯伯。

在我們這一路的流亡生涯中，真認識了不少奇異的人物，像曾連長，像老縣長，像蕭先生……現在，我們又認識了瞿伯伯。

瞿伯伯是個「人物」！

瞿伯伯原是廣西大學的一位職員，大約四十歲左右，帶著太太和三個女兒，一家也是五口。他們跟著廣西大學撤退到榕江，廣西大學解散了。有的教職員留在榕江，有的就近去投奔親友，而我父親呢，卻堅持要攜家帶眷，走到四川去！雖然我們現在已到貴州，離四川還有段距離呢！帶著稚齡兒女，要翻山越嶺，仍然不是一件簡單的事。我父親執意要走，無獨有偶，瞿伯伯也執意要走！

瞿伯伯說，我們兩家合起來一起走，彼此都有個照應，就不那麼孤單了。瞿伯伯說，兩家孩子，還可以交朋友，說說笑笑，就走到四川了。瞿伯伯還說，他有很多謀生技能，不怕沒飯吃！瞿伯伯最後又透露，他有一項祕密本領，可以逢凶化吉，遇難呈祥，還能治百病……原來他篤信我佛如來，會唸《大悲咒》，還會唸《金剛經》！

於是，我們一家就和瞿伯伯一家，聯合在一起，繼續了以後這段行程。

這段路線是怎麼走的，我已經都不記得了，只記得沿途妙事一件接一件地發生。有瞿伯伯在，幾乎沒有任何時候是「乏味」的。

這一路上，難民極多，大家都是把行李紮好後，連鍋盤餐具用扁擔挑在肩上走，這樣，才能隨時隨地停下來燒鍋煮飯。

我父親本來不可能去挑擔的。但是，人家瞿伯伯都挑了，我父親就不得不挑了。何況，瞿伯伯在旁邊一個勁兒地鼓勵：

「挑擔有什麼難？只要是男人都會挑！用一點體力而已！你儘管挑，我幫你唸《金剛經》，有我唸《金剛經》，你一定挑得平平穩穩！」

於是，我父親就挑起擔來了。挑擔這玩意，說來容易，事實上可不簡單，打包要技術，重心要平衡，我們真擔心父親一介書生，是不是能吃得了苦！但是，他真的把擔子挑起來了，也真的走了不少路，只是人家走五步，他走十步，人家走直線，他走曲線。走得我們全家提心吊膽，走得瞿伯伯嘴中喃喃唸經唸個沒停。

好不容易走到黃昏，到了一家廢棄的大院子。許多難民都到這院子裡去過夜，院子的圍牆有個大缺口，可以從缺口處抄近路直接進院子，否則就要繞好長一段路從大門進去。那缺口堆滿磚頭瓦片，高低不平。我們前面有個挑擔的難民，為了走缺口而摔了一大跤，把瓶瓶罐罐都摔碎了。所以，母親叮囑父親說：

「你不要逞能走缺口，我們還是走大門吧！你瞧，人家都摔了！」

「人家摔！我不會摔！」我父親居然「神勇」起來了。「妳看我一路不是挑得好好的嗎？」

「是啊！」瞿伯伯在一邊吆喝：「你儘管走缺口，有我呢，我幫你唸經！」

於是，我父親就大踏步地跨上缺口，瞿伯伯大聲地唸經，說時遲那時快，扁擔的兩頭搖晃得像個瘋狂的鐘擺，只聽到一聲「匡啷啷」的巨響，父親已倒在破磚殘瓦中。我們真嚇壞了，都撲過去扶父親，他哎唷唷地爬了起來，居然沒有摔傷，只是我們唯一的那個飯鍋，已破成兩半，碗啊筷啊的碎了滿地。瞿伯伯在旁邊驚魂甫定地拍著胸口說：

「你瞧！幸好我幫你唸《金剛經》，全身都沒傷著，否則，不摔斷一條腿才怪！」

那晚，我最後的記憶，是母親用半片鍋炒菜給我們吃，我們用半片碗盛飯吃。

碗盤都摔碎之後，對父親而言，倒是減輕了一項大負擔，他不需要再挑擔了。

二十二、撿柴

我們把行李化整為零，每人——包括我，背上揹一個小包袱，其餘的剩下東西，紮一個大包裡，掛在父親的脖子上（父親的背上，常常要揹我小弟弟，所以只好掛在脖子上）。

這樣的行程，既慢又苦，對我印象最深的，莫過於常常要我們孩子們去撿柴。這真是一件十分艱難而又痛苦的事——至少對我這樣一個六歲大的女孩而言。不是找不到合適的，往往找到了又搶不過別的大孩子，即使撿到了也常被男孩子們搶了去。我在撿柴的任務中，屢屢敗北。

但是我知道，我非撿到柴不可，否則就煮不了飯！沒有飯，大家就得挨餓，所以我常常拚命地去完成任務！

記得有一天，經過了一個鋸木廠，父母叫我去撿廢材和木屑，但是也有很多別的孩子在搶那些廢材。我實在撿不到柴，正在著急，卻發現一堆劈得好好的木柴，不管三七廿一就拿。但拿不了多少，就被人逮住了。那人很生氣、很凶，問我為什麼要偷他的木柴，我嚇壞了，卻不肯把柴還給他，那人看我可憐，動了惻隱之心，他說：

「只要妳唱一個歌，跳一個舞給我看，就把這些柴送給妳。」

我全身都沒有音樂細胞，也沒有跳舞的細胞，但是我還是一面跳舞，一面唱歌：

弟弟疲倦了，眼睛小，

眼睛小，要睡覺……

這是我童年中唯一會唱的歌，我一面唱，一面忍住淚。

我在前面的故事裡曾經提到過一面小錦旗，當初為了要那可愛的小錦旗，我記得也曾在我父親的同事們面前唱歌，唱的也是這首歌。不過那時候，唱得很高興，唱完了大家鼓掌，我真快樂。唱完後，得到那面錦旗，更是樂不可支。

儘管唱的是同一首歌，我這次的感受可真難過極了。唱的時候，又想起了那面失去的小錦旗，和失去的歡笑，唱著唱著，終於唱哭了。哭得那個人也不忍心再逗我，才放了我！

這小小的故事，在我的童年中，印象極為深刻。我曾經寫了一篇短篇小說，題名叫〈舞〉，就是寫這段遭遇和心情。

二十三、一個豬頭大家啃

撿柴是孩子們的事，找食物可是大人們的工作，事實上，兵荒馬亂的時候，這可真是難如登天的工作，我父親和瞿伯伯總是分頭去找，找到什麼吃什麼。

記得有一個晚上，我們到了一個十分荒涼的小村，大部分人家已棄屋他去，留下兩、三戶人家，也是門窗緊閉，給我的印象彷彿到了一個鬼村。

父親和瞿伯伯把兩家妻小安置在一個破爛的土地廟裡，就分頭去找吃的。那時候，天昏地暗，他們又沒有什麼手電筒，點了「火炬」，眼看著他們的火炬愈離愈遠，真是擔心極了，恐怖極了。

不知等了多久，好像等了一輩子似的，總算瞿伯伯回來了，火炬已熄，大家聽到嘆息聲，心中都知道他已徒勞往返。

大家既擔心我父親，卻又把希望寄託在我父親身上，瞿伯伯又開始一個勁兒地唸經，什麼《大悲咒》《金剛經》，一遍又一遍，沒完沒停，如果那些經聲真能充饑的話，足以撐死我們這一群人！

在瞿伯伯的經聲中，在焦急的期待中，我父親翩然出現了，看他那副興奮昂揚的樣子，就知道他大有收穫。

父親抱回了一個大大大的豬頭！

記得我從小就會唸一首兒歌：

巴巴掌，油餡餅，

你賣胭脂，我賣粉，

賣到瀘州蝕了本，買個豬頭大家啃，

啃不動，丟在河裡乒乓砰！

那個豬頭可真不容易啃（等不及煮得很爛啊！），但大夥兒怎捨得把它丟在河裡，大家還是啃得津津有味，在我的印象裡，至少那鍋湯是鮮美極了！我一生中很少嚐到這樣鮮美的湯！大家始終不知道父親怎樣弄來那個豬頭，至少他的功勞大極了！但是瞿伯伯認為是他唸經唸來的！

瞿伯伯真是一個大大的好人，既幽默又風趣，但信佛可一點兒也不含糊，他相信虔誠可以解決一切問題。

例如：他有一個十歲大的女兒，患了牙痛，腮幫子腫得紅紅的，痛苦不堪，瞿伯伯發現了，把女兒叫過來，很有信心，也很有權威地說：「牙痛？！沒關係，我替妳唸經！」他在她腮幫子上畫了符就大聲唸起來，唸了半天，問他的女兒說：「不痛了吧？」問得很有信心，很有權威。

我眼見他女兒痛得龇牙咧嘴，腮幫子腫得愈高了，她還是含著淚，喃喃地說：「好點了，好點了！」

瞿伯伯這下子可樂了，笑著說：「我說嘛，只要誠心唸經，什麼都可以解決！」

二十四、強盜與縣長

我們在貴州的流浪生涯中，一直有瞿伯伯作伴，使我們此行中，多了許多樂趣。在這段行程裡，偶爾我們也會搭上一輛木炭汽車，我前面所記載，我曾摔下車子把鼻子上摔了一個大傷口，就在貴州境內（現在回想，這次我居然沒有摔死，可能和瞿伯伯唸經有關）。但，絕大部分時間，我們都是步行的。

有一天晚上，我們到了一個小鎮，寄宿在一個民家，飯後大家聊天，那民家的人問我們第二天要去哪兒，父親說計畫翻過一個山到另一個叫「劍河」的小縣城去。

那家人說：「山上有土匪，翻山很危險呢！」

父親問：「我們都是難民，逃難逃得那麼慘，身無分文，還有什麼可搶的！」

那家人說：「其實有些難民把金子、首飾縫在破棉襖裡，不一定都是一貧如洗的！」

瞿伯伯除了唸經外，最愛說笑話，他說：「對，對，對！別看我們這些打滿補丁的破棉襖，裡面可真縫了不少寶貝呢！」

「那麼說，你們明天可要小心，別翻那座山了！」

「強盜有什麼可怕的！」瞿伯伯說：「我唸經就把他們唸跑了！」

第二天，我們還是決定翻那座山，反正我們什麼也沒有，有什麼可怕呢！

更何況瞿伯伯會唸經！

那座山真的十分荒涼，十分可怕，一上山就覺得不對勁，在草長及膝的小徑中行走，真不是滋味，使我想起遍是荊棘的大風坳。

瞿伯伯一路上很認真地唸經，又是《大悲咒》，又是《金剛經》，愈唸愈大聲。

突然，聽到一聲大喝，草叢中跳出了五、六個彪形大漢，不用說，瞿伯伯唸經沒有把強盜唸掉，他們在等著我們呢！（事後我們猜想，頭一晚我們大概就投宿在強盜窩裡）。

他們非但把各人的包裡搶去，連每人身上打滿補丁的破棉襖也被逼脫下來搶了去。

等他們呼嘯而去，每人穿著單薄的衣服，在山風中發抖。

瞿伯伯說，假使不是唸經，強盜不會讓我們留下單衣穿，也許還會把我們統統殺了！

所以，他又唸起經來了，不過，在唸經聲中，夾雜不少憤怒的「不平之鳴」，他倒不是罵那些心狠手辣的強盜，他罵的是劍河縣的縣長，怎可容許在他縣境裡有強盜出現！

「等我們到了縣城，我要到縣政府去控告縣長瀆職！」他十分生氣地說，並且意志十分堅決。「到了省城，我還要到省政府去告，到了四川，我還要到中央政府裡去告！」

眼前的問題是：天漸入晚，大家又十分寒冷，絕對翻不完這個山，於是在山上撿了樹枝，生了火，大家圍坐一圈，度過了又恐怖又寒冷的一晚。

第二天太陽出來後，大家趕著下山，到了劍河。

瞿伯伯真的怒氣沖沖地找到縣政府，告了縣長一狀。

縣長接見了我們，瞿伯伯聲色俱厲地責備了縣長一頓，說他失職，更可惡的是，在他這樣努力唸經的情形下，那批強盜居然還敢出現！如果縣長不處理這件案子，他要到省政府去告狀。

這位忠厚的縣長，一再道歉，一再安撫，一面招呼我們吃飽，一面又去找來些衣服，又去找了一幢舊房子，把我們安頓下來。

這樣瞿伯伯的怒氣，總算又消了一點。

縣長真的去追捕那批強盜，但捉了好久，也沒有捉到強盜。

那時候，我們再度一貧如洗，又不能一輩子靠縣長接濟，總得設法活下去。

天無絕人之路，瞿伯伯說，我們得想辦法。

在抗戰時期，話劇是很流行的，也著實出現了不少優秀的劇作家和演員。

瞿伯伯說，人家愛看戲，我們就演戲給他們看。他居然異想天開地計畫演話劇了，而且，他「居然」憑他三寸不爛之舌，說動了我保守的父母，大家熱烈地籌備演出了！

二十五、《紅薯熟了！》

好戲開鑼了！

「舞臺」在一條街口搭起來了，我不知道舞臺是怎麼搭起來的，也許本來就有這麼一個舞臺，抗戰時代的後方，話劇是人人入迷的娛樂。

男主角是我爸爸，女主角是我媽媽。

瞿伯伯是真正的幕後英雄——他是製作人、前臺經理、後臺經理、布景、道具、效果、配音、服裝、燈光，總之，一切的一切，由他一手包辦。

當然，更重要的是，他是編劇，兼導演！

現在回想起來，瞿伯伯真的頗有一些戲劇天才。這齣話劇，實在「極具水準」呢！

大人們忙於演戲，孩子們可就樂極了。戲開演前，沒有人管我們，我們大可盡情地玩樂，戲開演，更樂，看自己父母在臺上演戲，那是多麼光彩，多麼過癮的事。

我一直是最忠實的觀眾，他們演出幾場，我看幾場，看得我把臺詞都記得滾瓜爛熟。

我記得那齣戲叫作《紅薯熟了》。

故事講一個小家庭，丈夫要出征，與妻子話別，妻子依依不捨，對丈夫說我正在煮紅薯，等紅薯熟了，吃了紅薯再走。

窗外征集的號角響了——瞿伯伯的配音。

丈夫雖然很焦慮，但還是與妻子滔滔不斷地互訴衷情。

嬰兒的哭聲傳來（當然是瞿伯伯的配音），妻子進去哄孩子。孩子哄睡了，妻子又出來情話綿綿。

號角又響了，妻子說我進去看看紅薯熟了沒有，等了一會兒出來，說：「紅薯還沒有熟，但是快熟了！」

號角又響了！一會兒孩子又哭了，妻子焦躁地進進出出，但紅薯一直沒有煮爛。征集號角更響更急了！出征的丈夫，實在不忍心再待下去，不忍面對離別的場面，等妻子再進廚房的時候，越窗而去。

妻子手裡捧著一盤滾燙的紅薯上場，嘴中喊著：「紅薯熟了！紅薯熟了！」但是發現已經人去樓空，淚滿眶，手一鬆，盤子破了，紅薯落滿一地。

嬰啼聲，號角聲，馬蹄聲，啜泣聲中幕下。

這齣戲非但寫出了夫妻深情，也把當時抗戰的氣氛寫得淋漓盡致，小故事看大時代，實在是很成功的呢！

觀眾倒也十分踴躍，觀眾的反應也十分熱烈，但是在看完戲後，大家就快樂地、滿足地一哄而散，很少有人自由樂捐一些演出的經費。

因此，演了幾天的戲，非但不能賴以賺出一些家用，連每天必須打破的盤子，和那盤紅薯都無法籌錢去補充，也就只好真正落幕了。

我們這一路的「逃難」，實在是高潮迭起，好戲連臺。只會教書和念書的父母，為了謀生，簡直使出了渾身解數。紅薯、糍粑賣過了，粉墨登場也試過了。到此時，已經一籌莫展。這是我們無數次「山窮水盡」後，又面臨到一次「行不得也」的困境。

好心的縣長，看我們戲又演不成，強盜也抓不到，覺得我們弄到這個地步，確實與他管理不善有關。當下，就急忙替父親和瞿伯伯安排了兩份工作，熱心地對我們說：

「不要再走了，留下來吧！」

事實上，我們已經走得太累了，經過縣長一挽留，大家真的在劍河停留下來。

這一停留，居然留了半年多。

二十六、抗戰勝利了！

在劍河停留的一段日子，大概是我們流亡以來，最平靜的日子了。母親在這段日子中學會了做鞋子，我們三個孩子都有新鞋子穿了。父親呢，他依舊忙忙碌碌的，有天，從鄰居家抱回一個大牛角，原來他拜了個金石師父，學起刻圖章來了。

父親刻了一大堆牛角圖章，興猶未盡，有天，他砍了一段竹節，用竹根做了個筆筒，他在竹筒上面，精心雕刻了兩個大字：

勁節

是這兩個大字觸動了父親的心事吧，那些日子，他悶悶不樂，連瞿伯伯的笑話，也不能逗他笑了。於是，母親明白了，她說：

「你還是想去四川吧！」

「是啊！」父親長嘆著：「一百里已經走了九十里了！現在停下來真沒道理。」

「可是，我們沒錢哪！」

「從東安河裡爬出來的時候，我們有錢嗎？」父親問：「比起那時候，現在不是強多了！」

原來，在劍河，父親還有些小收入呢！

於是，那幾天，父母商量又商量，終於決定了：我們要繼續走下去，一直走到四川，一直走到重慶。這次，瞿伯伯不肯跟我們一起走了，他堅持要捉到強盜以後再走。但他祝福我們。當我們全家動身的那一天，他依依不捨地直送到城外，並為我們虔誠地唸經祝禱！

我們又開始走了！

行行重行行，翻不完的山，走不完的路。

終於，我們到達四川省境了。

記憶中，進入四川後，我們就開始在翻山越嶺。

走山路是很苦的，那些山雖然荒涼，卻常有土匪出沒。我們一來要擔心毒蛇野獸，一方面要擔心土匪。雖然我們身上都沒財物，但是，如果像上次一樣，被土匪連換洗衣服都搶了去，我們又沒有個瞿伯伯會唸經告狀，那豈不是災情慘重！

這樣，有天，我們在山中走著。走啊走的，突然前面出現兩個壯丁，抬著個擔架，擔架上，一塊白布連頭帶腳地蓋住那躺著的人，默默地經過我們身邊，走進深山裡去了。父母有些疑惑，也不敢問什麼。再走一會兒，又出現兩個人，抬著蒙了白布的擔架，走進深山裡去。片刻，第三次，擔架又出現了……

山風吹在人身上，突然變得涼颼颼的。那沉默的抬擔架的人，那白布，那擔架……不知怎的，一直讓我們背脊發冷，這景象太詭異了。

終於，當又一個擔架出現時，父親忍不住問：

「怎麼回事？有人生病嗎？」

「生病？」抬擔架的人瞪了父親一眼。「死了！都死了！抬到山裡去埋！」

原來，這些都是運屍人，那白布下都是屍體，再經探詢，才知道這整個山區，都正在霍亂流行，每天都要死一批人，每天都有更多的人倒下。山區貧困，抗戰時藥物又缺乏，只能眼看一個個人死去！昨天抬屍的，今天可能就成了被抬的！

父母毛骨悚然，面色凝重，帶著我們小心地趨避著那些屍體。整天，我們不停地遇到抬屍人，我和弟弟們，到底年紀小，見多了也就見怪不怪了。

到了黃昏時，我父親揹著我小弟弟，已走得上氣不接下氣，我和麒麟這對雙胞胎，看到已經是下山路了，就手牽手衝下山去。父母都落在後面了。到了出山口，我們兩個，早已饑腸轆轆，放眼看去，正好看到一個小販在路口賣擔擔麵，有個擔架放在路邊，兩個抬擔架的正在吃擔擔麵。麵香繞鼻而來，我和麒麟禁不起誘惑，就走過去，加入了那兩個抬屍人，坐下來，各要了一碗擔擔麵，我還很聰明地告訴小販，母親隨後即至，會幫我們付錢。

我和麒麟，就這樣大吃特吃起來，也不管這是疫區，也不管身旁就是屍體。等母親趕來一看，嚇得尖叫起來：

「啊呀！完了！完了！你們不要命了！萬一傳染了霍亂，連救都沒救！」

母親又急又氣，拉起我就打了我一掌，又給了麒麟一掌，麒麟每挨打就哭，這時扯開喉嚨，就哭個不停了。母親罵，麒麟哭，旁邊的小販在發愣，有個屍體躺在腳邊……就在這種怪異而混亂的情況下，突然，一陣「劈哩叭啦」的巨響，連珠炮似的響了起來，震動了整個山邊。

「土匪來了！」母親本能地喊，一把抱住麒麟。

「是槍戰！」父親說：「難道日軍已攻到四川嗎？不可能的！」

話沒說完，又一陣「劈哩叭啦」的巨響。小販嚇得蹲下身子，用四川話和抬屍人大吼大叫，抬屍人站起來，開始往山下的小鎮中跑去……眼前一片混亂，我們嚇得呆呆地站著，動也不敢動。

然後，有一群人從小鎮裡跑出來了，他們叫著，笑著，手裡高舞著一面國旗，同時，在放著鞭炮，原來那「劈哩叭啦」的巨響是鞭炮聲呢！那群人一面放炮，一面大聲嚷著：

「抗戰勝利了！我們勝利了！日本人無條件投降！無條件投降！」父母呆怔著，不敢相信。好半天，父親才抓住一個年輕學生細問。

「真的，收音機已經轉播了，抗戰勝利了！」學生說。

父親大叫起來，抱著母親狂跳，母親又哭又笑，我們孩子們繞在父母腳前，也跟著大笑大叫……**在那一瞬間，興奮把什麼都淹沒了，連瘟疫的恐懼也沒有了，全家人瘋狂地擁抱著，瘋狂地笑著、哭著、叫著：**

「勝利了！勝利了！勝利了！」

是的，我們終於走到了四川，終於趕上了勝利！

我實在描寫不出那時候欣喜若狂的心情，杜甫有一首七律〈聞官軍收河南河北〉：

劍外忽傳收薊北，初聞涕淚滿衣裳！
卻看妻子愁何在？漫卷詩書喜欲狂。
白日放歌須縱酒，青春作伴好還鄉。
即從巴峽穿巫峽，便下襄陽向洛陽。

還有什麼句子比這幾句話來形容我父母當時的心情更恰當呢？好一句「劍外忽傳收薊北，初聞涕淚滿衣裳」！好一句「白日放歌須縱酒，青春作伴好還鄉」！

還鄉？不！雖然抗戰已經勝利，雖然我們「逃難」的日子總算告一段落，雖然我們全家都欣喜欲狂，但是，我們距離「還鄉」的日子，卻還遠著呢！

二十七、瀘南中學

我們一家人終於到達四川，抵達重慶。在萬民騰歡中，迎接著勝利。但是，經過這樣一年的長途跋涉，我們一家五口，除了身上穿的破衣服以外，真是一無所有，狼狽極了。幸好，重慶有我母親的堂兄堂妹，我前面就寫過，袁家是個大家族。這時，我三舅和三舅母收容了我們，其他在四川的舅舅阿姨也聞訊趕來接濟。母親是袁家長房的女兒，原是極尊貴極嬌寵的千金小姐，如今竟然歷盡這麼多風霜。一時間，大家圍繞著父母，詳問我們「逃難」的經過。人人聽得目瞪口呆，簡直不相信這麼多的「故事」，會一樁樁、一件件地發生在我們身上！

那些日子，父母總是不厭其煩地說，說到傷心處，說的人掉淚，聽的人也掉淚。我總是坐在人群中，聽父母一遍一遍地說，我就一遍又一遍地重溫這段驚濤駭浪、悲歡離合的歲月。所以，雖然當年我才六歲，這些往事已深深地銘刻在我內心深處。

「逃難」終於成為了「過去」。「未來」將何去何從，就又成為父母必須面對的問題。這時，父親不知道接受了哪個學校的聘書，要到一個名叫「李莊」的縣城去教書。因為是戰後，百物蕭條，那學校連家眷宿舍都沒有，只能安排父親一個人的住宿。父親雖然極不願意在抗戰剛勝利、我們闔家慶團圓的時候，卻拋妻別子去李莊教書！但，分離事小，失業事大。何況我們三個孩子都年幼，嗷嗷待哺。所以，父親決定去李莊教書。至於母親和我們三個孩子，將怎麼辦？這時候，我的勳姨出來說話了：

「一點問題都沒有，三姊和孩子們，全跟我到瀘南中學去！我正缺少國文教員，三姊不是在湖南也教書嗎？現在就去幫我當教員！」

勳姨是母親的堂妹。母親在長房中行三，所以勳姨稱母親為三姊。當時，我的勳姨和姨夫在四川的瀘縣，辦了一所私立中學，一切剛剛草創，確實缺少師資。

就這樣，我們和父親暫時分離，跟著母親，去了瀘南中學。

瀘南中學（我在《剪不斷的鄉愁》一書中，曾略略提起過這個學校和我的勳姨），在我印象中，是一個非常有趣的地方。它是由一座大廟改建為學校的。教室就是廟宇中的大殿，所以每間教室裡都有菩薩。我們住的宿舍，是以前和尚修行之處，簡單而樸素。

經過了那麼慘烈的一段「逃難」，現在，我們在瀘南中學定居下來，真像到了天堂。

我的生活，一下子整個改變了。在我記憶中，那一年真是快活極了。母親的學生們，都成了我的大哥哥（這裡，要有一點小小說明，當時的四川，是很保守又很重男輕女的。女孩子全要在家中幫忙做事，沒有父母肯把女兒送來讀書。即使是男孩子，也是我勳姨和姨夫去一家一家說服，爭取他們來念書的。所以學生都是男生，而且年齡很大，十八、九歲的大男孩，往往還在念初一。而初一的學生，往往又連小學的學歷都沒有，母親教他們，真是教得辛苦極了。但是，他們都是些又憨厚又熱情又善良的青年，全成了我的『大哥哥』）。這些大哥哥們會帶著我玩，教我養蠶，把我扛在肩上去採桑葉，帶我到河邊去撿鵝卵石……我童年中失去的歡笑，在這兒又一點一滴地找回來了。

也是在這個時期，母親忽然發現我對文字的領悟力，在驚喜之餘，開始教我念唐詩。我也初次體會到文字的魅力，開始興奮地在文字中找尋樂趣了。

母親的這個「發現」，是相當「偶然」的。

經過是這樣的：母親那些學生，年齡都已不小，但，不知怎的，念起書來就是不開竅。母親常常一遍又一遍地講解，那些大哥哥們依然聽不懂。而我呢，從小就很依戀母親，當她上課的時候，我總坐在教室的門檻上「旁聽」，有一天，她在教〈慈烏夜啼〉其中有這樣兩句話：

夜夜夜半啼，
聞者為傷心。

因為有三個「夜」字，這些大哥哥們全糊塗了。母親講得舌敝唇焦，大家還是搖頭聽不懂。母親有些懷疑自己的教書能力了。一急之下，發現坐在門檻的我，把我一把拉進教室裡去問：

「鳳凰，妳知不知道這兩句話的意思？」

「知道呀！」我答得乾脆，母親都愣了。

「那麼，妳說說看！」母親大概是抱著姑且一試的心理。

我說了。據說，我解釋得絲毫不差。從這天起，母親太得意了，她開始教我李白、杜甫、白居易。我也認真地學習起來，從此，背唐詩取代了兒歌，我七歲已熟讀了〈梁上雙燕〉和〈慈烏夜啼〉。我想，我後來會迷上寫作，和這段背唐詩的日子大大有關。

在瀘南中學的時期，我們家還有件大事。那就是我小妹妹的出世。原來，母親在勝利後，就懷了我的小妹妹，對於這個小生命，母親充滿了期待之情。戰爭已經過去，苦難也應該隨之而去。雖然目前的生活仍然艱辛，夫妻還不能團聚。但，遠景是非常美好的。母親自己也承認說，她孕育小妹這段時間，心中充滿了甜蜜和喜悅。

一九四六年二月，我的小妹妹來到世間，參加了我們這個家庭。小妹長得很像母親，皮膚細嫩，面目姣好，五官端正，臉上毫無瑕疵。她一出世，就成了我們全家的心肝寶貝。母親愛她，我們做哥哥姊姊的也愛她。那年我已八歲，八歲的女孩子正是玩洋娃娃的年齡，我不玩洋娃娃（也沒有洋娃娃可玩），我抱我的小妹妹。我真高興母親生了妹妹而不是弟弟，那時的我，已經和男孩子有段距離，我衷心盼望有個妹妹與我為伴，這願望終於實現了。

遠在湖南的祖父，早已知道我們這一路驚心動魄的故事。現在風平浪靜，家中又喜添孫女，就忙著給孫女取名字。因為妹妹生在繁花似錦的春天，取了個小名叫「錦春」，父母覺得這名字有點兒俗氣，但，是祖父取的，也就用了。不過，在我們家裡，我們都叫她「小妹」而不叫名字，正像叫「小弟」而不叫「巧三」一樣。

我們家裡的四個兄弟姊妹，全部到齊。

第二年，父親接了上海同濟大學的聘書，我們全家終於團聚了。離開了瀘南中學，我們一家人遷居到上海，開始了另一段迥然不同的生活。

二十八、在上海

從四川的鄉間，到十里洋場的上海，這兩個地方，實在有太多太多的差距。我初到上海，看到櫛比鱗次的高樓大廈，看到滿街穿梭不停的車水馬龍，簡直看得眼花撩亂。童年的我，從成都，到湖南，經廣西，越貴州，回四川，再來上海，我真走了一條漫長的路！這條路不僅漫長，而且充滿了狂風巨浪。

終於來到了上海，我們流浪的日子應該結束了吧！父母帶著我們四個孩子，開始在上海布置起一個全新的家！

「全新的家」很小，只有一間房間，在上海市外白渡橋的一棟大樓裡。這棟大樓有個很洋化的名字：禮查大樓。

禮查大樓是棟五層樓的樓房，很可能以前是個旅館什麼的。因為，它每層樓都有很長很長的走廊，走廊一面是天井，另一面就是一間一間的房間，每個房間都一模一樣。房裡附帶一個極小的浴室，奇怪的是，浴室裡有洗澡盆而沒有馬桶，「大事」、「小事」都要到走廊盡頭的公用廁所裡去。

這禮查大樓，是同濟大學的教職員宿舍。我們分配到的這間房間，在四樓上。一家六口，大大小小就擠在這一間房間裡生活。房裡有一張床一個大書桌，白天父親在書桌上改考卷，晚上鋪上棉被就是床，我和弟弟們在上面睡覺。至於那間小浴室，母親在浴盆上面架上木板，買了爐子燒鍋煮飯。每隔幾天，移開爐灶，孩子們集體洗澡。

似乎從我出世開始，貧困一直是我們家的問題。這會兒到了上海，情況絲毫沒有好轉。上海生活程度高，小妹嗷嗷待哺，奶粉貴得驚人，我們三個大的，正在飛快地長大，衣食住行，樣樣需要錢。父親那份微薄的薪水，顯然無法支持我們這六口之家。但是，在上海，我卻有嫡親的大舅舅、小四姨等。

這個時候，我的外祖父母都已與世長辭。母親的大哥當律師，生活很寬裕，住在亞爾培路一棟非常講究的房子裡。兄妹已經許多年不曾見面，此時一見，不禁抱頭痛哭。大舅看到我們一家，如此窮途潦倒，孩子們都面黃肌瘦。當下，就力勸父親改行，不能再教書了，再教下去，孩子們都會餓死了。一篇談話，把我那固執的父親，談得勃然大怒，拂袖而起，十分激動地說：

「人各有志！我念了一輩子書，也只會教書。窮，是我的命！做了我的妻兒，就只好跟著我過窮日子。改行，是絕不可能的事！」

父親大怒而回，從此和大舅行跡疏遠，話不投機。大舅勸他改行一事，深深傷了他的自尊。偏偏大舅的脾氣也很倔強，看父親如此食古不化，害苦了他的妹妹，對父親也有許多埋怨。這樣一來，我們和大舅家的來往，就變得很稀少了。只有我的大舅母，常常帶著大包小包的衣服來我家，裡面有許多小紗衣小紗裙，還是外祖母為我的出生而定做的，我始終沒拿到，如今，卻正好給比我小了八歲的小妹穿。看到這些衣物，別提了，母親又哭了好幾天。

我們終於安定了下來，苦雖苦，總是闔家團圓的。父親開始考慮到我們三個大孩子的教育問題。於是，有一天，父親帶著我們三個，走進上海市第十六區國民小學。

這是我生平第一次進學校，接受學校教育。那年我九歲，算年齡，應該插班念小學三年級。學校給我做了一個簡單的入學考試，就把我分配到三年級班，麒麟背不出書，降到二年級，小弟一年級。

活到九歲，我這才開始進學校念書，記憶中，念得真是辛苦極了。其實，不止是「辛苦」，簡直是「痛苦」極了。

原來，我從四川來上海，講的是一口四川話，而學校裡，從老師到同學，大家都講上海話。我語言不通，老師說什麼我不懂，同學說什麼我也不懂。再加上，我來自鄉間，難免土裡土氣，上海的孩子，都精明能幹，對比之下，我是相形見絀。再有，我從小，只有母親教我背唐詩，我的閱讀能力很強，但是，數學卻連加法都不會，成績完全跟不上。在這諸多原因下，我在學校中，真是苦極了。

上海的孩子會欺生，上課第一天，大家在操場中排隊。前面的孩子把我往後推，後面的孩子把我往前推，我傻傻地站在隊伍外面，手足失措，不知如何是好。老師走來，見我不排隊，把我痛罵一頓。全班同學，竊竊偷笑，而我，哭著跑回家說：不要上學了！

不上學是不行的。父母正要訓練我們的獨立精神和適應能力。我哭了一晚，又乖乖地回到學校去。逐漸地，一天又一天，同學不再欺侮我了。我也學著去交朋友，因為語言的隔閡，交朋友真太難了。

我上學上得很不順利，兩個弟弟也不順利。麒麟從小脾氣就壞，總是和同學打架。小弟弟更絕了。他一生沒有規規矩矩在教室中坐上好幾小時的經驗，此時，要他坐著聽老師講課，他怎麼坐得住？不知怎的，他發現只要舉手對老師說：

「我要尿尿！」

老師就會讓他去上廁所。結果，他每節課都要舉十幾次手，去上廁所。有一次，老師忍無可忍，生氣地說：

「不許去！」

小弟見計謀不成，如坐針氈，居然威脅起老師來：

「你不讓我去，我會尿褲子！」

「尿就尿！」老師說：「不許去就不許去！」

誰知，老師的話才說完，我那小弟真的就「就地解決」起來，弄得全班師生大驚失色。那時，學校裡有個規定，學生講了粗話或做錯事，要用紅筆在嘴上畫一個圈，那紅墨水畫在嘴上，洗好幾天都洗不掉。老師這一氣，就在小弟嘴上畫了好幾個紅圈。那天麒麟因為打架罵人，也被老師用紅筆在嘴上畫了圈。結果，我正上了一半的課，訓導主任跑來通知我說：

「妳今天不要上課了，把妳兩個弟弟帶回家去吧，他們一個尿了褲子，一個打了架！」

學校離我們家，要走一大段路。平常，都是我帶著兩個弟弟上課下課。那天，我領著兩個弟弟回家，看到他們嘴上畫的紅圈，和小弟的濕褲子，真是覺得丟人極了。兩個弟弟還氣呼呼地嘟著嘴，路人都回頭看著我們笑。我又羞又惱，對兩個弟弟說：

「早知道，你們兩個在東安城丟掉就算了，找回來幹什麼，這麼麻煩！」

話才說完，想起兩個弟弟在東安失散後的淒涼慘狀，不禁大大後悔起來，心中一酸，淚水就滴滴落下。小弟見我哭了，就也哭了，用手拉著我的衣襟說：

「妳不要哭，我以後再也不敢了！」

麒麟見我們兩個都哭了，眼眶就也紅了起來。我在那一瞬間，體會出我是這個家庭的「長姊」，兩個弟弟，終生都是弟弟，不論他們怎樣，我再也不要和他們分開。於是，我一手攬住一個弟弟，三人一路哭著回家。到了家裡，我急忙把兩個弟弟藏進浴室，拚命幫他們兩個洗掉嘴上的紅圈，就怕父母看到了，會和我一樣傷心。

在上海的生活就是這樣的。記憶中，屬於歡樂的事情實在不多。**貧窮會把歡樂從身邊偷走**。冬天的上海，冷得出奇，我和弟弟們缺乏冬衣，冷得牙齒和牙齒打戰。每天三個人手牽手地去上學，經過賣糖炒栗子的攤子，真想買一包糖炒栗子來暖暖手、甜甜嘴，但是，身上沒有錢，就是吃不到。學校的同學流行跳橡皮筋，人人手中一大串，只有我沒有。那時，心裡最大的願望，就是有一串橡皮筋，直到離開上海，願望都沒有實現。

說實話，從小，我就在困苦中長大。但是，只有在上海的這段時間，對困苦的感覺特別敏銳。

在上海住了一段日子，因為父親的收入實在不夠維持（大舅一直想接濟我們，父親驕傲地拒絕了。只有大舅母，變著花樣，吃的穿的，經常往我們家送），母親見這樣不是辦法，就也去中學裡教起書來。這樣一來，我就忙了，每天下了課，就飛奔回家照顧小妹妹。我家那張大書桌，已不夠我們睡，我們就打起地舖來。從那時候開始，我就成了妹妹的小保姆。

生活裡的喜悅實在不多。但是，也就在那年，我發現了寫作的快樂。我寫了我生平的第一篇小說〈可憐的小青〉。父親讀了，似乎頗受感動，他幫我寄給了《大公報》的兒童版。當這篇稿子刊登出來之後，我整天捧著那張報紙，興奮得茶不思、飯不想。把自己這篇短文，讀了起碼一百遍。可憐的小青，到底寫些什麼？如今已不復記憶。但，顧名思義，那「可憐的小青」，必然有自我的寫照吧！

自從在報上發表了作品之後，我開始迷上寫作了。每天下課回家，就塗塗寫寫。那時，我的小四姨參加了話劇社，演出曹禺的《北京人》。當年，小四姨是個胖妞，很有喜感。雖然不是主角，卻是重要的次角。我因此可以拿到招待券，去戲院看小四姨演話劇，是記憶中最快樂的事。看完話劇回家，我居然寫起劇本來了。不會分場，我全寫「獨幕劇」。人物一多就搞不清，我全寫「雙人劇」。好長一段時間，我樂此不疲，父母看了我的「編劇」，只是笑。因為我的取材，全是父親與母親間的「對白」，所談的問題，全是逃難時的點點滴滴。

我這些「劇本」真可憐，從沒有發表過、出版過，當然也沒有人演出過。最後，都進了垃圾筒。

我在上海念了一年書，漸漸有了朋友，學會了說上海話，也熟悉了上海的大街小巷。我會一個人逛書店，逛得忘了回家吃晚飯。也會抱著妹妹，去外白渡橋上看船，看落日。每到星期天，就和弟弟們去外灘公園奔跑——以發洩我們在一間房間內無法發洩的體力。

但是，父母的臉色又不對了，上海市的氣氛也不對了。物價飛漲、金元券貶值，上海的商店中，發生了驚人的大搶購……這些事情，對幼年的我來說，是根本無法瞭解的。我唯一熟悉的，是那種緊張的氣氛。我知道，戰爭又逼近了！

果然，戰爭又逼近了。上次是抗日戰爭，這次是內戰。對我而言，戰爭代表的就是流浪和苦難。父母臉上又失去了笑容，他們整天討論著討論著。最後，父親決定，把母親和我們四個孩子，先送回湖南老家去。他繼續留在上海，把他未教完的那學期教完。於是，我們離開了剛剛熟悉的上海，又回到了湖南。

這是我們第二度回鄉，第二次和祖父團聚。兩次都在戰爭的陰影下，兩次，湖南都只是我們的中途站，而不是我們長久棲息的地方。

二十九、再度回鄉

在衡陽市，我們和祖父重聚了。四個孩子，一排跪下，給祖父磕頭。小妹妹還小，不會磕頭，母親扶著她跪下，扶著她磕下頭去。上次和祖父離別時，小妹尚未出世，現在，小妹已牙牙學語。祖父拉起了我們，一個個輪流看過去，最後，伸手抱起了小妹。他的頭髮和鬍鬚都白了。以前那頗為威嚴的眼光，現在充滿了慈祥。他抱著小妹，看著我們，微笑著，哽咽地說了句：

「生當亂世，大家還能團聚，真好，真好！」

那時的祖父，一定沒有想到，這次的團聚，只是再一次別離的序幕。

回到衡陽，母親認為我們三個大孩子，剛剛開始的學校教育不能中斷，於是，把我們送進衡陽市的剛直小學，去繼續念書。至於她自己，她又接了一個中學的聘書，那中學離衡陽市很遠，而我們全家，依然有無法解決的經濟問題。母親毅然丟下我們三個大孩子，帶著襁褓中的小妹，遠離衡陽，去教書去了。

這是我童年中唯一一段時間，離開了父親，也離開了母親。不過，這年的我，已不再是第一次回鄉的那個小女孩，我夠大了。大得已經能照顧兩個弟弟，在他們淘氣時阻止他們，在他們傷心時安撫他們。但是，母親當然不會讓我們三人自己照顧自己，她把我們交付給我的表姊王代訓和表哥王代傑。

代訓表姊和代傑表哥，是我姑媽的兒女。這個姑媽，就是祖父元配夫人所生的女兒。代訓表姊那時才新婚，表哥還是個年輕的小伙子。我們大家在衡陽市租了幾間房間住，那房間在一個四合院裡，記憶中，那棟四合院名叫「怡園」。

我的代訓表姊，是個非常溫柔、善良、誠懇而真摯的小婦人，她個子不高，說話聲音輕柔，做事小心翼翼。那段時間，她受母親重托，帶我們三個孩子，真正做到了「長姊如母」，卻也做得非常非常辛苦。因為小弟的淘氣，已經出了名，麒麟脾氣火暴，不是和同學打架，就是和鄰居動手。只有我比較安靜，但是也有我的麻煩，那時我已愛書成癖，一天到晚要買書，母親留下的生活費實在不多，省吃儉用，勉強維持，哪裡還有閒錢買書？我就會為了不能買書，整天眼淚汪汪的。

在怡園，還有一件事讓我記憶深刻。那就是我們的「吃」。原來，母親叮囑表姊，無論怎麼窮，必須想盡辦法，給我們三個足夠的營養。於是，表姊就去醃了一大罈的鹹蛋。我們的早飯是鹹蛋配稀飯，中午是鹹蛋配乾飯，晚飯是乾飯配鹹蛋。吃了好幾個星期，小弟一端上飯碗就做各種鬼臉，麒麟直截了當大喊不吃鹹蛋，我揉揉肚子聲稱不餓，就離開飯桌去看書。表姊一看不是辦法，慌忙去幫我們燒了一鍋紅燒肉，用荸薺和肉一起燉。鍋端上桌，我們三個歡聲雷動，舉起筷子，才發現鍋中沒有幾塊肉，全是荸薺。

生活就是這樣「貧困」的。但是，在這種艱苦的生活中，祖父過八十歲大壽，仍然過得轟動而熱鬧。

祖父那時在衡陽城內教書，為了過壽，提前就回了老家蘭芝堂。我們三個和母親，都趕回了蘭芝堂。這一回到蘭芝堂，我才知道祖父是多麼「德高望重」。許許多多親友，總有一百多人，都從湖南各地，趕到蘭芝堂來為祖父祝壽。蘭芝堂張燈結綵，鞭炮聲不斷地響。因為客人隨時隨刻會到，蘭芝堂中擺起了流水席，雖然酒席不算豐盛，總是祖父的小輩們一番心意。蘭芝堂前面有一汪魚池，養了許多年的魚，大家都捨不得吃，這時都撈起來以饗賓客。

除了流水席以外，蘭芝堂也紮起了戲臺子，請來戲班子演戲。鄉下人沒有什麼娛樂，幾十里路方圓中的鄰居，都趕過來看戲。我雜在人群中，也看得不亦樂乎。當祖父和母親都累極了，回新屋去睡覺時，我仍然不肯走，小弟和麒麟當然也不走，聲稱要看到戲散。戲散時已經深夜十二點，祖父的忠僕黃才餘帶著我們回新屋，他扛著小弟，牽著麒麟，手裡提著盞風燈走田埂小路。我已多年沒走過田埂小路，一跤就摔進了路邊的水田裡，弄了一身都是泥。回到新屋，母親又著急又嘆氣，因為我只有身上這一百零一套衣服可穿，第二天還要幫祖父接待來賓呢！母親連夜洗衣服，衣服不乾。第二天我只有穿著弟弟的背帶褲去給祖父的朋友磕頭。

磕頭。談起磕頭，祖父的舊規矩不變。見了長輩，我們這三個孩子照例要磕頭。別人給祖父拜壽時我們也要磕頭答禮，真是磕不完的頭。在這個時候，我的表侄兒唐昭學出現了。唐昭學那時讀高中，大約十七、八歲，是個很憨厚很守規矩，據說，書也念得一級棒的青年。很不幸，他剛好比我們的輩分小了一輩，雖然年齡比我們大了一截，卻成為我和弟弟們胡鬧的目標！見了長輩要磕頭！小弟拉著祖父，跳著腳興奮地嚷：

「唐昭學是不是要給我們磕頭？快叫他給我們磕頭！我們磕了好多頭，才輪到一個來磕還給我們！」

唐昭學不肯磕頭，也不肯叫我表姑，彆彆扭扭地鞠了個躬就逃走了。但是，祖父過完壽，我們回到衡陽繼續念書，唐昭學每到假日都到怡園來，卻成為我最好的朋友。

那一年，我過完了十歲生日，已經很懂事了。十歲以後，是我在衡陽停留的最後一年（事實上，也是我在大陸停留的最後一年），許多事在我記憶中都歷歷如繪，其中，包括唐昭學的笛子。

唐昭學有一支笛子，他隨身帶著，一有空閒，他就拿出笛子來吹。他吹得非常好。我從小對音樂、戲劇、文學、藝術都愛。這時，唯一接觸到的音樂，就是唐昭學的笛子。我覺得他吹得真是美妙極了，就常常纏著他吹笛子，他也有求必應，一次一次地吹給我聽。我得寸進尺，要求他把笛子送給我，他卻堅持不肯。原來，這支笛子是他一個好朋友，親手用竹子雕鑿給他的。現在，這位好友已分別了，他為了紀念好友，更是一刻也離不開那支笛子。

有一段時間，唐昭學和他的笛子，陪我度過了許多孤寂的時光。父親滯留上海，母親遠去教書，那年的我頗感孤獨。幸好有表哥表姊和唐昭學。記憶裡，我小時並不淘氣，戰亂和貧窮已經使我早熟。可是，不知怎的，有一天我居然和唐昭學吵起架來。因為他輩分比我低，我對他真是肆無忌憚，我猜想，吵架的理由一定是我在無理取鬧，所以他對我不肯讓步。吵著吵著，我一時火起，竟抓起他的笛子，用力往桌上敲去。他飛撲上去救笛子，笛子居然裂成了好幾片。在那一剎那間，我呆住了，他也呆住了。

說真話，我絕沒想到，笛子一敲就會裂。當笛子裂了，我嚇得目瞪口呆，心裡說不出有多後悔。唐昭學臉色發青，抓了破笛子對我又吼又叫。偏偏表姊袒護我，跑出來就對唐昭學大罵一頓：

「一支笛子有什麼了不起？那麼大的男孩子，和小女孩吵架！你羞不羞？何況人家小鳳凰，還是你的表姑呢！」

唐昭學一氣之下，拿著破笛子，轉身就衝出了房間。接下來好長的一段日子，他都不來理我。

當唐昭學終於又來找我講話的時候，父親已從上海匆匆趕回，母親也從學校辭職回衡陽。衡陽城中，一片亂糟糟，剛直小學停課了，許多同學都回到鄉下去了。父母和祖父，又開始夜以繼日地討論。這種氣氛，對我來說，是那麼熟悉的，每當大人們臉色沉重地討論，每當學校裡學生紛紛離去，每當城市中的人們行色倉皇……就是離別的時候到了。

離別的時候確實到了。一九四九年的春天，我們再次離開祖父。四個孩子，和祖父一一擁別，祖父叮囑又叮囑：等時局安定了，早日歸來呀！我們乘上火車，要到廣州，再搭船去臺灣。大家都認為，這次的離別，不會比上次久。祖父雖已八十，仍身強體健，團聚的日子，是指日可待的！誰知道，這一次別離，我們和祖父，竟成永訣！

祖父、表哥、表姊、唐昭學都到車站來送我們。表哥還上了車子，送了我們好多站。我倚著車窗，看著衡陽城迅速地消失，真想對唐昭學說一聲對不起！真想抱緊祖父的脖子，親一親他白色的鬍鬚，真想告訴表姊，我愛吃她的鹹蛋……我什麼都沒做，只是用雙手攀住車窗，眼睜睜地看著祖父、親人和衡陽城，在我的視線中逐漸遠去、遠去、遠去。

當時，我再也沒料到，這次的別離會長達三十九年！直到一九八八年四月，我才有機會回到大陸，重新見到表哥、表姊和唐昭學！我這一句「對不起」，遲了整整三十九年，終於在武漢的長江大飯店內，對唐昭學說了。表姊的鹹蛋！當我重睹表姊時，她已白髮蒼蒼，握緊了我的手，她淚汪汪地說：

「大概是吃了我的鹹蛋，才讓妳有個好頭腦，能夠寫小說吧！」

大概是吧！一九八八年，我緊擁著我的表姊。小鳳凰都已老了，唐昭學兩鬢已斑，表哥的兒子都已大學畢業了……而我那親愛的祖父，早已去世，墓木已拱。

人生，是多麼短促。世事，是多麼難料呀！

三十、初抵臺灣

一九四九年夏天，我們一家六口，在幾經波折之後，終於來到臺灣（我們在廣州，曾經滯留了兩個月之久，因為我們在公共汽車上遇到了扒手，把我們的入臺證和旅費全部扒走了。父親在大街小巷中貼啟事，呼籲那位『扒手貴人』把證件還給我們。後來，那位『貴人』真的看到了啟事，把入臺證寄還到旅社。同時，在臺灣的王伯伯，又及時寄給父親旅費，我們才終於成行。記憶中，我們的旅程，總是一波三折的）。

初抵臺灣，所有的事物都很新奇。

父親接受了師範大學的聘書，在中文系當副教授。師大分配給我們家一幢二十個榻榻米大的日式房子。那時的臺灣，才從日本人手中接收不久，街上的建築，都是日式的，住宅區的住宅，也完全是日式的。我們的住宅很小，但是小歸小，卻「五臟俱全」。前面有小小的前院，前院裡有棵大榕樹，矮矮的圍牆下，盛開著杜鵑和美人蕉。進門處有「玄關」，要脫鞋才能走上榻榻米。我們有三間房間，前面是八個榻榻米的客廳，後面有六個榻榻米的臥房，旁邊還有間四個榻榻米的餐廳，餐廳後面有小小的廚房，臥室後面有長廊，長廊盡處是廁所。然後，還有小小的後院，後院中高聳著兩株椰子樹。

我還記得，遷進這房子的第一天，母親就非常興奮。我那可憐的母親，她自從嫁給父親，一直顛沛流離、居無定所。這時能住進一幢「獨門獨院」的房子，她就欣喜若狂了。她說：

「這是我結婚以來，第一次擁有『自己的家』！」

於是，母親熱心地擦榻榻米，擦地板，擦窗臺，把整個房子擦得乾乾淨淨。我們孩子們第一次住日式房子，進門要脫鞋，真不習慣，學著穿木屐，摔得七葷八素。最高興的還是地上鋪的榻榻米，反正住在哪兒都要打地鋪，這次來到臺灣，打起地鋪來最簡單。這棟日式小屋，我們一住就住了十幾年。我們的童年，就在這日式房子中結束。兩個弟弟，精力充沛，常在房子裡打架，日式房子是紙門，他們一推一摔，就把紙門摔得稀巴爛。於是，父親買來壁紙，發動全家糊紙門。一年內，我們總要糊好多次紙門。

生活仍然是艱苦的，父親的一份薪水，依然不夠我們全家的生活。母親每天在算賬，想辦法縮減開支。我們穿的衣服，縫縫補補，不知改過多少次，大人的改給孩子穿，姊姊的改給妹妹穿，哥哥的改給弟弟穿。母親一直親自做家務。家裡買不起木炭，都燒煤球爐，那煤球和爐子一樣大，中間有許多孔，一個接一個，終年不熄火。但是，煤球的氣味非常難聞，我一直睡在那四個榻榻米的餐廳裡，夜夜嗅著那煤氣，以至於直到現在，喉嚨都不好。

我在小說《幾度夕陽紅》中，曾經形容過女主角李夢竹的生活，那就是我母親的寫照。

我還引用過一首詩，那首詩也是我母親寫的：

刻苦持家豈憚勞？
夜深猶補仲由袍，
誰憐素手抽針冷，
繞砌蟲吟秋月高！

由這首詩，就知道我們當年的生活了。

一九四九年秋季，我插班進入臺北師範附小六年級，繼續我那斷斷續續的學業，麒麟念五年級，小弟念三年級。小妹還不到學齡，喜歡爬上矮圍牆，再從圍牆爬上大榕樹，坐在大榕樹上看風景。

每天早上，我依然帶著兩個弟弟去上學。臺灣是亞熱帶，夏天真是熱極了。同學們一下課，就湧進福利社買冰棒吃。我和弟弟們沒有錢，無法買冰棒，看到別人吃冰棒，真是羨慕極了。學校規定穿制服，一星期有兩次「洗制服日」，就可以穿便服。到了穿便服的日子，同學們個個穿得鮮豔明麗，只有我穿著一件由母親舊旗袍改的裙子，不倫不類，說有多難看，就有多難看。整整一學年，我只有這一件裙子，沒穿過第二件。每星期最怕的事，就是「洗制服日」。

麒麟和小弟，都到了最頑皮的年齡。別的孩子有玩具，我們沒有。初到臺灣，我第一次看到樹葉上爬著的蝸牛，覺得新奇極了。我大呼小叫地喊弟弟們來看，說：

「臺灣的田螺真奇怪，會揹著它的殼爬樹葉！」

弟弟們沒有玩具，覺得蝸牛也很好玩。就把樹葉上的蝸牛一個個摘下來，揣了一口袋，兩個人比「蝸牛」，看誰找到的比較大。他們還試著要蝸牛「鬥牛」，可惜蝸牛不是蟋蟀，一點鬥性都沒有。弟弟們弄了滿口袋的蝸牛，玩得不亦樂乎。那天晚上，母親照例巡視他們有沒有蓋好棉被，卻發現他們全身爬滿了蝸牛。母親嚇得大叫一聲，差點沒有當場暈倒。從此之後，勒令不許玩蝸牛。但是，不玩蝸牛玩什麼呢？他們依然玩蝸牛。

那年我發現了電影。在植物園，每星期六晚上，放一場露天電影，票價非常便宜，只要一塊錢。但是，我連一塊錢都沒有！我每天幫母親洗碗，要求給我一點零用錢，母親有時會給我一角錢。積蓄了好久，才積到一塊錢。沒有餘錢搭汽車，我徒步走到植物園，要走整整一小時。看完電影，再走一小時回家。有一次，電影看到一半，下起大雨來。露天電影是禁不起下雨的，立即停演。我淋著雨奔回家，路又黑，雨又大，中途摔了一大跤，膝蓋都摔出血來。到家後，我渾身濕透，像人魚一樣滴著水，腳跛著，路都走不穩。母親見了，大驚失色，慌忙幫我換衣療傷，一面就下令，以後不許去植物園看電影。不看電影怎麼行呢？那是我僅有的娛樂呀！

童年，就是這樣苦澀的。

第二年夏天，我十二歲，從北師附小畢業，考進了臺北第一女中。

走進中學，童年就悄然而去。細細想來，童年的天真活潑不多，挨過的風霜雨露卻不少；幸福的感覺不多，離別的經驗卻不少；歡樂的事情不多，痛苦的滋味卻不少；安定的日子不多，流浪的歲月卻不少。

就這樣，我走過戰亂，走過烽火，走過苦難，走過童年。

至於童年以後，那是完全不同的另一章了。

（第一部　完）

第二部

一、少年「嘗盡」愁滋味

我的少年時期，是我回憶中，最不願意去面對的一段日子。每次提起這段歲月，我都有「欲說還休，欲說還休」的感慨。現在，為了讓這本書中有個「真實」的我，我試著來回憶那個時期的我！

那個時期的我，真是非常憂鬱而不快樂的。

生活是安定了，流浪的日子已成過去（我在那棟日式小屋中，一直住到我出嫁）。但是，我的情緒，卻一日比一日灰暗，一日比一日悲哀。**當我安定下來，我才真正體會出生命裡要面對的「優勝劣敗」。原來，這場「物競天擇」的「生存競爭」，是如此無情和冷酷！我的心，像是掉進一口不見底的深井，在那兒不停止地墜落。最深切的感覺，就是「害怕」和「無助」**。

怎麼會變成這樣子的呢？

童年的我，雖然生長在顛沛流離中，雖然見過大風大浪，受過許多苦楚，但，我仍然能在苦中作樂，仍然能給自己編織一些夢想。儘管我顯得早熟，有孤獨的傾向，我還是能在我的孤獨中去自得其樂。可是，我的少女時期，就完全不一樣了。

一切是漸漸演變的。

❖

進了中學，我才發現我的功課一場糊塗。童年那斷斷續續的教育，到了第一女中，簡直就變成了零。除了國文以外，我什麼都跟不上，最糟的是數學、理化等，每到考試，不是零分，就是二十分。一女中的課業非常嚴，考上一女中的都是好學生（我不知怎樣會歪打正著地考了進來，對我而言，簡直是禍不是福）。人人都應付裕如，只有我一敗塗地。學校裡的考試又特別多，從小考，到週考，到月考，到期中考，到期末考……簡直是考不完的試。我知道人生像戰場，你必須通過每一種考試。而我呢？就在學校教育這一關，敗下陣來。

這時，母親已經去臺北建國中學教書。父親是大學教授，母親是中學教員，我的家庭，幾乎就是個「教育家庭」，這種家庭裡，怎麼可能出一個像我這樣不爭氣的孩子呢？父母都困惑極了，他們不相信我是愚笨的，愚笨的孩子不會寫文章投稿（對了，我唯一的安慰，是常常塗塗抹抹，寫一些短文，寄到報社去，偶爾會刊登出來，我就能獲得一些菲薄的稿費）。父母歸納出一個結論：我不夠用功，不夠專心，不夠努力。

我想，父母是對的。我可以很專心地去寫一篇稿，就是無法專心地去研究「X＋Y」是多少；我可以一口氣看完一本小說，就是無法看懂水是由什麼組成，人是什麼碳水化合物。總之，我的功課壞極了，也讓父母失望極了。

如果我家的孩子，都跟我一樣，那也就罷了。偏偏，小弟在學校中鋒芒畢露。他不用功、淘氣、愛玩……卻有本領把每科學科，都考在八十分以上。麒麟脾氣更壞了，動不動就和同學打架，但是，考起試來，總算能勉強應付。小妹進了幼稚園，像奇蹟一樣，她展現了令人難以相信的才華，認字飛快，寫字漂亮，能跳芭蕾，能彈鋼琴……在進小學以前，就被譽為天才，進了小學一年級，她更不得了，無論什麼考試，她不考九十九分，她考一百分。

父親逐漸把他的愛，轉移到小弟身上去。母親一向強調她不偏心，總是「努力」表現她的「一視同仁」。但是，人生就那麼現實。**當妳有四個孩子，妳絕不會去愛那個懦弱無能的，妳一定會去愛那個光芒四射的！一天又一天過去，母親越來越愛小妹，父親越來越愛小弟。而且，他們也不再費力掩飾這個事實。一舉手，一投足，一個眼神，一個微笑，愛會流露在自然而然之中。**我和麒麟這對雙胞胎，當初的一麟一鳳，曾「喜煞小生陳致平」的，現在，已成為父母的包袱。

從小，我和整個家庭是密不可分的。我的感情，比任何孩子都來得強烈。我熱愛我的父母和兄弟姊妹，也渴望他們每一個都愛我。如今回憶起來，我那時對父母的「需要」，已經到達很「可憐」的地步。我功課不好，充滿了犯罪感，充滿了自卑，充滿了歉疚，也充滿了無助。我多希望父母能諒解我，給我一點安慰和支持。

初中二年級，我留級了。那年的麒麟就讀於建國中學，正是母親教的那個學校，是全臺灣最好的男中，就像一女中是全臺灣最好的女中一樣。但是，整個學期，麒麟和同學打架，和教官吵架，在訓導處咆哮，弄得全校師生，都到母親面前去訴苦告狀。

父母再也無法掩飾對我們兩個的失望。把我們兩個叫到面前來，他們做了一個「決定」：「你們兩個，都已經十四歲了！十四歲夠大，可以練習獨立生活了。所以，從下學期開始，麒麟轉學到臺中一中去住校，寒暑假再回來。鳳凰呢，就轉學到彰化女中去住校！」**這個「宣布」，對十四歲的我來說，像是一個炸彈，驟然間炸毀了我依戀的那個世界。**自從和父母投河不死，在桂林城內一家擁抱團圓，我就認為我們這個「家」是牢不可分的。如今，父母居然要送走我們兩個！十四歲並不夠大，十四歲還是個孩子，卻又足夠瞭解「放逐」的意義。我不要走，我不想走，我也不要麒麟走。我真想對母親吶喊哀求：

「母親啊，別放棄我們！」

但是，我太「自卑」了，自卑得不敢說話。至於麒麟，他是男孩子，不像女孩這樣纖細，這樣容易受傷，他怎麼想，我不知道（事隔多年以後，我們這對雙胞胎曾談起這次被『放逐』的感想，麒麟才告訴我說，當時他氣極了！恨極了！滿懷沮喪和不平。但是，他卻因為這次的『放逐』，真的學會了獨立）。

於是，麒麟被送到臺中去了。臺中一中收留了他，從此，他只有寒暑假才能回到臺北。那時，家裡沒有電話，麒麟不寫信，我們只有寒暑假才能見到他。我呢？我被送到彰化去了，彰化在臺灣南部，離臺北很遙遠。但是，彰化女中卻拒絕收留我，因為初三是畢業班，他們不收轉學生。這樣，我就很意外地被打了回票。父母無可奈何，只好讓我繼續留在一女中讀書。

我終於留在家裡了。但是，從此，我就失去了笑容。我變得那麼憂鬱，那麼強烈地自卑，這種心態，我想，父母到今天都不曾瞭解。麒麟走了，我更加孤獨。在學校裡的功課，仍無起色，我的生命，蒼白灰暗。這時，我寫作，我拚命寫作。少年不識愁滋味？誰說的？我的少年時期，卻只有憂鬱，我的「多愁善感」與日俱增。**寫作，成為我唯一的發洩管道**。

這樣一天天「捱」過去，我初中畢業，考進了臺北第二女中。麒麟從臺中一中畢業後，考進了省立工專。因為工專在臺北，麒麟又住回到臺北來，但他大部分時間，都住在學校宿舍裡。

小弟也念中學了，他是建中的高材生，又畫一手好畫，父母特別為他請了師大美術系的孫多慈教授，教他畫畫。小妹成了母親最大的驕傲，她每學期拿第一名，獎狀獎盃，捧回家無數無數。父母也為她請了老師，教她舞蹈和鋼琴。

❖

我十六歲了。苦澀的十六歲。

那年我讀高一。課餘之暇，我就把自己埋在圖書館裡，瘋狂般地閱讀各種文學作品。我覺得，我那時對文學是一種「饑餓狀態」，我「吞嚥」中外名著。書看多了，思想也多起來，對人生的愛恨別離，感覺特別敏銳。**我常常想，生命的意義到底是什麼？我在書中找生命的意義，找不到；我在教室中找生命的意義，也找不到；我在家庭中找生命的意義，更找不到了。**

那時，父親在師大教書之餘，又開始演講著述，生活忙得不得了。母親又教書又忙家務，深夜還要幫父親校對。他們實在太忙了，忙得沒有什麼時間來過問我的心路歷程。我覺得寂寞極了。在學校裡，我也有幾個好朋友，但她們和我比起來，卻「天真」太多。我滿心滿懷的熱情，無處發洩；滿腦子的疑問，沒有解答。然後，有一天，學校發給我一張「通知書」，要我拿回去給父母「蓋章」，通知書的內容是：我的數學考了二十分，要家長「嚴加督導」。這種通知書我是經常拿到的，本就沒有什麼稀奇。可是，那天我的情緒低落，自卑感發作得特別厲害。我覺得自己不成功，不優秀，不出色，不可愛，簡直一無是處！拿著通知書回到家裡，卻發現我那處處比人強的小妹，正坐在玄關抱頭痛哭，父母一邊一個，在想盡辦法安慰她。我不禁大驚，慌忙問妹妹發生了什麼大事，哭得這麼厲害？母親嘆口氣，用充滿憐愛與驕傲的語氣說：

「她實在太要強了，她哭，因為考了一個九十八分，沒考到一百分！」

我目瞪口呆，揣在口袋裡的通知書簡直無法拿出來。但是，老師命令，明天一定要蓋好章交回。磨磨蹭蹭，到了深夜，我終於拿了通知書去找母親，母親一看，整個臉色都陰暗了下去，她抬頭對我說：

「妳要我們做父母的，拿妳怎麼辦？為什麼妳一點都不像妳妹妹？」

我心中一陣絞痛，額上頓時冒冷汗。我衝出房間，衝到夜色深沉的街頭，伏在圍牆上，瘋狂般地掉眼淚。那一瞬間，我又想起了東安城，弟弟們丟了，父母問我要不要跟他們一起死？童年的我，不早就踏進死亡了嗎？如果那時死了，現在就不會這麼孤獨、痛苦和無助了！

當天晚上，我寫了一封長信給母親。這是我成長以來，第一次這樣坦率地向母親「告白」。如今，我已不能完全記起信中的內容，只依稀記得，有這麼一段話：

親愛的母親，我抱歉來到了這個世界，不能帶給妳驕傲，只能帶給妳煩惱。我卻無力改善我自己，我真不知道該怎麼辦才好！但是，母親，我從渾沌無知中來，在我未曾要求生命以前，我就這樣糊糊塗塗地存在了。今天這個「不夠好」的「我」，是由先天後天的許多因素，加上童年的點點滴滴堆積而成。我無法將這個「我」拆散，重新拼湊，變成一個完美的「我」。因而，我充滿挫敗感，充滿絕望，充滿對妳的歉意。所以，母親，讓這個「不夠好」的「我」，從此消失吧！

寫完這封信，我找到母親的一瓶安眠藥，把整瓶都吞了下去。

❖

當我醒來的時候，已經是一星期之後了，我躺在醫院裡，手腕上吊著點滴瓶。母親坐在我的床邊，緊緊握著我的手，睜著一對紅腫的眼睛，一瞬也不眨地盯著我。我立即明白，另一個世界還不準備收留我！張開嘴，我痛喊了一聲：

「媽媽啊！」

母親頓時抱著我的頭哭了。我也哭了。我們母女緊擁著，哭成一團。母親哽咽地說：

「鳳凰，我們以前曾經一起死過又重生，現在，我們再一次，一起重生吧！」

我哭著點頭，抱緊了母親。心裡瘋狂般地喊著：對不起，母親，我又把妳弄哭了！以後，我一定不能讓妳哭，不論再發生什麼事，我不要妳哭！

再過了一個星期，我出院回家。父親買了一個古箏送給我，慶祝我的重生。我很少收到父親的禮物，覺得特別珍貴。雖然始終沒學會彈古箏，卻常常抱著那古箏，隨意地撥弄。古箏的聲音清脆，帶著顫音，嫋嫋不絕。我每次撥弄古箏時，心裡也震震顫顫、綿綿嫋嫋地浮漾著哀愁。

十六歲過去了。我苦澀的日子仍然沒有結束。

（走筆至此，我心中依舊酸楚。很多人看到今日的我，總覺得我是一個被命運之神特別眷顧的女人，擁有很多別人求之不得的東西。可是，誰能真正知道，我對『成長』付出的代價呢？）

二、絕望的「初戀」

我十八歲到十九歲這一年，在臺北第二女中念高三。

我的家庭情況，有了一些變化。父親教了一輩子的書，此時終於教出一片美好的晴空。他的學生崇拜他、熱愛他。他定期在大禮堂演講，聽講的人擠破了大禮堂的玻璃門，每次都座無虛席。而且，他開始出書了，寫「中華歷史故事」。母親辭去了建中的工作，全心全意協助父親的事業。父親寫書，她負責出版，從校對到跑印刷廠，全是她的工作。每天忙忙碌碌，還要兼顧家務，我的母親，實在是個肯吃苦、肯努力、要強好勝，而又十分能幹的女人。

小妹依然是優秀的小妹，小弟依然是優秀的小弟。麒麟依然住校，不常回家。我依然孤獨寂寞，生命裡一片貧乏。

十六歲的事已成過去，在父母的記憶中逐漸淡忘。高三後我要考大學，母親最著急的事，就怕我落榜！父親是名教授，如果女兒考不上大學，那多麼沒面子！而且，如果考不上大學，將來要怎麼辦？一個高中畢業生，連工作的機會都沒有！母親在忙碌之餘，幾乎每天都要對我說一遍：

「妳一定要拚出妳全部的力量，以妳的聰明才智，絕不可能考不上大學！**萬一考不上，不是妳一個人的失敗，是全家的失敗！**妳好自為之，千萬不要讓父母失望！」

我很憂愁，真的很憂愁。我不願父母失望，不要讓母親哭。可是，我對那即將來臨的大學聯考，怕得要死。怕得夜裡會做噩夢，夢到全世界的人都在對我恥笑！陳致平的女兒，居然考不上大學！

這個時期的我，已經不止是孤獨、寂寞和無助，我還有很深很深的恐懼。我所熱愛的寫作已全部停擺，因為母親說那會妨礙我的功課。至於屠格涅夫和莎士比亞，我更是碰也不敢再碰。每天捧著我看不懂的課本，我的自卑和害怕融為一體，緊緊糾結著我的心。

十八歲！是花樣年華呀，擁有著青春的日子。我的十八歲，是如此暗淡無光。我消瘦、蒼白、食欲不振、精神恍惚。面對鏡子，我總覺得自己像個紙人，風吹一吹就會破碎。在學校裡，同學給了我一個綽號，叫我「林黛玉」，顧名思義，就知道我是何等憔悴。

❖

就在這個時候，我的國文老師，用他的憐愛和鼓勵，一下子闖入了我心深處。

老師足足比我大了二十五歲，他結過婚，妻子已經去世。他孤身一人來到臺灣，當中學教員，已當了七年。他學問淵博、滿腹詩書，帶著中國書生的儒雅氣質。詩詞歌賦以至於書畫篆刻，他無一不會。說實話，**我對他充滿了崇拜之情**。這種崇拜，是很容易變質的。**他對我，是充滿了憐惜之情，這種憐惜，也是很容易變質的**。再加上，**他也孤獨，我也孤獨，他正寂寞，我也寂寞**。

愛情一旦發生了，就不是年齡、身分、地位、道德……種種因素所能限制的。我帶著一份嶄新狂喜，體會到在這世間，我畢竟並不孤獨！老師已走過一大段人生，深知這段感情不可能有結果，卻迷失在我們彼此的吸引裡。他越要抗拒，越無法抗拒；越要理智，越無法理智。**這段感情，夾帶著痛楚掙扎，一下子就像驚濤駭浪般，把我們兩個都深深淹沒**。

我知道這是不對的，一定不對的！我知道這段感情如果給父母知道，我們一定是死路一條！我也想過，社會的輿論、人們的看法、學校的立場……我越想越怕。最怕的，還是這段感情，會給老師帶來傷害，於是，我幾度下決心地對老師說：

「分手吧！就當我們從沒有遇到過！」

笨呀！已經相遇，怎能當成從沒相遇？已經相知，怎能當成從未相知？已經相愛，怎能當成從未相愛？分手失敗，兩人在苦海中載沉載浮。四十幾歲的老師，比十八歲的我更加驚慌失措。

這份絕望的愛，像排山倒海的巨浪，捲進了我的生命。我無法抗拒，無力掙扎。愛情帶來的狂歡很快消退，剩下的就是煎熬和痛楚。我們兩個，費力地將這段感情，嚴嚴保密。但是，學校裡已經風風雨雨。老師誘惑女學生，罪名深重！女生愛慕男老師，不知羞恥！交相指責的聲浪，壓迫得我們難以抬頭。**愛情，愛情應該是甜蜜的，怎麼我的愛情，這樣痛苦！**到了這個地步，兩人痛下決心，再談分手。很多年很多年以後，我寫了一首歌，歌詞是這樣的：

見也不容易，別也不容易，
相對兩無言，淚灑相思地。
聚也不容易，散也不容易，
聚散難預期，魂牽夢也繫！

這首歌所寫的，正是當時我們的寫照。
再分手，又失敗了。老師常喝醉，醉了，就用淚眼看著我說：
「為什麼讓我們中間，差了二十年！」
喝得再醉一點，他就說：
「二十年有什麼了不起？當我八十歲時，沒有人會說我不該追求六十歲的妳！」
喝得更醉一點，他就笑了：
「我哪裡有四十歲？我根本沒有四十歲。會為妳這個小女孩如此瘋瘋癲癲，我的心態停留在十八歲！智商只有八歲！」
喝酒不能解決問題。他好多天滴酒不沾，讓自己清清醒醒。然後，有一天，他抓著我的胳臂，用力搖撼著我，對我說了一番最懇切的話：
「請妳為了我，考上大學！這是妳父母的期望，妳一定不要讓他們失望。等妳考上了大學，妳會認識很多妳同年齡同階層的男朋友，妳一個個看過去，一個個接觸，當大學四年後，妳如果沒有變心，我還在這兒等妳！如果妳變心了，那證明我們的感情，根本經不起考驗！我覺得，我們兩個唯一的前途，就是妳大學畢業後的選擇！到那時，妳依然選我，妳的父母、家人、社會、輿論……就都無話可說了！所以，」他用力地、懇求地說：「為我考上大學！為我不要變心！幫我，在妳父母面前爭一席之地！」

多麼絕望和無助的愛，多麼矛盾的老師，多麼可憐的我。於是，我們把計畫定到五年以後，等我大學畢業的日子。那時，我們一定已奮鬥出一片天空！但是，五年是多麼漫長！考大學，考大學，考大學，考大學成了我生命中最重要的事，我真不敢去想，萬一考不上大學，我的命運會如何？父母的反應會如何？我和老師的前途會如何？

我捧著書本，夜以繼日地念。有一段時間，我真的把我的生命都拚在那些書本上！那些我始終弄不清楚的數字遊戲，和那些與我毫無關聯的西洋文字。有時，**會捧著書本發起呆來：真不相信這些「X＋Y」有權利來決定我的愛情、我的前途，和我的生命！**為什麼？我不懂。生命裡有太多為什麼，我都弄不懂。我卻偏要去弄懂「為什麼X＋Y等於Z」，我瞪著那些數字方程式，覺得每一個符號代表的都是諷刺。

命定的結果終於來臨了。

三、落榜

我落榜了！

所有的希望，所有的計畫，所有的一切，都隨著落榜變成了一無所有。足足有三天，我躺在床上，拒絕下床，拒絕吃飯，拒絕見同學，拒絕父母的安慰，我拒絕一切，只想死掉，只想馬上死掉，把這一切的痛楚和失望，統統結束。

母親坐在我床邊，她又哭了。我總是讓母親哭！為什麼我不能像小妹，永遠讓母親笑？父母辛辛苦苦養育像我這樣的子女，值得嗎？值得嗎？天啊，我真想馬上死掉！

母親強抑著她的失望，握著我的手鼓勵我：

「鳳凰，妳才十九歲呀！來日方長。大學聯考，年年都有，今年失敗了，明年再來！明年失敗了，後年再來！妳總有考上大學的日子！只要不灰心，振作起來，繼續去努力，我對妳有百分之百的信心，妳一定會考上大學的！」

母親啊！妳還要我明年再來？後年再來？妳對我有信心，我對自己卻沒有信心呀！如果明年再失敗，後年再失敗……我必須一次一次去面對自己的失敗嗎？母親啊，我沒有妳想像的那麼優秀，沒有妳期望的那樣勇敢……天啊，我只想死去，只想馬上死去！

小弟、小妹和麒麟，繞著我的床說悄悄話，小妹捐出她的零用錢，小弟和麒麟拿去買了我最愛吃的牛肉乾、花生米和水果，三個人捧著食物，走到我床邊來說：

「姊，不要傷心了，考大學又不是什麼了不起的事！反正妳明年再考就好了嘛！來，吃點東西吧！」

我淚眼看我的三個弟妹，他們都優秀，唯有我失敗！他們是父母的驕傲，我卻是父母的恥辱！母親說過，如果我失敗，就是全家的失敗！我竟連累全家的人，都墜入失敗的深井裡。這樣一個害群之馬，怎麼還值得弟妹的尊敬和愛？我推開食物，什麼都不要吃，我只想死去！

老師，他在哪裡？當我奄奄一息躺在床上的時候，他竟無法對我施以援手！不能公然走入我的家庭，不能來探視我，也不能來安慰我，這咫尺天涯，如同萬仞千崖，他怎樣也不能飛度！五年計畫，終成泡影。絕望的愛，畢竟只有絕望！我幾乎不敢想到他，當我想到他時，我心泣血。為什麼地球不毀滅呢？不不，全世界的人都好，唯有我罪孽深重。老天啊！讓我死去吧！

在我強烈的求死意志中，什麼都變得不重要了。積壓了很多年很多年的自卑感，被「落榜」的事實，像點火一樣地燃燒了起來，一燒就不可收拾。我本身的憂鬱，加上那無助的愛情，都把我推向毀滅的深淵。

我寫了一首小詩，寄給我的老師，做為訣別的紀念：

我值何人關懷？
我值何人憐愛？
願化輕煙一縷，
來去無牽無礙。
當細雨濕透了青苔，
當夜霧籠罩著樓臺，
請把你的窗兒開，
那飄泊的幽靈啊，四處徘徊，
那遊蕩的魂魄啊，渴望進來！
請把你的窗兒開，
我必歸來，
與你同在！

然後，我又搜集了許許多多安眠藥、鎮定劑，和其他各種我能搜集到的有毒藥片，一起吞下去了。

四、無法「死別」，畢竟「生離」

我總覺得人類是很脆弱的動物，別的動物都有皮、毛、角或鱗、甲、殼……的保護，只有人沒有，一層薄薄的皮膚裹著血肉之軀，實在是單薄極了。但是，人的生命力卻那麼強韌！千方百計想死，這個死亡之門，我硬是擠不進去。生命真奇怪，自己一點主權都沒有！既沒有主權決定自己要不要「生」，又沒有主權決定自己要不要「死」！父母操「生」的權，老天操「死」的權。又或者，連「生」的權，也是老天操縱的吧！如果我不和麒麟結伴而來，說不定已被母親「處理」掉了！我卻偏偏是雙胞胎！注定要來到這人間，捱過種種劫難！連「逃」都不許我「逃」！人生，不是太悲慘了嗎？

當我又被「救活」以後，我快要讓父母發瘋了！三年裡兩度求死，簡直是不可思議！我自己也快發瘋了，生既無歡，死而何憾？為何求生不得，求死也無門呢！在我們大家都激動悲憤中，我和老師的戀情也曝光了！

那真是一場驚天動地的大震動。當母親知道我居然被一個四十幾歲的老師所「迷惑」之後，她的憤怒像一座大火山，迸發出最強烈的火焰，把我和老師全都捲入火舌之中，幾乎燒成灰燼。

母親把所有的責任，都歸之於老師。我的落榜、我的厭世、我的自殺、我的悲觀……

都是這位老師一手造成！可憐的老師，他比我大了二十幾歲，已經是「罪該萬死」！他實在沒有絲毫的立場和力量來為他自己辯護！他也不敢辯護，生怕保護了自己，就會傷害到我！我們的愛情，到這時急轉直下，再也無法保密，已經鬧得全天下皆知。我惶然失措之餘，告訴母親，我大學也不要念了，就當我死了吧，讓我跟老師結婚算了！我這樣一說，母親的怒火，更加不可遏止了。

母親採取了最激烈的手段，她一狀告到警察局，說老師「引誘未成年少女」。但是，我和老師之間，一直維持「發乎情，止乎禮」的態度，這件「控告」本身不太成立。儘管如此，我卻被這舉動，深深傷害了。接著，母親又一狀告到教育部，說老師「為人師表」，竟「誘拐學生」，師道尊嚴何在？教育部接受了這件案子，老師被解聘了。八年以來，他是最受學生愛戴及歡迎的老師，如今，身敗名裂。而且，竟連容身之地都沒有！

我直到現在，對母親當時的種種手段，仍然覺得膽戰心驚，對母親的種種措施，仍然傷痛不已。我曾經聽說過，母貓為了愛護牠的小貓，當牠發現危險靠近時，會把小貓咬碎了吞進肚子裡去。當年的我，就有這種感覺。我絕不懷疑母親對我的愛，卻感到自己被撕成了一片一片，粉身碎骨了。

有時我會想，冥冥中一定有個大力量操縱著人類的命運。一切離合悲歡，大概皆有定數。世間的事就有那麼巧，我十九歲時和我的國文老師相戀，母親十九歲時也和她的國文老師相戀。兩代的遭遇，像歷史的重演。所不同的，只是我的老師不該已結過婚，更不該比我大二十五年！其實，這些也都不是問題。問題在我的父母，竟不能像我的外祖父母那般灑脫。母親此時最恨我提到她的往事，她連我的名字「兩吉」的由來都不願面對。她用一種作戰的精神來對抗我的老師，我害怕了。我是個會為愛情去拚命的女孩，但，我能拚我的命，卻那麼害怕，會拚掉老師的命！

那真是一段不堪回首的日子。生命裡充滿了狂風暴雨、痛苦掙扎。當母親奔波於各個不同的機構，一狀又一狀地告向社會當局，我的心已碎，完全不知道該如何去應付眼前的局面。那時，臺灣的法律規定，二十歲才算成年，二十歲以前都沒有自主權。母親抓住這條法律，告訴我，如果真愛他，等到二十歲以後。到了二十歲就不再管我，否則，她要利用監護權，讓老師付出代價！

老師已經付出代價了。工作沒了，薪水沒了，宿舍沒了，朋友沒了，學生也沒了！短短幾個月內，他什麼都沒了，四面八方，還湧來無數的責備，無數的輕蔑，無數的詆毀。他在這些壓力下掙扎，已經掙扎得遍體鱗傷。

我開始怕我的父母，我不知道他們還會做出些什麼事。我哭著哀求他們，跪著哀求他們，匍匐於地上哀求他們……請給我們一條生路！父親心軟了，母親就是不為所動。她義正辭嚴地問我：

「真心的相愛，還怕一年的等待嗎？」

我怕！我真的怕呀！我親眼看到，幾個月之內，老師生存的世界已被完全打碎。一年，一年能發生多少事呢？

可是，我無力扭轉我的命運。老師終於在臺北待不下去，他只有去南部，找一個地方隱居起來。去「舔平他渾身的傷口」（這句話是他說的，後來，在我很多小說中都有這句話。他說：『妳看過受傷的動物嗎？每個受傷的動物，都會找一個隱蔽的角落，去舔平它渾身的傷口。』）老師必須要走，我們必須離別。老師對我沉痛地說：

「請妳為我勇敢地活下去，現在，妳是我生命中，唯一僅有的！一年很快，一年以後，到妳過二十歲生日那天，我會整天守在嘉義火車站，等妳！如果妳不來，我第二天再等妳！我會等妳一個星期！請妳，一定要好好活過這一年，一定要來和我相會！讓我用以後的歲月，慢慢補償妳這一年的煎熬，請妳，一定要來和我相聚！」

可憐的老師，可憐的我！

雖然對未來毫無把握，我卻答應了他，一年後去嘉義和他相聚。到離別那天，我太傷心了！心中隱隱明白，這樣一別，可能終身難聚！我不敢看他的眼睛，不敢看他的臉，我請求他面對櫥窗，背對著我。然後，我哭著跑走了。**從小到大，我的境遇坎坷，我曾經有好多次，覺得自己的「心」，真的會「碎」。那天，我已不止是心碎，我奔回家裡，覺得整個人都被掏空了。**我幾乎不相信，我還能捱過明天，明天的明天，以及明天的明天的明天……

✣

幾年以後（一九六三年），我把這段初戀，寫成了小說，那也就是我的第一部長篇小說

《窗外》。書中從第一章到第十四章，都很真實。我的家庭背景，也很真實，只是把兩個弟弟，合併成了一個人，以免人物太複雜。十四章以後的情節，和我的真實人生，就大有出入了。所以，看過《窗外》一書的人，一定能瞭解我這段初戀的經過，和它帶給我的傷痛。

五、二十歲

從十九歲到二十歲，這一年，對我比一個世紀都漫長。我一天又一天苦捱著日子，真正瞭解了「度日如年」的滋味。

老師一去無音訊，我收不到他的片紙隻字，不知道他人在何方。我失去了支持的力量，只感到徹頭徹尾的孤獨。父母積極利用這一年時間，開導我、教育我，想盡辦法來愛我，希望我能脫離老師的「魔掌」。這些開導、這些教育、這些愛對我源源不斷地湧來，我被密密包裹、細細珍藏。可是，我心中只有深深的苦澀。我那間四個榻榻米的小房間，成了我的囚籠。不論裡面裝著多少愛，它實在不是我的天堂。我的心緒總是飛繞於雲端，尋尋覓覓，老師啊，你在哪裡呢？為什麼不給我寫信呢？

要勇敢地活下去！

是的，要勇敢地活下去！這一年，我常常在睡夢中醒來，淚水已濕透枕巾。可是，不論多麼憂鬱，多麼無助，我牢牢記著二十歲的約會，而不讓自己倒下去，更不允許自己再有輕生的念頭。逐漸地，我鍛煉出一種本領，每天默默地接受著日昇日落，把每一個新的日子，都當成一項新的挑戰。要捱過去！日曆上劃掉的格子越多，我振翅飛翔的日子越近。

我這種沉默的等待，顯然讓母親驚駭震動。有一天，她忽然把我攬入懷中，用無限溫柔的語氣對我說：

「鳳凰，我能不能要求妳為我做一件事呢？」

「什麼事？」我問。母親的溫柔竟讓我提心吊膽。

「為我再考一次大學！」

「哦？」我驚愕地看母親，痛苦地說：「媽媽，妳知道我根本不是念大學的料！」

「妳為什麼不再試一試呢？」母親輕言細語地說：「妳每天無所事事，閒著也是閒著！再考一次對妳沒有壞處。考不上，沒有任何人會怪妳，考上了，我們當作是意外之喜。妳正年輕，與其浪費這一年，不如準備考大學。這對妳沒有損失，不是嗎？」

我無力地看著母親，我有一個二十歲之約呀！我的生日在四月，大學聯考在七月。親愛的母親啊，妳一定要毀掉我的約會嗎？我滿腹狐疑，卻不敢說出口。母親凝視我，居然洞察了我的心事。她不慌不忙地說：

「我知道妳在想什麼，妳放心，我已經說過，到了妳二十歲，我就不再干涉妳，那時，妳要做任何事都可以！不過，這些事情都不阻礙妳再考一次大學呀！即使妳二十歲生日後的第二天，妳就結婚了，妳還是可以考大學！結了婚念書的人也很多呀！我想，愛情是一種彼此的奉獻，他總不會自私到反對妳讀大學吧！」

「他一直希望我考上大學的！」我匆忙地幫他分辯。

「那麼，就再考一次大學吧！為了我，去再試一次！」母親那麼溫柔、那麼真摯、那麼渴望地看著我，看得我的心都絞痛了。我是怎樣一個女兒呢？考大學是我自己的事，母親沒有讓我去作工養家，只「哀求」我去考大學。我還這樣不情不願！

我想了一會兒，忽然想通了。

考大學的準備工作就是念書，我閒著也是閒著，念書可能還更好打發時間呢！我盡可以隨意地念念書，瀟灑地再考一次！這樣想著，覺得答應母親也沒關係。最主要的，它不會影響我的二十歲之約！到時候，我可以奔赴嘉義，與他團聚，再回到臺北來考大學。考不上，就當成一個遊戲，僥倖考上了，我能兼有學業和愛情，不是太完美了嗎？

「好，我再試一次！但是，如果我又失敗了，請妳不要失望！因為，我八成還是考不上的！」

「只要妳答應去考，我就不會失望！」母親興奮地說。她的興奮使我有犯罪感，原來，我只要答應去「考」，就能帶給母親這麼多的快樂！像我這樣一個充滿問題和失敗的孩子，換了任何一個母親，一定都對我放棄了。可是，我的母親不同，她永不放棄！直到如今，我都認為，我母親實在不是個「凡人」！

❖

我這一點頭，家中氣氛立刻改變。母親第二天就為我請了一位「家庭教師」，來為我補習數學。這一舉實在大出我的意料之外。因為，我家的經濟情況始終不好，四個孩子，都已長大，衣食住行加上教育費、醫藥費，家裡月月鬧窮。家庭教師的薪水不低，何況，母親請的不是普通的家庭教師，她硬是把全臺北最有名的一位數學老師給請到家裡來了！這位老師身兼好幾個補習班和省中的課，從來不肯做「家庭教師」。他來教我，完全是受母親的感動，因為，他也是二女中的數學老師，他知道我的故事。

這樣一來，我原準備隨意地念念書，瀟灑地再考一次，就完全不是那麼一回事了。家庭教師帶來數不清的作業和功課，每星期來兩次，一本正經地教我這個笨學生。我頓時又掉回到「考大學」的「噩夢」裡。弟妹們全面性地配合母親，給我找參考資料，找模擬考題。麒麟念的是五專，逃掉了考大學一關，他自願幫我補物理。一時間，生物、化學、物理、英文、歷史、地理……各種課本往我身上壓下來，我又喘不過氣來了，我又開始睡不著，我又精神緊張、情緒憂鬱。我怎麼會把自己再度陷進這種「困獸之鬥」裡去的呢？「考大學」的悲劇在我身上已經發生過一次，幾乎輾得我粉身碎骨。而現在，我又面臨第二次輾壓，眼看將再度被輾成飛灰。為什麼這種悲劇會在我身上重複輪迴呢？

老師啊，你在哪裡呢？為什麼不想辦法給我一點點訊息呢？難道你已經將我忘了？難道離開我的日子，你終於得到了平靜，所以，你準備放棄我了？難道……難道……母親的預料是真的，你對我的感情，只是一時的遊戲？

日子一天天過去，我的升學壓力一天天加重，對老師的失望和懷疑也一天天加深。我又掉進那個無助的深井裡去了。只覺得自己在墜落、墜落、墜落……井底，等待我的，將是冰冷的絕望。

父母絕口不再提我的戀愛，就好像那件事根本沒有發生一樣。他們提的，全是他們為我塑造的光明遠景。

「上了大學，妳的眼界就開了，妳的世界會遼闊無邊，所有最美好的事物，都在大學裡等著妳！」

母親哦，父親哦，不要對我抱的希望太高。大學的窄門，我一定擠不進去，你們何苦跟著我一起去摔跤？

日子緩慢而滯重地，像一輛十輪大卡車那樣，從我身上一遍遍地輾了過去。我慢慢地被磨成了一片薄紙，薄得像蟬翼一樣，透明的，所有的孤獨和無助都寫在臉上；輕飄的，隨時可以「隨風而去」。

老師仍然沒消息。我的二十歲生日逐漸接近。嘉義，嘉義是南部的一個城市，感覺上，那城市離我又遙遠又陌生。我根本不知道它在哪裡。老師啊，你要我孤身一人，撲奔那茫茫的未來嗎？我研究地圖，研究火車時刻表，搜集我身邊僅有的一些零用錢……母親冷眼旁觀，什麼話都不說。到了生日前一星期，母親才鄭重宣布：

「今年的四月二十，是雙胞胎的二十歲整生日。我們家一直窮苦，孩子們從沒慶祝過生日。但是，今年不一樣，一兒一女，同時滿二十歲，我要給你們這對雙胞胎，大大地慶祝一下。」

我還來不及說什麼，麒麟已歡呼起來，小弟小妹掌聲雷動，全家洋溢著一片喜悅。我勉強地跟著大家笑，看樣子，四月二十那一天，我一定走不了。

生日那天到了，我再也想不到，母親居然把我們在臺灣的親友，全部請來。我們那二十個榻榻米的房子，擠得水泄不通。叔叔伯伯、舅舅姨媽、表姊表弟、堂姊堂弟……濟濟一堂。母親那天真是忙極了，她不但裡裡外外地奔跑，倒茶倒水、招待嘉賓。她還親自下廚，做幾十個人吃的酒席。臺灣的四月底，天氣已相當熱，我們的日式小屋，從來就沒有空調。母親在火爐前燒烤，汗珠從額上滴滴滾落。我在母親身邊，想幫忙洗洗切切，母親把我推出廚房，憐愛地看著我，柔聲說：

「不要弄髒妳的新衣服！去外邊客廳裡跟大家玩吧，今天，我要給妳一個最美好的生日。青春是這麼珍貴的東西，我希望妳永遠記得妳的二十歲！」

母親啊！我的心那樣強烈地痛楚起來，犯罪感把我層層包裹。我即將離去，對一個即將背叛妳的女兒，妳為什麼還要對她這麼好呢？

終於，到了開席的時間，大家坐滿了一客廳。我們臨時借了一張大圓桌，桌上全是母親親手烹調的山珍海味，那天的菜餚真是豐盛極了。大家坐定，都對我和麒麟舉杯，祝我們生日快樂。此時，母親忽然站起身來，對大家說：

「今天，是鳳凰和麒麟滿二十歲的日子，我有幾句話，必須當著大家，對他們兩個說！」母親轉向了我，眼光深刻而哀傷（那天的麒麟，完全是我的配角），繼續說：「二十歲，是法律規定的，成人的年齡。從今天開始，鳳凰和麒麟，就是成人了。換言之，我再也管不著他們了。他們的翅膀，終於長成。回憶起來，從他們出世，就是一個多難的時代，我拉拔他們到翅膀長成，實在不很容易，在烽火連天中，多少次，大家都可能同歸於盡。可是，我總算把他們兩個帶大了。現在，他們已經有夠硬的翅膀，如果他們想飛，我再也不會阻止，就讓他們從我身邊飛走吧……」

母親的話沒有說完，我的淚水已經奪眶而出，沿著面頰，一直不斷地滾落。母親凝視我，淚珠也從她眼中湧出，濕透了她胸前的衣襟。她一面掉著淚，一面哽咽地對我說：

「鳳凰，請妳原諒我！我曾經用各種方式，不擇手段地破壞妳的戀愛，今天我當著所有親友，向妳道歉！請妳相信我，我所做的一切，都是為了愛妳和保護妳！可能我愛得太多，但是，我就做不到不去愛妳呀！現在，妳總算滿了二十歲，我知道妳全心全意，就想離開我！鳳凰，還記得妳坐在瀘南中學的門檻上，跟著那些中學生唸〈梁上雙燕〉嗎？妳才七歲，就能朗朗背誦，記得嗎？」

我哭著點頭，一屋子賓客鴉雀無聲。

「妳還會背嗎？」母親的眼淚更多了。「一旦羽翼成，引上庭樹枝，舉翅不回顧，隨風四散飛！」母親唸了其中四句，聲音已暗啞難言。「去吧！鳳凰！如果妳真想離開我們！去吧！妳能做到舉翅不回顧，妳就去吧……」

母親啊！我親愛的，親愛的母親啊！我的淚水瘋狂地湧出，模糊了我所有的視線，我的五臟六腑都絞扭成了一團。一剎那間，許許多多童年往事，齊湧心頭。東安河裡，母親帶著我走出死亡；在山溝裡，母親差點被日軍擄去；白牙鎮上，兩個弟弟失散；桂林城內，一家擁抱團圓……從童年到現在，這條路好長好長，我們大家都走得好辛苦。一家人一直手握著手，心連著心，直到我的戀愛發生！

想到這裡，我再也控制不住自己，我哭著奔向母親，抓著母親的手，我在滿屋子賓客的注視下，對母親跪了下去。我哭著喊：

「我不飛走，我不飛走！我發誓，從此聽妳的，只要妳不哭！」

母親，我不要妳哭！十六歲那年，我就發過誓，不要讓妳哭！無論發生什麼事，都不能讓妳哭！那麼，就讓我的心碎成粉末吧！我投降了！我不飛了！我跪在那兒，緊緊握著母親的手，感到母親的手在顫抖著。而滿屋賓客，一片唏噓聲。

就這樣，我二十歲的生日過去了。就像母親說的，我一生都不會忘記我的二十歲！直到今天，二十歲生日那天的種種事情，在我眼前心底，都歷歷如繪！

二十歲生日過去，我沒有去嘉義。第二天，我也沒去，第三天，我仍然沒去。一星期過去了，我依舊沒去！

我失約了。老師那邊，是一片沉默，什麼反應都沒有。我已徹底和他斷絕了音訊。我的初戀，就這樣悄然結束。回憶起來，我和老師的感情，從開始到分手，前前後後，不過只有一年的時間。這一年，卻是我生命中最重要的一年，它改寫了我這一生的命運！在我後來的遭遇中，扮演著重要的角色。

別了，我的老師。二十歲那年，我常倚著窗子，看天空有沒有燕子飛過。心裡反覆低唱著一首歌：

把印著淚痕的箋，
交給那旅行的水，
何時流到你的屋邊，
讓它彈動你的心弦。

我曾問南歸的燕，
可曾帶來你的消息，
牠為我的命運哭泣，
希望如夢心也無依。

二十歲那年，我依然無助。沒辦法收拾初戀的悲痛，沒辦法遺忘那一年的點點滴滴；沒辦法漠視父母的愛，也沒辦法治療自己的自卑。當心底的歌縈繞百回千回之後，大學聯考仍然在等著我！

（一直到十幾年後，我才輾轉知道，老師在那一年中，寫了幾十封信給我，嘗試過各種管道，想把信轉入我手中，我卻始終沒有收到那些信。）

六、初試寫作

那年七月，我考大學再度落榜。

生命已經夠暗淡了，在這樣暗淡的歲月中，依然逃不掉落榜的命運！

我盡量撫平自己的情緒，接受了這個無可奈何的事實。自從二十歲生日過後，我變得有些麻木了。**好像「失敗」是我命中注定的遭遇，怎樣都逃不掉的**。我沒有像上次那樣痛不欲生，也沒有把自己像蝸牛般縮到殼裡去。我照常過日子。但是，每夜每夜，我注視著屋頂發呆，在許許多多無眠的夜裡，思索著我的未來。如果人生是一條無法逃避的漫漫長路，我今後的腳步，應該往哪一個方向走？父母為我鋪的路，我顯然是走不下去，自己選擇的戀愛，已變成心版上最深的創痕。而今而後，我當何去何從？

就在我開始認真地考慮我的「未來」時，母親已打起精神（我二度落榜，她受的打擊比我還重）鼓勵我明年去「三度重考」！母親這種越戰越勇的精神實在讓我又驚又佩。可是，在驚佩之餘，我不禁顫慄。我眼前立刻浮起了一幅畫面，就是白髮蒼蒼的老母，攙著也已白髮蒼蒼的我，兩人站在「大學聯考」報名處的門前，老母還在對我苦口婆心地鼓勵著：

「鳳凰，妳還年輕，考了五十年，考不上又有什麼關係？妳還有第五十一次！」

這畫面嚇住了我。不！我心中強烈地吶喊著：我再也不考大學，我再也不碰那些教科書，我再也不讓這「考大學」的悲劇在我身上重演！兩次的失敗已經夠了，我再也不要去面對第三次的失敗！

當我把我的想法說出來以後，母親太失望了。她憂愁地看著我說：

「那麼，妳以後要做什麼呢？一張高中畢業的文憑，在現在這個社會上，一點用處都沒有！」

「我要去寫作。」我說：「我已經浪費了很多生命去考大學，現在，我可以專心去寫作了！」

母親注視我，更加憂愁了。

「寫作，比考大學還難呢！妳或者可以把寫作投稿當成一種娛樂，如果妳要把它當成事業，那條路未免太艱苦了！妳看，每年有數以萬計的中學生進入大學，每十年，都出不了一個作家！」

「讓我去試試看吧！」我無奈地說：「總之，這是我自己的人生呀！」

母親不再表示意見，卻深深嘆了口氣。她整理起那些大學聯考的教科書，一本也不丟掉。小弟已經高三，明年還要用。或者……我也還會用吧！我恐懼地想著，覺得母親有股強大的、難以抗拒的意志力。她所有的期望，都會達到吧！說不定，我明年又會乖乖地捧著書本，去死啃那些我永遠弄不懂的「X＋Y」吧！這想法讓我不寒而慄。讓我趕快奔出家門，去買稿紙，買墨水，買合用的鋼筆。再趕緊奔回家，在我那張小小的書桌上，立刻攤開了我的稿紙，我要寫作！

❖

我開始寫作了。

我相信我對寫作，是有狂熱、有毅力、有決心，也有一點點才氣的。但是，我最初的寫作生涯並不順利。

我們家的日式小屋，已經略加改善，這些年來，陸續把紙門換成了木板門，把榻榻米換成了地板。我們從打地舖也升格成睡床了。我和小妹睡一張床，合住一間房間，這間房也同時是我們家的餐廳，還是到廚房去的必經之路。我們家始終沒有浴室，廚房就是浴室，買了一個大鋁盆做為澡盆，每晚全家輪流進廚房洗澡。所以，我的房間經常熱鬧極了，早上，大家搶進廚房去洗臉漱口，晚上，大家搶進廚房去洗澡。一日三餐，母親跑出跑進，煎煮炒炸，極其辛苦，飯開上桌，大家再湧進餐廳吃飯。吃完飯，我就忙著收拾善後，洗碗洗廚房。

小妹是家裡的才女，用功得不得了。我和她共用一間房，我的「寫作」只是我任性的遊戲，自然不能妨礙小妹的正經功課，所以，當她書聲朗朗時，我只有停筆，當她要用房內那唯一的書桌時，我就收拾稿紙打游擊。二十個榻榻米的房子實在太小，走來走去，竟找不到一個可以安心思想及動筆的地方。

父親是一家之主。母親的權威雖然很大，對父親仍然忍讓三分。父親這時的事業如日中天，他教了一輩子書，又是演講中華歷史的專家，因此，養成了他一個習慣，他不會「談話」，只會「演講」。在家裡，他不論是對客人或是對家人，他一講話就「聲如洪鐘、滔滔不絕」，我們家的木板門無法隔音，所以，每當父親「演講」時，我又必須停筆。

麒麟和小弟的年齡只差兩歲，這時正值青春期。兩個人年齡雖相仿，意見卻永遠不同。兩個人的個性都很強，都有著叛逆性。當他們彼此表達意見，或發揮他們的叛逆性時，聲音真是大得不得了，有時動口，有時動手。動口時還好，動手時家中會桌椅齊飛。小小的日式房子，在他們生龍活虎地表演時，我捧著我的稿紙，往往連逃難的地方都沒有。

在這種環境下要寫作，僅僅靠熱情、毅力、決心和才氣都不夠，必須還要靠運氣和奇蹟。我的運氣未來，奇蹟也找不到。寫啊寫啊，寫得非常辛苦，勉強寫了幾篇短篇小說，寄出去就被退了回來。每當厚厚的一疊退稿出現在信箱裡時，我真沮喪極了。母親眼看我辛辛苦苦地寫，又花郵費去寄，每天翻報紙看有沒有發表，最後卻在信箱裡收回原稿。這樣重複不停地兜了好多次圈子，母親按捺不住，表示意見了：

「我看，妳還是規規矩矩去考大學吧！」

我心中顫慄。不，不能考大學，考大學是所有噩夢中最大的一個噩夢。我堅持地寫，繼續地寫；堅持地寄，繼續地寄。我把甲地退回來的稿子再寄往乙地，乙地退回來再寄往丙地。英國作家傑克·倫敦把這種投稿方式稱為「稿子的旅行」。我也讓我的稿子去旅行，只是，它們往往「周遊列國」之後，仍然「回家」。我面對這些已無處可旅行的稿件，真難過到了極點。開始懷疑自己到底有沒有天分，能不能走這一條路？

在我初嘗寫作滋味的這段時間裡，父母也積極地幫我物色了好幾個他們認為「門當戶對」、「年輕有為」的男朋友。母親實在太聰明，她在我的眉間眼底，已經看出我對老師絕未忘情。這對她永遠是個威脅。現在，我和老師雖然已斷了音訊，萬一有一天，兩人又聯繫上了，那就太危險了。很可能，她在我身上用的工夫會功虧一簣！

所以，那一陣子，我們家中的年輕人來來往往，不是師大的學生就是臺大的學生，個個都是青年才俊，家學淵源。這些年輕人又常常把他們的朋友帶來玩。有一些，純粹是想「看看那個差點和男老師私奔的女孩」。我在父母的「善意」下，只好和這些年輕人應酬，這種應酬，也成為我生活中的苦事。因為，我心底常常燃燒著一股無名之火，這無名之火使我看任何人都不滿意。我無法和他們感光，無法和他們來電，我心中的底層，仍輾轉呼喚著老師的名字。但，老師已像斷線的風箏，無處可尋！

這種生活，我過得好累！

父母的愛、年輕男孩的「包圍」（他們並不愛我，只是對我好奇，我的戀愛史，已經鬧得人盡皆知）、辛苦的寫作、茫然的前途、考大學的威脅……都造成我精神上的負擔，何況，我心中仍然綿綿裊裊，浮漾著初戀的悲愁。一切都很無望！尤其，家裡每個人都有每個人的「正經」工作，教書的教書，念書的念書，持家的持家。只有我，整天塗塗寫寫，晃來晃去，和男孩子交際應酬……什麼「正經」事都不做，像父母「養」著的一個「廢物」！

生活在很多的愛裡，卻感到無邊的孤獨。選擇了寫作，卻進行得如此不順利。二十歲，已到成年，卻仍然沒有工作，不肯讀書，用錢要向父母伸手……我的自卑感又開始發作。四顧茫然，真想擺脫這種生活！真希望有一個轉機，讓我能自由自在地透口氣！真不願日以繼日，夜以繼夜，就這樣一天天耗下去。

就在我這種「急於求變」的情緒中，像命中注定般，「慶筠」及時出現在我的生命裡（慶筠並不是他的真名，我想，在我這本書中，出於對他隱私權的尊重，我還是不用真名比較好）。

慶筠，他改寫了我以後的生命。

七、慶筠

慶筠，二十六歲，畢業於臺大外文系。他不是父母為我「安排」的男朋友，也不是來自父母瞭解的家庭。他的出現，完全是個「偶然」，他和我成為朋友，是父母的一個大大的「意外」。

慶筠的身世，是蠻可憐的。他是浙江人，十七歲那年高中畢業，跑到臺灣來找舅舅，從此就和父母離散了。在家鄉，他有很好的家庭環境，在臺灣，他卻形同孤兒，完全靠他自己的努力和決心，他考入了臺大。在沒有任何經濟支持，也沒有家庭溫暖的情況下，他獨自苦撐，終於完成了大學學業。認識我那年，是他大學畢業的第二年，他正在臺北近郊服兵役。

說起來，他這人是有些瘋狂的。在臺大，他本來考入電機系。那時，電機正是最熱門的科系，考進去非常難。他好不容易考進去了，念著念著，竟發現自己狂熱地迷上了文學，於是，他毅然地放棄了電機系，轉入外文系。因而，別人的大學念四年，他的大學竟念了七年。

他和我的認識，也因文學而起。那時，他和我一樣，正熱衷於寫作。他想寫一篇歷史小說，需要一些歷史資料，他就毛遂自薦，來我家找我父親，研究歷史問題。事有湊巧，他來的那一天，父親不在家。我正在客廳裡和麒麟、小弟玩橋牌，三缺一，他坐下來就加入一腳。我們四個就玩起橋牌來，一場橋牌玩完了，他和我們三個都混熟了。第二天，他又來了，沒有找父親，他找我。談文學、談寫作、談抱負、談小說……他驚奇於我居然看了那麼多文學作品。我驚奇於他對寫作的狂熱。我們一談起來就相當投機，畢竟，在這個世界上，要找一個志趣相投、興趣接近的人並不容易。

我前面已經寫過，我那時正有年輕男孩的「包圍」。慶筠不屬於那些男孩的圈子，他對我的過去一無所知。他糊裡糊塗地闖進來，糊裡糊塗地就對我發生了感情。我珍惜他這份感情，因為他不是那些男孩，他沒有經過「安排」，他也沒有對我的過去好奇，而用有色的眼光來看我！他喜歡我純粹因為我是我，並不因為我是個「有浪漫故事」的女孩。

就這樣，我和慶筠開始「約會」。他第一次約我出去，不敢只請我一個人，他向同學借了一把獵槍，約我和弟弟三人一起去新店的山上「打獵」。此事也非常「新鮮」，從沒有人約我去打獵過。我們四個人到了山上，他把一把獵槍交給麒麟和小弟，說：

「槍只有一把，人又太多！這麼多人在山裡走，把野獸都嚇跑了！這樣吧，我把槍讓給你們兩個，你們去打獵！我和你姊姊去看風景！」

麒麟、小弟一聽大樂，拿了槍就跑掉了。慶筠這才轉頭看著我，透了口氣說：

「好不容易，想出獵槍這個點子來，總算可以把他們兩個給支開了！」

他說得坦白，我不禁笑了起來。說實話，那個時期，能讓我笑的人不多，能讓我笑的事也不多。笑完了，覺得和他蠻親近的，這種親近的感覺也很好。自從和老師分手後，我覺得自己已命定孤獨，雖然和別的男孩也約會過，我卻從沒有走出過我的孤獨。

這時，我仍然沒有準備走出我的孤獨。對老師，我依舊深深懷念。可是，和慶筠在一起，比較容易打發時間，聽他談文學、談小說、談寫作……都是我愛談的題目。然後，他拿來厚厚一疊剪報給我看，都是他大學時代發表的作品，他靠這些稿費來維持生活和繳學雜費。我翻弄剪報，心中佩服。他卻說：

「這些都是騙稿費的玩意兒，一點文學價值都沒有！我為了生活，只好寫這些投人所好的東西，這些東西不能代表我！等我服完兵役，我要全心投入，去寫一些真正有血有肉有骨頭有生命有價值的作品！」

我聽得一愣一愣的，不禁大為折服。心想，我只求作品發表，我就會高興死了，管他是不是騙稿費的玩意兒！他能「騙稿費」，就不簡單，他居然還不滿意！到底是臺大外文系畢業的高材生，和我這個高中生不一樣。他的胸懷大志，使我不能不刮目相看。再去細讀他「騙稿費」的文章，覺得文筆流暢，表達力非常強，短短的小品文，親切可喜。一些短篇小說，也寫得頗為生動。

文學和寫作，把我和慶筠拉得很近。這時，母親卻有些緊張了。她對慶筠的來龍去脈，完全摸不清楚，看他窮得滴滴答答，連一身像樣的衣服都沒有，說起話來雖然壯志凌雲，就怕做起事來不太實際。母親已經看到我「寫作」的艱辛，現在無巧不巧，又來了個慶筠，居然想把「寫作」當成第二生命！兩個「夢想家」在一起，除了夢想，還能有什麼？母親把這看法，非常婉轉地對我說了。然後，就下個結論：

「我看，妳還是收收心，去考大學吧！」

我一聽到「考大學」就心驚膽戰，渾身所有的神經細胞都緊張起來。我知道，母親始終沒有放棄讓我讀大學。就連那些包圍我的男孩子，也鼓勵我考大學。只有慶筠與眾不同，他振振有詞地說：

「如果妳志在寫作，讀不讀大學都一樣！許多文學系畢業的學生，念了一肚子的文學理論，仍然一篇文章都寫不好！我畢業的那班同學，現在準備走寫作路線的，只有我一個，所以，與其浪費時間去考大學，念大學，不如立刻去寫！」

他的話，於我心有戚戚焉。

這時，我對慶筠已頗有好感。但，好感歸好感，至於戀愛，還有好大一段距離。我曾經那樣轟轟烈烈地愛過，所以我知道什麼叫戀愛。慶筠呢？他懵懵懂懂，雖然在大學裡也追過女孩子，也似乎愛過，似乎失落過。但，那都只是淡淡地來，淡淡地去而已。這次和我的認識，完全在他的「計畫以外」。他像一個出軌的火車頭，一滑出自己的軌道，就完全無法控制。他用很大的衝力衝向了我。我心惶惶，充滿了矛盾、困惑、不安，和隱隱的抗拒。

自從和老師分手，我就認為自己這一生，再也不會戀愛了，不止不會戀愛，而且沒有能力戀愛了。那次初戀，帶來的創傷如此深刻，我仍然時時陷在往日的傷痛裡。午夜夢迴，老師的影子揮之不去。這樣的我，怎麼能和慶筠談戀愛呢？這對他是不公平的。於是，我有意拉遠兩人的距離，他不知道自己做錯了什麼，我越退，他越進，我想淡化，他卻狂熱。

在這種情況中，我的情緒真矛盾極了。說實話，慶筠填補了我內心的空虛，帶給我好多的溫暖。讓我在孤獨和無助中，有了扶持。我對他確實心存感激。再加上，我那麼自卑，依然覺得自己一無是處。這樣一個一無是處的我，居然能讓他心動，他的「心動」就「感動」了我。我一直是個非常容易感動的人。

❖

有一天，我生病了。我的身體並不很壞，可是，自幼就過著顛沛流離的苦日子，難免抵抗力弱。幾乎每年的冬天，我都逃不過要感冒一次。我的感冒，總是來勢洶洶。那天，我臥病在床，因為發燒，有些昏昏沉沉。我說過，我的臥室就是餐廳，在廚房的隔壁。廚房中正在生煤球，煤氣滿溢在我的房間裡。我躺在床上，咳得厲害。咳著咳著，我忽然發現慶筠正忙得不可開交，他給那扇通廚房的門，加了一條彈簧，讓它能自動闔上。他發現這樣仍不足以阻擋煤氣，就拿著膠紙，把門縫密密地貼起來。我看著他做這件事，覺得他好傻，那扇門一天要開開關關幾十次，貼膠紙有什麼用？但，一轉頭，我淚珠滾下。在這小屋裡已住了快十年，第一次有人想幫我阻擋煤氣！

慶筠沒有父母，沒有家，他很窮，窮得只有一件西裝上衣、兩條西裝褲，兩條褲子是必需品，要換著穿，一件西裝上衣也是必需品，永遠不肯脫。後來，我才發現，他的兩條褲子，屁股後面都磨破了，破得不忍卒睹。他就穿上西裝上衣，用來遮住屁股。所以，不管天氣多麼熱，他就是無法脫掉西裝上衣。他除了以上的衣服外，還有一件毛衣，毛衣的線頭都已經滑落，整件毛衣，稀稀落落，像山羊鬍子般垂著鬍鬚。那不是一件毛衣，簡直像個破魚網。他卻珍惜這件毛衣珍惜得不得了，他說：

「這是我母親親手給我打的，穿著它，我就暖了！」

我真不知道穿著它，怎麼會暖？但是，他這種小地方，實在讓我心酸酸，充滿了憐惜。

這件毛衣的邊際效用，還不止於保暖，每到夏天，他居然有本領把這件毛衣送進當舖，他對當舖老闆說：

「你放心，這是我母親親手打的毛衣，對我而言，是件無價之寶，我絕不可能讓它死當的！所以，你放心地當給我，我一定會來贖！」

那當舖老闆，也真的會當給他。過了一陣子，他拿到稿費，就飛奔去贖毛衣，從來沒讓那件毛衣死當。一年裡面，這件毛衣在當舖裡出出入入，總有好幾次。後來，當舖老闆對他也熟了，只要他拎著這件破毛衣來，就當給他兩百元。在我和他交朋友這段期間，他難免要多用一點錢，這件毛衣就經常躺在當舖裡。

他雖然這麼窮，卻窮得滿不在乎。他對物質的需求已接近於零，只是滿腦子想寫作。他這種傻勁，和他這份窮苦，都讓我心中惻然。

然後，他退役了。退役之後，他原準備找間能擋風遮雨的小屋，去埋頭從事寫作。可是，小屋也要錢，沒有人會給你白住的小屋。他迫不得已去找工作，在同學幫助下，找到一個教書的工作。那學校在臺北近郊，新店附近，一個名叫「七張」的地方。在那時候，算是相當荒僻的地點。學校是私立教會學校，待遇不高，所喜的是，工作時間也不長，每天只要教兩節英文，有大部分的時間都屬於自己。學校本來不供宿舍，看他實在沒地方住，就把校園中一間堆雜物的小破房間清理出來給他住。

我第一次跟他去看他的小屋，真的嚇了一跳。那小屋單薄極了，是由幾片木板搭蓋而成，由於年久失修，門窗都早已破損。風一吹過，窗也動，門也動，連木板牆都會動。窗子外面，是學校最荒僻的一個死角，到處都是荒煙蔓草，看起來十分蒼涼。小屋裡，有一張木板床，有一張小書桌和一把竹椅。除此之外，什麼都沒有。我看得好不淒慘，他卻笑嘻嘻地說：

「夠了！能寫作就好了！有桌子有椅子，夠了！有筆有稿紙，夠了！有我的頭腦和我的決心，夠了！」

他在那兒左一聲「夠了」，右一聲「夠了」，我看來看去，實在是左也不夠，右也不夠。心想，這小屋已破落得無從改善，最起碼幫他把小屋的氣氛改一改吧！於是，第二次，我帶了一盞有紗罩的小檯燈，又剪了一匹有小花朵的印花布去他那兒，我要幫他縫製一面窗簾。

那天，他坐在小檯燈下寫作，我坐在床上縫窗簾，房間裡靜悄悄。他寫著寫著，回頭看看我。我專心地縫窗簾，他又掉頭去寫作。再寫著寫著，他又回頭看著我。這次他看了好久好久，看得我停下了針線。我們互視了好一會兒，他終於丟下了筆和稿紙，走到我身邊坐下來，握住了我的手，誠摯地說：

「我們結婚吧！與其分在兩處，各人孤獨地寫作，不如聚在一起，結伴寫作！妳說呢？」

我怔怔地呆住了。

八、結婚

我這一生的遭遇，說起來都相當傳奇。

我和慶筠，原屬於兩個不同的世界，在我們認識之前，各有各的人生，各有各的計畫。我從來沒想過我會嫁給他，即使在和他交朋友的時候也沒有這樣想過。我一直覺得，他是一個不適宜結婚的人，他太理想化、太夢想化、太不實際。我呢？我也不適宜結婚的，因為在我心底，老師的影子仍然徘徊不去。

可是，那時的我，非常空虛和寂寞。我那日式小屋，總帶著無邊的壓力，緊緊地壓迫著我：母親要我考大學，弟妹都比我強，寫作的狂熱無人能解，我是家裡唯一的「廢物」！這種種情懷，使我急於逃避，急於躲藏，急於從我那個家庭裡跳出去。老師已渺無音訊，初戀在二十歲生日那天，已畫上休止符。一切，一切，造成了一個結果，我認真地去考慮慶筠的提議了。

如果慶筠對寫作不那麼瘋狂，如果我對寫作也不那麼瘋狂，我們之間大概不會迸出火花。如果他不是那麼貧窮和孤苦無依，我不是那麼寂寞和無可奈何，我們之間大概就不會生出憐惜之情。總之，他的提議讓我心動。最起碼，結婚可以結束兩份「孤獨」，解除兩份「寒苦」，何況還能「結伴寫作」呢。母親對這件事的反應又很激動：

「他那麼窮，拿什麼來養活妳呢？」

母親這句話，深深地刺痛了我。因為，以前，她也用這句話來問我的老師。我很瞭解母親愛我的一片心，生怕我和她一樣，任性地嫁給一個讀書人，走上一輩子貧苦的路。但是，二十一歲的我，從來就沒過過豐衣足食的日子，早把能吃苦視為一種「清高」、一種「美德」了。我當時就忍無可忍地發作了：

「我又不是金枝玉葉，又不是富家子弟，為什麼我就那麼難養呢？如果我命定要窮要苦，那是我自己的命，妳就讓我去掌握我自己的命吧！反正，妳沒有辦法幫我來過我這一輩子的！」

母親瞪視著我，好失望地嘆了口氣。

「女孩子一結婚就完了！妳這麼年輕，為什麼不去念書，滿腦子只想結婚，妳不是太奇怪了嗎？」

我無言以答。逃，逃，逃！我不能告訴母親，我那麼想逃，逃開優秀的弟妹，逃開考大學，逃開日式小屋，逃開母親，逃開我的自卑感……我能說嗎？我不能說！母親不再說話，她對我失望到了頂。她已經斬斷過我的一次戀愛，不願再做一次，她又嘆了一口氣，無奈地說：

「好吧！一切是妳自己選擇的！」

❖

就這樣，我和慶筠準備結婚了（後來，有許多的報章雜誌報導我的故事，都說我『奉母命與慶筠結婚』，這實在是個天大的誤會，母親幫我選擇的男孩子，都被我潛意識中的抗拒給排斥了。慶筠和我的婚姻，無論是對或是錯，都應該由我自己去負責）。

我們準備結婚，當然不能住在他那間小破屋裡，我們在學校附近的一個眷區中，找了一幢小小的房子：一間客廳、一間臥房，還有廚房和廁所。房子雖小，前面卻有個好大的院子，四周圍著竹籬笆，院中全是雜草。房東非常客氣，租金算得十分便宜。但，這整個眷區，都在田野當中，要走田中小徑，才能到房門口。頗有「采菊東籬下，悠然見南山」的詩意。所以，我們在結婚前，就忙著清除雜草、種菊花。

就在慶筠興沖沖除雜草、種菊花的時候，我心有不安。我覺得慶筠是個相當天真和憨厚的人，我不能讓他糊裡糊塗娶了我，對我的「過去」還茫然不知。於是，有一天，我詳詳細細地把我初戀的故事，一五一十地全講給他聽。他很仔細地聽完了，就急迫地問了一句：

「現在呢？妳還愛他嗎？」

我心中一陣痛楚。我最怕他有此一問。注視著他，我無法騙他，無法騙自己。

「我想，」我坦白地說：「他會永遠活在我心裡！」

「什麼意思？」他暴躁地跳了起來，蒼白著臉喊：「當妳和我交朋友的時候，他一直在妳心裡嗎？」

「是的！」

他呆住了，半晌都說不出話來。他的樣子，像受到了好大好大的打擊。我心有不忍，可是，我就是不能騙他。我咬咬牙，很誠懇地說：

「你還來得及後悔，你可以不要和我結婚。坦白告訴你，我愛過，也被愛過，我知道什麼是愛，什麼是被愛，我和你，雖然彼此吸引，彼此憐惜。可是，距離愛和被愛，還是很遙遠。」

「什麼意思？」他再度大吼大叫：「妳不要代替我來說話，妳根本不知道我對妳是怎樣的！」

我默然不語，非常憂鬱。他在雜草叢生的院子裡暴跳、踢石頭、踢牆角，就是不敢踢我。鬧了半天，他平靜下來，開始思想。他想來想去，顯然是想不通。然後，他抓住我，激動地說：

「我不過問妳的過去，反正妳發生那段戀愛的時候，我根本不認識妳！但是，現在我們要結婚了，妳難道沒有愛我勝過愛他嗎？」

我看著他。老天啊，說謊話很容易，我為什麼不會說呢？我想了半天，才很悲哀地說：

「我和老師那份感情，簡直是『驚心動魄』的。我想，我這一生，都不會再發生那麼強烈的感情！」

「那麼我呢？我算什麼？」他跳著腳問。

「和你的感情很溫馨，很沉穩，很平靜。」我試著解釋我的感覺：「很珍惜和你在一起的時間，覺得彼此這麼親近，這麼興趣相投。決定要嫁你，就想一生都要對你好，對你忠實，為你持家，為你做一切……」

「妳講這些都沒有用！」他氣惱地打斷了我。「只要肯定地告訴我，妳愛我，是不是，比愛他，多？」

我哀傷地搖搖頭。

他臉色灰白，氣沖沖地去看天空，不看我。我像犯了罪，等著他定奪。他開始繞著那個院子走，走來走去，走去走來，像一隻困獸。然後，他一下子停在我面前，用很有力的、下決心的聲音說：

「取消我們的結婚，我不能娶妳！我絕對不娶一個愛我不夠深的女人！」

我點點頭，轉過身子，我回家了。回到日式小屋裡，回到那間四個榻榻米大的房間裡，我躺在床上，看著通廚房那道門，門上有他加上去的彈簧，門縫上有他貼的膠紙……我心酸酸，淚珠滾落。**可是，我心中也如釋重負，一片坦然。我能這樣誠實而勇敢地說出我的心事，自己也覺得很了不起。**

那夜，我徹夜難眠。一直到天色已經濛濛亮，我才睡著。似乎剛睡著沒多久，就感到一陣天搖地動，我一驚而醒，睜開眼睛，他赫然站在我床前，正在那兒死命地搖著我。看到我醒來，他沒頭沒腦地就對著我大叫：

「我管妳什麼驚心動魄，管妳心裡還有誰，管妳愛誰多愛誰少，我反正娶定妳了！昨天我說的話取消，不算！只要妳肯對我好，我們有的是天長地久來培養感情！我就不相信妳對我的愛，不會越來越深！」

我一下子就濕了眼眶，心中那樣震動。我要對他好，我一定要對他好，我想著，我要做一個最好的太太，永不負他這片深情（儘管以後我們的婚姻中發生了許多問題，那天早上的情景，仍然深深撼動我心。在我的回憶中，它永遠美好）。

這樣，我們終於攜手走上了結婚禮堂。我們結婚那一天，父母大宴賓客。我畢竟沒有嫁給老師，也算他們的一項功德。必須讓所有的親友知道喜訊。因此，席開二十桌，好生熱鬧，連父親的同事和學生都來了。我披上白紗，穿著新娘禮服，盛裝走向紅地毯的那一端。這是我此生演出最大的一場show！

那一年，我剛滿二十一歲，慶筠二十七歲。我們兩個從認識到結婚，一共只有七個月。

九、貧賤夫妻百事哀

結婚第一年，我們就住在那很「詩意」的田野小屋裡。竹籬笆外，就是農田，抬起頭來，就可見到新店的山。

這小屋是單磚的建築，蓋得「簡陋」極了。牆很薄，每到下雨天，「詩意」就變成「濕意」，屋外下大雨，屋內下小雨。到了颱風天更不得了，屋瓦會整片整片飛走，雨水從窗子縫隙中往裡灌，灌得整面牆都塌下來。每次颱風過後，我們就忙著糊牆壁。廚房很小，只能容一個人，有個小小的爐臺和洗槽。廁所更簡單，連門都沒有，我只好給它掛上一面竹簾子。

屋子雖然不怎麼「豪華」，我們兩個倒也安之若素。慶筠每天早上去上課，整個午後和晚上都在家裡寫作，他的交通工具是一輛腳踏車。我每天聽到他「叮鈴鈴」按車鈴，就奔到「花園」門口去迎接他。他有時會帶一些菜回來，我就下廚烹飪，經常做的是「蛋炒飯」，其次是「飯炒蛋」，外加一盤素菜炒肉絲。我的烹調技術實在不佳，好在他也不挑剔。

我們的小屋中，只有簡單的籐床籐椅，因為籐制傢俱是最便宜的。書桌當然不能少，因為家裡有兩個「寫作瘋子」呀！我沒有出去找工作，他寫，我也寫。我那時專攻「副刊小說」，我才不管有價值沒價值，能賺到稿費就好。因為，母親的話已不幸而言中，慶筠每個月的薪水，我們付掉房租、水電這些必需開銷後，只能買二十天的米和菜，有十來天沒東西可吃。賺錢已成為很重要的一件事。我研究報紙「副刊」，真正「投其所好」，寫一些三千字左右的「小小說」。偶然，小說會發表一篇兩篇，我們的生活可以湊合過去。有時對自己「奢侈」一下，就共騎一輛腳踏車，到新店鎮的小戲院裡，去看一場二輪電影，再騎著腳踏車回「家」。每次看完電影，都是深夜，車子在田埂中走，田野青翠，明月當空，我們也頗能自得其樂。

慶筠寫作的速度，比我慢很多，因為他句斟字酌，一定要做到十全十美，他屬於「苦幹型」。我不一樣，我常在一種感動的情緒下，去寫我身邊的事與物，每次思想都跑得比我的手快，為了「追」我的「思想」，我總是下筆如飛。我稱自己這種寫作是「靈感型」。我們就在兩種不同的型態下，從事相同的工作，時而切磋琢磨，時而批評鼓勵。他是科班出身，難免對我的作品，有許多意見。可是，我的作品多，見報率也較高，在「經濟掛帥」的前提下，他也就無話可說了。

雖然，我們兩個都「偶有」作品發表，生活仍然是夠苦的。因為，稿費不是固定收入，時有時無。「吃飯」卻是固定開銷，一日也不能少。我初當「家庭主婦」，總是捉襟見肘，就弄不清楚，為什麼每到月底，總有些日子，兩人口袋中都「清潔溜溜」，一點錢都沒有了。我的個性強，當初和慶筠結婚時，曾大言不慚地說：「我窮我苦，那是我自己的命！」此時，面對「自己的命」，只想如何捱過去，而不願去向娘家伸手求助。在這種情況下，我開始懂得去做「家庭預算」，並且必須去「執行」這項預算。

我和慶筠，婚後的第一次吵架，就出在這「家庭預算」上。

原來，我們那時一天的菜錢，只有七塊錢，超過了這個數目，我們月底就會沒錢用。我非常辛苦地去維持各項「預算」，小心翼翼地不讓自己「透支」。但是，七塊錢實在太少了，我們幾乎難得吃肉，幾天下來，慶筠已經喊吃不消。我卻堅持「吃苦，大家一起吃」，不許亂了預算。這樣，有一天下午，兩人都在埋頭寫作。忽然，院子外面，有人朗聲叫賣「鮮肉粽子，豆沙粽子」，這一叫，叫得我們兩個都抬起了頭。

「我去買兩個粽子來吃！」慶筠說著，打開了抽屜，拿著我們的「家用」就往外跑。我急忙阻止說：

「一個粽子要三塊半，兩個粽子就吃掉了一天的菜錢！到月底我們就會有一天要餓肚子！而且，此例一開，我們都不照預算去用，月底又要難過了。」

「管他的！」慶筠說，依然往外跑。「月底的事月底再說！船到橋頭自然直，沒有人會餓死的！」

「不行！不行！」我說：「船到橋頭不會自然直，每個月到了二十幾號，我都要去當我的結婚戒指！這種事太沒面子，我不要當結婚戒指！」

「妳不當我當！」他說：「我現在餓得很，不吃粽子連靈感都不會來！」

我看沒辦法阻止他吃粽子了，只好妥協地說：

「那麼你買一個就好了，我不餓，我不吃！」我心想，最起碼可以省下三塊半。誰知道，我這樣一說，他竟然勃然大怒起來，跳著腳說：

「妳為什麼不吃？妳不吃，叫我一個人怎麼吃得下？妳就是喜歡這樣，把自己弄得好可憐的樣子，其實哪有這麼嚴重？連粽子都吃不起？我沒結婚的時候，只要口袋裡有錢，想吃什麼吃什麼，結了個婚，連粽子都沒得吃！」

「我沒有阻止你吃呀！」我委委屈屈地說：「我自己不吃也不行嗎？你為什麼要扯到結婚不結婚呢！婚前你可以寅吃卯糧，然後再借債過日子，對我來講，很不習慣呀……」

「好了好了！」他嚷著：「妳的意思就是嫌我窮，妳不習慣過窮日子……」

「我哪有嫌你窮？」我這下子更委屈了，聲音也大了起來：「嫌你窮還會嫁你嗎？我是寧願跟你『吃苦』的，現在，吃不了苦的是你不是我……」

「妳就是這樣，就是這樣！」他越吼越大聲：「吃苦？我怎樣給妳苦吃了？妳左一聲吃苦，右一聲吃苦，還說不是嫌我窮，妳明明就是嫌我窮……」

我們這場架，吵得真無聊！吵著吵著，賣粽子的人也走了，粽子也吃不著了，文章也寫不下去了，然後我就哭了。哭著哭著，晚飯也不肯做了，我回娘家去了。

如今回憶起來，我們居然會為了吃兩個粽子而大吵一架，簡直是不可思議。我還記得，那次粽子事件結束的時候，父親曾經調侃了我一句：

「怎麼？妳又要馬兒好，又要馬兒不吃草？」

慶筠有個綽號叫「老馬」，父親一語雙關，實在是非常幽默。只是，當時，這個「幽默」裡，也夾帶著好多的辛酸！「貧賤夫妻百事哀」呀！

貧賤夫妻，真的是「百事哀」！寫到這裡，就不能不提一提我的電風扇。

我們那「詩意的小屋」，因為牆太薄了，室內溫度和室外溫度，幾乎都一樣。夏天酷熱，冬天苦寒。我生平最怕熱，到了七、八月，就覺得日子真捱不過去。和慶筠婚後，我都是自己做家務，大熱天在廚房中炒菜，真是一大苦事。我又怕慶筠穿得太邋遢，會給同事笑話，所以，他的襯衫長褲，我都是自己洗自己燙。洗衣服還罷了，燙衣服又是一件苦事。每次給他燙襯衫，我額上的汗，滴滴答答落了滿襯衫。因此，那時，我最大的願望，就是能擁有一架小小的電風扇。

一架最小的電風扇，要四百元。我們就是籌不出這個錢來。我省吃儉用，到了月底還要鬧虧空，哪有閒錢買電風扇？我盼著想著，夜裡做夢都會夢到電風扇。這樣，終於皇天不負苦心人，有天我拿到一筆不太小的稿費，有兩百多元。母親看我太可憐，又借給我一百多元，湊了四百元，我買了生平第一架電風扇！

有了電風扇，我真是太高興了。從此，做飯時、燙衣服時、寫作時，我拎著小電風扇到處走。把風扇開了，再做工作。那時，父親有一架舊的收音機，送給了我。**我聽著收音機裡的古典音樂，一面做家事，一面吹電風扇，感到人生也蠻有意思的。古代皇帝天熱時只能用鵝毛扇，哪有電風扇用？我吹著電風扇，就覺得比皇帝還過癮。**

這樣，有一天，我和慶筠到臺北看父親母親，又和麒麟、小弟玩了玩橋牌，回家時已經相當晚了。進門一看，家中居然遭了小偷！把我的電風扇、收音機，和慶筠結婚時所做的一套西裝（他唯一的一套西裝）全偷走了！我當場傻在那兒，半天都不敢相信這是事實。當我終於知道這是事實時，我跌坐在床上，抱頭痛哭。

直到如今，我都清清楚楚記得，為了那架電風扇，我哭得多麼傷心！坐在那兒，我不睡覺也不說話，只是不停地哭。不論慶筠怎樣安慰和勸解，我就是止不住自己的眼淚，硬是整整地哭了一夜。

然後，我又回到揮汗如雨的日子，每當汗水滴落，淚水也不禁盈眶。小偷啊，偷這樣的「窮人家」，你實在殘忍！

十、離別與兒子

結婚第二年，我隨慶筠遷居高雄，因為慶筠終於想通了，在高雄鋁業公司找到一個翻譯的工作，要去上班，以改善家裡的經濟環境。

上班，這對慶筠來說，實在是相當大的犧牲，他恨透了坐辦公桌，一心一意只想寫作。

但是，經過一年的考驗，「夢想」和「現實」終於牴觸。這一年，我們彼此的作品都不多，想當職業作家固然不容易，想寫一部能藏諸名山的作品更加難。最後，慶筠低頭了。

鋁業公司的待遇並不很高，但它屬於經濟部，遠景看好。當時人浮於事，找工作並不容易。慶筠一被錄用，親朋好友都來恭喜他，連父親母親都為我的生活鬆了口氣，只有他自己，悶悶不樂。

初抵高雄，在慶筠兩位同學的協助下，租了一棟二層樓的房子。那兩位同學是單身漢，和我們合租這棟房子，他們兩個住樓下，我和慶筠住樓上。反正行李衣物，都很簡單。樓上只有一間大房間，臥室書房客廳全在一起。

慶筠開始當公務員，早出晚歸。每天回家後，匆匆忙忙吃完飯，就又去從事他的寫作。但，上了一天班，回家已經相當累了。用剩餘的時間去寫作，當然寫來寫去不順利。他以前可以有全天候時間寫作，他的產品都不多，這一下，當然少之又少。

我不用上班，每天一個人在家，時間多得用不完，生活也挺寂寞的。於是，我就全力卯上了寫作。副刊小說不再是我的目標，我開始寫長篇。總覺得自己感情豐沛，思想細膩，應該可以寫出一、兩本好書來才對。可是，我整天塗塗抹抹，寫了撕，撕了寫，不知怎的，也是寫不順。

我寫了好多「第一章」，都沒有「第二章」，寫來寫去，真覺得自己無能極了，開始懷疑自己有沒有才氣。

慶筠的寫作，比我更不順利，我還偶爾會發表一、兩篇短篇小說，他連短篇都沒有！於是，在兩個人都充滿挫敗感，情緒低蕩的時候，衝突就時常發生。每次都從小衝突變成大衝突，衝突到了最後，就忘了為什麼起衝突的，他會對我大吼一句：

「我知道妳對我什麼都不滿意！因為妳心裡始終有個人！妳忘不掉他！妳一直忘不掉他！」

這實在是很不公平的！我一心一意要當個好妻子，我努力在「忘掉他」，是慶筠，他不許我忘掉他呀！他時時刻刻把吵架的主因丟開，而兜到他身上去。難道我成為慶筠的妻子以後，我就必須把我生命裡的「歷史」都一筆抹煞嗎？**可是，今天的我，不論值得人愛，或不值得人愛，不都是由過去的我堆積而成的嗎？**

這種吵架，總是撕裂我的心。因為，無助的感覺，會隨之而起。我會好幾天都想不明白，不知道自己錯在哪裡。好在，吵架總是會過去。慶筠心地善良，吵完了，也會覺得自己在「胡攪蠻纏」，於是，擁我於懷，輕輕說一句：

「對不起！」

我會落淚。我一直很愛哭。淚水掉完了，紛爭隨之而去。我仍然一心一意要做個好妻子。

就在這個時候，我發現我懷孕了。

一切好奇妙呀，居然有個小生命在我體內孕育！我整個人像從睡夢中甦醒，全心靈震撼於這個發現。一個孩子！我的孩子！這事實挑起了我身體中所有的「母性」，帶給我一陣莫名的欣喜。我這才知道，孩子在母體中孕育的第一天開始，母愛就同時存在了。慶筠對這個消息不像我這樣興奮。可憐的慶筠，他沒有準備要當丈夫，就糊糊塗塗地當了丈夫；沒有準備要當父親，就糊糊塗塗要當父親了。

但是，自從我懷孕以後，我的脾氣就變得非常溫柔了。我才二十二歲，已為人妻，且將為人母。過去的狂風暴雨，對生命的懷疑厭倦，都成「過去」。**這時的我，開始「成熟」，開始熱愛「生命」**。感到我和慶筠所共有的小生命，正在我體內長大，使我對慶筠也充滿了柔情，充滿了感激。小生命是我們兩個的，我們將在人生的旅途上，好好地走下去，為我們，為我們的孩子！

我懷孕的這段期間，變成我和慶筠感情最好的一段時間。我們不再吵架，兩個人都全心全意照顧對方，等待小生命的來臨，這種感覺，實在是美好極了。我幾乎有百分之百的信心，我會和慶筠恩恩愛愛地活過這一生！

這個時期，我的小弟已考入中興大學森林系，去臺中讀大學了。麒麟從工專畢業以後，在慶筠的介紹下，也到鋁業公司來上班，他學的是冶金，在工廠中擔任助理工程師，我們雙胞胎又常在一起了。他住在單身宿舍，交了個女朋友小霞，每到週末，就和女友來我家。大家在一起包餃子吃，真是快樂極了。

人生的變化，實在是想也想不到的！

就在我懷胎十月，即將臨盆的時候，慶筠忽然被鋁業公司選中，奉派出國！

在那個年代，出國的機會，實在少之又少。人人對於出國，都趨之若鶩。有這麼一個好機會，可以出國去看看這個世界，這簡直是件天大的好事！慶筠一被選中，大家對他又是羨慕又是嫉妒，恭喜之聲不絕於耳。我卻憂愁極了。

我不喜歡離別，我更不喜歡在我即將臨盆的時候，丈夫卻不在身邊。我希望我的孩子呱呱落地後，能躺入他父親的臂彎裡。我知道我的想法都很自私，可是，我就沒辦法很快樂地去接受這件事。何況，我和慶筠剛在高雄安定下來，如果他出國，我勢必要回娘家待產。中國人的習俗，回娘家生產是不受歡迎的。我相信我的父母不會那麼迂腐。可是，母親在我結婚時，就對我說過幾句話：

「我一生帶大了四個孩子，覺得辛苦極了，所以，我絕不幫孩子再帶孩子，如果妳有了孩子，不要來麻煩我！」

母親對我這麼年輕去結婚，本就不太高興。現在又要回娘家生產，母親怎會坦然接受呢？我實在很怯場。慶筠一去，就要一年多，我覺得恐懼極了。總記得和老師輕易一別，今生就再也不能重聚，如今又要面對離別，會不會歷史重演呢？我怕極了。慶筠還沒走，我就已經心慌慌了。

不管我心中有多少擔心和恐懼，慶筠還是決定走。我還是回到了娘家，重新住進了那間餐廳兼臥室的小房間。

那是一九六一年七月，慶筠終於乘上飛機，飛了。我在機場，目送飛機遙遙遠去，心如刀絞。為什麼人生要有離別呢？為什麼青春作伴，卻不相守呢？為什麼在我最需要他的時候，卻離我而去呢？我仰望長空，極目遠眺，只見雲天蒼茫，飛機早已隱沒於穹蒼深處。我不忍遽離，佇立良久，老天啊，但願這番離別，是值得的！但願慶筠此去，真能獲益良深！但願時光飛逝，他已歸來！但願，但願，但願，但願。

慶筠上飛機的第二天，我就動了胎氣。一清早就住進了婦幼中心去生產。孩子來得並不順利，我在產房中足足掙扎了三十六小時。我一直以為自己要死了，一直問醫生我是不是要死了？我好希望慶筠在身邊，握住我的手，給我一點支持與力量。慶筠不在。母親陪了我一段時間，太累了，她先回家了。當我的兒子呱呱落地時，醫院裡一個親人都沒有。我孤獨地躺在那兒，聽著兒子嘹亮的啼哭聲，我的汗水和淚水一齊滾落，心中低低地自語著：

「鳳凰，妳以後再也不會孤獨，妳有兒子了呀！」

雖然心中這樣說著，但在初為人母的那一剎那，我一直躺在那兒掉眼淚。

二十四小時以後，護士小姐才把我兒子抱來給我。我捧著他，凝視著他，雖然他不是個很漂亮的小嬰兒，我卻近乎崇拜地看著他的小手小腳，感到「生命」真是「偉大」極了。我心裡充滿了愛和驕傲，充滿了難以言喻的震撼和感動。我對我的兒子，鄭重地低語：

「孩子！不管生命的產生是多麼地『偶然』，你卻是我全心全意所期待的，所需要的，所熱愛的！以後，不論我的生命中再有多少風風浪浪，我都會為你而堅強地活下去！你，就是我的希望、快樂，和最偉大的一部長篇！」

那一年，我二十三歲。從一個年輕的「妻子」，變成了一個年輕的「母親」。我還沒有完全適應當「妻子」的角色，就要努力去適應當「母親」的角色了。最麻煩的一點是：我搬回了娘家，我還必須兼顧當「女兒」的角色呢！

十一、小慶

我的兒子，乳名叫作「小慶」。

小慶在嬰兒時期，非常愛哭。白天哭，晚上哭，夜裡也哭。我初當母親，常被他哭得心慌意亂。帶他去看醫生，醫生說，一切正常，哭是「運動」。但是，小慶「運動」的時間非常混亂，不管是夜深還是清晨，他愛運動就運動。我們那日式小屋，完全不隔音。父親辛苦了一天，夜裡被小慶驚醒，他就嘆著氣問我：

「妳為什麼讓他一直哭呢？妳會不會帶小孩呀？」

我是不會帶呀！抱著兒子，我整夜在屋裡走來走去，拍他、哄他、哀求他：好兒子，別哭了！少運動一點呀！兒子聽不懂，他仍然運動他的。母親對我直搖頭說：

「唉！如果當初考上了大學，何至於現在要受這種苦！都是任性的結果，以為結婚很好玩呢！」

我並不覺得帶孩子是一種「苦」。可是，因為我的孩子，而讓父母受苦，這才是我的「苦」。那時，父母家中，麒麟去高雄做事，小弟去臺中讀書，只有小妹在家。小妹仍然是最優秀的小妹：小學拿了十二個第一名，考上了一女中，又連拿了好幾個第一名，這年正要進高中，每天捧著書本，用功得不得了。我兒子一哭，我母親就著急：

「別讓他老是哭了！別讓他吵著小妹呀！」

我急忙抱著兒子，衝到院子裡去。一面搖晃著孩子，一面抬頭看著滿天星辰，心中低嘆著：

「慶筠，你在哪裡呢？」

慶筠沒有回答。兒子仍然哭，我就跟著哭。

兒子是我的希望、快樂，和愛！但是，那段時間中，我卻怕極了兒子哭，每次他一哭我就會跟著掉眼淚。父母對我已經忍耐到了極點，我覺得我這樣拖累娘家，實在是「罪該萬死」！**我怎麼總是把自己弄成「罪該萬死」的情況呢？**

❖

慶筠正在「周遊列國」。他這次出國，並不是出去深造，也不是出去考察，而是參加了一個「道德重整會」，出國去巡迴表演。我一直到今天，都沒有弄清楚，這個「道德重整會」到底在做些什麼。只知道慶筠一會兒在美國，一會兒在歐洲。德國、英國、法國、瑞士……到處跑。慶筠出國時期，鋁業公司照發他的薪水，我應該沒有經濟的困難。可是，我對於帶著孩子回娘家生活，非常不安和歉然，就把這薪水，全部交給了母親。這樣，當小慶需要奶粉、衣服、營養品、醫藥等的開銷時，我又捉襟見肘了。偏偏慶筠從國外來了封求援的信：

「快寄一點美金給我，因為我沒錢用了！」

怎會有這種事？他在國外，卻要我寄美金給他？原來那「道德重整會」常常發不出零用錢給他們，他們個個都要靠家裡「支援」。我這一下傻掉了，總不好意思向母親要回慶筠的薪水。抱著兒子，我又開始寫稿子。

有一天，我一手抱著兒子，一手在寫稿。寫著寫著，兒子開始哭。我正寫得順手，不願停下來，我讓兒子「運動」，自己的右手也飛快地「運動」，腦子也不停地「運動」……正「運動」得渾然忘我，母親怒氣沖沖地在我書桌前一站，對我疾言厲色地說：

「妳如果想當作家，就不該這麼早生兒子！既然生了兒子，就丟掉妳想當作家的夢！妳這樣只顧寫作，讓孩子吵得全家人不能生活，妳豈不是太自私了嗎？」

我一驚停筆，抱著兒子，惶然不知所措。那種「罪該萬死」的感覺又從頭到腳地罩下來。我無法為自己解釋，只感到走投無路。當晚，我把頭埋在兒子的襁褓中，祈求地對他低語：

「兒子，你不能這麼愛哭了，我求求你，你不要再哭了！給我一點時間，讓我為你，為我們兩個，為你的父親，做一點事吧！」

說也奇怪，兒子那晚不再哭。我奔回書桌前，飛快地繼續我的小說。那夜，我寫完了那個短篇。至今記得那篇小說的題目：〈情人谷〉。這篇小說在如此倉卒之下完稿，寫得並不好，但很快地發表了，很快地拿到稿費。發表的雜誌，與我後來的生涯有極大的關係，那本雜誌名叫《皇冠》，那是我第一次給《皇冠》寫稿。拿到稿費，馬上換了美金，寄去給慶筠。

我的生活，就這樣，又陷入艱苦的掙扎裡。慶筠很勤於給我寫信，他的信是我最大的安慰。剛離開沒多久，他來信中有這樣的一句：

「讓我們用三百六十五日的相思，去奠定百年相守的美景！」

我非常感動。抱著兒子，我在他耳邊悄悄背誦。後來，他的信中常常提到國外的所見所聞，我也看得津津有味，非常新鮮。一次，他信中忽然有了「憤世嫉俗」的味道，很悲觀消極，他寫：

「到了國外，我才知道外面的世界有多大！臺灣是多麼渺小！鳳凰，我告訴妳，以後我們不用去爭取物質生活，因為我們的物質生活不論怎樣進步，也不可能追上歐美的水準！我們太落後了！看到別人的進步，會讓我感到無望和自卑！」

其實，從這封信中，我就該看出一點端倪。這次出國，帶給慶筠的衝擊確實很大。他離開時，是個積極、有信心、有熱情的年輕人。雖然也有些「憤世嫉俗」的意味，卻不嚴重。他回來時，一切思想看法，都有些變了。變得最多的一點，是他不再像以前那樣樂觀和天真了。

慶筠回來時，小慶已快滿周歲。

我帶著滿懷的喜悅，帶著我們的兒子，帶著「百年相守的美景」，飛奔到機場去迎接慶筠。我們總算把這一年熬過去了。再相見時，我們手握著手，淚眼相看，真覺得恍如隔世。慶筠抱著他的兒子，看了又看，親了又親，簡直不相信這個「胖小子」，就是他離開時，尚未出世的孩子。我們「一家三口」第一次團聚，真有說不出的喜悅，和說不出的辛酸。至於別後種種，更不是三言兩語所能講完的！

我怎樣也沒想到，這次的團聚，卻是日後分手的序幕！人生的路，不知道為什麼，我所走的，特別崎嶇。

十二、痛苦的婚姻

我們一家三口，又搬回到高雄去住了。這次，我們總算租了一幢房子一家住，這房子也很奇怪，是兩層樓，卻只有兩間房，樓下一大間是客廳兼書房，樓上一大間是臥室兼書房。我和慶筠，終於擁有了兩張書桌。他在樓下寫，我帶著兒子在樓上寫。

慶筠繼續他的上班生活，寫作都是晚上的事。但是，在國外這樣東奔西跑了一年，再要收下心來，去過如此「孤獨」的「寫作」生活，他驟然間無法調適他的腳步。再加上，他走的時候，兒子並未出世，我和他兩人共有一個小天地。他回來時，兒子已經一歲，正是又吵又鬧又需要人一步一扶的時候。假若慶筠曾和我共同度過兒子出生後的第一年，他一定比較能適應兒子。但他跳掉了那一年。現在，突然間，我變成一個母親，注意力全在兒子身上，等兒子好不容易睡覺了，我就衝到書桌前去「寫作」，我忙得簡直分身乏術，對慶筠，我難免疏忽。

如今再回憶起來，我和慶筠的婚姻，一開始可能就是個錯誤。我們之間沒有很深的愛情基礎，認識的時間又很短暫就結婚，彼此瞭解都不夠深入。但，我們婚姻中真正的致命傷，是不該輕易離別，更不該雙雙執迷不悟地寫作。

重回到我身邊的慶筠，對「寫作」的「使命感」更加強烈。在國外走了一圈，他心有所感，極力想寫一些有意義有深度的作品。這種「使命感」把他煎熬得很苦。當他在「煎熬」中時，我無法分擔他的苦惱，也無法進入他的世界。我忙兒子、忙家務、忙自己的寫作就忙個沒完。我頂多能做到的，就是抱著兒子到屋外的草地上去玩，讓他耳根清淨，讓他有短暫的時間可以利用。

我和兒子在外面玩了兩小時，回到家裡，他桌上的稿紙仍然空白，寫了字的稿紙，全在字紙簍中，堆了滿滿一字紙簍。而他，頭髮零亂，眼神落寞。

同一個時期的我，卻寫了好多篇中篇小說，我把它們寄給《皇冠》，都能刊載出來。《皇冠》的稿費不高（我後來才知道，這本雜誌是如何慘澹經營的）。稿費雖不高，對我的生活，卻已不無小補。最重要的，是我有一個發表的園地。我的中篇小說〈尋夢園〉〈黑繭〉〈幸運草〉……都是這時期發表的。有一天，我居然收到《皇冠》社長「平鑫濤」的一封信，信中寫著這樣幾句：

「我們非常喜歡妳的小說，讀者反應也十分熱烈。不知道妳願不願意每期給《皇冠》寫一篇稿？長短字數都沒有關係，《皇冠》篇幅大，可容納較長的文稿……」

我捧著信，雀躍三丈。這是我生平收到的第一封「邀稿」信！我把信拿給慶筠看，簡直「得意忘形」。慶筠看了信，十分納悶，他總覺得我的小說寫得很沒「深度」。這樣沒深度的作品怎會有人邀稿！他立刻把我發表的那些中篇小說，拿來細讀一番。看完了，他把雜誌丟在桌上說：

「妳不過是在說故事而已！」

「對！」我承認：「我就是在說故事！」

「妳連故事都沒有說得很好！」他又批評。

「對！」我仍然承認：「不過，我會慢慢進步的！」

「如果妳一天到晚寫這些沒深度的東西，妳一輩子都不會進步！」他氣沖沖地說：「如果妳以此為自滿，妳就完了！妳會陷在流行的、通俗的窠臼裡，再也跳不出來！」

我有些受傷了，抬頭看他，我語氣不佳：

「你去寫那些藏諸名山、流傳後世的不朽名著，讓我去寫沒深度沒格調的故事！我只想說故事，只愛說故事。我才氣不高，學問不深，能寫得出來，能有地方發表，我就很滿足了！」

慶筠看著我，不知道為什麼那樣生氣。他整晚坐在桌前想心事，偶爾塗塗寫寫，又都撕掉。第二天他去上班，到下班時沒有回家，我抱著兒子，站在門前等，越等越心慌。怕他出事了，怕他騎車太快了，怕他被車撞了……夜越深，我越怕。最後，我鐵定他出了意外，哭著跑到公用電話亭打電話，公司早就下班，沒人接電話。我又哭著打給麒麟，麒麟在工廠上班，或者知道下落。麒麟一接到電話就問我：

「妳是不是和他吵架了？」

「沒有！」我哭著說：「我沒有跟他吵架。」

「安心啦！」麒麟喊：「一個大男人，不會有事的！妳回家去等就對了！」

我只好抱著兒子回家。午夜，慶筠回來了，我聽到腳踏車聲，就衝到門口去看他，一看他四肢俱全，完完好好，我竟「哇」的一聲哭出來。慶筠把我一把抱住，連聲說：

「對不起，對不起，我應該猜到妳會著急。我只是和幾個朋友去玩橋牌，不知不覺就玩晚了！」

我驚魂甫定，身子還在顫抖。那時候，家裡都沒電話，聯絡起來本就不便。丈夫一夜晚歸，我似乎也犯不著小題大作，只要他安好，就什麼都算了。我拭去淚，雖然心底仍然委屈，卻也不再多說什麼。誰知道，這種「晚歸」，竟逐漸變成一種「習慣」了。

❖

那年，麒麟和他的女友小霞結婚了，也定居在高雄，我們雙胞胎都已成家，又住在同一個城市，時相往來，實在是件很好的事。但，我和慶筠的感情，卻開始陷入風風雨雨之中。

慶筠常常下了班就不知去向，歸家時已是夜深。頭幾次，我會哭、會著急。次數多了，我不再著急，卻化為一股怒氣。年輕的我，脾氣一向就不很好。現在，身上的工作又十分沉重。小慶已牙牙學語，而且飛快地學走路。小傢伙渾身有用不完的精力，爬高下低、跳來跳去，簡直沒片刻安靜。我每天僅僅帶他，已經筋疲力盡，何況我還要抽出能抽出的每一分鐘，去寫一些東西。現在，我寫的作品，幾乎大部分都能發表了。我有好幾個固定的地盤，是從不會退我稿的：一家報紙的副刊、香港的一本文學雜誌，和臺灣的《皇冠》。我每月只要勤於耕耘，就會收到相當不錯的稿費，這對於我的生活和寫作來說，都是莫大的鼓勵。我就寫呀寫的，幾乎沒有停。

我最大的錯，是從沒有去體會慶筠的「失落」。當他夜不歸家時，我就生很大的氣。我罵他沒有責任感，沒有良心，既不是好父親，更不是好丈夫！他被我罵急了，就怒沖沖地吼了回來：

「妳不要以為妳現在能賺幾個臭稿費，就有什麼了不起！妳知道嗎？如果我不是要上班養活妳，如果我像妳一樣，有那麼多時間可以寫作，我早就是大作家了！都是妳！都是妳！妳害慘了我！妳謀殺了我的寫作生命！我會夜不歸家，就因為妳！因為我苦悶，因為我不要回家面對妳！」

這太殘忍了。夫妻一旦吵架，常會說些最刻薄的話，但是，這些話也正流露出對方的心態。他這樣一吼，我就被打倒了。我踉蹌著往後退，又氣又急又傷心，眼淚就奪眶而出。一面哭，一面就去抱兒子，要抱著兒子衝出家門，永不回來，免得讓他看了討厭。我抱著兒子跑，兒子看我哭，他也哭，用小手摸著我的眼淚說：

「媽媽哭哭，小慶哭哭！」

兒子這樣一說，我更是淚不可止，那場面實在慘烈。我抱著兒子奔到房門口，慶筠一下子攔過來，把我們母子都圈在他的臂彎裡，蒼白著臉說：

「不許走！不要走！我吵架說的話，妳怎麼能認真？你們母子兩個，是我整個的世界呀！我什麼都沒有，連寫作都沒有，我只有你們兩個！難道連你們兩個，也要遺棄我了嗎？」

我站住，然後哭倒在他懷裡。聽了他這種話，我怎麼忍心走？走，又走到何處去？我不是下定決心，要和他恩恩愛愛過一生嗎？我們不是要用三百六十五日的相思，來奠定百年相守的美景嗎？連離別的日子都捱過了，怎麼相守的日子反而如此悲慘呢？

我收住步子，不走了。但是，我們之間的情況，卻每況愈下。

十三、二十五歲

那年冬天，我開始寫我的第一部長篇小說《窗外》。

在寫《窗外》以前，我嘗試過很多長篇的題材，寫了《煙雨濛濛》的第一章，寫不出第二章。也寫了許多其他的第一章，就是寫不出第二章。總覺得心頭熱烘烘的，有件心願未了。最後，我決心寫《窗外》，那是我自己的故事，是我的初戀，這件戀愛始終撼動我心，讓我低徊不已。我終於醒悟，我的第一部長篇，一定要寫我最熟悉的故事，我最熟悉的故事，就是我自己的故事。

寫《窗外》的時候，我非常小心翼翼。我不敢讓慶筠看到我的原稿，怕他又翻出我的過去，來和我吵架。所以，我都利用他上班的時候去寫。

小慶在一歲七個月大的時候，已經能跑能跳，能言善道。我為了要寫作，只好每天上午，都把他送托兒所。小慶不喜歡托兒所。每天早上，托兒所的車子來接他的時候，他都會抱著我的腿不放。我必須用最堅強的意志，來克服我的「不忍」。每次把他拉上幼兒車，他就放聲大哭，一面哭，一面慘烈地哀叫：

「媽媽呀！我要跟妳在一起！媽媽呀！我不要去學校！媽媽！小慶乖乖不會鬧……」

車子走了好遠，小慶的哭叫聲仍在我耳邊縈繞。我掉著眼淚，衝上樓，面對一疊空白稿紙，我含淚對稿紙說：

「如果今天上午，寫不出三千字，我就對不起我那可憐的兒子！」坐下來，拭掉眼淚，不敢浪費時間來哭泣，我馬上提筆寫作。這種情況下，我幾乎每天都能寫出三千字。到了中午，幼兒車的鈴聲一響，我就飛奔下樓，奔出大門，奔向我兒，把他緊緊緊緊地摟在懷裡，對他不住口地說：

「對不起，兒子。媽媽好狠心，是不是？但是，你的犧牲是有代價的！我寫了三千字呢！」

整個下午，我不寫作，陪兒子玩。晚上，我也不寫作，把時間留給慶筠，我還想挽救我的婚姻。但是，慶筠從「晚歸」，更進了一步，有時，他會「徹夜不歸」了。

慶筠下班後的去向，終於露了底。

原來，鋁業公司職員眾多，又有工廠，工人也多。每天下班後，就會有些職員和工人，在空無一人的工廠中打撲克，賭一點小錢。慶筠那時，正心情苦悶，對現實生活充滿了不滿，對自我的前途，又充滿了無力感。眼看我拚命地寫，且能發表，他自己的挫折感就越來越重（可惜，他這種心態，是我在多年後才分析出來的。當年的我，對他真是又氣又恨又傷心，根本沒有情緒去分析和瞭解）。在這種種因素下，他就逃遁到那個撲克桌上去了。

起先，只是小小地玩一下，慢慢地，就像鬼迷心竅一般，會越玩越大。慶筠天生就不是賭徒，他根本不會賭，也不擅賭，十賭九輸。他輸的數字，現在想起來，實在沒多少。但，在那時候，卻是我們的生活費、兒子的奶粉費。他輸了，就覺得沒辦法回來面對我，於是，只好再繼續賭下去，希望翻本。就這樣，他常流連於外，而我，卻在一次一次的等待以後，越來越絕望，越來越灰心。

我印象最深的，是我二十五歲生日那天。

在我過生日的前幾天，慶筠告訴我，他要戒賭了。他要把一個全新的慶筠送給我，做為「生日禮物」。他還說：

「自從我回國之後，我所有的表現都差勁透了！我不止讓妳傷心，讓妳難過，連我自己都恨透了這個我。鳳凰，我們再重新開始吧！不要放棄我，不要想離開我，我發誓，我再也不賭了！我也不怨天尤人了，我要好好地寫作，和妳一樣努力去寫。我們結婚時的信念還在，請妳，不要對我失望！妳過二十五歲生日，我們就以這一天做為全新的開始，我要請麒麟、小霞，還有諸多好友，來為我的話做見證！」

我那時對於慶筠，心已經冷了。不止是因為他賭，更大的原因，是他對什麼都不滿意，整個人生顯得非常消極。他看不起我的寫作，自己又沒有寫出超越他自我的作品來。每次一吵架，就說我害了他，我和孩子拖累了他，使他無法一展雄才。這種話的殺傷力太強了。我相信，我也說了很多傷害他的話。彼此的傷害一深，心裡的「積怨」就不少。那時，我真的常常在考慮離婚。慶筠也知道我的心意，知道我正在掙扎和矛盾中。

當他和我說了上面那一大篇話之後，我又感動了。想想看，我自己也有諸多不是。我很情緒化，很小心眼，又孩子氣、又任性、又愛哭。是我不能保持一張歡笑的臉，是我無力拴住丈夫的心。這樣一檢討，我不能只責怪他而不責怪自己。於是，我答應了他，相信了他，我們要一起努力，去重新開始我們的婚姻生活。

慶筠很高興，他立刻去請了好多他的朋友、麒麟夫婦，整整有一桌客人，來我們家吃晚餐，為我慶祝生日。當然，那天也是麒麟的生日。

可是，這麼多人來吃飯，做飯的工作還是我的。我一向不擅長於廚房工作，這麼多人來吃飯，對我實在是件苦事。慶筠拍著我的肩，笑嘻嘻地說：

「沒有關係，我下午就請假回家幫妳！我會從餐館裡，帶兩個現成的菜回來，妳熱熱就可以吃了！」

「你可一定要早點回來！」我千叮嚀、萬囑咐地說：「總得有個人帶小慶，我不能又帶他又燒菜！」

「妳放心！」他興沖沖地看著我。「我們的『新開始』，我怎會把它弄砸呢！」

於是，我生日那天到了，慶筠一早去上班，告訴我中午就回來。小慶去了托兒所，我趕快去買菜，回來洗洗切切，忙忙碌碌。中午，小慶回家，我只有帶著他，無法進廚房，因為我家廚房極小，我怕爐火熱油會傷到孩子。我們母子，站在大門口左等右等，慶筠人影俱無。到了下午五點，他仍然不見蹤影，幸好麒麟和小霞趕來，我趕快把小慶交給麒麟，小霞和我一起下廚。

六點半，客人全來了，慶筠仍然不見蹤影。

七點半，我和小霞把菜全搬上桌，我累得滿頭大汗，心中絞痛。我想笑，卻完全笑不出來，眼淚始終在眼眶裡打轉。滿桌賓客，你看看我，我看看你，沒有一個人動筷子，也沒有一個人說話。這些好友，對我和慶筠的情況都十分瞭解。而且，他們都是奉慶筠之命，前來為他做見證的！到了八點，我含淚請大家先吃，不要等慶筠了，麒麟眼睛一瞪，大聲說：

「不行！今天一定要等他回家，大家再開動，看他能晚到幾點回來！看他如何向我們大家交代！」

麒麟這樣一說，大家都不肯吃。我們一大桌人，就坐在那兒默默地等。到了九點鐘，麒麟一拍桌子站了起來，大罵了一句：

「豈有此理！」

我心想，這簡直是不可能的！今天是我的生日呀！是他要幫我過生日呀！是他請的客人呀！是他要「新開始」呀！怎麼可能不回家呢？我又害怕了，擔心了，我喃喃地說：

「會不會出事了？會不會出了車禍？」

麒麟瞪了我一眼說：

「妳放心，我去幫妳把他『捉』回來！」

麒麟說完，衝出房子，騎上腳踏車就如飛而去。我們滿桌子人仍然沒人吃東西，沒人說話，小慶倚在我肩上睡著了。小霞悄悄把他抱過去，抱上樓，送到床上去睡。我傻傻地坐在那兒，心裡瘋狂般地想，一定出事了，一定撞車了，一定發生意外了……

九點半鐘，車鈴響，麒麟和慶筠在眾目睽睽下，一起衝進了房間，麒麟嚷著：

「鳳凰，我把他給押回來了！」

我不敢相信地看著慶筠。慶筠顯得狼狽極了，他頭髮零亂，衣衫不整，臉色蒼白，滿臉的鬍子碴。他面對著我，手足失措地說：

「今天發了薪水，我就去玩了玩，我沒有輸，錢在這裡……」

他一面說，一面掏口袋，從左邊口袋裡掏出一疊零散的鈔票，又從右邊的口袋裡掏出一疊零散的鈔票，再去翻襯衫的口袋，又去翻長褲的口袋……從每個不同的口袋裡，掏出了左一疊右一疊的散鈔，握了一大把，直往我的手裡塞，說：

「妳看妳看，我還贏了一點呢！」

那晚的我很沒有風度，我顧不得滿屋賓客，我把鈔票往地上一摔，就飛奔上樓。擁著我的兒子，我整晚在那兒哀憐著我的婚姻。我不肯下樓，也拒絕吃飯。心中最大的痛楚，不是他的賭，而是，當他在那兒左翻口袋、右翻口袋的當兒，我才驀然醒悟過來，當初那個胸懷大志、雄姿英發的慶筠，已經變了！那個雖然貧窮，卻豪氣干雲的慶筠，確實不見了。難道，我真的「謀殺」了慶筠嗎？那個有著「俱懷逸興壯思飛，欲上青天攬明月」的胸襟氣度，有著「天地一沙鷗」的詩情畫意的那個年輕人，如今到哪裡去了？難道一個錯誤的婚姻，竟會把一個優秀的青年給害了？

我不寒而慄了。如果是我把慶筠害成這樣，我真是罪不可赦呀！

我這一生，有兩次的生日，終身難忘。一次是二十歲，一次是二十五歲。兩次生日，都讓我心碎，都讓我痛楚莫名。

十四、《窗外》出版，愁雲滿天

二十五歲生日過去沒有多久，我的第一部長篇小說《窗外》終於完成了。真沒想到，我會有這麼大的毅力去完成它！而且是在這種風風雨雨的生活中去完成的！

捧著一大疊《窗外》的原稿，我雖然有初完稿的喜悅，卻有更多的茫然。二十幾萬字呢！什麼刊物會接受它呢？如果它去「周遊列國」，恐怕郵費都不是小數字，我把稿子壓在家裡，開始寫信給各報副刊，問一問有沒有編輯願意「過目」一下。一星期後，回信紛紛而來，都是「篇幅所限，長篇小說無法容納」，居然沒有編輯願意看它！

就在這時候，有天我出門回家，發現慶筠正在全神貫注地翻閱《窗外》原稿。我心中怦然一跳，心想戰爭又要開始！誰知，慶筠放下了稿子，抬頭看著我，嚴肅地說：

「這是一部好小說！妳讓我嫉妒！如果我再不奮起直追，妳會遙遙領先的！」

我鬆了好大的一口氣，真感激慶筠，沒有因我寫《窗外》而和我吵架，我小心翼翼地看著他問：

「這裡面寫的是我自己，雖然十四章以後，都是杜撰，裡面還是有你的影子，你不會生氣嗎？」

他鄭重地看著我，誠摯地說：

「讓我告訴妳，每個作家的第一部小說，多半都是自傳！妳千萬不要讓這點來困惑妳，只要問，妳有沒有寫好它！至於我……」他微笑起來。「我如果連這點胸襟和氣度都沒有，我還配當妳的丈夫嗎？我還配談寫作嗎？」

我真感動。慶筠就是這樣的，當他理智的時候，當他不自卑的時候，當他想發憤圖強的時候，他真是個可愛的人。那一瞬間，我想，我們還是會恩恩愛愛過一生的！只要我們彼此都能遷就一點，都能犧牲一點！我們還是有「百年相守」的美景！

報社都不願過目我的《窗外》，我想來想去，唯一的可能是《皇冠》雜誌。當時，《皇冠》正在擴版，增加了一個專欄叫「每月一書」，可以一次刊完十萬或二十萬字。所以，我就把《窗外》付郵，寄到《皇冠》去了。

人生的一切，是不是都有命定呢？我這樣一寄，真是萬萬也想不到，我以後的生命，就全部改寫了。

《窗外》寄出一星期後，我收到了平鑫濤寄來的一封長信，他的字如天馬行空，一手好草書，卻「草」得太厲害，三個字裡我有兩個不認識，連看帶猜，看出這樣幾行：

「收到《窗外》，連續三個晚上，不眠不休，終於一口氣讀完。這是本不可多得的佳作！我猜作者本人，必在書中，寫得如此真實，令人深深感動。《皇冠》獲得此書，十分榮耀，已決定在七月份《皇冠》上，一次刊出……」

我捧著信，雀躍不已。對這位從未見過面的平鑫濤，頗有知遇之感。我收到的第一封「邀稿信」是他寫的，第一部長篇，又是他接受的！他真是個有慧眼的人呢！我還沒從興奮中恢復，他又來了第二封信，熱心地和我討論書中的幾個細節是否需要修正。我來不及回信，他又來了第三封，建議我改寫第一章，讓主角先跳出來（我的初稿中，第一章是許多女學生一齊出場）。我接受了每一項建議，重改我的《窗外》。

一九六三年七月，我的第一部長篇小說《窗外》，發表在《皇冠》雜誌上了。兩個月後，這本書發行了單行本。我首次在街頭的書攤上，看到自己的書陳列著。心裡的喜悅真是難以言喻，我悄悄地在書攤前逛來逛去，偷偷看著那本書。看到居然有人去買書，我興奮得心臟怦怦亂跳。晚上回家，做夢都會笑。

平鑫濤的信，如雪片般飛來：

「第一版《窗外》，已被搶購一空，現正再版中……」

「第二版《窗外》，又已售完，現在趕印第三版，已決定一次印五千本……」

「第三版《窗外》，又快賣完了。妳在忙些什麼？難道沒有新作問世，不準備『乘勝追擊』嗎?……」

哇!我實在有些暈陶陶,從來沒有人用這麼「直接」的方式,來「肯定」我的寫作。多年以來,在父母的懷疑下,在自卑感的作祟下,在兒子的眼淚下,在生活的煎熬下……不停不休地寫,卻一直不知道,自己的寫作是否有意義。這樣的「寫」,幾乎在每個字中都揉著血和淚,如今,這番掙扎,終於得到了回饋!我看著平鑫濤的信,淚水盈眶。怪不得古人有詩說:「若非一番寒澈骨,哪得梅花撲鼻香?」回憶我的「寫作」路程,真正是「寒澈骨」呀!

就在平鑫濤不斷報佳音、催新稿的當兒,《窗外》帶給我的「壓力」,竟如排山倒海般湧來。首先是我的父母,他們看了《窗外》,竟勃然大怒!雙雙寫信來指責我,說我不該寫這部小說,「出賣」我的父母!父親的「傳統道德」觀,使他完全不能接受這件事,他在給我的信中說:

「妳以為大家是喜歡這部『作品』,而買這本書嗎?大家不過是要看看妳的風流自傳而已!」

母親的來信更加嚴厲:

「原來妳的寫作才華，僅止於此！妳就這樣等不及地要賺錢嗎？除了『出賣』妳的父母以外，妳還有沒有別的本事？我生妳養妳育妳，竟換得妳用這種方式來報答——妳寫了一本書來罵父母！」

天啊！我沒有要罵父母，我愛他們，我真的愛他們！《窗外》是我生命裡最強烈的故事，這故事中如果沒有我的父母，就根本不能成立！我或者寫得太坦白、太真實，不過，就在我下筆的時候，我對父母雖然有「怨」，卻有更多的「愛」呀！難道他們看不懂？難道他們體會不出來？難道他們根本不曾「深入」我的內心世界，竟無法接受我的書?!我捧著父母的來信，又覺得自己闖了大禍、罪該萬死！淚水就滴滴滾落。我親愛的父母啊，為什麼要這樣誤會我呢？我走這條路，走得如此艱辛，你們為什麼不鼓勵我，反而要生氣呢？我不瞭解，我真的是百思而不得其解。慶筠下班回來，看我兩眼哭得紅紅的，驚問為什麼。我把父母的信拿給他看，他跳起來說：

「怎麼會有這樣的事？不管是誰的作品，都無法逃開人生的範圍呀！一個作者會把自己的生活，反映到作品裡去，是理所當然的事！他們這樣責怪妳，實在太過分了！」他伸出手給我，慷慨地說：「別哭，妳還有我！」

我感動，真的深深感動。

但是，沒有幾天，慶筠又徹夜不歸了。當他拖著疲倦的腳步，睜著布滿紅絲的眼睛，狼狽而踉蹌地回到家裡，他不等我開口，就先發制人地對我大吼：

「不要怪我不回家，也不要怪我去賭錢！都是妳，妳和妳那本見了鬼的《窗外》！妳恨不得向全世界宣布妳的真愛，那麼，妳把我置於何地？妳有沒有顧全過我的自尊、我的感覺？」

我驚愕得幾乎不會說話，好半晌，我才低低地說：

「你不是說，每個作家的第一部小說，都是自傳，你會諒解嗎？」

「會諒解的是神！」他大喊：「我不是！我只是人！連妳的父母都不會諒解妳！我怎會諒解妳！」

我呆呆地跌坐在椅子裡，腦中昏昏沉沉的，連思想的力氣都沒有了。

幾天之後，我在報紙的副刊上，讀到一篇作品，作者是慶筠。再仔細一看，文章的內容，居然在寫我，他杜撰了許多事情，把我痛痛快快地大罵了一場。我等他回家，深深地注視著他，我沉痛地說：

「我不知道你這樣恨我！」

他看著報紙，頓時歉容滿面。

「對不起，」他說：「那天我覺得沮喪極了，所以寫了這篇東西，這不算『作品』，我只是在洩憤而已！」

「洩憤？」我難過極了。「我讓你這麼生氣嗎？為什麼呢？僅僅因為《窗外》，還是你對我的愛情都死掉了！」

他悲哀地看著我，試著要向我分析他自己：

「我不知道我是怎麼回事，自從妳出了書之後，我就無法平衡了。我受不了同事們的眼光，受不了妳一天到晚寫，受不了自我的期許，也受不了這個家裡的氣氛！」他痛苦地用手抱著頭，似乎痛苦得快要死掉了。「我真的不知道該怎麼辦才好！我覺得我已經完了！」

看他那麼痛苦，我也痛苦起來。年輕的我，還不太懂得為對方設想，易地而處，我可能也會和他一樣痛苦。如果我能多為他設身處地想一想，或者我能付與更多的耐心和愛心，來挽救我們的婚姻。但，那時的我太年輕，肩上已扛著沉沉重擔，父母給我的壓力已使我透不過氣來，總覺得慶筠該給我的是慰藉和支持。怎能也用這種態度來對我，怎會對我說，他受不了這個，受不了那個……他不平衡，我也不平衡。覺得自從他回國以後，我們就陷在彼此折磨中。我看著他，悲哀而無助，我說：

「如果我讓你這麼痛苦，那麼，就讓這場悲劇結束了吧！」

「什麼叫『結束了吧』？」他大聲地問。

「離婚！」

這兩個字從我嘴中一吐出來，我們兩個都有些驚怔了。他死死地盯著我，一語不發。看了我很久，終於點了點頭，咬牙說：「這樣也好！」

可是，一轉身，他看到小慶，他把孩子抱了起來，抬頭看我，啞聲說：

「妳預備讓小慶沒有爸爸，還是沒有媽媽？」

我眼淚一掉，什麼話都說不出來了。

這就是《窗外》出版，帶給我的各種壓力。說真話，《窗外》的出版，是我寫作生涯的一個大大衝刺。但是，在我真實人生裡，它卻帶來毀滅性的風暴。

十五、初見鑫濤、橋、火車與落日

那年，我二十五歲。整整一年，我發瘋一樣地寫作。生活裡再也沒有什麼樂趣，我和慶筠，陷在彼此折磨的困境裡。我生活的重心，只有兩樣：小慶和寫作。

我在五月份，就開始寫《六個夢》。由於《六個夢》是中篇小說，我寫了前三個夢，就又馬不停蹄地開始寫《煙雨濛濛》。《煙雨濛濛》一完稿，我又接著去完成了《六個夢》。我會這樣拚了命去寫，完全和《窗外》有關。我要證明除了我自身的故事，我也有能力寫別的。《六個夢》首先在《皇冠》發表，《煙雨濛濛》接著在《聯合報副刊》發表，都是平鑫濤安排的，那時，他是皇冠的社長，也是《聯副》的主編。

那年冬天，我第一次和鑫濤見面。

會和他見面，是因為我到臺北去接受「電視訪問」。那時候，電視還是很新鮮又很時髦的東西，能被「電視訪問」是件非常難得又非常光榮的事。我人在高雄，要離開小慶三天，去接受電視訪問，我很不願意。鑫濤又是信、又是電報，十萬火急地催我去臺北，信中說：

「不要漠視大眾傳播的力量，也不要辜負電視公司善意的安排，更不要讓妳的讀者失望，許多讀者，都想看看妳的真面目，聽聽妳的聲音……」

慶筠說他會帶小慶，叫我放心地去臺北。他微笑地看著我，淡淡地說：

「反正，有個出名的太太，丈夫是要付代價的！」

我聽出他語氣中的諷刺和落寞，卻感到無能為力。哎！我奉勸天下的夫妻，千萬不要走相同的路！同時，要想想「真愛」是什麼？「真愛」不包括為對方做若干犧牲嗎？「真愛」不包括以對方的成就為驕傲嗎？

我到了臺北，鑫濤親自到火車站來迎接我。我們素昧平生，但已通過兩年信。我記得我那天穿了一身黑衣服，瘦瘦小小，自覺平淡無奇（後來，鑫濤卻堅持我那天穿的是一套藍色的洋裝，反正我一共只有這兩套衣服，不是黑的，就是藍的）。我雜在一堆旅客中走下火車，很驚奇地發現鑫濤站在那兒，很肯定地注視著我說：

「妳一定就是瓊瑤！」

鑫濤那年三十六歲。個子不高，方面大耳，站在那兒，卻頗有種凌人的氣勢。他如此年輕，雙鬢已經微斑，兩眼卻炯炯有神，看起來充滿了精力，神采奕奕。那第一次會面，我們誰也沒料到，日後我們竟會相知日深。命中注定，要共度一生。那時，我只是很驚奇，很驚奇他能在成群旅客中認出了我，我問：

「怎麼會認出我來？」

「從《窗外》裡認識的，從《婉君》裡認識的，從《啞妻》裡認識的！」他笑著說，幫我拎起小旅行袋。「不止認識吧！是非常熟悉了！」

後來，我才知道，鑫濤是個相當沉默寡言的人。但，他第一次見我，卻說了很多話。一直到很久之後，他都常常會問我：

「我們第一次在臺北火車站相見的時候，妳有沒有看到電光？」

「什麼電光？」我回答：「我聽到雷響呢！轟隆隆，好大的雷，天搖地動。」

「不開玩笑，說真的！」

說真的，沒有電光，也沒雷響。二十五歲的我雖已結婚生子，又寫了好些小說，仍然涉世未深。鑫濤的身分地位對我來說，是個「大人物」。他主宰我小說的命運，他是一個大雜誌社的社長，又是一家大報的副刊主編！還在廣播電臺主播《熱門音樂》（他是第一個把搖滾樂介紹到臺灣來的人，他主播《熱門音樂》時，用的是藝名『費禮』，他還用這藝名，翻譯了《原野奇俠》和《麗秋表姊》）。他在我心目中，是個很奇怪的人，能編雜誌，能寫稿，能翻譯，能廣播，能懂「熱門音樂」……簡直是個「十項全能」！面對這樣一個「人物」，會讓我自覺「渺小」。我根深柢固的「自卑感」，仍然纏繞著我。我稱呼他「平先生」，對於他會親自跑到火車站來接我，深感「受寵若驚」。在這種情緒下，怎會有什麼電光石火呢？但是，當他笑著談《窗外》《婉君》《啞妻》的時候，我卻感到十分親切、十分溫暖。雖然是第一次見面，卻全然沒有陌生感。

那天，因為有許多事要討論，他請我先去喝杯咖啡。在咖啡館裡，他告訴我訪問的內容、須注意的事項，和《窗外》發行的情形、讀者反應的情況……他說了很多，我只是靜靜地聽。那時，我有些著急，因為，這在臺北停留的三天，我必須回父母家去住。而父母，對於我寫《窗外》，仍然餘怒未息。我真不敢回家去見父母，很想去住旅館，但我身上卻沒有住旅館的錢（《窗外》一書的稿費，我用來買了一個冰箱，全部花光了）。我始終心不在焉，很想問一句：

「平先生，能不能借給我一點錢？」

第一次見面，這句話始終問不出口。最後，公事都談完了，鑫濤送我回父母家。我站在那日式房子的門口，遲遲疑疑，就是不敢按門鈴。我等鑫濤走掉之後，還呆呆地站在那門口，想不出見了父母要說什麼。認錯？不，我不覺得我有錯。直到如今，我都不覺得我寫《窗外》有什麼錯。我呆站在那兒，冬天，天氣好冷，我就是不敢按門鈴。我在門外徘徊，走來走去，走去走來，足足磨到天色全黑，這才鼓足勇氣按了門鈴。後來，鑫濤告訴我：

「妳知道嗎？那天送妳到家門口，妳看起來很奇怪，所以我並沒有走，我在巷口偷偷看著妳，想等妳進門之後再走。哪知道，一等就等了二十分鐘！真想跑過來問妳，到底妳有什麼為難之處，又覺得跑出來會太冒昧了！後來，好不容易看妳進了門，我才放下心來。」隔了許多年，他又提起那天，他說：「妳小小的個子，穿著一身很薄的衣服，在冬天的冷風底下，走來走去的。我覺得，好像有很重很重的壓力，壓在妳的肩上，妳那種『不勝負荷』的樣子，讓我終身難忘。」

原來，他那天目睹了我的徘徊。

但是，我還是進了父母的家門。父母畢竟是父母，不論他們對我多麼生氣，他們仍然沒有拒我於門外。我怯怯地看著他們，等著他們罵我。可是，他們只是對著我，輪流地嘆氣，什麼話都說不出來。我可憐的父母，當我一無所成的時候，他們失望傷心。當我終於寫作出書的時候，他們又害怕擔心，不知道我的筆下，對父母家庭，會不會造成傷害。看到他們這麼難過，我也難過極了，頓時體會到，「寫作」要付的代價，豈止是青春年華的默默消逝，它還會讓你「孤獨」，不止在寫作時的「孤獨」，還有寫作後的「孤獨」。瞧，我為了寫作，失去了慶筠的愛，又為了寫作，失去父母的愛！這代價真的太高了！

第二天，我接受了電視臺非常隆重的訪問，第一次面對攝影機，第一次面對訪問的人，第一次用「現場直接播出」，我心裡非常緊張。鑫濤始終在電視公司陪著我，訪問前，就一直給我打氣。訪問後，他說我講得很好，保證我並沒有失言或失態。那時還沒有錄影機，我自己無法看到自己在螢光幕上的樣子。電視訪問完了，我又接受了中廣的訪問。好忙碌的一天！訪問都結束後，鑫濤請我去他家裡吃飯，於是，我見到他的妻子和三個小孩。鑫濤的妻子非常美麗，三個孩子活潑可愛，最小的一個兒子比小慶只大幾個月。我看到一幅幸福家庭的圖畫，心中深受感動。

接著，我又是整天的節目，鑫濤排滿了我的時間，利用我那有限的三天。當最後一個訪問做完，已經是萬家燈火的時候了。鑫濤請我吃了一頓簡單的晚餐，然後預備送我回家。我想起回家就害怕，鑫濤似乎也有很多話要跟我說。他問我，散散步如何？我說好，我們就在燈火的街頭，隨意的走著，一面隨意的聊天。這樣走著走著，就走到「臺北大橋」前面，我們在橋頭站住，看著那大橋上稀少的車輛，和每隔幾步的照明燈，那些燈像閃爍的珠鍊般把整座橋串連著，在夜色裡迷濛如夢。記得，我說了兩個字：「很美！」，接著，我們就走上了那座橋，向對岸走去，一面走，我開始述說《窗外》出版帶給我的各種壓力。

我只是淡淡的說，並沒有太強調。鑫濤這才露出一副恍然大悟的樣子，我並不知道他前一天曾目睹過我的徘徊，只感覺到，他聽得非常認真。

然後，鑫濤也談起他自己，和他辦《皇冠》的經過：

「妳知道嗎?我離開父母,一個人來臺灣的時候,身上只有二兩黃金,是我全部的財產。那時剛剛大學畢業,臺灣人生地不熟,舉目無親,只好在同學家裡打游擊!」

我聽得很入神,因為他來臺的情況,和慶筠很相似。

「後來,在同學的介紹下,進入臺肥六廠去當公務員。住在廠裡的單身宿舍裡。當時,有三個朋友和我志同道合,大家決定要辦一本綜合性的雜誌。於是,四個人聚資,拼拼湊湊,勉勉強強地出了第一期。那一期裡的翻譯稿、創作稿……大部分都是我們自己寫的,跑印刷廠、裝訂廠……都是自己去跑的。第一期印了三千冊,把我那間單身宿舍堆得滿滿的。我們四個人擠在小屋裡,人手一冊,自己欣賞自己的稿子。」

很親切的話題,我瞭解那種「自我陶醉」的滋味。

「然後,我們要設法把這些《皇冠》賣出去。我騎了腳踏車,載著《皇冠》,到一個個書攤去,請他們寄售,他們連寄售都不肯!有幾家勉強接受了,卻把《皇冠》丟在地上,用許多別的雜誌堆在它上面。這樣人家根本看不到《皇冠》,我就去把它從書堆裡挖出來,請書攤老闆把它放在上面。老闆瞪了我一眼,生氣地說:『這種破雜誌,沒有人買的啦!』我聽了真傷心。一個月後結算,只賣掉五十七本!我們四個合作的人,合作不到三個月,賠得慘兮兮,三個都退出了,只有我堅持。每個月都騎著腳踏車自己發書,書太重了,騎到後來,大腿兩邊的淋巴腺都腫了起來!」

我聽了,實在非常震動,原來這本已十分成功的雜誌,是如此艱辛創辦的。假若沒有過人的熱情和毅力，大概早就收兵了吧！怪不得年紀尚輕的鑫濤，已經「早生華髮」了。然後，我們又談到《皇冠》雜誌的現狀，說也不信，這本雜誌已發行了快十年，仍然非常艱苦，由於利潤太少，始終都是「慘澹經營」。鑫濤手下，只有一個職員，厚厚的一本雜誌，從看稿、編輯、美工、印刷，到校對，他樣樣都要做。說著說著，他就笑了起來。

「真不容易，現在已熬到第九年，我們終於遇到了一個瓊瑤！或者，《皇冠》是真的要起飛了！」

很大的恭維，我笑了，滿懷溫暖。那一夜，非常溫馨。記得，我們來來回回，在那座橋上走來走去，重複的走了好多次。天上，有月如鉤，橋上，有燈如夢。

第三天，又是一天的節目，排得很滿，到了黃昏，節目都結束了，鑫濤又要請我吃晚餐，我有點不安，這三天跟他已經太接近，我推辭了，他也沒勉強，送我回家。回到家裡，才發現家裡有客，鑫濤一見到那客人就變了臉色，母親正和客人聊得融洽，對我說：

「這位某某發行人，已經等了妳四個小時了！」

那位發行人，站起身子，先和鑫濤打招呼，原來他們認得。再對我熱心的伸出手來，滿臉笑容的說：

「瓊瑤小姐，沒想到妳這麼年輕！伯母教育得真好，有其母必有其女呀！」

鑫濤站在那兒，有點尷尬，就先告辭了。我這才弄明白，這位「發行人」，是當時另外一本文藝雜誌的發行人。而我，從來沒有投過稿子給他們，他是來邀稿的。居然等了我四小時，而且對母親獻了四小時的殷勤。當晚，母親就對我說：

「不要只認一家雜誌社，我看這位發行人比平鑫濤可靠！聰明的作者，要各大報章雜誌都發表作品才行！千萬不能被一家壟斷！」

我默默無語。很怕母親又要干涉我的事業。

三天飛快的過去，第四天，我乘火車回高雄，鑫濤仍然到火車站來送我。我上了車，他跟著我一起上車，幫我拎著旅行袋，找到位子坐下。他沒有離去，卻在我身邊的位子上坐下，好像「理所當然」一樣，淡淡的說：

「我今天正好有空，送妳到臺中，然後，五點半妳的火車去高雄，我的火車回臺北！」

啊？我有點驚奇，送我到火車站不就行了，怎麼要送到臺中？看他一副若無其事的樣子，我也不便多說什麼。然後，火車開向臺中，我們一路討論我的小說，他的雜誌。他也略略問了那位發行人的事。我坦白的告訴他，那位發行人對我母親展開各種恭維，希望能夠拉到我的稿子。我母親已經感動萬分，力勸我不要認定皇冠。鑫濤微笑了一下，說：

「這證明妳已經出名了，挖角的人也出現了！如何選擇，全部在妳！」

然後，他就不談那個發行人。四個多小時車程，他一直在幫我計畫我以後應該走的路，那時，我房租已快到期，很想定居高雄，因為高雄生活費低廉，對我比較輕鬆。他又力勸不可，告訴我文藝界，仍然以臺北為中心。他甚至說，可以幫慶筠在臺北找工作。那三天，我跟他談了很多父母的事，並未告訴他我和慶筠的婚姻狀況。

這樣說說談談，車子轉眼就到了臺中，我們先下車，再分別換火車，一個去高雄，一個回臺北。記得，那正是落日時分，太陽又紅又大，在地平線上沉落。彩霞把整個天空，都染成絢麗的各種紅色，簡直美得無以復加！我脫口喊出一聲：

「快看那落日！太美了！」

我指著落日，震懾在那份美景中，鑫濤跟著看過去，也呆住了！我們都沒想到有這麼好的風景可看，對著那落日，兩人都沒說話。直到車站廣播，我們一南一北的車子即將開動，他才匆匆遞給我一個很大的牛皮紙口袋，說：

「一點小禮物，回家以後再拆！」

我拿起來，沉甸甸的，像是一本大開本的書。我收下了，上車後，一路都沒有拆封。回到家裡，慶筠迎了過來，滿臉困惑地對我說：

「呵！好奇怪的事，有人送來一架落地電唱收音機！不知道是不是送錯了地址！」

我奔過去一看，很豪華的一架落地電唱機，四聲道身歷聲的，簡直太奢侈了！自從我的小破收音機被小偷偷掉以後，我就和音樂絕緣了。此時看到電唱機，實在驚訝極了。電唱機上沒名片、沒卡片，什麼都沒有。我突然想起鑫濤給我的牛皮紙口袋，匆匆打開一看，竟然是一疊唱片，有柴可夫斯基，有貝多芬，有史特拉文斯基和莫札特！我翻弄著唱片，一張小紙條掉下來，鑫濤那天馬行空的「草書」，草草地寫著：

「知道妳寫作的辛勞後，深覺慚愧，稿費一直算得不高，因《皇冠》也撐持得相當辛苦。一架落地電唱機，是從閒談中，得知你們家庭中所需要的，請看在特意讓高雄朋友代勞的一片苦心中，笑納吧！」

我衷心感動，不止為了唱機，還有我手中的唱片，如此細心的安排，實在是個有心人。至於送我到臺中的事，他在後來跟我討論小說的時候，曾經寫過一封五頁信紙的信，全是談公事。只在信的最後面，寫了幾句：

「怎麼有人送別人回家，只送一半路，不送到底的事？還用另外一半路的時間來後悔！還有——妳相信有人第一次發現落日的美嗎？」

事隔多年以後，我笑著問鑫濤：「第一次見面就煞費苦心地送唱片、送唱機，有沒有心懷不軌呀？」鑫濤正色回答：「別冤枉了好人！知道妳寫作得那麼艱苦，覺得太抱歉了，想補償妳一些稿費，又怕傷了妳的自尊。後來聽妳說不喜歡熱門音樂，比較愛古典音樂，我才好不容易，想出送唱機的點子！」然後，他又笑笑說：「雖然沒有『心懷不軌』，倒的確是『用心良苦』呢！」他想想，又說：「至於送火車，就是還想利用那幾小時，跟妳多談談！沒料到，有那麼美麗的落日，確實把那天變得浪漫起來！」

十六、清水與離婚

就這樣，我們家裡有了唱機，我可以一邊寫作，一邊聽音樂，寫作時不再那麼孤單了。我也有了冰箱，可以一星期買一次菜，節省了不少時間。《皇冠》和《聯副》的稿費加起來，已是一筆不小的數字。眼看生活的困窘，即將成為過去。但是，慶筠的落寞和失意，卻與日俱增。我越忙於寫作，他就越沉默，我的稿子發表出來，他不再有笑意。

一天，他苦惱地凝視著我，說：

「我應該到『清水』去的！」

清水是臺中附近的一個窮鄉僻壤，慶筠在剛到鋁業公司上班未久時，忽然想轉行去教書，清水有個中學給了他聘書。他認為，「隱居」到清水，可以逃掉都市裡的「誘惑」，可以埋頭寫作，那麼他就能寫出不朽名著來。這個「去清水」的決定，被我推翻了，我不肯跟著他一再搬家，也不認為「寫作」與「清水」有什麼大關係。再有，鋁業公司待遇好，清水待遇低，也是我考慮的一大因素。自從推翻去清水的決定後，慶筠每當最失意時，就會提到清水。

「只有到清水才能寫作嗎？」我問他：「那麼，你就去吧！這次我不攔你了！」

「妳已經『攔』過了！」他憂鬱地說：「妳攔住了我，然後妳自己可以平穩地走下去！

我給了妳一個寫作環境，妳卻從來不給我寫作環境！」他緊緊地盯著我，沉痛極了。「妳現在已經得意了，報紙、雜誌，大家搶著要妳的稿子，可是，我呢？我在哪裡呢？我在哪裡呢？」

他悲愴地說著，落寞地、頭也不回地出門去了。

那夜，我抱著兒子，對著窗外黑暗的穹蒼，做了一個最後的決定：我要放掉慶筠，我要給他自由，我要讓他從家庭的束縛裡解脫出來！我再也不要拖累他，不止我不要，兒子也不要！如果沒有我和小慶的羈絆，說不定他還有很燦爛的一片天空！

當離婚的建議再被提出來時，慶筠沒有反對。或者，他早想這麼做了！離開我他就可以去清水，離開我他就可以有成就！他承認我對他造成太大的威脅，承認他嫉妒我，和我的生活不再快樂。我帶著一種壯士斷腕的心態，不可否認，他那些話刺激我太深，我對他已經徹底絕望。我們選擇了一天，抱著兒子，到了高雄法院的離婚公證處，兩人默默的填好各種表格，排著隊伍，終於到了法官面前。法官看我們兩人年紀輕輕，又抱著孩子，再看看我們的表格和年齡，對我們說：

「離婚證人呢？要離婚，需要帶兩個證人來，你們的證人在哪兒？」

我一驚，還要證人，難道法院都不能作證嗎？法官看我一臉迷糊狀，就好言好語的說：

「年輕小夫妻，談什麼離婚？孩子那麼小，回去想想看，講和吧！」

法官這樣一說，慶筠居然如釋重負的接口說：

「就是嘛！又沒什麼大事，幹嘛要離婚？」

我這一氣，非同小可。走出法院，我覺得我的一生，亂七八糟，總把自己陷進一種「進退維谷」的深淵裡。一時之間，感到走投無路，竟然低下頭去，一口咬在自己手臂上，我用盡了全力，想咬下一塊肉來，給自己一個懲罰。小慶大哭，慶筠慌忙抱走孩子，再來拉我的手，急急的說：

「離婚就離婚嘛！幹嘛咬自己？」

我那一咬還真重，但是，卻沒有咬下一塊肉來，只是把手臂上咬了一圈牙印，破皮出血，中間很快就紅腫瘀血，隔天轉成紫色。從此，我知道要「咬下一塊肉」是很難的事。我那圈牙印和瘀紫，將近一年都沒有消退，可見，我用力到什麼程度。

離婚，當天又沒辦成。

十七、《天網》與《煙雨濛濛》

《窗外》和《六個夢》相繼成功，鑫濤一連串寫信給我，要我「打鐵趁熱」，我找出以前只有開頭的稿子，日以繼夜，趕出了一部長篇小說，取名《天網》。稿子寄給鑫濤後，他來信說，因為有好幾處，我寫得太強烈，他擔心「過不了關」（那時的小說，還是有審查制度的）。讓我火速去臺北修正，因為他要用「迅雷不及掩耳」的方式，把這部長篇登載到《聯合報副刊》，已經沒有時間耽誤。於是，我又匆匆趕到臺北，這次，我只能停留一天，因為小慶交給我弟媳婦小霞帶。我怕小霞對付不了我那好動的兒子。

我坐夜車到了臺北，又是鑫濤一大早接我的火車。見了面，也沒太多時間說應酬話，我問他，有什麼圖書館之類的地方，可以坐下來討論，和修改小說的？他說了個咖啡館的名字，我想起他送我火車到臺中的事，覺得最好不要跟他單獨進什麼咖啡廳。我問有什麼風景優美的地方嗎？他忽然一個勁兒點頭說有有有！於是，他帶著我乘上郊外公車，一路風塵僕僕，顛顛簸簸，大約車子開了兩個小時才到目的地。我下車一看，海風撲面而來，我們居然到了一個非常原始，非常荒涼，卻讓我震撼至極的地方——野柳。

當年的野柳，完全天然，一點兒人類的加工都沒有。除了一個小小的魚港之外，就是那片讓人無法喘息的岩岸。我們走上岩岸，我看著那些各種形狀，伸向天空的巨石。要知道，那時，無論是女王頭，還是仙女鞋，或是燭臺石……這種人為的名稱都沒有，我一眼看去，就是峨然挺立的、不同形狀的岩石，高聳入雲，在撲岸的海浪中，遍布在整個海岸線上（那年，這些巨石風化程度很小，比現在起碼大了數倍）。這種美景我生平未見，驚愕得幾乎無法呼吸。我在岩石中穿來穿去，東張西望，幾乎把我那要改的《天網》忘得乾乾淨淨。鑫濤陪著我到處跑，他的訝異似乎不比我少，我用了一個多小時，玩夠了那些讓我著迷的岩石，看夠了那片一望無際的大海。然後，我問鑫濤：

「這是你第幾次帶人來這兒改文章？」

「第一次！我只聽報社同事說過這兒風景不錯，從來沒有來過，妳要找風景優美的地方，我就闖過來試試看！」他睜大眼睛說。

好吧！我回過神來，東張西望，要找一個可以改稿的地方。好不容易，找到一塊方形的岩石，旁邊還散落著幾塊小石頭，正好可以當成凳子，我和鑫濤就在方形石前坐了下來，先討論要修改的地方，然後，我知道必須把握時間，否則改不完，打開我的手稿卷宗，開始改稿。誰知，還一個字都沒有寫，一陣海風呼嘯而至，我那些攤開的稿紙，頓時「隨風四散飛」。我和鑫濤都大叫起身，我先撿了一塊石頭，壓住我的稿子，然後拔腳去追我飛去的稿子。同時，鑫濤也大驚失色的追著我的稿子跑。我們驚天動地的撿著落地的，撈著飛舞的，兩人跑得團團轉。最後，我們居然把全部吹跑的稿子，都追了回來，簡直不可思議。我們兩個，都跑得上氣不接下氣，驚魂未定的彼此互看。半晌，鑫濤才說了一句：

「在野柳改稿子，實在是個很荒唐的點子！」

那天，稿子也沒繼續改下去，一來地方不對，二來，我們還要趕回臺北，我要乘夜車回高雄，時間不夠了。我們匆匆回到臺北，趕到火車站，又是萬家燈火的時候了。我抱著我的《天網》說：

「我帶回高雄去改，盡快寄給你！你先找別的稿子墊墊檔！」

這次，他沒有送我到臺中，我一個人坐夜車回高雄。當車子在黎明時抵達高雄，我發現臺北是晴天，高雄卻下著小雨，迎接著我的，是一片煙雨濛濛。我在三天後，就把改好的稿子，寄給了鑫濤，同時，把那本小說，正式改名為《煙雨濛濛》。《煙雨濛濛》立即在《聯合報副刊》連載起來，而且，得到極大的迴響。

十八、一九六四年——離婚、出書、喬野

接下來，我的生活全然改變。

那一年，父親受聘於南洋大學，到新加坡去教書了。母親帶著妹妹，仍住在那棟日式小屋內。儘管，大部分日式小屋都在拆除，改建高樓大廈，師大的這批日式宿舍，仍然維持著原狀。

我和慶筠，經過那次的「離婚」事件之後，兩人都知道，繼續維持我們的婚姻，只是維持我們的「悲劇」而已。我們可以理性的討論，發現我們婚姻中最大的問題，不是賭，不是窮，不是愛得不夠深。這些都可以改正，都可以克服，我們真正克服不了的問題，是我們的寫作。夫妻二人，從事同一樣事業，潛意識中，仍然有競爭。慶筠是臺大外文系畢業的，

是正統科班出身，他一直自視比我強。但是，今日的社會以成敗論英雄，寫得再好，只有自己看是沒有用的。他很迷惑，繼而迷失。他無法在我面前掩飾他的痛苦，他更做不到以我為榮。**可憐的我，可憐的慶筠，我們因有「共同興趣」而結合，最後，卻因這「共同興趣」而分手。正像慶筠說的，我們不是神，我們只是一對最最平凡的凡人！**

那年，我和慶筠分居了一段時間。我帶著兒子，搬到臺北去住。房子在敦化北路一條巷子裡，是兩層樓，樓上有三間房間，樓下是客廳餐廳和廚房，前面後面，都有小小的院子。這房子對我來說，實在太豪華了。初搬進去，我非常不安，算算房租，尤其不安，雖然房東算得很便宜，對我仍然是筆大數字。搬進去第一天，鑫濤來看我們，見我一副愁眉不展的樣子，他在客廳中一站，用極肯定、極權威的語氣說：

「妳負擔得起！只要妳不停下妳的筆來，妳就負擔得起！不止負擔得起這棟房子的房租，妳將來還會擁有一個妳想像都想像不到的世界！」他盯著我，穩穩地、篤定地加了一句：**「可是，妳要讓妳的才華，發揮到極致，絕不能讓它睡著了！」**

鑫濤這人，實在奇怪極了。我一生沒碰到過像他這樣的人，他渾身都是「力量」，好像用都用不完。他做事果斷，絕不拖泥帶水，他思想積極，想做就立刻付諸實行。他不只對自己的事堅定果決，連帶對朋友的事也堅定果決。我們剛搬到臺北，他還不知道我和慶筠正在鬧離婚，積極的對慶筠說：

「你不必回鋁業公司上班了。現在有兩條路可走，一條是到報社去當編譯，報社的上班時間是晚上，你有整個白天的時間可以去寫作。另外一條路，是你暫時放棄寫作，去從事翻譯，翻譯需要中英文都好，你是難得的人才！」

慶筠兩條路都沒有走。關於第一條路，他說：

「聽起來很不錯，可是，我不要靠妳的關係進報社，我要靠我自己！」

至於第二條路，慶筠簡直有些生氣。

「翻譯是一種再創作，再創作和創作怎能相比？難道妳屬於創作人才，而我只配去翻譯嗎？」

兩條路都堵死。而我已不眠不休地開始寫《幾度夕陽紅》。慶筠看我寫得頭都不抬，他一咬牙，決定回鋁業公司。我對他說：

「我們暫時分開，你願意去清水也好，去蘭嶼也好，去綠島也好……你去打你的天下，不要讓我和孩子再來拖累你，天下打完了，或者你不想打了，回來，我還在這兒等你！」

慶筠也是個奇怪的人，他回到高雄，居然沒去清水、蘭嶼或深山大廟，居然不找一個地方去從事他心心念念的寫作，他仍然留在鋁業公司上班，這一上，就上了一輩子。直到退休年齡，才從鋁業公司調到經濟部。他一腳走進公務員的圈子，就再也沒有跨出來。

我和慶筠拖到那年夏天，兩人都覺得緣分已盡，為了讓彼此有更大的自由去飛翔，我們終於到律師樓，去簽了字，協議離婚。小慶給了我，從此，小慶就跟著我姓陳，稱呼我的父母為「爺爺奶奶」，他從出生，就在陳家，似乎注定是陳家的孩子。

剛離婚那段日子，我情緒低落。覺得我這一生，似乎做什麼都做不好，既不能成為好女兒，又不能成為好妻子。回憶這段婚姻生活，其中一年他在國外，後來半年已經分局，真正在一起的日子不多。為了我的寫作，和他的寫作，我們用了太多時間去各自奮鬥，然後再莫名其妙的為寫作鬧彆扭。離婚，是解救兩人唯一的路！我雖然有這種觀念，真正離婚後，卻感到無限地惆悵。畢竟，慶筠和我做了五年夫妻，畢竟，他是我兒子的父親呀！

好一陣子，我無法寫作。對著稿紙，會忽然悲從中來，抱著兒子，也會情不自禁地悄然落淚。這種情緒，無法讓任何人瞭解。傷情之餘，交稿的速度很慢，那時，《幾度夕陽紅》已在《皇冠》上連載，這是我第一次「邊寫邊登」。《皇冠》登我這篇小說，為了遷就我的情緒，每個月刊出的字數忽長忽短。這樣，有一天，鑫濤來看我，他興沖沖地站在我的客廳中，對我很「肯定」地「宣布」一件事：

「下個月開始，我要在《聯副》上刊載妳一部長篇小說，妳最好馬上就去寫！」

我大驚失色。這怎麼可能呢？《幾度夕陽紅》還沒寫完，我的頭腦有限，怎可能再開始一部長篇？何況我情緒低落，何況我還要帶孩子，何況，何況……

「不行！」我搖頭。「我做不到！一定做不到！」

「妳做得到！一定做得到！」鑫濤堅定地說，眼光逼視著我。他渾身上下，又帶著那種令我驚奇的「力量」，他點點頭，很認真地說：「讓我告訴妳一件事，當初，我想在《聯副》上刊載《煙雨濛濛》，可是，長篇小說的連載必須要向上面報備，我報備的時候，上面打了回票。給我一句話說：『瓊瑤？瓊瑤是誰？沒聽過這名字！《聯副》應該去爭取名家的稿子！』我聽了之後不太高興，結果，我利用我的職權，閃電推出《煙雨濛濛》，連預告都沒有發。報社以為是一部中篇，根本沒注意，一直等到刊載了一半的時候，有天社長一清早到報社，發現一群女學生等在報社門口買報紙，社長驚奇地問她們在幹什麼，女學生說：『來不及等報紙送到家裡來，我們要上學呀！只好到報社來買！』社長問她們要看什麼大新聞，她們說：『《煙雨濛濛》呀！』社長驚愕地走進辦公廳，問大家：『《煙雨濛濛》是什麼？』」

我笑了，對鑫濤點點頭說：

「你編故事，也編得滿好聽的！最起碼，可以治療一下我的自卑感，我正需要這種故事！」

「我沒有編故事！」鑫濤一本正經地說，眼光顯得嚴肅起來。「這件事，百分之百是真的。我告訴妳，只是要妳知道，在《聯副》刊載《煙雨濛濛》的時候，報社裡沒有人知道瓊瑤！但是，今天我們報社開編輯會議，會議中，大家居然提出來：『我們怎麼不去爭取瓊瑤的長篇小說？』言下之意，《皇冠》有妳的長篇，《聯副》沒有妳的長篇，是我徇私了！」他正視著我，一瞬也不瞬地。「瓊瑤，」他清楚而有力地說：「《聯合報》是臺灣第一大報，能擠上《聯副》，不像妳想像那麼容易！現在《聯副》要妳的稿子，我就一定要上妳的稿子！因為，這對妳太重要了，僅僅一本《皇冠》，不夠來肯定妳！」

「可是，」我嚷著：「我寫不出來呀！」

「妳寫得出來！」他重重點頭，毫不懷疑地。「今天我就是用逼的，用催的，用榨的，我也要逼出妳另一部長篇來，妳最好馬上就去寫！我給妳十五天的時間！」

「那麼，那麼，」我開始心慌起來。「《幾度夕陽紅》怎麼辦呢？」

「《幾度夕陽紅》不能停，妳要做一個計畫，半個月用來寫《幾度夕陽紅》，另半個月寫新長篇，兩部小說同時進行！」

我愕然地看著鑫濤，簡直不敢相信我聽到的！他真認為我有這種能力嗎？我自己卻不能肯定。鑫濤不看我，他看看我的房子，看看正在屋內練習槍戰的小慶，他說：

「妳需要僱一個人，來幫妳燒飯帶孩子，」抬眼看我，他正色說：「像妳這種人，是不應該埋沒在廚房裡的！明天，我去幫妳物色一個傭人！」

「我……我……」我結舌地說：「我用不起！」

他看了我好一會兒。

「妳用得起的！將來，妳要用多少人，妳都用得起的！只是，妳必須坐在桌子前面，去努力地寫！妳沒有多餘的時間，可以用來哀悼妳的婚姻或過去！」

他走了。我呆呆怔著。然後，我拉著兒子，飛奔上樓，打開稿紙，去擬新長篇的「人物表」和「故事大綱」。

第二天，「阿可」來到我家，是個二十幾歲的苗栗姑娘，她來幫我做家事、帶孩子、燒飯、洗衣服（阿可在我家，足足做了二十年才『退休』回老家）。我一頭栽進我的書房，夜以繼日地寫我的新長篇。

新長篇「如期」在《聯副》刊出，書名是《菟絲花》。《幾度夕陽紅》並沒有因而停止，它繼續在《皇冠》上連載。鑫濤說對了，我做得到，我也做到了。雖然，兩部小說寫到後期，我必須用紗布纏住我腫痛的手指，勉強握著筆去寫，但是，我並沒有馬虎，我很用功地寫完了這兩部風格完全不同的小說。

過了一段時間，我發現皇冠有個新的作家，名叫「喬野」，專門寫一些嬉笑怒罵的文章。我看到那筆名，心中不禁微微一跳。我問鑫濤：

「誰是喬野？」

「喬是指臺北大橋，我生平第一次，在同一條橋上來回走，印象深刻。」他輕描淡寫的回答：「野是野柳，我生平第一次，帶人去野柳改稿子，差點讓一本世界名著被狂風吹走！『喬野』就是那個笨蛋，送人回家送一半，在落日下各奔南北的大笨蛋！」

我看著他，危險的人物！我想。什麼喬野？什麼笨蛋？就是「危險」兩個字！

很多年後，我拍電影自己編劇，想用一個男性化的筆名，取代我的瓊瑤。我用了「喬野」這名字，編了十幾部電影劇本。「喬野」這名字，成為我和鑫濤共用的筆名，典故就是這樣的。這是後話，回到一九六四年。

❖

一九六四，真是我生命裡很奇異的一年！

一九六四，我搬到臺北定居、我離婚、我瘋狂般地寫作、我在兩大刊物上同時刊出連載小說，我還一口氣出版了四本書！

這四本書分別是《煙雨濛濛》《六個夢》《幸運草》《幾度夕陽紅》。我把四本新書帶到母親那兒，一字排開，排在母親的書桌上面，我抬眼看著母親，終於透出一口長氣，我說：「雖然我一直讓妳失望，雖然我沒有考上大學，雖然我戀愛結婚離婚弄得亂七八糟，雖然寫了一本讓你們傷心的《窗外》……但是，我總算堅持著我從小就有的夢，走上了寫作這條路！媽媽，」我鄭重地說：「我會一直走下去的！」

母親默默地看著我，終於笑了。這個笑容，實在「難得」呀！

一九六四年九月，《菟絲花》出版，接著，《潮聲》出版。我的書都由《皇冠》出版，一整年中，《皇冠》就忙著印我的書。那年，我是二十六歲，距離為了一張數學二十分的通知單，而仰藥輕生的時期，足足隔了十個年頭！**這十年，我經過了多少大風大浪，捱過了多少痛苦艱辛。但是，二十六歲的我，終於肯定了自己的方向！**

十九、「夢想家」與「實行家」

就這樣，我開始當一個「職業作家」。

我的書，都交給鑫濤出版，每一本的銷路都還不錯。鑫濤給我百分之十五的版稅，可是我們之間，從來沒有簽過合約，也沒正式授權。我驚奇地發現，我每個月都有相當好的收入，足以應付我的房租、阿可的薪水，以及我和兒子的衣食住行。這真是個奇蹟！

一九六五年，母親也去新加坡了，小妹搬來和我同住。小妹那時已從一女中保送到臺大物理系，是臺大的高材生。我的小妹，真是個奇才，我父母在我身上找不到的希望，都可以在小妹身上找到。此時的小妹，情竇初開，和同班同學「阿飛」正在戀愛，幸好父母都在新加坡，鞭長莫及。我給了他們兩個最大的支持，讓他們順利地相愛下去，小妹真是幸運。如果母親在臺北，我相信，以母親對小妹的愛，她一定又會像母貓叨小貓般惶惶不安，不見得會讓他們如此自由（『阿飛』也是臺大高材生，非常優秀，可是，在我母親眼中，任何人追小妹，可能都不夠資格！）

我們那棟日式小屋，終於被師大收回，沒多久，就拆除了。日式房子逐漸成為過去，臺北街頭，新建的公寓及高樓大廈一棟棟地聳立起來。一天，鑫濤來我家付版稅給我。付完之後，他看著我說：

「現在，妳應該分期付款，去買一棟公寓，總不能一輩子租房子住，太沒安全感了！」

我嚇了一跳。買房子？買屬於自己的房子？我最奢侈的夢中才有這樣的夢。

「我怎麼買得起？」我驚愕地說：「房子好貴呀！」

「就在這附近，正在蓋一批四樓公寓，妳不妨去看一看！至於買得起或買不起，我想妳不用擔心，妳的版稅足以支付頭期款！以後的款子，妳可以寫新書，妳源源不斷地寫，稿費和版稅就會源源不斷地來！」

「這個道理我懂，」我憂愁地說：「可是，寫作這行業和別的工作不同，我不一定能夠源源不斷地寫呀！」

「哦，妳能！妳當然能！」他毫不猶豫地說：「我看了妳最近的作品，我敢肯定，妳的寫作生命還在開始階段，妳最大的財富，是妳的年輕！我保證，妳會有源源不斷的作品問世！」

他保證？他保證我可以寫下去？世界上怎有像他這樣的人呢？他像火車頭裡的煤，燃燒著、催促著火車頭往前開。我不開都不行呢！於是，房子訂下來了。我開始寫我的新小說《船》。

過了幾天，鑫濤又對我興沖沖地說：

「妳的《六個夢》，賣給『中央電影公司』拍電影，如何？他們出的版權費不高，但是，對於妳，這是另一種意義，許多不看小說的人，他們看電影！」

「好還是不好呢？」我不解地問：「電影失去了文字的魅力，會不會讓小說走樣呢？」

「走樣是一定走樣的！」鑫濤說，他熱愛電影，雖然他的工作忙得不得了，他仍然經常往電影院跑。「電影是另一種藝術，它會把屬於平面的書籍變成立體，妳可以看到妳筆下的每個人物活起來，生動地、真實地演出妳給他們的生命！這是太大的刺激，如果我是妳，我會把每本書交給他們拍電影！」

他的興奮立即傳染到我身上，我賣了《六個夢》。中影選了〈婉君〉和〈啞妻〉兩篇，拍成兩部電影。電影推出那天，戲院門口水泄不通。我坐在電影院內，看到婉君和三兄弟糾纏不清的愛，自己深受感動。這才瞭解，鑫濤說「筆下人物活過來」的滋味。從此，我就迷上了把小說搬上銀幕，幾乎每一部著作，都改編成了電影。

寫到這裡，我不能不寫一寫我和鑫濤。

鑫濤這人，在基本上，和我的個性大不相同。我是一個標準的「夢想家」，整天生活在「雲裡霧裡」。我編織小說、編織故事，自己也生活在小說和故事裡。我永遠帶著一份浪漫的情懷，去看我周圍的事與物。我美化一切我能美化的東西，更美化感情。無論親情、友情、愛情……我全部加以美化，而且很迷信我所美化的感情。所以，我這個人是很不實際的、浪漫的、幻想的、熱情的，有時甚至是天真的，不成熟的。

鑫濤，他是個標準的「實行家」。他也有很多的夢想，他會把這些夢想一個個去實現！他很努力地工作，用很多心思去計畫如何突破、如何進步、如何改善。他就像一堆燃燒的煤，是原動力。他不能忍受「停止」或「後退」。他永遠在前進，每個未來、每種事業，對他都是挑戰，他就一個勁兒地往前衝、衝、衝！在衝的時候，他偶爾會碰頭，碰了頭也沒關係，他轉個方向再衝、衝、衝！反正，非衝到他的目的地不可！

他這樣一個人，居然會遇到我這樣一個人！

他和我，建立了一個最好的合作關係。我忽然有個驚奇的發現：我儘管生活在雲裡霧裡夢裡幻裡，身邊卻有個人，常把我這些雲呀霧呀夢呀幻呀……統統接收，再一件件地把它變成「真實」。這簡直像變魔術。我筆下的人物會「活過來」，我夢想的書會「出版」，我除了「寫作」可以不管「家務」，我還能住我自己的「房子」、聽電視裡的歌星演唱我所寫的「歌」……這實在奇異極了。

鑫濤，他成為我生活中相當重要的一個人。他是我的「出版人」，也是我的「經紀人」；他是我的「讀者」，也是我的「評審」；他是我的「朋友」，也是我的「老闆」；他是我小說的「支持者」，也是我夢想的「實現者」……我們開始受彼此的影響。我變得倚賴他、信任他、順從他。他變得也會做夢，也會糊裡糊塗起來，當我在雲霧裡的時候，他也會陪我鑽進去，去體會「我是一片雲，天空是我家」的境界。

我的境界不太實際，他跟著我鑽進去，居然也會像雲一樣飄起來。我把他帶進我的每一本小說，讓他接觸我筆下的人物，而每個我筆下的人物，總有一部分是「我」。他對我認識得越多，就越加迷糊起來，他不知道像我這樣一個人，這樣帶著滿腦子的夢幻、完全不懂人情世故的人，怎麼活過了二十多年的歲月！

「在這世界上，像妳這種人，老早就應該絕種了！」他說，然後就悚然一驚地又說：「不行不行！如果妳絕種了，我怎麼辦？」

當他說「我怎麼辦」的時候，我有些驚怔了。二十七、八歲的我已不再年輕，在感情的道路上，什麼大風大浪都闖過了，什麼甜酸苦辣都嘗過了，什麼悲歡離合都捱過了。我對愛情的訊息並不陌生。自從他從臺北車站送我回高雄，居然送到臺中，然後帶我去野柳改稿子，再用喬野當筆名……點點滴滴，都是訊號，只是沒有說破。我驀然間心驚肉跳，再也不能讓自己掉進這樣的苦海裡去！再也不要沉沒，再也不要掙扎，再也不要矛盾和痛苦，再也不要！我想迴避，想逃，想躲，想跑開……但是，這種醒覺已經來得太遲，當我們彼此都發現情況不妙時，我們已經深深陷入了。

二十、生死一線的體驗

那年，小弟和麒麟雙雙考上了留美考試。在那個時代，出國讀書是一股狂瀾，幾乎人人都想出國，不論生活多麼貧困，仍然千方百計地要出去留學。許多父母，傾家蕩產地為兒女籌措學費，送子女去讀書，似乎只要能達到出國的目的，就是一種成功。事實上，國外的生存競爭非常強烈，出國的年輕人並不見得都學有所成。可是，在這股「出國熱」的狂瀾下，大部分的年輕人全捲了進去。

我的兩個弟弟也不例外，他們念英文、考留美、申請學校，等到他們都拿到美國大學的入學許可之後，才來考慮經濟問題。我身為長姊，見他們這樣熱衷，就開始幫他們籌備旅費和學費。一九六六年，我先送走了麒麟，第二年，我又送走了小弟。

一連送走了兩個弟弟，我頗有離愁。在生活上，難免又拮据起來。寫啊寫啊，寫作不僅僅是興趣，也是我唯一能仰賴的賺錢方式。這時候，我的寫作已很受歡迎，許多報章雜誌，紛紛前來邀稿，並出高稿酬，來爭奪瓊瑤的稿子。而我，感激鑫濤當日的「慧眼識英雄」，更感激他給予我的鼓舞和支持力量，我始終不願離開他的出版社，我的書，一直由他出版。大部分的小說，也都發表在《皇冠》上。那一年中，《皇冠》的銷售量節節上升，由幾千份躍升到幾萬份，鑫濤常對我說：

「《皇冠》有了妳，才開始起飛了！」

其實，這話對我太恭維了。《皇冠》會一日比一日好，原因很多很多：印刷的改良、品質的提升、作家陣容的堅強，以至於編排的考究，都在其中。一本成功的雜誌必須有許多成功的要件。可是，我成為《皇冠》的基本作者，卻是事實，我和鑫濤，像千里馬和伯樂，彼此的配合，已密不可分。

這種密不可分的合作關係，使我和鑫濤不可避免地要常常接觸，接觸越多，也相知日深。但是，我雖然帶著叛逆的性格，基本上，我仍然有牢不可破的傳統道德觀，因為他有妻子兒女，我竭力和他保持距離，不肯讓自己成為一個幸福家庭的破壞者。鑫濤深知我心，也盡量壓抑他自己。這種壓抑，像火山爆發前的隱隱震動，雙方都深感危機重重，卻不知如何去解救這個危機。

就在這時候，父母親從新加坡返回臺灣，因為師大已收回了父親的宿舍，我就把父母接來和我同住。再次和父母生活在一起，我滿心喜悅。我一直不是一個能讓父母引以為榮的孩子，此時的心態，非常複雜，真希望能博得父母的歡心。

我把我家隔壁的房子買下，和我的房子打通，並成一戶。這樣，父親有他的大書房，可以寫他的《中華通史》。母親也有她的大書桌，可以從事她熱愛的繪畫。我覺得什麼都美滿了，父母、我、小妹和小慶，組成一個三代同堂的家庭。麒麟雖出國，他的妻子小霞已生一子，取名小麟，也常常來和我們同住。我的「小家庭」一下子就變大了。這個「家」還有一個作用，可以把鑫濤逼得遠遠的！因為，我父母代表了傳統道德中最正直的典範，在這股「正氣」下，我和鑫濤那即將出軌的感情，必須回到軌道上來，我不能讓父母再度輕視我！

一切都很好，父母又成為我無形的約束、有形的監督。我發誓要做好女兒和好母親，和鑫濤之間的一切感情，都變成「只能意會，不能言傳」了。

這樣也好，不是嗎？如果一切能維持下去，我和鑫濤的感情很可能就此停頓。但是，我似乎命中沒有平穩的日子，似乎命中和父母犯沖，只要住在一起，總會雙方痛苦。就在我覺得一切都安排得很好的時候，一件「意外」突然發生了，這一發生就驚天動地。

我前面已經寫過，我的小說已成為電影界爭取的對象，幾乎每部小說都搬上了銀幕。這搬上銀幕的小說中，也包括了《窗外》在內。

我並沒有忘記《窗外》出版時，父母的震怒。但是，我以為事隔三年，父母和我之間已經溝通了，能把《窗外》看成我的一部著作，也能因《窗外》搬上銀幕而代我高興。錯了！我的想法大錯特錯！我對父母的瞭解完全不夠！《窗外》電影推出放映後的第三天，母親和父親就悄悄地去看了，**我永遠忘不了母親看完電影回來的樣子，她瞪著我看，兩眼利如寒冰，直刺進我內心深處去。世界上再也沒有那樣的眼光，冷而銳利，是寒冰，也是利刃。她瞪了我不知多久，遽然發出一聲狂叫：**

「為什麼我會有妳這樣的女兒？妳寫了書罵父母不夠，還要拍成電影來罵父母！妳這麼有本事，為什麼不把我殺了！」

我「撲通」一聲，當場跪下，抓住母親的旗袍下襬，有口難言，淚如雨下。母親啊母親，我一生中，想盡辦法要博得你們歡心，總是功虧一簣，驚慌失措中，我求救地去看父親。誰知，父親的眼光同樣冷峻，他盯著我，冷冷地說了一句：

「妳永遠會為這件事後悔的！」

我渾身顫慄，在顫慄的同時，心中湧起一股莫名的悲憤和自憐。我捫心自問，寫《窗外》，我不悔，讓父母如此難過，我不解。我無法去「後悔」我不解的事。我不悔，我告訴

自己我一定不悔。但是，看到母親生氣得哭了，我就心都碎了！碎得連意識都沒有了。我跪在那兒，一聲又一聲地重複著喊：

「我錯了！我錯了！我錯了！我錯了……」

我不知道喊了幾百句我錯了，母親卻充耳不聞，推開我，她把自己關進門內，再也不肯理我。父親對我甩了甩袖子，也跟著母親進房去了。

這一幕，因為鑫濤在場，完全看入眼內，這樣強烈的場面，把他驚呆了。當我茫茫然、昏昏然、依舊跪在那兒掩面痛哭的時候，他才走過來攙扶我，我站起身來看著他，他一句話都沒有說，卻滿眼光的憐惜和心痛，我和他的眼光一接觸，就崩潰地大哭，他把我攬進了懷裡，緊緊抱著我，拚命安撫的拍著我的背脊。

❖

母親的憤怒沒有停止，第二天，她開始絕食。怎麼會弄成這個局面呢？怎麼會這樣嚴重呢？我到今天也無法瞭解。母親一絕食，父親也慌了，小妹也慌了，大家輪流到母親床邊，端著食物去求她吃，去勸她吃，她就是不肯吃。三天過去，母親依然滴水不進，我簡直不知道該怎麼是好。第四天，我一整天跪在母親床前，雙手捧著碗，哀求母親吃東西，她理都不理我，閉著眼睛，不說話也不睜眼睛。第五天，全家慌亂成一團。鑫濤每天來我家，幫著我想辦法，嘗試著穩定我的情緒，因為經過五天五夜的折磨，我已經形容憔悴，簡直人不像人了。他焦灼地看著我，不停地對我說：

「妳一定要堅強起來，不能倒下去！如果伯母再不吃東西，只有送醫院，醫生會讓她吃東西的！最主要的事……」他拉著我的手，急迫地看著我說：「停止自責吧！寫書、拍電影，是自然的趨勢，會引起這樣的後果，不是妳能預料的！何況，拍電影這件事，是我幫妳做的決定，要錯，也是我錯！我最懊惱的事情，是在妳這樣無助的時候，我只能眼睜睜看著，而不能幫妳！」

他已經幫了我，他使我在混亂的情緒中，理出一條線來，那天，我把小慶叫到身邊，要他捧著牛奶杯，去給「奶奶」喝。小慶才六歲，幾天以來，已經目睹我做的一切。他一聲不響，捧著杯子，就逕直地走到母親床邊，雙膝一跪，把杯子湊到母親嘴邊，他用軟軟的童音說：

「奶奶，妳不要生媽媽的氣了！我端牛奶給妳喝！」

母親眨眨眼，依然不理，小慶又說：

「奶奶！喝牛奶！奶奶不吃東西，媽媽也不吃東西，大家都不吃東西，小慶也不敢吃東西……奶奶，奶奶，奶奶……」

在小慶聲聲哀喚的當兒，我再也忍不住，走過去和小慶一齊跪下，我這一跪，小妹走過來，也加入我們跪下，我們大家跪著，叫媽的叫媽，叫奶奶的叫奶奶，真是叫得萬般悲切。母親此時，終於撐不住了，一面掉眼淚，一面喝了小慶捧著的那杯牛奶。看到母親總算喝牛奶了，我這才鬆出一大口氣來，頓時覺得四肢發軟，渾身一點力氣都沒有了。

母親既然喝了牛奶，就不再絕食了。我看到母親肯吃東西了，雖然如釋重負，仍感到心力交疲。那天，我疲倦地從母親臥室出來，一眼看到鑫濤，拿著串汽車鑰匙對我說：

「我要帶妳到臺中去！」

「到臺中去做什麼？」我問。

「不做什麼。讓妳透一透氣！」

「好！」我點點頭。「我確實需要透透氣！這幾天來，我真痛苦得快死掉了！」我接過汽車鑰匙，那時我剛學會開車，也剛拿到駕駛執照。「讓我來開車！」

鑫濤不說什麼，我們鑽進汽車（是鑫濤才買了半年的一輛二手車），我剛在駕駛座上坐定，一回頭，發現小妹和她的男朋友阿飛已在後座上坐好了。小妹對著我一笑說：

「不是妳一個人需要透透氣，我們也需要透透氣！」

「是啊！」阿飛接口說：「妳媽這樣強烈的個性嚇壞了我！小妹愁眉苦臉，我也不好過，快要憋死了！」

那時候，阿飛雖和小妹熱戀，母親從新加坡回來，見到阿飛後，並不太喜歡，正如我預料的，她認為阿飛配不上小妹。這次母親絕食，阿飛在一邊旁觀，也驚怔不止，想到他和小妹的未來，就更加擔心害怕了。這種心態，我能瞭解。我點點頭，嘆口氣說：

「我們都需要一些新鮮空氣，走吧！我們去透透氣！」

我發動引擎，駛出市區。那時還沒有高速公路，從臺北開車到臺中，大約要六小時。我一駛出市區，只覺得多日來的鬱悶，急於要發洩。踩足油門，我一路開快車，開著開著，天下起大雨來，我在雨中繼續衝刺，一路超車，開得驚險萬狀，後座的小妹阿飛嘆為觀止。這樣，我只用了兩小時，就開到了中途站新竹。

車到新竹，大雨傾盆而下。我停下車來，這才覺得筋疲力盡，自從母親絕食，我就沒有睡過覺，經過這一陣衝刺後，整個人都發軟了。我讓出了駕駛座，把車子交給鑫濤，我說：

「下面由你來開！我兩小時開到新竹，看你會不會輸給我！我賭你兩小時內，開不到臺中！」

我為什麼要說這幾句話呢？我真不明白。事後，我常想，人是逃不過命運的！命中該有的，不論是福是禍，反正逃不掉！

鑫濤接手，車子駛出了新竹市。雨越下越大，車窗外全是雨霧，鑫濤學我，把車子開得飛快。我看了看窗外景致，除了雨，幾乎什麼都看不到，我宣稱說：

「我要睡覺了！」

說完，我把雙腿蜷在椅墊上，往後一靠，就朦朦朧朧地睡著了。我這人一向很難入睡，但那天，卻睡得十分香甜。睡夢中，忽然覺得車子急速震動，我一驚而醒，只見前面一輛十輪大卡緊急煞車，我們的車子跟著煞車，發出令人驚悸的煞車聲，車速太快，已經煞不住，車子眼看要鑽進大卡車的肚子裡去，鑫濤飛快地轉駕駛盤，於是，車子滑出公路路面，像一顆火箭般撞上路邊的一棵大樹。

撞車的前後，大概只有幾秒鐘。我眼睜睜看著自己迎向大樹，然後是劇烈的撞擊，碎玻璃對著我紛紛墜下……我本能地用雙手護住頭部，把臉埋在膝彎裡。車子一陣顛簸，往前衝又往後退，終於停下。我有好一會兒，驚嚇得沒有意識，然後我急切地撲向鑫濤，大聲問：

「你怎樣？你怎樣？」

鑫濤回頭看我，臉色雪白。

「妳怎樣？妳怎樣？」他吼了回來。

「小妹！」我又大叫，要回頭，才發現自己身上，到處都在流血，碎玻璃插在我的手上腿上。我動不了。

「我還好！」小妹呻吟著說：「阿飛……」

「我只有嘴巴破了！」阿飛嚷著。

還好！謝天謝地！我心裡喊著，最起碼，我們四個人都還活著。緊接著，一陣人聲鼎沸，是前面那輛大卡車裡的人，飛奔著過來救我們。他們把我們一個個從車子的殘骸中拖出來，抱進卡車中，急速地把我們送進通霄的一家小外科醫院裡去。

通霄是一個地名，是個小小的鎮。我們四個進了醫院，這才彼此檢視傷口，外表看來，我最淒慘，全身無數大小傷口，都是碎玻璃砍的，腿上有塊肉已整片削去。鑫濤的右腳不能動了，只看到肌肉迅速地紅腫起來。阿飛嘴唇砸破，滴著血。小妹周身沒傷口，只是臉色蒼白。小外科醫院決定先治療我，拿出針線，就開始幫我縫傷口，老天！他居然沒有給我先上麻醉藥，針線從我皮膚中拉過去，我痛得尖叫起來，小妹急急地喊：

「你們把我姊姊怎麼樣了？快停止！快停止！不能這樣縫她呀！」

「不縫起來會有疤痕的！」醫生說。

「別縫了！別縫了！」我哀求地嚷：「反正我早已遍體鱗傷，不在乎有疤沒疤了！」

鑫濤坐在遠遠的椅子上，無法走過來，也不知道我們的情況到底如何。只是一個勁地對我們這邊喊：

「你們到底怎麼樣？」

「我很好，」小妹說，眼淚卻掉了出來。「阿飛，讓他們不要動我姊姊！」

我抬頭看小妹，覺得情況越來越不對，小妹的臉色白如紙。

「醫生！」我大喊：「去看我的妹妹！她的臉色怎麼這樣白？」

醫生放下我，去檢查小妹，立刻，醫生緊急地宣布：

「她可能是內出血，我這個小醫院救不了她！我們要把她轉到沙鹿的大醫院去！」

「那麼，快轉呀！快轉呀！」阿飛跳著腳大叫：「如果她會怎樣，你們這些醫生做什麼用的？我要你們的命！」

我心中一痛。阿飛，我家妹妹福大命大，一定不會怎樣的！她會長命百歲，她會化險為夷的。我忍著痛，也不再讓醫生縫我，我們迅速地轉向沙鹿的大醫院，小妹立刻推進了手術室，經過了兩小時的手術，醫生才出來對我們說：

「她脾臟破裂，大量內出血，已經取掉脾臟，輸了血。如果晚送進來五分鐘，她就沒命了！」

「現在呢？她會好起來嗎？會不會有後遺症呢？」我急急地問。

「她會好起來，也不會有後遺症，」醫生說：「但是，她要在醫院裡住一個月，不能移動！」

「我陪她！」阿飛說，看了看我和鑫濤。「你們最好包一輛車，回臺北去治療！」

我看著阿飛，阿飛對我深深點頭。我的託付，他的允諾，都在不言中。直到此時，我才緩過一口氣來，帶著滿身的傷口，我勉強撐持著身子，一跛一跛的走近鑫濤。自從撞車後，他就蒼白著臉，滿眼的歉意和內疚，很少開口說話。因為腳傷，也不能走動，我走近他，很懇切地對他說：

「聽著，這只是一個意外！不要因為車子是你開的，你就有犯罪感！人生，意外的事件總是會有的！你用不著抱歉難過！沒有任何人會怪你，所以，請你千萬千萬不要怪自己！還有，回到家裡以後，你一定要聽我的，我會告訴爸媽，車子是我開的！如果他們知道是你開的車，你瞭解我媽，你以後別想再踏進我家大門了！」

他一聽我這幾句話，竟緊緊地握著我的手，落下淚來。這是我第一次看到鑫濤落淚。

「不行！」他說：「車子是我開的，禍是我闖的，我不能撒謊！不能讓妳來頂罪！」

「這不是頂罪的問題，我們面對的又不是警察局，又不是車禍調查中心！是我的爸媽，你必須聽我，小妹和阿飛也要和我們口徑一致！」我堅定的說，看著他狼狽的臉。「萬一爸媽知道開車的是你，我的日子更難過，她會說我把禍害帶給小妹，我會活不成的！你會被打進地獄裡去的！你相信我！」

鑫濤看著我，默然不語。後來，事情都過去以後，他對我說：

「妳那幾句話，真正講進我內心深處去，只有妳，在那麼淒慘的狀況下，還顧及我的感受，還想到後續該怎麼處理？妳滿身是傷，卻臨危不亂，真是個奇怪的女人！」

那天，我們包車回臺北，我進醫院去縫好了渾身的傷口，鑫濤右腳骨折，必須住院觀察。我狼狽的回到家裡，面對爸媽。母親看到我的狀況，聽到我開車出了車禍，害得小妹受傷的消息後，居然顧不得罵我。她不絕食了，也不躺在床上了，對小妹的愛，讓她忘了追究一切責任。她立刻整理行李，跑去車站，直奔沙鹿去照顧小妹。

鑫濤的腳上了石膏，出院後，還拄了好久的柺杖。妹妹在沙鹿住院一個月，阿飛和母親輪流照顧。我無法寫字了，不斷去醫院換藥，拆線，腿上的大傷口，凹下去又縫了線，拆線後變成一顆大大的「紫貝殼」，害我都不敢再穿裙子了！大家都很淒慘。一個月後，小妹康復從沙鹿回來，母親納悶地對父親說：

「看樣子，我家小妹只好嫁給阿飛了，因為那男孩子連尿盆都給小妹捧過了！」

就這樣，阿飛竟通過了母親這艱難的一關，和小妹順理成章地出雙入對了。這大概是誰也想不到的發展。

我和鑫濤，由於這一場車禍，兩人的感情就如脫韁野馬，再也難於控制了。這種同生共死的剎那，這種患難之後的真情，使我們誰也無法逃避誰了。明知這會是個痛楚的深淵，我們卻跳進去了。

我常想，我的故事就是由許多偶然造成的。如果我十八歲不和老師相戀，就沒有後來《窗外》那本書；沒有《窗外》那本書，就沒有《窗外》的電影；沒有電影，母親不會絕食；母親不絕食，我不會開車去「透氣」；不「透氣」，就不會出車禍；沒有車禍，我和鑫濤的故事會不會改寫呢？小妹和阿飛會不會結合呢？人生真是非常非常奇妙的。

二十一、母親的震怒

車禍這件事，絕對讓母親對鑫濤大大的不滿。其實，在車禍前，母親早已看出鑫濤對我的感情不單純，不止一次嚴厲的警告我：

「那個男人三天兩頭往我們家跑！妳也不怕人言可畏嗎？為了妳的名譽，和這個人保持距離！不是我要干涉妳的生活，**妳要知道，這個社會是殘忍的，如果他追求妳，社會不會指責他，會來指責妳！出軌的男人都讓女人來揹黑鍋！妳現在能夠獨立，也會賺錢，年紀輕，**

根本不需要任何男人！妳如果夠聰明，跟他之間，公事公辦！別讓他占了便宜還賣乖！」

母親這些話，當然對我有相當大的影響力。可是，母親每次都捲入我的感情生活，確實讓我有點不平衡。什麼「占了便宜還賣乖」，對鑫濤的人格，過分侮辱。我在車禍前，真的小心翼翼，避免和他發生「緋聞」。但是，就算我小心翼翼，還是有很多閒言閒語，在悄悄傳開。在我心底，早就明白，什麼「喬野」，已是「明示」；送火車送到臺中，家裡唱機守候……種種種種，都太不尋常。很多年後，鑫濤曾經坦白告訴我：**「第一次到火車站去接妳，看到妳迎面走來，我沒有絲毫的懷疑，立刻知道這就是妳！妳對我遲疑的笑了一笑，在那一瞬間，我就成了妳的俘虜，再也無處可逃！」**

是他無處可逃？還是我無處可逃？

話說回頭，車禍之後，我不再抗拒鑫濤的愛了。人生苦短，任何一個意外，就可以奪去人們的生命。我並沒有任何企圖，只是想享受一下「被愛」。母親不是可以被欺騙的人，沒有多久，她就發現了我的軟弱。有一天，鑫濤來找我，卻被母親攔在門外，母親一臉寒霜的看著他問：

「你來做什麼？每次你都來『催稿』，我看你根本就是妨害瓊瑤寫稿的大禍害！你不來，她的進度會快得多！所以，你最好回去！她的稿子，我負責會準時寄到你雜誌社去！」

母親說完，就「砰」的一聲，把房門關上，差點沒把鑫濤的鼻子給夾在門縫裡。

這樣的事，我受不了，我衝上前去，在母親面前打開了房門。這個舉動，又犯了母親的大忌，但是，那時我只想做我自己的主人，不想再讓母親操縱了！我不是十八歲了。我打開房門，問鑫濤：

「有事嗎？」鑫濤看著我，不看母親，說了一句：「給妳送版稅來！」

「版稅！」母親尖銳的說：「好呀！交給我！以後瓊瑤的版稅不需要你親自送，打個電話來，我去幫她取！關於版稅，我也很想跟你談談，你《皇冠》現在是不是不能沒有瓊瑤？你的事業是不是也不能沒有瓊瑤？既然如此，你認為百分之十五的版稅會不會太少了……」

「媽！」我打斷母親，鑫濤站在那兒臉色發青。「不要站在大門口談這些好不好？百分之十五是行情，我又沒有抱怨！」

「伯母！」鑫濤趕緊插嘴，盡量放低身段：「這事可以商量，我們可以進去談嗎？」

「不用！」母親緊緊盯著他問：「你就坦白回答我一句，你在『追』我女兒嗎？」

鑫濤和我很快的交換了一個注視，我背著母親，對他悄悄揮手，要他趕快離開。因為我已經知道，風暴馬上會來。可是，鑫濤沒有退，他迎視著母親，正色的說：

「伯母，是的，我在『追』她，但是她一直在『逃』！如果……」

「沒有『如果』！」我母親厲聲打斷：「你有什麼資格來『追』我女兒？你是有婦之夫！你只是想玩弄她，欺負她心地善良！而且……」母親加重了語氣：「她還能幫你賺錢，維持你的《皇冠》！你根本就是不安好心，想要『人財兩得』！」

母親這篇話一說，鑫濤氣得臉色鐵青，卻被母親堵得說不出話來。我一急，就喊著說：

「媽！妳別管我的事好不好？這是我的人生，妳讓我去面對行不行？」

「妳無恥！」母親轉向了我，狠狠的盯著我。「這個人在利用妳，妳居然看不出來？總有一天妳會栽在他手上！現在正是妳的黃金時期，妳怎麼越活越笨，還如此沒出息，被這樣一個男人就騙了？只因為妳開車出了車禍，妳對他受傷有犯罪感，他在利用妳的犯罪感……妳有點頭腦好不好？妳……」

「伯母！」鑫濤背脊一挺，豁出去了，居然說了句：「那天的車是我開的！車禍是我出的，和瓊瑤根本沒關係……」

這一下不得了，我再也沒辦法保護鑫濤。母親看看我又看看他，氣得幾乎發抖了。小妹摘除脾臟的事，她一直擔心害怕，就怕有後遺症，耿耿於懷。因為我現在是家庭的經濟支柱，她對我還忍讓三分，現在發現真相，這還得了？她喘了口氣，對鑫濤怒吼著說：

「你開的車！你居然讓瓊瑤來代你頂罪！你還是個男人嗎？你給我滾出去！從此不許來糾纏我的女兒，如果你敢再來，我不會放過你！讓我告訴你，就算現在我拿你沒辦法，將來我死了，會變成厲鬼，用冰冷的手來掐你的脖子！」

母親一向是個知書達禮的女子，即使罵人，也會罵得溫文爾雅。現在，竟然說得如此陰森詭異，鑫濤和我，都怔在那兒，母親趁我們兩人都在發呆時，又拋下一句：

「現在，我要跟我女兒算帳，你出去！」

母親說完，再度把大門「砰」的一聲關上還鎖住了門鎖，拉著我的手腕就進屋裡去。我沒辦法了，只得跟著母親回房，一面還想幫鑫濤轉圜，不住口的說：

「不是的！不是的！車子是我開的，剛剛他只是要幫我解圍……」

「我不管車子是誰開的，反正你們兩個都是罪魁禍首！」母親看著我，一直拖進她的臥房，整晚，她聲色俱厲，要我遠離鑫濤這個「魔鬼」！

「他不會離婚的！」母親說：「這種男人我瞭解，又要家庭，又要兒女，又要事業，又要風流，又要名氣……他什麼都要，最後，毀掉的是妳！等到妳才氣用完了，不是『女作家』了，他不能用妳來鞏固他的事業了，他會再找一個比妳年輕的女作家，然後把妳一腳踢開！」

我整晚聽著母親的洗腦，心裡真是百味雜陳。在我內心，充滿了悲哀。我也知道，我和鑫濤是沒有未來的，我也知道，母親有些話是對的，最後毀掉的是我的名聲。可是，我心中更大的是「排斥感」。我排斥母親對我的控制，我排斥她對鑫濤「過度」的責備。為什麼鑫濤不是真的愛上我了呢？為什麼一定是「玩弄」呢？為什麼他只是利用我呢？如今回憶，母親對十八歲的我也好，對二十八歲的我也好，她那麼尖銳的語言和手段，都反而幫了對方的忙。讓我因排斥和抗拒，倒向她反對的那一方。

記得，那晚我幾乎沒睡，母親的話，一直在我耳邊迴響。因為，母親有些話是對的，我無法反駁的！鑫濤是有婦之夫，我就該跟他保持距離。接受他的追求，我就是「無恥」！連我的母親都這樣說，我還能怎樣杜絕悠悠之口？我確實被母親打倒了。心裡百折千迴，就是應該遠離這個危險的男人！

天亮了，反正無法睡，我起床，女傭敲門對我悄悄說：

「平先生在停車場，請妳下樓去！」

什麼？難道他一夜都沒走？在停車場等我嗎？我大驚失色，看看母親還沒起床，我就換掉睡衣，匆匆梳洗，然後衝下樓去。才到樓下，我的手腕就被鑫濤握住了，他憔悴而狼狽，深深的看著我。我知道我的情形一定比他還慘，他著急的問：

「妳挨罵了？妳媽為難妳了？妳一夜沒睡嗎？妳還好嗎？」

「我不好！」我拚命控制著情緒：「我又回到十八歲去了！比那時還慘！」我看著他，問了一句話：「你在利用我嗎？等到我不能幫你寫稿賺錢了，你就會再去找一個比我年輕的『女作家』嗎？」

「什麼話？妳能不能不要這樣侮辱我，也不要這樣侮辱妳自己！」

他臉色鐵青，皺緊眉頭，把我一路拉進了他的車子裡。關上車門，他緊緊的抱住我，在我耳邊賭咒發誓的說：

「**時間會證明一切！我會用我的一生，來證明我對妳的愛！相信我！**」

忍了很久的眼淚，此時才奪眶而出。他說得那麼誠懇，他的眼光那麼真摯……我立刻就相信了他這句話。其實，我下樓不是想接受他的，是來拒絕他的！可是卻適得其反。中國人有句話「烈女怕纏郎」。我不是烈女，我只是個平凡的，渴望被愛，又正好被愛的女人，一個在錯的時間，遇到了生命裡對的人，就再也逃不出命運枷鎖的女人！我真的相信了他，而且深信不疑。這樣一相信，就是半個世紀。

二十二、聚也不容易，散也不容易

車禍之後的第二年，母親看我和鑫濤仍然來往，氣得不得了。宣布她寧可「眼不見為淨」，不想跟我住在一起了。父親也覺得我常常日夜顛倒寫作，使他的生活也受到影響，表示兩代還是分開住比較好。這時，我已經是各大電影公司爭取的對象，只要寫出小說，就會賣掉電影版權，我的生活環境，一直在改善中。於是，我在北投為父母買了一幢小小的花園洋房，父母喜歡那兒的幽靜，搬進去住了。

接著，麒麟把小霞和小麟都接到美國去了。再一年，小妹大學畢業，拿到最高的獎學金，出國留學了。我的「大家庭」，又變成了一個單純的「小家庭」，小得只有我和小慶，以及女傭阿可。除了我們三個人以外，小家庭裡的常客，就是鑫濤了。

這時，我和鑫濤的感情，簡直像在狂風暴雨中，我理智用事的時候，就想和鑫濤「公私分明」，要拔慧劍、斬情絲。感情用事的時候，就想什麼都不管，什麼傳統，什麼道德，什麼禮教，都去他的！人，只要能愛就愛，不也很好嗎？可是，我是傳統教育下長大的人，我就是無法漠視自己是個「第三者」的事實。母親那晚對我聲色俱厲的訓斥，也一直在我心中徘徊不去，隨時會從記憶裡跳出來，一再擊痛我的心。

鑫濤對我，實在是用盡心機。無論人前人後，呵護備至。假若我不去想自己的處境，也不去為他的家庭著想，就單純地去接受他的感情，日子也會很好過。他有許多小聰明，常帶給我極大的驚奇與喜悅。有次他寫了一封信給我，把一張很長的紙帶捲起來做為信箋，在紙帶上端寫：

「瓊瑤，這是一封長信……」

底下什麼字都沒有，我把紙帶放到尾端，已放了幾米長，才看到他在尾端簽了個小小的名字（若干年後，他去美國辦事，還真的寫過一封長信給我。不知道他從哪兒，買到那樣長的信卡，他從頭寫到底，筆跡都沒有歪）。他喜歡送我禮物，每件禮物都很奇特，原來，他總在我的小說中找靈感。小說裡的女主角愛穿印尼布的衣裳，他就定做一件送給我。小說裡的女主角愛「紫貝殼」，他送來一顆晶瑩剔透的「紫貝殼」。小說裡的女主角愛狗，他送來一隻純白的小北京狗，我給它取名叫「雪球」，愛得不得了。小說裡的女主角唱了一首歌，名叫〈船〉，他告訴我幾月幾日幾時開電視，電視中有歌星唱著〈船〉：

有一條小小的船，
漂泊過東南西北，西北東南，
盛載了多少憧憬，多少夢幻，
來來往往無牽絆！

春去秋來，時光荏苒，
憧憬已渺，夢兒已殘，
小船啊小船，
經過風暴，涉過險灘，
盛滿時光，載滿苦難，
何處是我避風的港灣？
何處是我停泊的邊岸？

這首歌中有我自己的心聲，聽了會潸然淚下。他知道這歌詞中有我自己的心聲，急於想成為我可以「避風的港灣」。但是，他的港灣裡早有船停泊，我寧可漂蕩，也不肯靠岸。

一天，我終於忍無可忍，我對鑫濤說：

「以後，除了公事，請你不要再到我家裡來！我媽說的，都是對的！」

他默然片刻，抬頭看我。

「這些年來，我們之間，還分得開什麼是公事，什麼是私事嗎？」

「分得開的！」我激動地說：「一定分得開的！即使分不開，你也要把它分開！」我看著他，試著要說清楚我的感覺。「讓我告訴你，我腦子中一直有個畫面，就是你請我回家吃飯的那個晚上，你有個很溫馨的家！不要讓我破壞這個家行不行？這樣下去，對我是不公平的，對另一個女人，也是不公平的！你，在我心目中，是個強者，什麼困難，你都有力量克服！那麼，去克制你自己，不要再來找我，不要送東西給我，不要打電話給我，不要寫信給我……什麼都不要！請你離我遠遠的！否則，我會輕視你！你這麼堅強的人，不要讓我輕視你！千萬不要！」

他怔怔地看著我，他那麼堅強的人，在我說這段話的時候，整個臉色都變白了。他看了我好一會兒，執拗地說：

「不來看妳，我做不到，妳已經是我生活裡的重心了！」

「不！」我大叫，生氣極了。「我不要成為你的重心！你早就有重心了，怎麼可以又去找新的重心？你太自私了！你有沒有想過，你在耽誤我的青春、我的前途？如果沒有你這樣不斷地糾纏我，我說不定已經找到新的歸宿和幸福了！」

「和我在一起，妳不覺得幸福嗎？」

「這樣破碎的愛，怎樣叫幸福？」我越說越氣，氣得不得了。「你難道不明白，我媽說過的話是真理，你根本沒有資格來愛我嗎？」

他震動地瞪著我，半晌，才說：

「妳的意思是，要我取得資格後，再來愛妳嗎？」

「不！」我更氣了。「我的意思是，要你退出我的生活，你有你的家，你的妻子兒女，為什麼你不去守著他們！為什麼你要讓我這麼痛苦呢？」

「我不要讓妳痛苦。」他苦惱地說：「自從認識妳，我就一心一意想讓妳快樂，我做了那麼多的事，都是要妳快樂。如果我真的讓妳這麼痛苦，那麼，我就退出吧！」

他說做就做。有一、兩天，他不來找我，到了第三天，他就直闖入門。

「我做不到！」他喊著：「妳說，怎麼樣做妳才會滿意？只要不分手，我什麼都做！」他慘切地看著我，悲痛地說：「現在，三個孩子還太小，妳願不願意等我幾年？」

我哭了，一哭就不可止。為什麼我要把自己弄到這個地步呢？我不要拆散他的家庭，我也不要委屈我自己。我真不知道該怎麼辦才好！我覺得，這段感情對我太不公平，因為我完全處在被動的地位。被動地等他來訪，被動地等他電話，被動地接受他的殷勤，被動地和他見面……我就是這樣一個「被動」的人物，沒有「主權」做任何事，否則，都會傷害到另一個女人。我唯一能「主動」的事，就是和他分手。可是，就連這一點，他也不肯和我配合！我越想越委屈，越想越生氣。等他幾年，我為什麼要等他幾年？難道幾年後問題就不存在了？不，我要分手，只有分手，才能讓他倦鳥歸巢，也才能讓我自由飛翔，才能讓我贏回父母的心。這時，母親的話，又在我耳邊迴響：

「**這種男人我瞭解，又要家庭，又要兒女，又要事業，又要風流，又要名氣……他什麼都要，最後，毀掉的是妳！**」

我似乎看到那個被毀掉的我，我不要，我不要！想起和母親因《窗外》和我感情破滅，好不容易，寫到《幾度夕陽紅》時，母親因為欣賞我以她為藍本寫的李夢竹，才原諒了我。我們母女的親情，眼看又要毀在鑫濤手上，我不要！

❖

那段時間，我們整天在談「分手」，相聚時已不再是甜蜜，而是無數的掙扎、矛盾、痛楚，和眼淚。這樣，有一天，他說：

「我們開車到烏來去，烏來有高山有瀑布，讓我們站在一個高敞的地方去想一想，或者面對遼闊的大地，我們會把自身的問題看得不那麼嚴重了。」

我不認為到了烏來，就能解決我們間的問題，但是，我還是和他去了烏來。

車子在烏來的環山公路上急駛，越駛越高，道路一邊是峭壁，一邊是懸崖。我們在車中繼續爭執，他說了幾百條「無法分手」的理由，我說了幾百條「必須分手」的理由，兩人越說越激動，越說越僵。到後來，他忽然問：

「妳一定要分手？」

「是！」

他臉色一暗，突然間一個急煞車，把車子停在窄窄的山路上，他驀地打開車門，對我命令地說：

「那麼，妳下車！」

我還沒反應過來，他就把我往車外推去，我四面一看，荒郊野外，一個行人都沒有。心想，這人也真狠，說分手就要把我拋棄在野外，難道他以為我在野外就沒辦法了？下車就下車！我心一橫，一句也不說，就跳下了車子，誰知，他看我下了車，就一把關上車門，然後，我只聽到引擎狂鳴，再定睛一看，老天！他正在猛踩油門，車子對著懸崖就要衝下去。我這一驚，實在非同小可，車子如果衝下去，這萬丈深淵，必然粉身碎骨！我一急之下，連思想的餘地都沒有，就合身一撲，也不知道哪兒來的力氣，竟整個人撲到了引擎蓋上。他看我突然撲上車蓋，也大驚失色，又猛踩煞車，車子及時停在懸崖盡頭。我的手緊緊抓著車子的側鏡，隔著玻璃，瞪視著車內的他。他一動也不動，臉色慘白，也驚怔地瞪視著我。

我不知道我們彼此這樣隔著窗玻璃，互相注視了多久，在我的意識裡，那可能有一百個世紀那麼長。在那一瞬間，沒有天，沒有地，沒有世界，沒有宇宙，更沒有其他的人類，這世上只剩下我們兩個，一個在車內，一個在車外，再有的，就是生，或死？

然後，他衝出了車子，因為我已經失去力氣，身子正往車下滑，再滑幾寸，我會落到懸崖下去。那時候，我什麼都不在乎了。他能開車對懸崖下衝，我掉下去也沒關係。可是，我沒掉進懸崖，他用力一拉，我就掉進他的懷抱裡去了。

那天，山上的風好大，我們站在風口，兩人都發著抖，兩人都不太明白，我們剛剛經歷了些什麼，等我的意識和思想終於緩緩明白過來，看到他的車子岌岌可危地停在懸崖邊上，我這一下子，驀地痛定思痛，不禁抱頭痛哭。

我這樣一哭，他也落淚了。慌慌張張地，他想止住我的眼淚，他開始嘰哩咕嚕地道歉，說他只是一剎那間，萬念俱灰，既然無法和我相守，不如讓一切悲痛來個了斷。他越說，我越哭，哭到後來，我問：

「為什麼把我推出車子去？」

「因為妳還有小慶呀！」他說。

他這樣一說，我更加大哭不止。那個下午，我們就這樣站在懸崖邊上，相擁而泣。一直到天都黑了，我們才回到車上。這次，他小心翼翼地駕駛，我們在萬家燈火中回到臺北。

經過這樣驚心動魄的一幕，我們好些日子，都驚怔在彼此的感情裡，不敢對命運的安排，再有任何疑問，也不敢輕言離別。

直到如今，常有讀者寫信問我：

「妳筆下的愛情，在真實的人生中，存在嗎？那些驚天動地的愛，不是妳的杜撰嗎？」

我已倦於回答這些問題，**每個人有每個人自己的人生，我只是很奇怪，為什麼我生命裡的愛，會來得如此強烈、如此震撼，而且如此戲劇化？**

二十三、浪漫與殘酷

自從「烏來」事件以後，我認了。我對命運屈服了。我不再去思索各種禮教傳統問題，我只是默默地接受鑫濤所給我的。我仍然堅持不傷害他的妻子，因此，我和他的家庭並存在他的生命裡，有那麼長一段時間，他每天來探視我，然後再回到他自己的家裡去。我的心態仍然不平衡，有時感懷自傷，常常悲從中來。有時我還會為他的妻子著想，一樣代她難過、代她不平。但是，這已經成為一個難解的結。有鑫濤這樣一個人物，愛起來可以連生命都拚掉。但，對自己的妻室兒女，仍然有巨大的責任感，那麼，就注定要有人為他受苦！

我決定順從命運，也決定要讓這段痛楚的愛，變為美好。人，愛過總比沒愛過好。享受愛，而不要對命運苛求吧！於是，我放鬆了自己，不再輕言分手，我們珍惜在一起的每個剎那。我前面說過，只要我不太苛求，想得不要太多，日子就會很好過。

我們確實過了一段滿好過的日子。鑫濤愛花、愛畫，我們常說，我們生活裡有三多：花多、書多、畫多。他喜歡送我花，我喜歡大地和夕陽。有時我們去旅行，看到路邊的野花，看到樹上的新綠，看到小溪的潺潺，我都會驚嘆！他喜歡帶我旅行，因為我的驚嘆而驚嘆！生活裡不再爭吵，就變得浪漫起來。我生性喜歡誇張美好的事物，有五分浪漫，對我就變成十分。我們曾結伴去美國探望弟妹，大家在千島區划船釣魚，看落日緩緩西下，覺得世界真是美麗。我們也曾去歐洲，站在大片的梧桐樹林裡，看落葉在地上鋪成地毯，我驚訝不已，所有有關梧桐的詩詞都在腦中閃過，我就站在那林內背了一下午的詩詞：

「梧桐更兼細雨，到黃昏，點點滴滴。」
「春風桃李花開日，秋雨梧桐葉落時！」
「梧桐樹，三更雨，不道離情正苦，一葉葉，一聲聲，空階滴到明。」
「……………」

從歐洲回來，他寫了一本書，書名叫《穹蒼下》，書中，彼此的影子都鑲嵌在每章每節中。這種生活確實浪漫，連他那「使君有婦」的身分也變成了「缺陷美」。我應該滿足了，可是，心底仍然酸酸澀澀，常常陷入突然的痛楚裡。還好，我還有我的寫作。

在這兒，我必須寫一寫我的寫作和鑫濤的事業。

鑫濤基本上並不喜歡旅行，他是一個「工作狂人」。他在工作上獲得成功，那種快樂，是遠遠超過旅行或任何娛樂的，愛旅行的是我。當我的寫作，影響到他的事業時，他總有辦法，讓我乖乖的坐到書桌前面去寫作。等到我「日以繼夜」地完成了一部小說，為了犒賞我，他就會帶我去旅行。有時，只是開車在臺灣做「一日遊」，我也就滿意了！但是，有時我的工作實在太重，常常連續寫半年一年都沒休息，等到我可以休息時，他就會安排一次國外旅行，在旅行期間，還會給我各種「意外的驚喜」。他也在製造這些「驚喜」的同時，變得越來越浪漫，越來越有幽默感。他平常都很嚴肅，不苟言笑。只有跟我在一起，尤其是出國旅行的時候，他就變了一個人。他會開懷大笑，會為我的快樂而快樂。有時，我想，那個因我而大笑的他，才是被壓抑後解放出來的，真正的他。

在我認識鑫濤的時候，他只有一本《皇冠雜誌》。同時，出版一些《皇冠》連載過的小說，也可說附帶有個「皇冠出版社」。我前面已經寫過他創業的艱難，這兒不再贅述。可是，自從我加入了《皇冠》，他的事業開始向上飛竄，速度很快。他不諱言，我的小說支撐了《皇冠》。這時，我的小說又開始拍電影，有了電影，就需要電影主題曲。我的小說中，常常有我寫的小詩小詞，有的就成了主題曲。如果不適合，我會重新幫電影寫歌。這些歌曲，當時是電影宣傳的唯一方式。於是，我的事業成為一個包裝。就是：「瓊瑤小說＋瓊瑤電影＋瓊瑤歌曲」。不知道是什麼原因，我那時三項都很強。不過，都有一個前提，就是必須要先有「瓊瑤小說」。有了「瓊瑤小說」，鑫濤先在《皇冠》連載，同時，電影公司，唱片公司都會不請自來。鑫濤非常享受這種時光，代表我去談電影談歌曲，都是他與有榮焉的事，他樂此不疲。

因此，他成為我的「鞭策者」。他不能忍受我過度的放任自己。如果，我有很長一段時間不肯寫作，他會用各種方式來驅使我去寫作。用鼓勵的（妳的才華千載難逢不能浪費），用柔情的（妳寫作時的樣子最可愛），用誘惑的（寫完到歐洲去玩？），用強硬的（妳再不寫，《皇冠》每期銷路要掉幾千本！），用心機的（忽然印給了我各種美麗的專用稿紙，放在我面前）……為了讓我寫作，他各種方法都用盡。我常常想，如果我不是碰到他，以我慵懶自由的個性，我不會寫出六十七本書！（計算到現在二〇一八年為止，包括《雪花飄落之前》和《剪不斷的鄉愁》）。

總之，我和鑫濤的事業，已經密不可分。鑫濤在二〇〇四年，寫了一本自傳《逆流而上》，在這本書裡，他寫了兩句話：「**沒有瓊瑤，不會有今日的皇冠，沒有皇冠，瓊瑤依舊是瓊瑤**」。**這幾句話，很真實的寫出鑫濤對我的愛和肯定。他有次對我說：「如果說，我是妳的大樹，妳就是我的陽光和水！**」很好的恭維，可是，我這個「陽光和水」，卻被社會批判著，被我那敏感的心，排斥著。浪漫的氣息，總是會破碎。

✣

有一天，我接到一個電話，對方是個女人，劈頭就對我大罵：

「妳這個臭女人、爛女人、騷女人、爛貨！妳連婊子都不如！全天下的男人死絕了？妳一定要去勾引別人的丈夫！妳他媽的不要臉，王八蛋……」

這一大串話裡，還夾著我寫不出來的字眼，必須用××來代替的字眼。這個電話震碎了我所有的詩情畫意和浪漫情懷。我呆呆地聽，對方像流水般不斷地罵，我掛斷了電話，渾身冷戰。電話剛掛斷，鈴聲再響，我拿起來，又是那個女人，劈哩啪啦，她繼續大吼大叫，我再掛斷電話，鈴聲又響……就這樣，這個瘋女人在一天之內，給我打了上百個電話。那時，我有一對美國朋友，白志昂夫婦和我相知甚深。白志昂在臺灣學中文，常常待在我家裡。他是外國人，對愛情這種事，看得非常開放。他氣極了，氣得對我大吼大叫：

「瓊瑤！罵回去啊！她罵妳什麼，妳罵她什麼！妳為什麼要拿著聽筒，受這種侮辱！妳罵啊！妳也罵啊……」

我握著聽筒，想罵，卻結結巴巴地一個字也罵不出。原來我從小到大，就沒有受過「罵人」的教育，我罵不出口，頹然地掛上電話，淚水已落下。

鑫濤來看我時，我已哭得雙目紅腫，白志昂正拿著電話聽筒，用他那不純熟的中文，和那個陌生女人對罵。這真是奇怪的場面，白志昂學到了所有他在學校裡學不到的「中文」，他努力地運用，仍然前言不對後語，罵得稀奇古怪。鑫濤搶過了聽筒，只聽了幾句話，他就一把扯斷了電話線。

第二天，鑫濤讓電話公司給我裝了新的電話，換掉了舊的號碼。那罵人電話再也打不進來了，可是，我那種詩情畫意的浪漫情懷也沒有了，歡樂的感覺也沒有了，連「被愛」的感覺都麻木了。只覺得自己又像少女時期一樣，掉進了一口冰冷的深井，說有多無助，就有多無助。我對鑫濤哀傷地說：

「保護我，讓我遠離傷害。要不然就放掉我，讓我自生自滅！」

「沒有保護好妳，是我的錯！」鑫濤聲音都啞了。「讓妳受這種侮辱，是我的錯！要我放掉妳，那是根本不可能的事！兩次撞車事件，已把我們牢牢綁住！我不會放掉妳，如果我真的放掉了妳，那才是我們生命中真正的大錯！現在，我知道我已經走到最後一步路，我必須面對選擇了！妳不要再傷心，讓我去做我該做的事！一件早就該做的事！」

他回去了，開始和他的妻子談判離婚，也不等孩子長大了。鑫濤的前妻溫婉賢淑、美麗高貴，有傳統所有的美德，相夫教子、逆來順受。就連我的存在，她也能淡然處之。她平靜如一湖無波之水，鑫濤卻強烈如燃燒的火炬。他們之間，不能協調的地方，大概也在這種區分上吧。這番談判，竟談了八年之久！在這番漫長的談判中，我居然在朋友巧意的安排下，和鑫濤的前妻懇切地談了一次話。這又是一項創舉。

那天，我們兩個女人，在一位朋友的家中密談。朋友們好意地都避開了。我望著她，那麼恬靜，那麼端莊，即使面對的是我，她都不溫不火，只是靜靜地看著我。忽然間，我對她就充滿了同情。這樣一個無辜的女人，為鑫濤付出了她的青春、她的愛心，又為鑫濤生了三個子女，最後卻莫名其妙地被判出局！這太殘忍了！在那一瞬間，我覺得自己真是千錯萬錯，實在不該接受鑫濤的感情，實在不該捲入別人的婚姻裡去！

那天，我們談了很久，談了很多，也談得很深刻。如今，已無法把我們所談過的話，一一記下。只記得，談到最後，我很懇切、很真摯地對她說：

「如果妳還愛他，不準備放棄他，就牢牢地守著他！他走到哪裡，妳跟到哪裡，他可以來我家，妳就跟著來我家。只要妳不給他機會，我就不會給他機會！無論如何，妳是妻子呀！發揮妳妻子的力量吧！」

她看了我半天，才說了句：「謝謝妳的成全。」

我驀然間心中一痛，不禁慘然地笑了。

「這句話好像應該由我來說才對！你們是夫妻，已經『全』了，不『全』的是我呀！現在，既然妳說了這句話，我也知道該怎麼做了！我就『成全』你們！」

我們的談話到此為止。

第二天鑫濤依舊來我家，我在他身前身後找尋，沒有看到他妻子的身影。後來，他妻子也從未跟他一起出現在我家，看樣子，她跟我的「協定」，她根本做不到！既然她做不到，就只好我來做了！鑫濤，我心中不禁嘆息，他一直不是我夢寐中的翩翩美男子，但他的細膩體貼，對我的無微不至，卻是我一生沒遇到過的，而我，我要放棄他了！徹底地放棄他了！

二十四、單飛與雙飛

有一天，我很鄭重地告訴鑫濤：

「我要結婚了！」

他看了我一眼，不信任地問：

「妳說什麼？」

「我要結婚了！」我重複了一遍。

他盯著我，好像我在說蒙古話。

「妳要和誰結婚？」好半天，他才問。

「湯。」我說。湯和我相識多年，他旅居美國，家世顯赫，他本人溫文爾雅，很書卷味。很多年前，他就對我下過一番工夫，因為那時我剛離婚未久，情緒正紛亂，對他並未注意。這年，他又從美國回來，依然未婚。我的閨密幼青最欣賞他，要為他介紹女朋友，我和幼青忙著給他作媒，他也滿有興趣地接受。三番兩次，我和幼青陪著他見女友，他總要求我和他單獨談談，談清楚那位女友的身世和來龍去脈，談著談著，幼青不耐煩了，問：

「湯！你到底在搞些什麼？」

「唉！」湯嘆著氣說：「你們介紹的人確實不錯，可是，我愛紅娘呀！」

「湯！」幼青大叫：「我是有丈夫的，不跟你開玩笑！」

「還有一位紅娘呀！」湯說，微笑著，眼光深深地瞅著我。

我心中驀地一動。我總是把身邊的男士當成「過客」，從來沒有對任何一位動心，因為鑫濤早已把我繫住。而這次，我正想抓住點新的機會，我正想了斷鑫濤所有的念頭，我正想給自己找個真正的歸宿……湯的及時出現，讓我似乎看到了一線曙光。

於是，有兩個星期，我避開鑫濤，和湯做進一步的交往，當湯離臺前夕，他求婚，我考慮再三後，毅然答應了。只有這樣，我可以把鑫濤還給他的妻子，退出這場殘酷的遊戲。

所以，鑫濤對湯已經很熟悉，當我說出湯的名字時，他的臉色就頓時慘白起來。他死死地盯著我，說：

「妳不愛他。」

「可以培養的。他幽默風趣有學問，正是我喜歡的典型。」

「妳離不開臺灣。」

「離得開的，我照樣寫作，你還是我的出版人。」

「小慶不會接受他的！」

「會的！他已經帶小慶出去玩過，小慶個性溫和，對誰都很親近。」

他跳了起來，把雙手放在我的肩上。

「妳不可能這樣對待我！」他大聲喊。

「可能的！」我安靜地說：「我已經為你付出了許多歲月，離開你，我問心無愧！」

他呆住了。怔怔地站在那兒，仔細地看我，越看他越慌，越看他越急，越看他越失去了信心。他一把握住了我，忽然就激動起來：

「不行！妳不可以和別人結婚！」

「為什麼不可以？」我問。

「不行！妳是這樣一個不實際的女人，妳這麼任性又這麼不理智。誰能瞭解妳，像我瞭解妳一樣？誰能照顧妳，像我照顧妳一樣？誰能欣賞妳，像我欣賞妳一樣？不行，妳跟任何人結婚，妳都會枯萎！妳還有好長一段人生，我絕不允許妳枯萎！」

「我枯萎不枯萎，是我的事，」我固執地說：「用不著你來管！」

「那麼，我呢？」他頓時失措起來。

「你會很堅強地活下去！」我說，想起烏來山頭的一幕，不禁不寒而慄。「答應我，你要好好地活下去！」

「我不答應妳！因為我答應不起！」他眼中驀地湧上了淚。「全世界，我們一起走過；生和死，我們一起面對；事業上，我們相輔相成……現在，妳要離我而去，妳認為我還能照樣過日子嗎？即使我答應妳，也是一句謊言！現在，我只要想一想，妳會和別人結婚的事實，我就心慌意亂了。如果妳真去了，我不會自殺，因為那太沒出息了！烏來山頂上的一幕，我答應過妳，再不重犯！我會守我的諾言……但是，如果妳真的捨我而去，我會萬念俱灰，枯萎而死！」

「胡說！」我說著，開始哭了起來。「你威脅我，這是卑鄙的！」

「我不是威脅，我是說一件事實！既然妳不相信，妳就去吧！所有的後果，很快都會看到的！」

我瞪著他，忽然相信了他說的每一句話。**我看到一個枯萎的我，我也看到一個枯萎的他，我還看到這兩個悲劇中的悲劇——他的妻兒和我的小慶——他們會跟著失去扶持，失去**

倚靠和愛，失去經濟來源，失去一切！這些年來，都是我們兩個攜手打拚，才讓兩個家庭有安定的生活。我頓時心中顫慄，額上冷汗涔涔了。

「不要和別人結婚！」他懇求地說：「妳已經等了我這麼多年，請再給我幾天，不要讓我們全體都毀滅！我知道這些年來妳所受的委屈，請相信我會一一補償！請求妳，不要貿然決定一切。湯是好人，但他不能給妳幸福，只有我，才能給妳幸福！」

我抬起淚眼看他。我知道，我又完了！湯也完了！我像一隻雁子，一隻我自己小說中寫過的雁子。我曾為那雁子寫過一首歌，歌詞中有這樣兩句話：「雁兒在林梢，眼前白雲飄，啣雲啣不住，築巢築不了！」這幾句，正是我當時的寫照。其實，我這一生，在我的小說、我的歌中，都可以找到痕跡。我留下來了，沒有飛走，守著我的樹林，守著我殘缺的夢。

❖

一九七六年，我想到歐洲去旅行，我一個人動身，想試試自己能不能「單飛」。當然各城市，都有朋友接我。到了香港，住在旅館裡，先辦一些事情。住到第三天，鑫濤打了個長途電話給我。

「我離婚了。」他平靜地說。

「哦？」我也很平靜地回答。

「妳一個人旅行，要處處小心，」他說：「要懂得照顧自己！」

「我知道。」我說。

「我這兒的事情忙得不得了……」

「我知道！」我打斷他。「放心吧！雁子是候鳥，飛去一定會飛回！」

掛斷了電話。第二天，我飛日本，要在日本停幾天，再轉往歐洲。飛機到了東京機場，我下機，出海關，鑫濤手裡捧著一束鮮花，站在那兒等我。

「讓妳『單飛』，我還真不放心！」他微笑地說：「萬一被隻歐洲雁子給誘拐了，我豈不是功虧一簣？」他把花束遞給我，同時，在我手心放了一張他的「身分證」，我驚愕至極，完全沒料到他會在東京機場攔截我，然後，我看著那張身分證，在配偶欄裡，他已是單身了。我這才明白，他老早就計畫好了，他才不會讓我單獨一個人去歐洲！他把戶口都辦好了，才敢到東京來！我捧著花，呆呆的看著他，被他弄得暈頭轉向，眼中含淚，默然不語。

我忽然想起，一九六三年，有人送我上火車去高雄，卻送到臺中，在落日下一南一北的分開。此時，我要單飛去歐洲，卻在半路上被攔截，有人要跟我雙飛去歐洲！都是那同一個男人，相差了整整十三年之久！

二十五、幸福的「聲音」

一九七九年五月九日，我和鑫濤結婚了。那時，距離鑫濤離婚，又已經三年。這三年，其實我過得挺瀟灑自在的，家裡經常高朋滿座，許多朋友，在我家聊天，可以聊上一個通宵。每個人都有故事，每個人都有愛情，大家對愛情的看法各持己見，經常辯論到面紅耳赤。我的朋友分兩類，一類是社會菁英，像清華大學的毛高文夫婦、黎昌意夫婦、沈君山等。一類是作家朋友，像三毛、倪匡、古龍、趙寧等。這三年的生活，我曾有一本散文集《不曾失落的日子》，記載了一些片段。

說回我的結婚，那天，第一個給我們祝福的人，是我的兒子小慶，他已經十八歲，是個身材頎長的青年了！

我沒有披婚紗，也沒有穿結婚禮服，只在胸襟上別了一朵蘭花。我們沒有舉行任何儀式，請了好友毛高文夫婦，在我們的結婚證書上蓋了個章。再請了二十幾位最好的朋友去餐廳吃飯，這些朋友，也是經常在我家暢談終宵的人。大家一直到吃飯時，都不知道那天下午，我們才完成了結婚手續。吃到一半，有位朋友恍然大悟，跳起來說：

「什麼！這是結婚喜宴嗎？太意外了！你們居然結婚了！」

他奔出去，買了一大盆鮮花來，做為祝福。

那晚，大家在我們家，仍然暢談終宵，有位女士一向對我很佩服，這時對我大大搖頭說：

「我以為，一個像妳這樣的女人，是根本不會結婚的！連妳都結婚了，我對『現代女性』完全失望了！」

「是啊！」另一位接口：「妳從離婚到現在，十幾年都過去了，妳的日子不是挺瀟灑的嗎？為什麼要用一張婚約，又把自己拘束起來？」

「對啊！」再一個說：「你們兩個『單身貴族』，為什麼不好好享受單身的自由和樂趣？怎麼想到去結婚呢？」

「說說看！你們到底為什麼要結婚？」大家把我圍起來「公審」。「你們享受愛情的浪漫，卻不必負擔婚姻的責任，不是很好嗎？怎麼忽然結起婚來？」

哈哈。我這些朋友都是「怪胎」，一個比一個「新潮」，一個比一個「現代」。人家結婚，他們不道賀，反而提出「質詢」。我想了半天，終於笑著說：

「我並不像你們想像的那麼自在瀟灑，這麼多年來，我是條漂蕩的船，一直想找一個安全的港灣，好好地停泊下來。在基本上，我從沒有反對過婚姻，我認為人與人之間，即使談戀愛，也要負責任。不負責任的戀愛是逢場作戲，在生命裡留不下很深的痕跡，兩個人如果愛到想對彼此負責的時候，就該結婚了。儘管，婚姻很容易老化，很容易變調……但是，如果人連結婚的勇氣都沒有，就未免太可悲了。」我看著我的朋友們，覺得還應該補充一些，我又認真地說了幾句：「我想，在我的身體和思想裡，一直有兩個不同的我。一個我充滿了叛逆性，一個我充滿了傳統性。叛逆的那個我，熱情奔放、浪漫幻想。傳統的那個我，保守矜持、尊重禮教。今天的我，大概是傳統的那個我吧！」

「哦，才不！」朋友們大笑著說：「像妳這種『即興』式的結婚，仍然相當『反傳統』！仍然相當『浪漫』！仍然相當『瀟灑』！」

「是嗎？」我和鑫濤也大笑了。我說：「**或者，我們就在『傳統』中，去找尋『反傳統』的『浪漫』與『瀟灑』，讓生活不會變得千篇一律！反正，人生沒有十全十美的境界，每個人要過怎樣的生活，只有自己去追尋，自己去定位！**」

是的，我和鑫濤，已經用了大半輩子的時間來「追尋」，總該給自己「定位」了！

❖

結婚第二年，我的傳播公司拍了幾部膾炙人口的連續劇，我們買了一幢四層樓的花園洋房，這房子占地一百五十坪，有許多房間，和大大的客廳、大大的地下室。我們給它取名叫「可園」。我們兩個，都是從最貧窮的環境中掙扎出來的，都是從一無所有中白手起家。我們都經過人生的風浪、事業的挑戰、感情的掙扎……我們也都不再年輕。當我們遷入可園，才終於有了屬於我們兩個的家。

可園在臺北東區，當時等於是郊外，附近沒有房子，前面是芭蕉田，再前面就是火車軌道，每天火車經過，整棟房子都會跟著震動。鑫濤完全照我的「夢想」，將可園重新裝修。

搬進去一個月後，我第一次在可園中記日記，寫下了這麼一段：

「從小，就喜歡看電影，喜歡看小說。每當電影小說裡出現一幢大房子時，總引起我的驚嘆！有時也會夢想，有個屬於自己的大房子，有個屬於自己的花園。或者，童年的苦難，在心中已深刻下太多痛苦的痕跡，成長的過程，又付出了太多的代價，總覺得這個夢太虛幻了，太遙遠了，是永不可及、永不可得的……但是，今天，鑫濤和我完成了這個夢——我們的可園。

可園，這不止是一幢房子、一個花園，更是我心靈休憩、不再流浪的保證。搬來一個月了，雖然在混亂的裝修工程中，在人來人往的嘈雜裡，在小慶將考大學的壓力下……我仍然心懷欣喜。每晚，躲在鑫濤為我精心設計的臥室中，看電影的錄影帶（錄影帶這項發明實在太偉大了，可以躲在臥室裡看電影，真是奇妙！鑫濤這個愛電影如癡的人，怎能不看個夠？可是，每次看到一半，他就睡著了），鑫濤睡著後，我靜靜地躺著，聽他的打呼聲，聽小雪球的鼾聲，聽錄影機中播放的對白聲，聽窗外火車飛馳而過的轆轆聲……這一切加起來的聲音，十分「震耳」，我就對自己說：

「這一切，就是『幸福』的聲音了！」」

是的，這幸福的聲音，得來可真不容易！

二十六、用文字堆砌出來的傳奇

從這本書第二部起，在前面各個章節裡，我都大略談到了我和鑫濤的事業。但是，都是片片段段的提起。其實，我們的事業，也相當傳奇。鑫濤是個出版家，我是個作者，我們都沒料到，我們可以用文字創造出許多奇蹟。

一九六三年，鑫濤出版了我的《窗外》。接著，我的書就一部部出版，一九六三年以前在《皇冠》發表過的短篇中篇小說，或是我在各報章副刊發表的小說，也在鑫濤「打鐵趁熱」的心情下，集結出版。第二年，我的小說就被電影公司看中，當時國營的「中影」，和民營的許多電影公司，都來洽購我的電影攝製權。我急需錢用，鑫濤幫我一一處理，到了一九六五年，用我的原著拍攝的電影就在一年內，播映了四部。分別是《婉君表妹》《菟絲花》《煙雨濛濛》《啞女情深》。從那年的八月起，一直演到十二月，簡直有點瘋狂。一九六六年，我又有三部電影上演，很多都根據我的短篇小說改編，因為我無論如何也寫不出那麼多長篇小說。實在有點奇怪，我這些電影，都有不錯的票房。因而，到了一九六七年，根據我的小說，改編播出的電影有五部。一九六八年，改編的電影更有七部之多。簡直整年都在播映我的原著電影。

賣出電影版權，帶給我很多收入，這時，我的收入已經超過了鑫濤。但是，他可以先連載我的小說，再出版我的小說，當電影宣傳時，我的小說帶給《皇冠》的利潤更是驚人。何況，我的小說，從《窗外》開始，幾乎每本都是「暢銷書」。最初我的書在封底褶邊裡，都會印出每部書的「再刷」時期和次數。常常每個月就再刷一次，甚至再刷兩次。例如《煙雨濛濛》一本書，是民國五十三年（一九六四）四月初版，到了民國五十五年（一九六六）四月，就再刷了二十一次！《幾度夕陽紅》一九六四年十一月初版，到一九六五年一月，居然再刷了十二次！平均一個月再刷三次，實在不可思議！

在這種情形下，我們就是「雙贏」的局面。我可以買房子，送兩個弟弟出國念書。他可以讓兒女享受優渥的童年，受最好的教育。《皇冠》也開始拓展，把旁邊的土地買下來。這樣，到了一九七六年，因為我的電影越演越盛，鑫濤見獵心喜，我們成立了屬於我們自己的「巨星電影公司」。當時有四個合夥人，我和鑫濤各占一股，拍攝了林青霞、秦漢、秦祥林主演的《我是一片雲》。這部電影，賣座瘋狂，當時的林青霞，已經因為我的一部《窗外》一片成名。等到《我是一片雲》放映，三位主角，都紅透半邊天。

有時，我會想，假若當初我沒有寫《窗外》，沒有遇見鑫濤，很多人的命運都會和現在完全不一樣。我或者不會成名，即使我會被別的出版社賞識，我也不會像碰到鑫濤那樣，成為「日以繼夜，不眠不休」的作者。我不可能寫出那麼多作品，更不可能拍出那麼多電影。就是這樣一場「相遇」，一場「相知」，我們改變了很多演員的命運，甚至，我們也創造出那段「臺灣電影最繁榮」的時代。**因為這時代的牽絲攀藤，還有多少不同的人，改變著他們**

的命運，這世界有「蝴蝶效應」，任何事，都是「牽一髮而動全身」的！

《我是一片雲》成功後，鑫濤又催著我趕快去寫小說，我寫了《月朦朧鳥朦朧》，又馬不停蹄的編劇，然後拍電影。接著，就沒完沒了了，我們的「巨星」，拍到第三部，四個合夥人，分家了。「巨星」成為我和鑫濤兩人的公司。這時拍戲已經不需要成本，因為我的書名一出來，就可以賣海外的版權，收到的訂金加上臺灣電影院預付的訂金，就可以拍攝一部電影。電影播放完，鑫濤總是很高興的讚美我，讓我飄飄欲仙。然後，我們平分我們的利潤。我們的拍攝班底，也在劉姊的帶領下，成了固定的班底。**拍電影唯一需要的，就是，必須有一部瓊瑤小說！鑫濤的工作，就是讓這部小說順利誕生！就這樣，我成了書房裡的癡人！**

「巨星」連續拍攝了十三部電影，在每部都賺錢的情形下，鑫濤的「皇冠大樓」開始建造，他的兒女，都紛紛進入公司，主持各部門的工作。《皇冠》變成了「皇冠文化集團」，一九八四年，皇冠大樓完工，七層樓的建築豪華巨大，裡面有出版部，編輯部，發行部，業務部……還有一個舞蹈工作室，因為二女兒是學舞蹈的。還有一個「小劇場」，專門演出各種戲劇和舞蹈。《皇冠》，不再是一家苦苦經營的小雜誌，它成了一座城堡。鑫濤很安慰，他每天去城堡裡上班，可以看到三個兒女，監督整個「皇冠事業」，一切都蒸蒸日上。

❖

一九八三年，我厭倦了拍電影，也厭倦那種拍電影的生活。我不顧鑫濤的反對，毅然結束了我們的「巨星」公司。我想要自由，想要過瀟灑一點的生活。我的詩意夢幻，幾乎都被電影的節奏打斷，我急於找回失落的自己。可是，一不小心，我又被鑫濤拖下水。那時，我們已經結婚，生活可以很平靜安詳。但是，鑫濤是個工作狂人，電影拍不成，他就開始拍電視劇。而且聲明不要我幫忙，他自己和朋友一起幹！（關於這個經過，我的《雪花飄落之前》一本書裡，有詳細的紀錄，我就不再贅述）。總之，我怎能置之事外？最後，變成我們又成立了「怡人傳播公司」和「可人傳播公司」，為了拍攝我的電視劇！

「皇冠」是鑫濤和他兒女的事業，我完全不干涉，即使婚後，我也從來沒有以「皇冠女主人」自居過，卻依舊讓「皇冠」出版我沒有授權的每本小說；但是，「怡人」和「可人」就是我們和我兒子兒媳為主的事業（小慶和他的同班同學何琇瓊，在一九九一年結婚了）。這也是因為小慶和琇瓊都是大眾傳播系科班出身的關係，沒有刻意去分配，就是自然而然成了這樣。

我再也想不到，我的電視劇生涯，竟然成為我事業中的另一場高峰！《幾度夕陽紅》是我們的第一部連續劇，立刻引起不小的迴響。《煙雨濛濛》更是轟動，到了《庭院深深》，刷新了臺灣所有戲劇的收視率紀錄，我就這樣欲罷不能，一部一部的做了下去。

❖

一九八八年，我回到大陸，才知道我的小說，早已在大陸風行。我的電影和電視劇，大陸也在沒有授權的情形下，拍攝了好幾部。我的一趟大陸行，改變了我以後做戲的方針。我愛上了故國河山，掉進了鄉愁裡。一九八九年四月，我又回到大陸，去湖南祭祖，也去張家界勘景，還在頤和園裡住了三天。故國的景致，讓我嘆為觀止！回到臺灣，立刻計畫回大陸拍戲，九月，我和鑫濤就帶著小慶、劉姊，開拔到大陸拍戲了。拍的第一部是《六個夢》，因為拍攝時間不夠的關係，只拍了其中三個故事，就回到臺灣。這三部電視劇在兩岸都播出了，不論收視還是口碑，雙雙告捷！這是兩岸文化交流的開始。我們又打了漂亮的一仗！

這樣，我在大陸和湖南臺合作，陸續拍了好多連續劇，像是《梅花烙》《青青河邊草》《鬼丈夫》《煙鎖重樓》《水雲間》……等不勝枚舉。到了一九九七年，我心血來潮，忽然改變風格，寫了一部清朝為背景的連續劇《還珠格格》，一九九八年才拍攝完畢，在兩岸播映。我完全沒料到，這部戲居然刷新了我自己創造的所有紀錄，成為當年最火的連續劇，兩岸幾乎為這部戲瘋狂。鑫濤那「打鐵趁熱」之說又來了！積極的要我趕快寫第二部，第二部拍完了，又拍了第三部。十年後，還拍了《新還珠格格》。這《還珠格格》的威力，一直影響到今天，就在我補寫這部《我的故事》時（二〇一八年二月），《還珠格格》正在湖南衛視第十六度重播，從早上八點開始播，依舊跑了一個日間第一名！

關於《還珠格格》，它真是一個傳奇！演出這部戲的男女主角，都是新人，全部因這部戲而紅到今天，幾乎參加演出的演員，沒有一個不功成名就！一首主題曲〈當〉，所有綜藝節目都會演唱，歷久不衰。關於那部戲，我還寫過一篇文章《點點滴滴話還珠》。我把那篇文章重新整理，發表在這本書裡，因為，要瞭解我的編劇艱難，要知道我的拍戲真相，這篇文字是最好的紀錄。同時，也讓還珠迷們，一起重溫還珠時代。

二十七、點點滴滴話還珠

今年（二〇〇九年）三月十八日，中視第三度重播《還珠格格》第一部，接著，在四月二十一日，緊接著播出《還珠格格》第二部，一共七十二集，足足播了三個月。這是我從事電視劇以來，最長的一部連續劇，也是反應最強烈的一部連續劇。觀眾的熱情，來信的踴躍，網站的林立，收視率的一再破紀錄……都帶給我一次又一次的驚喜。真的沒有想到，有這麼多的人，喜愛《還珠格格》。這才覺得，兩年來的全心投入，不眠不休的工作，日以繼夜的編劇……沒有白費心機。

六月二十五日，《還珠格格》第二部即將播出完結篇。有很多的觀眾寫信給我，說是每天等八點檔，已經是生活的重心，如果《還珠格格》播完了，不知道日子要怎麼過？這種來信，真是對我最大的恭維。我在感動之餘，也開始預支「曲終人散」的惆悵了。兩年以來，《還珠格格》占據了我的思想，充滿了我的生活，等到播完，我和許多觀眾一樣，有著離愁別緒，若有所失。

好在，中視應觀眾的熱烈要求，立刻安排了六月二十八日九點重播第二部，讓沒有看到的觀眾，再有一次機會，也讓看過的觀眾，能夠重溫舊夢。

《還珠格格》第二部的後製工作，終於告一段落。我看著已經完成的一大排播出帶，不禁想起許多拍戲時的阻力和困難，也想起很多拍戲的趣事，真是點點滴滴在心頭！趁我最近比較閒暇，寫下來和所有還珠迷共享！

換角風波

《還珠格格》第一部，真是一部多災多難的連續劇。從開工第一天，就非常不順利。其中最嚴重的一件事，是心如這個角色，差點被換掉。

為了怕傷害心如，兩年來，我對這件事守口如瓶。不料，心如已經坦蕩蕩的把它公開了。好吧，讓我們細說重頭！

當初，還珠格格的演員名單裡，本來沒有心如。第一次我們內定的演員，是趙薇演紫薇，演小燕子的女演員，我希望她本身有一點拳腳工夫，免得用替身穿幫，所以定了一個有打戲經驗的新人。誰知，這位新人在《還珠格格》開拍前一週，接了一部電影，通知我們她要「延期報到」，我們沒有辦法接受這樣的事情，臨時決定重新安排角色。這時，我想到公司裡的新人林心如，覺得她長相甜美，清純可人，但是拍戲經驗不多，怕她不能擔當小燕子這個角色，就安排她演出紫薇一角，把比較靈活的趙薇調去演小燕子。

角色定了，由我的媳婦琇瓊帶隊，大隊人馬出發，到了承德，租下「避暑山莊」，重新置景，工程浩大的開拍了《還珠格格》第一部。那是一九九七年八月，承德熱浪襲人。大家拍得十分辛苦，都說，那不是「避暑山莊」，是「中暑山莊」。

剛剛開拍，不知怎的，演員一直出問題，劇組每天都在換演員。首先，飾演紀曉嵐的大陸演員，拍了兩天戲，因故被換了下來。接著，飾演容嬤嬤的演員，因為身體違和，又換了李明啟老師。每換一次演員，就表示前面拍的戲都作廢了。我在臺北，只要接到長途電話，都會心驚肉跳。

好不容易，演員該換的都換了，我以為可以安安穩穩的拍下去了，卻發生了心如的事。

心如在接拍《還珠格格》以前，是個有機會就不能放過的新人，所以，接了不少半大不小的角色。等到《還珠格格1》開拍之後，就那麼巧，她演出的一部時裝戲，在友臺播出。收視率慘敗不說，她在戲中的表現也不太好。因為完全沒有化裝，又是趕工出來的，扮相也不出色。這部戲一播出，我就接到電視臺關切的電話，問我：

「林心如真的能勝任紫薇這個角色嗎？我們尊重妳的眼光，但是，妳能不能看一看她的戲？」

我當天就看了那部戲，而且把它錄下來，一看再看。看得我膽戰心驚，冷汗直冒。說實話，心如在那部戲裡，確實表現不佳。在那時，我對心如也失去了信心。我火速打電話到承德，要導演暫停拍攝心如的戲，同時，要琇瓊趕緊把心如拍好的帶子，立刻拿回臺北，讓我評估她是不是可以勝任這個角色。但是，我千叮嚀，萬囑咐，不可讓心如感覺到我們要換她，等我看過帶子再說。

對正在拍戲的隊伍來說，已經連換了兩個角色，現在，又可能更換女主角，真是一件天崩地裂的大事！琇瓊不敢耽誤，立刻趕回臺北。當時，心如拍的戲，總共只有三場，我們連夜把三場戲都剪接出來。我看了，覺得心如的扮相還不錯，只是口白比較弱，沒有抑揚頓挫。尤其和話劇演員出身的周杰一起配戲，周杰的口白太好，就顯得心如有些稚嫩。於是，我們又把那三場戲，送去配音，配好音，再仔細研究。

我們在臺灣做各種安排，遠在承德的攝製隊伍，已經有風聲傳出。心如一連好多天，化好妝不拍戲，心裡也有些感覺了。她的經紀人Amy得到消息，更是傷心欲絕，後悔死了以前接的那部戲，整天以淚洗面。我面臨了一個大問題，不顧一切拍下去，還是換角。這件事困擾了我足足一個星期，想到心如年紀輕輕，要受到這麼大的打擊，我實在於心不忍。但是，不換角，我要背負起所有成敗的責任，我的壓力也實在很大。最後，有一天，我和Amy談到換角後，心如將何去何從？Amy說，心如從此就毀了。我想想，不過是一部戲嘛，就算賭輸了，不過是輸掉一部戲，總比毀掉一個心如好。我終於下了決心，說：「算了！她演下去，後果我來扛吧！」

心如就這樣留下來了。琇瓊帶著好消息回到承德，告訴心如。當晚，心如打電話給我，哭著說：

「阿姨，我會拚命努力，不會讓妳失望！」

心如並不知道，她雖然留了下來，每天，我都和導演通長途電話，對於心如的內心戲，如何塑造，如何把握，我們幾乎天天研討。至於心如的化妝，我也特別交待化妝師，做若干改善。我發現心如比較適合穿紅色的衣服，馬上讓服裝師給她趕緊添製紅色的衣服。總之，為了她這個角色，我付出了比任何演員都多的心血。

當《還珠格格1》播出以後，很多太入戲的觀眾，為了心如的戲分和趙薇的戲分爭執不已，說我偏心趙薇，不愛心如。其實劇本早就寫完，什麼偏心不偏心？還有觀眾對於心如用配音不滿意，寫信問我：

「心如不是中國人嗎？不會說中文嗎？為什麼要給她配音？」

我看了，總是嘆口氣，什麼都不說。假若不是那麼在乎心如，今天，還有心如詮釋的紫薇嗎？

《還珠格格》紅透了海峽兩岸，紫薇這個角色已經深入人心。但是，有誰知道，她能夠演出這個角色，實在是一波三折，得來非易！

周杰不「窩心」，導演不「開心」

周杰演出深情爾康，現在已經征服了好多觀眾的心。事實上，當初拍第一部的時候，周杰的問題，還真不少。

我們的主要演員，都很年輕，每個人都有不同的個性和脾氣。大家來自海峽兩岸，生活習性都不相同，第一次合作，難免有磕磕碰碰的時候。導演曾說，他在「帶一群娃娃兵」。周杰是這群娃娃裡，年紀最大的，也是個性最強的。

周杰拍戲的第二天，就和導演發生了衝突，原因是我的一句臺詞：「讓皇上聽了，好窩心，好得意！」周杰認為，北京人的「窩心」另有解釋，和我們的「窩心」意義不同。當時，就從現場打電話問我，可不可以改詞？我認為無關緊要，就建議改成「開心」。於是，周杰把臺詞背得滾瓜爛熟：「皇上聽了，好開心，好得意！」誰知，正式一拍，導演立刻喊NG，堅持要周杰唸成「窩心」。周杰脾氣直，不會拐彎，振振有詞的說：「瓊瑤阿姨說可以改！」導演一聽更怒，他居然越過導演，直接問我，顯然有輕視導演的嫌疑。於是，導演堅持要唸成「窩心」，不許「開心」！哪裡知道，周杰已經把本子背得太熟了，只要一拍，就自然而然唸成「開心」，怎麼都改不過來。一直NG了二十幾次，到了最後，周杰已經演僵了，管他「窩心」還是「開心」，只要唸到這兩個字，就頓住了。眼看一個工作天，都被他的「窩心」給耽誤了，導演生氣，他也心急，居然把劇本一扔，說：「這是什麼爛本子嘛！」導演聽了大怒，認為他既不尊敬導演，也不尊敬編劇，恨不得要揍他，戲也拍不下去了。

當晚，我就知道了整個事件的始末，不免嘆氣，一面打電話安慰導演，一面打電話安慰周杰，勸他們不要生氣。早知一個「窩心」會引起這麼大的麻煩，這個「好窩心」三個字，不說又怎樣？當然，第二天，周杰就向導演道歉，規規矩矩的說了「好窩心」。但是，那一場戲，我認為是周杰演得最不好的一場戲！如果觀眾還有錄影帶，調出來就可以看出他的不自然。好在，那只是一場短短的「過場」戲。

「窩心」事件過去沒幾天，周杰又有一句臺詞，裡面有「為了她，我功名利祿，前程爵位，什麼都拋！」我們的周小生，又認為「前程」兩個字，唸不順口，要把它改成「前途」，再度從片場打電話問我可以不可以。我說：「我無所謂，但是，你如果又要為這兩個字NG，我會生氣！」

周杰居然讓歷史重演，棄「前程」而「前途」。導演也固執依舊，要「前程」而捨「前途」。兩人為了這「前程」二字，再度左NG一次，右NG一次。

我們的進度，就為了這些大問題、小問題，嚴重落後。

所以，當我們決定拍攝第二部的時候，我先飛北京，和周杰溝通。總算，在第二部裡，周杰不再改詞了。不過，我以後，也不敢用「窩心」兩個字了。

將相不和，工作落後

第一部拍攝進度非常緩慢，為了換角，為了演員和導演的彼此適應，每天都只能拍攝一點點。拍到第三個星期，導演組和攝影組為了取鏡的觀念問題，又有歧見，彼此都非常堅持，常常鬧得不歡而散。在電視劇的製作上，導演和攝影是最重要的兩環，這樣重量級的兩個人物不和，使《還珠格格1》真是多災多難。我在臺北，只要接到承德的長途電話，就會心驚膽戰，不知道又發生了什麼事。一會兒是導演叫停，一會兒是攝影師叫停。

帶隊的琇瓊，已經弄得疲如奔命，很嚴重的告訴我，要不然換導演，要不然換攝影師，否則，這部二十四集的戲，可能要拍一年。

我才剛剛從換心如的陰影中走出來，居然要面對換導演和攝影師的問題，這比換角還嚴重！我只好左一個電話，右一個電話，打給導演，希望雙方面盡量溝通。這種越洋電話，常常講得我舌敝唇焦。總算，讓雙方都暫時穩住，繼續勉勉強強的合作下去。

周杰摔馬，雪上加霜

第四個星期，我們的外景隊，要趕在秋天之前，去內蒙拍攝「乾隆狩獵」那場大戲。內蒙的草原，俗稱「壩上」，就是乾隆當年的「木蘭圍場」，我們是用實景拍攝。但是，大隊人馬開拔到內蒙，不是一件小事，準備工作就做了好幾天。到了內蒙，要安排大家的吃住，要調動幾百匹馬，要調動上千位臨時演員，還要給這些臨時演員剃頭梳辮子化裝穿戲服，真是每個鏡頭，都是用錢和血汗堆積而成。

因為動不動就是幾百人和幾百匹馬的鏡頭，只要換一個角度，就要調配好半天，我們的「狩獵」，拍得又是辛苦，又是緩慢。第一天，周杰就從馬背上摔下來，幸好沒有大礙。拍到第三天，卻驚傳周杰第二次摔馬受傷，不能拍戲了。內蒙的醫院太簡陋，我們的工作人員，連夜把周杰送回北京，徹底檢查。

這對我來說，真是青天霹靂。一來擔心周杰的傷勢，二來擔心進度。周杰的臉擦破了，嘴唇也破了，因為害怕「破相」，他的心情當然跌落谷底。我們的導演、製片組、攝影組、其他演員和工作人員，每個人的情緒也都跌落到谷底。

男主角受傷，這部戲要怎麼辦？大隊人馬在內蒙，狩獵的戲還沒拍完，要不要繼續？我一天接到十幾通電話，等我做決定。我一方面要人照顧周杰，一方面和導演研究，只好把周杰的部分，能夠改戲的改戲，能夠用替身的用替身，先把「壩上」的戲拍完，等到周杰恢復，再補拍周杰的鏡頭。

內蒙的戲，就在沒有周杰，非常勉強的情況下拍完了。剩下許多周杰的鏡頭，等著周杰補戲。但是，在北京休養的周杰，是個很情緒化的人，雖然傷口癒合了，卻餘悸猶存，身體和心理，都受到創傷，一直沒有恢復。聽說還要上馬，他就裹足不前，遲遲不肯歸隊。他這一休息，居然休息了二十幾天。

心灰意冷，我毅然叫停

《還珠格格1》拍到這個時候，只能用一個「慘」字來形容。大隊人馬從壩上回到承德，在沒有男主角的情形下，拍得斷斷續續，進度依舊緩慢。這時，導演組和攝影組的戰爭又起，鬧得水火不容。許多演員，也不耐這種進度，怨言四起。有的演員，乾脆離隊，也去「休息」了。

我在臺北，整天被他們嚇來嚇去，已經快要崩潰。鑫濤看看進度，不得不承認，這部戲會拍一年，再拍下去，我們大概會破產。於是，有一天，我問鑫濤，如果這部戲停拍，我們到底要賠多少？賠得起還是賠不起？他說，賠得起。我嘆口氣說：「停止吧！不要拍了，把隊伍撤回臺北，好歹劇本還在，以後重整人馬再拍！」

我和鑫濤，用了好幾天來討論，最後，決定壯士斷腕，停拍！我一個電話打給承德，把這個驚人的決定，告訴了琇瓊和導演。要大家結束工作，盡快回臺北。

我們的這個決定，把遠在承德的外景隊，從渾渾噩噩中驚醒。所有的人都驚動了，誰也沒有料到我會做這樣決定。在大陸一直合作的湖南經濟臺，首先檢討他們的工作人員，有沒有缺失。臺長歐陽常林認為停拍損失太大，力勸我打消停拍的念頭。導演、演員、攝影組和工作人員，都被我的決定嚇住了。

就像小燕子的語言：「蜘蛛死了還會活」（置之死地而後生）。我們的外景隊，看到我停拍的意志堅決，他們反而激起了一股鬥志。導演當晚就和我通了一個很長的電話，安慰我，鼓勵我，要我信任他，他一定克服各種困難，完成這部戲。接著，琇瓊、演員們、經濟臺的工作同仁……紛紛打電話來，表示所有的不順利，到此為止，以後，大家會戮力同心，「化力氣為漿糊」，消除各種成見，完成這部戲。

於是，《還珠格格1》繼續拍下去了。沒多久，周杰也歸位了。導演組和攝影組也講和了，演員也越來越有責任感和默契了。周杰也克服了心理障礙，重新上馬補鏡頭了。這樣，才有了大家喜愛的《還珠格格1》。有了《還珠格格1》，才有接下來的《還珠格格2》！

拍攝第二部，鮮事一大堆

去年五月，我看到《還珠格格1》的轟動情形，感動得不得了。在中視的力邀之下，決定拍攝《還珠格格2》。我是一個急脾氣，想到什麼就會立刻去做。鑫濤更是積極，要我「打鐵趁熱」。拍戲對我來說，最沉重的工作是劇本，我就先去寫劇本，看看後續的情節，是不是可以做下去？這劇本一寫，就寫出了興趣。寫了三集，想想不對，萬一拍攝起來，像第一部那樣狀況不斷，我豈不是「作繭自縛」？於是，我停下劇本，和鑫濤飛北京，去探視我的「還珠家族」。

當時，我們曾經猶豫，是不是要換掉一、兩個主要演員。因為《還珠格格1》大陸演員太多，被新聞局裁定是「大陸戲」，要我們「逐集送審」，帶給我們太多的困擾。誰知，可能換角演出的消息走漏，各種猜測四起，觀眾的反應竟然強烈到讓我招架不住，中視和各個新聞媒體，都收到來信，要求「原班人馬」演出。我的書桌上，更是堆滿了來信，為每個演員請命。既然不能換演員，我必須在寫劇本以前，把演員敲定。

六月初，我在北京首次和我的「還珠家族」見面，我帶去了大批的觀眾來信，大家傳閱著，個個興高采烈（當時，大陸還沒有播出《還珠格格1》，演員們還沒有感受到大陸也瘋狂的熱度）。我在北京停留了一個星期，簽定了重要演員。這樣，我的心定了，回到臺北，就日以繼夜的鑽進編劇工作裡。

大概有了第一部的信心，第二部的劇本，我寫得很順利。許多喜悅的情節，我寫得嘻嘻哈哈，常常自己覺得很好笑，也不知道別人看了好不好笑。我順著我的靈感走，也不管拍攝有沒有困難，越寫越高興。所以，第二部裡，有許多高難度的戲。什麼鸚鵡飛飛飛，蝴蝶飛飛，蜜蜂飛飛飛……都寫進了劇本，拍攝和製作起來，卻比我想像中難了千倍萬倍！

在拍攝上，和第一部的拍拍停停比起來，第二部順利了很多。主要是演員和導演，都有了默契，不像當初那樣格格不入了。演員們也有了信心，知道自己在拍攝什麼樣的戲，比當初敬業多了。再加上分兩組拍攝，孫樹培導演主拍外景，李平導演主拍內景，兩位導演合作無間。這部長達四十八集的第二部，在五個月中如期完成。

但是，那些拍攝過程的艱苦，那些應變能力的考驗，那些意料之外的發生……仍然是層出不窮。我就在這兒，隨便舉例談談吧！

含香引蝴蝶，一秒鐘三萬元

當初，決定加入香妃這個角色，我就想給香妃創造一點新奇的點子。香妃既然「天賦異稟」，生來就有「奇香」，如何用畫面去表現這種「異稟」呢？我靈機一動，何不讓她和蝴蝶一起翩翩起舞？於是，先去打聽「蝴蝶起舞」的製作，有沒有困難？當時，有好幾家動畫公司，都表示只要攝製時有準備，動畫加上蝴蝶不是問題。於是，我也放膽去寫了。寫了童年時的含香引蝴蝶，又寫了長大時的含香引蝴蝶，寫了進宮後的含香，和小燕子、紫薇一起引蝴蝶，又寫了含香臨終，蝴蝶成群飛來告別。寫了蝴蝶還不夠，還寫了小燕子引蝴蝶不成，引來了一群蜜蜂，螫了滿頭包。寫得我不亦樂乎。

戲完全照我要求的拍攝完成了。演員們假裝有蝴蝶，和蝴蝶也玩得不亦樂乎。然後，就是後製的工作了，要在沒有蝴蝶的畫面上，用動畫畫上飛舞的蝴蝶。這時，我們面對問題了，好幾家動畫公司，看了我們的成品，發現要畫那麼多蝴蝶，還要隻隻飛舞，就搖頭不敢承擔。並且，告訴我們，製作的過程非常慢，要先畫蝴蝶，再計算振翅的頻率，再計算蝴蝶的動線，一隻隻畫好了再讓牠們飛舞，然後還要和我們的畫面合成……蜜蜂的製作方法一樣，只是畫起來比較容易而已。我們這麼多場戲，大概要畫幾個月！天啊！幾個月？我們已經奉命四月上檔，哪有幾個月的時間？

這一下，大家都慌了。先想克難的辦法，畫幾隻蝴蝶意思意思算了。等到第一次畫了樣品來，我一看，差點哭了。我說：「這是我們的出品嗎？為什麼國外做得到？我們做不到？如果給觀眾看到的是這樣的效果，未免太辜負我寫劇本的一片心了！」

鑫濤看我真的傷心了，馬上命令交給廣告公司去試試看，並且許下「不計成本」的諾言。結果，為了趕時間，這幾場戲是分別由好幾家公司製作的。你們知道製作費是多少嗎？一秒鐘三萬元！當大家看到蝴蝶繞著含香飛舞，有誰幫我們計算過時間？幾場戲加起來，到底有多久？一秒鐘三萬元！算算我們為了這些蝴蝶，花了多少錢？有時想想，我寫劇本，確實帶點傻氣，不玩花樣，讓演員耍耍嘴皮子，不是最容易拍嗎？

鸚鵡大鬧御花園，飛走了八隻鸚鵡

同樣，也是劇本惹的禍！我居然寫了一場「鸚鵡大鬧御花園」的戲。

寫劇本的時候，我就知道這場戲不大容易拍攝。所以，我在劇本上加了一行注解：「如果拍攝有困難，請簡化拍攝」。誰知，導演孫樹培，是絕對不會「簡化」的人，也是不肯「認輸」的人。他不但要拍鸚鵡，還要拍攝鸚鵡飛起來的時候，小燕子、永琪、爾康也同時飛起來抓鸚鵡，要帶到鸚鵡也帶到人。這一下麻煩了。鸚鵡不是演員，鸚鵡聽不懂人話，鸚鵡不能NG，最糟糕的，是鸚鵡有翅膀！

負責道具的工作人員，準備了三隻鸚鵡，以為一定夠用了。誰知，這些鸚鵡只要卸下腳環，撲撲翅膀，就飛向自由了。導演面對過各種不聽話的演員，有時，大聲一吼，可以威震八方。這次，全部派不上用場。不止導演被這幾隻鸚鵡弄得疲如奔命，攝影師更是可憐，上樹上房，爬高爬低，好不容易鏡頭對準了我們那位「超級大牌」，呼吸都不敢大聲，剛剛按下快門，鸚鵡卻噗喇喇一聲飛了。至於演員們，為了配合這位超級大牌，更是苦不堪言。第一天，沒有拍到幾個鏡頭，三隻鸚鵡全飛走了。

這場戲足足拍了五天。一共飛走了八隻鸚鵡。最後，導演在鸚鵡腳上綁了繩子，這樣才不至於拍一隻飛一隻。但是，戲裡卻不允許看到繩子。今天，大家看到「鸚鵡大鬧御花園」，不過是十來分鐘的戲。有誰研究過，這場戲到底是怎樣完成的？

狼狗追蒙丹，場面大失控

動物演員，實在不好惹！

在《還珠格格2》第五集中，有一場蒙丹和含香在沙漠裡私奔，駱駝罷工，賴地不走，阿里和卓卻帶了狼狗，來追捕兩人的戲。

這場戲在北京近郊的「天漠」拍攝，「天漠」距離北京有兩個多小時的車程，所以，外景隊在凌晨四點鐘就出發了。當地是一片真實的沙漠，風大沙大，拍起來十分艱苦。

拍戲那天，又是駱駝，又是臨時演員，又是狼狗，真是熱鬧極了，工程浩大。導演知道狼狗不好拍，僱用了狼狗的主人，拉著狼狗，充當臨時演員和替身。這場戲又要打，又要逃，又要追，又要滾……無論是演員還是工作人員，都被折騰得很慘，最慘的還是「狗咬蒙丹」那個鏡頭。

為了怕出狀況，狗主人自告奮勇，充當蒙丹的替身。導演要拍一個狗撲上去，咬住蒙丹手臂的特寫。這種戲也無法排演，只能搶拍，拍到幾分就幾分。攝影師架好了機器，導演一聲「五、四、三、二、一！」替身開始跑，成群的狼狗就放開了鍊子，狂吠著往前衝去。

攝影師把握機會，趕緊攝影，只見一群完全不受控制的狗，飛奔四竄。說時遲，那時快，攝影師眼前一黑，什麼都看不見了。原來有一隻狼狗，撲向攝影機，張開大口，一口咬住了我們那全新的、名貴的攝影鏡頭！天哪！攝影師驚得目瞪口呆，想也來不及想，就全力和狼狗搶機器。所有工作人員喊的喊，叫的叫，亂成一團。就在這驚險時刻，另一邊傳來一聲慘叫，大家再一看，原來飾演蒙丹替身的那位狗主人，竟然真的被他的狗兒咬住了手腕，還咬得鮮血淋漓！這麼逼真的畫面，我們居然沒有拍到，因為，我們的攝影機在狗嘴裡！

別提那天有多麼狼狽了。

一天折騰下來，沒有拍到幾個鏡頭，替身受傷了。飾演蒙丹的牟鳳彬，也被地上的沙子磨破了手指甲，血流不止。攝影機不止被狗咬傷了，還進了沙子。所有的工作人員和演員，在風大沙大的「天漠」追追喊喊，個個筋疲力竭。他們說，都是我那首歌寫得不好，什麼「你是風兒我是沙」，他們個個都成了「你是風兒我是沙」！

這一場戲，我們也拍了好幾天才完成。至於受傷的機器，至今沒有修復。

偉大的道具師，居然發明「墨汁雞」

談完了蝴蝶、蜜蜂、鸚鵡、狼狗，我要談談我們戲裡一個最特別的動物演員——墨汁雞。在劇本中，有一段戲，是小燕子在流亡生涯中，苦中作樂，和五阿哥去看鬥雞。小燕子不止鬥了雞，賭了錢，打了架，還買下一隻鬥雞，帶回客棧，準備帶著這隻鬥雞一起逃難。坦白說，寫這段戲的時候，我並不知道鬥雞長得什麼樣。我們的工作人員，居然沒有一個人知道鬥雞的長相。在大陸，只有河南，目前還有鬥雞。所以，我們必須透過鬥雞學會，路遠迢迢的把真的鬥雞和鬥雞主人請到北京來，拍攝這場鬥雞的戲。因為公文往返，交涉費時，鬥雞遲遲不來。大家就決定先拍小燕子帶著鬥雞回客棧的戲。我們拍戲的時候，是跳著拍攝的。也就是說，許多後面的戲，可能先拍，前面的戲，可能後拍，完全看怎麼方便怎麼做。

這時候，問題來了。我的劇本中，寫的是一隻「黑色鬥雞」，小燕子給牠取名字叫「黑毛」。導演就叫道具師去準備一隻「黑色的公雞」。誰知，北京的養雞場，迷信養黑雞不吉利，道具師找遍了北京近郊，就是找不到一隻黑色的公雞。找了好幾天，黑雞還沒有影子，戲已經非拍不可了。導演對道具師說：「一隻黑色公雞都找不到，你還算道具師嗎？」

那位道具師沒辦法了，就想起拍第一部的時候，曾經把松鼠的尾巴毛剃掉，染成黑色，充當老鼠。現在，不妨故技重施。於是，抓來一隻白色大公雞，要給牠染色。誰知，雞的羽毛很難著色，染來染去染不上。這位道具也真天才，竟然找來幾瓶墨汁，把這隻白雞硬給染成「墨汁雞」！

第二天，大家趕進度，道具抱來「墨汁雞」。但見那隻雞「不灰不黑也不白」，模樣兒實在「夠奇夠怪也夠鮮」。但是，進度已經落後，不能再為一隻雞耽誤時間了，導演就下令照拍！於是，小燕子抱著「墨汁雞」說說笑笑，「墨汁雞」又搧翅膀又伸脖子，還挺搶鏡頭。只是，翅膀一張，翅膀下染色不勻，原形畢露！

等到真的鬥雞一來，大家全傻眼了。原來鬥雞黑得油亮，雞冠是從小就剪掉了的，和普通公雞長相完全不同，更遑論和那隻「墨汁雞」的差別了。但是，戲已經拍了，也沒時間重拍。

等到我看到這隻偉大的「墨汁雞」時，已經是剪接到鬥雞這場戲的時候了。我一看到這隻「奇特」的「墨汁雞」，差點沒有昏倒。天啊，這怎麼連戲？我的第一個念頭是，把「墨汁雞」的鏡頭全部剪掉！但是，剪來剪去，都會傷戲，偏偏這隻雞還要連戲，晚上，還在小燕子床上踱方步。最後，我只好妥協了，保存了若干剪不掉的鏡頭。

所以，觀眾們如果看到了這隻不連戲的「墨汁雞」，請原諒！這都是我編劇的錯，為什麼要寫「黑雞」？為什麼不寫「白雞」？我怎麼也想不到，蝴蝶可以拍，蜜蜂可以拍，鸚鵡可以拍，狼狗可以拍……卻奈何不了一隻黑雞！

小燕子偷柿子，一個柿子值多少

在我的劇本裡，為小燕子設計了兩場「柿子林」的戲。我想，觀眾們一定還記得，在第一部裡的小燕子，本來是個混江湖的「女飛賊」，出場就是半夜上房，要偷梁府的新娘家，結果救了新娘。接著就大鬧婚禮，偷空了新房裡的細軟。在寫第二部的時候，我覺得小燕子這個人物，應該要維持她原有的個性，不能改變太多，如果她不再是「小燕子」，變成一個知書達禮的「格格」，這部戲劇就會原味盡失。可是，小燕子經過了宮中一年的調教，經過皇阿瑪和五阿哥的薰陶，她的江湖氣，也應該收斂不少。所以，直到她重回江湖之後，她才發表「小小的偷，不算偷」的高見。第一次，為了醫治自己和含香的「離愁」，去柿子林偷柿子。第二次，為了和永琪「嘔氣」，知道永琪不喜歡她偷柿子，而故意偷柿子。兩次偷柿子，都發生很離譜的狀況。一次被狗追，摔進了河裡。一次被柿子林裡的孤兒寡婦，哭得呼天搶地，鬧得手忙腳亂。

寫這兩場戲以前，我先要確定北京近郊有沒有柿子林？等到確定有柿子林以後，又要確定柿子的成熟季節，能不能趕上我們拍戲的時候？結果，答案都是肯定的。於是，我就大膽的寫了「柿子林」。

我們的外景隊，九月十五日在北京開鏡，必須在冬天來臨之前，先把一些外景搶掉。尤其是御花園的戲，如果花不開，樹不綠，柳條兒不再飄呀飄……御花園的感覺就會不對。再加上香妃入宮，蒙丹劫美的戲，也需要先拍。一時之間，大家忙著搶拍必須先拍的戲，顧不得「柿子林」。我在臺灣，想想不對，萬一柿子沒有了，怎麼辦？於是，每天打長途電話到北京，提醒大家：「別忘了還要拍柿子林」！

導演第一次去柿子林勘景，見到柿子都是綠的，就交待道具師和置景師，等柿子紅了再拍。誰知，柿子是要在綠色的時候採下來，再慢慢放著，等它變紅，這樣才好吃，不能等到紅了才採收。所以，農人們才不管我們要「紅柿子」拍戲，到了時候，就把柿子採收一空。我們預定的柿子林，等到我們要拍戲的時候，居然一個柿子都沒有了！

這下道具慌了，趕快再找柿子林，好不容易，找到一個柿子晚熟的柿子林，柿子還沒有採收，道具趕緊和導演商量，就拍「綠柿子」吧！導演立即反對，那怎麼行？綠色的柿子，在樹上看都看不出來，怎麼拍？執意要拍「紅柿子」。道具就和柿子林的主人商量，請他不要採收，柿子林的主人說：「那我留兩棵柿子樹不採好了。」導演聽了，又說：「那怎麼行？總要一片柿子林才好看！」

北京的外景隊，趕快打電話給我，問我能不能和導演溝通一下？就用「綠柿子」將就將就。我想了想，問：「如果我們把那整片柿子林包下來，要多少錢？」

結果，我們包下了那片柿子林的所有果實，主人算多少就是多少。硬是等到柿子紅了，這才去拍那兩場柿子林的戲。據說，當初張藝謀拍攝電影《紅高粱》，種了一年的高粱才拍攝。我們拍攝電視劇，為了兩場戲，包下一片柿子林，也算「大手筆」了。不過，後來我看到「墨汁雞」之後，這才驚覺，這筆錢用得真是值得！想想，萬一柿子都沒有了，我們那偉大的道具師，說不定會「製造出」一種「染色柿子」來，那可就啼笑皆非了。好險！

油漆桶當頭潑下，演員全部跑光光

不知道大家還記得不記得？在《還珠格格2》第一集裡，有一場大家在會賓樓幫柳青裝璜，小燕子提著油漆桶「耍帥」，從架子上跳下地，不料油漆桶翻落，大家全都「有福同享，有難同當，有油漆同髒」的戲？

這場戲拍攝的時候，所有的演員，都對那桶油漆「視為畏途」。我們戲裡的阿哥格格們都知道，這桶油漆如果真的淋得一頭一臉，那可是一種災難。於是，在拍攝以前，幾個人就私下研究，如何能讓「傷害減到最低程度」？周杰對心如說：「到時候，我只要看到油漆桶一翻，拉著妳就跑，地上的油漆很滑，真摔一跤就慘了！」五阿哥和柳青，聽到爾康這樣說，看看嬌弱的柳紅和金瑣，立刻「有志一同」，準備「英雄救美」。幾個人都有了默契，大家就虎視眈眈的看著那桶油漆。

導演不知道幾個演員，已經「嚴陣以待」、「胸有成竹」。油漆桶準備翻落的同時，導演開始喊：「五、四、三、二……」接著，油漆桶翻落，油漆漂亮的「從天飛灑」。然後，導演只覺得眼前一花，油漆桶翻得確實漂亮，但是下面的演員，像閃電一樣全部不見了。

原來，我們這些演員，練了一年的工夫，也有一些心得了，「閃」得還真快，全部「身手敏捷」「行動如飛」（這一會兒，也不需要替身了）。攝影師倒帶一看，螢幕上哪兒有演員，只拍到一桶油漆空灑的鏡頭。導演大罵說：「你們也跑得太快了吧？都是兔子嗎？重來！」幾個演員，你看我，我看你，又是笑，又是怕。

再拍一次，大家仍然默契十足，只要油漆一灑，又個個都不見了！當然，只好再NG！但是，大家對油漆的恐懼，實在嚴重，每拍一次，都本能的逃開。拍了好多次都沒OK，導演忍無可忍，和化裝師低聲嘀咕，只見化裝師走上前來，拿了幾瓶顏料，對著那這一群愛漂亮的演員，一陣沒頭沒臉的噴灑，大家還來不及反應，已經是「有油漆同髒」了。

大家拿著鏡子一看，又嘆氣，又搖頭，真是人算不如導演算，在劫難逃，個個都成了「五彩大花貓」！

清朝街道不好找，招牌處處穿幫

每次拍攝民初或是古裝戲，所有的編劇，都會奉命少寫街道。因為，現在這個時代，要找一條復古的街道，真是千難萬難。以前，在大陸，還有一些古意盎然的街道可用。但是，這幾年，已是大廈林立，霓虹燈滿街閃爍。就算小鄉小鎮，屋頂上也聳立著天線，街頭的電線桿、街燈、招牌……處處會穿幫。所以，一般製作人，碰到街道景，就找一塊空地，隨便搭上幾個攤販，拍大特寫，再放很多煙，管它合理不合理，遮醜避穿幫為第一要件。

《還珠格格2》裡，街道的戲特別多。斬格格、香妃進京、會賓樓前、馬車出入、隨時都有街道。等到格格阿哥們浪跡天涯時，一會兒在街上鬥雞，一會兒在街頭救小鴿子，一會兒在街上賣藝，一會兒參加聚賢大會……街道景，不可避免的左一場，右一場，這可把我們的道具師和置景師忙慘了。

《還珠格格2》的外景，有一部分，是在北京城外的昌平縣拍攝。昌平縣有一群古建叫「老北京」，是當地政府依照舊時北京城的景觀，搭建出來吸引遊客的地方。有舊時的建築，有樓臺亭閣，有街道，有部分的商店景觀。這個地方的原始構想很好，但是，昌平距離北京太遠，北京城裡，真實的名勝古蹟又太多，誰會捨棄真北京，而來遊覽假北京呢？這個「老北京」因此遊客不多，生意蕭條。我們的外景隊，發現這個地方，不禁大喜，正好租下來拍戲（後來《還珠格格1》在大陸紅了，學生和影迷聽說我們在這兒拍戲，全部湧到現場爭睹，『老北京』賣門票，居然收到從建造以來，最高的收入）。

我們的街道景，有的就利用「老北京」的街道，改改招牌，加些攤販，湊合著拍攝。有的只好去借北影場，或其他影視基地的街道來用。北京附近，能夠利用的街道景，全都給我們拍完了，就算這樣，仍然不夠用。所以，常有一景兩用的時候。到這種時候，置景和道具的責任就很重，要把「街道甲」成功的變成「街道乙」。這兩條街道，還常常分別在兩個城市裡。

「老北京」這個地方，基本上是依照「民初北京」建造的，不是「清朝北京」。因此，在建築的牆上，常常有各式各樣的大字，什麼「萬金油」「蝴蝶霜」「花露水」……應有盡有。我們拍戲時，想避掉這些招牌，實在難上加難。

我在臺北，只能憑劇照或是剪接出來的帶子，來瞭解拍戲的情形。每當發現有問題時，戲早已拍過了，挽救都來不及。有天，我看到一張劇照，是永琪和小燕子簫劍等人在街頭賣藝，被李大人發現蹤跡那一場。我看到劇照中，個個演出精彩，但是，看來看去就有一些不對勁。再仔細一看，永琪身後，赫然有塊直立的布招牌，迎風飄飛，上面寫著斗大的三個字：「照相館」。

乾隆時期有照相館？我快要昏了，趕快打電話到北京，問怎麼可能發生這樣的事？導演愣然的說：

「那個招牌上面寫了『照相館』啊？我沒注意！本來，那兒有一個招牌，寫著花露水還是什麼的，我說穿幫了！讓場務找個招牌來擋一擋，他就搬了這塊招牌來。我急著拍戲，沒有細看，真的是『照相館』嗎？」

哎呀，這真是從何說起？這塊招牌居然是為了「掩飾穿幫」而搬來，再「造成穿幫」的？我聽了，真是哭笑不得。這場戲又有武打，又有臨時演員，又有替身，拍了兩天才拍完。現場這麼多人，沒有人發現穿幫，還要我在臺北的人來發現，這不是「天下奇聞」嗎？但是，錯誤已經造成，怎麼辦呢？導演說，如果有時間就重拍，如果不能重拍，只好利用剪接來彌補。後來，我們為了要趕在過年前，讓離鄉背井的大夥兒回家過年，畢竟沒有時間補拍這場戲。於是，我們剪接時，大費工夫，一個鏡頭一個鏡頭的修剪，修到只有隱隱約約的鏡頭。當然，由於這個疏忽，修修剪剪，這場戲難免比原先的設計，大打折扣。

同樣也是招牌惹的禍，我發現道具幾乎在每條街上，都掛上一個布製的招牌，上面寫著「萃華閣」三個字。在北京有「萃華閣」，在洛陽有「萃華閣」，到了小鎮，有「萃華閣」，到了南陽，還有「萃華閣」。為了這個「萃華閣」，我們也是修修剪剪，到處補洞。即使如此，仍然有修不掉的地方，我只好嘆氣說：「萃華閣是乾隆時期的7-11，到處有分店！」

在會賓樓前，有好幾條大道。當會賓樓重新開張，在「火炬舞」中，乾隆帶著福倫，駕著馬車前來參加。馬車在夜色中，在火炬舞的騰歡中來到，乾隆步下馬車，驚喜的看著這一切。這個馬車駛到會賓樓前的整組鏡頭，都被我們剪掉了，只保留了乾隆下馬車的特寫，因為，馬車後面的牆上，有三個大字，寫著「銀行牌」。

拍戲，每個工作人員都很重要，只要有一個人出錯，就會造成很大的遺憾。但是，想要人人不出錯，實在是難啊難！

拍攝格格大婚，李導演暈倒片場

《還珠格格2》分為兩組拍攝，演員非常辛苦，兩位導演也「勞苦功高」。李平導演，是個「苦幹型」，寵演員也寵工作人員，自己卻經常「咬緊牙關，任勞任怨」。我們拍到十二月底，天氣變得非常寒冷，北京流行性感冒盛行，我們的演員和工作人員，一個個被傳染，現場這個咳嗽，那個發燒。每天晚上收工，醫生穿梭在每個房間，給大家看病，總有一半的人需要打點滴，第二天再抱病拍戲。那種情況，真是淒慘。有時，我想到一部戲是這樣完成的，就會滿心不忍，甚至沒有勇氣再從事這一行。

我們的演員裡，蘇有朋、林心如、周杰、陸詩雨……都先後病倒，心如咳到痰中帶血，依舊抱病拍戲。周杰燒到三十九度，仍然演出「舅公舅婆做偽證」那場重頭戲。有朋咳嗽咳了一個月才好。陸詩雨發燒那天，正好我去探班，他裹了一身好厚的衣服，發了一身的汗。我開玩笑說：「你好好保護自己，不可以生病，因為我奉導演之命，如果有演員體力不支，不能停工，只能刪戲。」陸詩雨聽了急忙點頭，一疊連聲的說：「我已經好了，以後不敢生病，絕對不敢生病！千萬別刪我的戲！」（我覺得我好殘忍哦！）

演員們生病之外，兩位導演，也不能倖免。孫樹培導演首先病倒，住進醫院。李導演見孫導演倒了，一人挑起導演工作，奮不顧身。誰都不知道，李導演那時已經在發燒，卻咬牙不說。有天，我打長途電話給李導演，問他身體好不好？他才輕描淡寫的說：「沒事！每天早上發燒，好在只有三十八度。這兒感冒藥應有盡有，吃它一大把，就壓下去了！」我覺得不對，要他休息兩天，他馬上說了幾百個「不」，堅決的說：「我沒事，沒事，沒事……」又說了幾百個「沒事」。

然後，我們開始拍漱芳齋裡，兩位格格大婚那場「大戲」。那場戲幾乎是「演員全部到齊」，院子裡，又是花轎，又是吹鼓手，大廳裡，除了主要演員外，還有許多宮女太監和臨時演員，場面非常熱鬧。

這場戲事先籌備了很久，因為動員的演員太多，都希望能夠盡快拍完。那天，漱芳齋裡紅燭高燒，燈火通明，擠了一屋子的人，再加上打光，室內的空氣很不好。幾萬瓦燈光一照，李導演就臉色蒼白，滿頭冷汗。他依舊咬牙撐著，繼續拍戲。拍著拍著，大家就聽到砰然一聲，李導演直挺挺的暈倒在地。這一下，大家才知道他病得不輕。

李導演送進了醫院，我在臺北，立即得到消息，真是憂心如焚，急忙打電話到醫院去問情況。一位工作人員接了我的電話，說是李導演剛剛醒來，我在電話裡，就聽到李導演在那兒氣極敗壞的交待：「我跟你們講，燈光不要撤，演員不要散，請大家等我兩小時，我打完點滴就沒事了，今天還要拍下去！」

天啊！演戲的是瘋子，導戲的也是瘋子！

當然，那天，我們沒有讓李導演「拍下去」，還是把燈光演員都撤了。可是，第二天一早，李導演就不顧一切的「逃出醫院」，堅持抱病導完了那場戲。如今，大家看到兩位格格苦盡甘來，風風光光上花轎，皆大歡喜。有誰知道，幕後的種種辛勞呢？

我偏愛的幾場戲

《還珠格格2》在臺灣已經播完了，在大陸才剛剛開始播放。大陸地大人多，一個地區一個地區輪流播放，大概還要幾個月才能輪完。有時，想到大陸有十三億的人口，看電視的人口大概有幾億，真是驚人。想著想著，就會讓我惶恐起來。因為，對編劇的我來說，連續劇推出時好像在面對考試，希望得到大家的認同。但是，我一個腦袋裡裝的思想，如何去滿足幾億個不同的腦袋？何況，大家生長的環境不同，思想不同，觀念也會不同。例如，臺灣的觀眾，對於爾康和紫薇那個「世紀之吻」念之盼之，津津樂道。北京的觀眾卻反應說：「清朝的人，會有那麼親熱的舉動嗎？」這種反應，實在讓我愕然。

其實，《還珠格格2》裡，有好多場戲，是我自己非常喜歡的，寫下來和大家談談，不知道大家是不是也喜歡？

小燕子的「如人飲水」論

小燕子在《還珠格格2》裡，有種種狀況，大禍小禍闖了一堆，這些，都不難寫，難寫的是一些「文戲」。

小燕子作文章，這種「點子」，基本上就很「大膽」，我猶豫了好久要不要寫。只要寫得不好，就會「沉悶」。試看所有的連續劇，幾部戲裡，敢用「作文章」這種點子？可是，我就逃不開寫這場戲的「誘惑」，覺得它應該很好玩。那篇「喝水」論，害我想破了腦袋。它不靠動作取勝，不靠劇情的張力，純粹是文字的趣味。寫的時候，必須考慮到小燕子的個性和程度，還要為後面的戲做呼應。我寫了這篇「喝水論」，雖然句句都是廢話，也句句都是至理名言，寫完這場戲，我還拚命問看過劇本的人：「好笑不好笑？好笑不好笑？」

直到看到拍攝好的帶子，我才對這場戲有了把握。看到小燕子清清嗓子，一本正經的唸出：「人都要喝水，早上要喝水，下午要喝水，晚上要喝水……」我就笑了。到了小燕子把「冷暖自知」聽成「冷了蜘蛛」，乾隆舉起手來說：「冷了蜘蛛，還燙了蜻蜓呢？朕打妳一百大板！」乾隆那誇張的表情和動作，讓我又笑了（只怕我自己覺得好笑，觀眾覺得不好笑，那就是我『自我陶醉』了）。

皮膚受罪

小燕子學香妃，被蜜蜂叮得滿頭包。那場被蜜蜂螫的戲還好，回到漱芳齋，埋怨這個，埋怨那個，怪罪永琪不該說「皮膚無罪」（匹夫無罪），害得她「皮膚受罪，皮膚好痛，皮膚有包！」

如果妳是小燕子，發生了這樣意料之外的事，一來是委屈，二來是撒嬌，三來是「痛」，妳會不會怪東怪西，遷怒於人？我想一定會。就在這種分析下，我寫了這場戲。趙薇演得真好，把這些感覺都演出來了。等到乾隆來了，小燕子要躲卻躲不了，拉開蒙臉的衣服，露出滿頭包，乾隆發現這個「東施效顰」的結果，驚愕之下，大笑不已。這場戲，也是我深愛的，看到剪接好的片子，我就跟著乾隆笑不停。

小燕子拍馬屁

紫薇失明，小燕子弄丟了紫薇，一心贖罪，聽簫劍說，馬尾可以做琴弦，立刻跑到馬房去和馬兒商量，要跟馬兒要幾根毛。於是，她又「拍馬屁」，又「摸馬頭」，對那匹馬兒說了一車子好話，還唸唸有詞的唸著：「馬兒好，馬兒妙，馬兒呱呱叫，給我幾根毛，做個好寶寶！」然後一掀馬尾，一根毛也沒有拔到，卻給馬兒踹了一腳，踢翻在地。不服輸的小燕子，開始倒騎著馬，千方百計要拔馬尾……這場戲，也是我自己很喜歡的，因為這種點子，別的戲肯定沒有拍過。小燕子有「小聰明」，卻沒有「大頭腦」的個性，也在這場戲裡交待得很清楚。我常說，小燕子這個人物，是我的挑戰，她那「不會拐彎的思想模式」，也是我最大的挑戰。

小燕子掉斧頭

和前面一場類似，小燕子和永琪吵架講和，一定也是「與眾不同」的。小燕子生氣以後，就想「用體力」，這是她的本能。所以，才會在皇阿瑪要她「化戾氣為祥和」時，她會大驚的反彈：「我如果『化力氣為漿糊』，我就昇天了！」小燕子說這種話，我不止想表示她對成語的曲解，更想寫出她的個性。這次，和永琪鬧了彆扭，不能打架，不能採柿子，那麼，只好揹著斧頭上山砍柴去。她的思想模式，不是胡鬧，而是「見了山就上，見了柴就砍」，把體力消耗掉，把「氣」也消耗掉，是一種「消氣」的辦法。

但是，爾康、紫薇和永琪不能讓她這麼「任性」，勸的勸，拉的拉。於是，有了第一次掉斧頭，砸到永琪的腳，小燕子一慌，忘了生氣，撲過去問東問西。等到永琪抱住她，她又「矯情」起來，但是，看到永琪手腕流血，她再也忍不住了，丟下斧頭衝過去，這才有第二次掉斧頭，砸了自己的情節。這場戲，在兩次掉斧頭的笑鬧中，寫一對「歡喜冤家」的「真情流露」，我覺得比只用對白來「講和」，更有趣味性。

看戲很容易，但是，對編劇來，「點點滴滴」，都是千思萬想才能寫出來的，實在不是「很容易」。

乾隆親赴南陽接兒女，大家落淚

除了好笑的戲以外，我對《還珠格格2》裡的一些感情戲，都曾花過很多心思，去細細的寫。像是爾康在紫薇病床前的深情細訴。紫薇失明，爾康瘋狂點蠟燭。小燕子把紫薇弄丟了，爾康的痛不欲生。紫薇找回來之後，小燕子的歉意，紫薇的寬容，和大家的講和。但是，其中我自己最喜歡的一場，卻是乾隆親自到南陽，要把幾個兒女接回家的那場戲。

那場戲，完全靠對白來「動之以情」。乾隆是皇帝，無論心裡多麼柔軟，身段氣度，還是皇帝。幾個小輩，在乾隆說心情，拿點心……之後，個個感動得無以復加，小燕子和紫薇，更是哭得唏哩嘩啦。乾隆在這場戲裡，說了很多話，其中一段，是這樣說的：「漱芳齋裡面，火爐準備好了，棉襖準備好了，厚厚的棉被都準備好了，明月、彩霞、小鄧子、小卓子都在等你們……還有那隻鸚鵡，整天在窗戶下面喊：格格吉祥，格格吉祥！」乾隆這段話一說，幾個孩子，就全部崩潰了。

當初，「鸚鵡大鬧御花園」的伏筆，到這時才派上用場。如果乾隆不是常常去漱芳齋追念幾個孩子，不是常常對著鸚鵡思前想後，這番話是說不出來的。

晴兒和簫劍

晴兒和簫劍這兩個人物，確實是我很用心塑造的。宮裡的晴兒，宮外的簫劍，兩個不可能見面，也不可能有故事的人物。一個在宮裡，成為紫薇、小燕子、永琪、爾康的「貴人」；一個在宮外，成為大家的「生死之交」。晴兒的「外表清冷孤傲，內在熱血奔騰」，簫劍的智勇雙全，熱情瀟灑，兩人的心靈世界，是非常接近的。但是，兩人的生存世界，是非常遙遠的。在沒有交集中，我分別寫出兩人的特質。卻在最後的婚禮中，讓兩人有了相遇的機會，留下許多未完的、隱藏的故事，讓觀眾去遐想。

當臺灣播完《還珠格格2》之後，我接到一大堆觀眾的來信，都殷殷詢問：

「阿姨，到底簫劍和晴兒怎樣了？請妳快告訴我們吧！那麼好的簫劍，那麼好的晴兒，只在婚禮上見了一面，我們看不夠啊！」

看不夠，留點想像空間，不是也很好嗎？每個觀眾，都可以在心裡，為他們繼續編寫故事。

編劇，是一件很難很難的工作，尤其是這麼長的一部戲。我承認許多地方力不從心，總覺得寫得不好。我從事編劇以來，早就體會到一件事，戲劇不能太「寫實」。**真實的人生，實在乏善可陳。日子是千篇一律的，不斷的重覆、重覆、重覆。白天過了是黑夜，黑夜過了又是白天。春、夏、秋、冬，不斷的替代。連人類的感情，也是重覆的，親情、愛情、友**

情。每個人面對的問題，都是重覆的。學生重覆的上課下課，重覆的面對考試升學的壓力。進了社會，重覆的上班、下班、拚業績、回家。連吃飯、上廁所、睡覺都是重覆的。至於生、老、病、死這種大事，也是重覆的。在這麼重覆的生命裡，想寫一點「不一樣」的東西，有時，是一種「能力」以外的事。就像人類不能像鳥類那樣飛，不能像魚類那樣游。超過了「能力範圍」，你就只有「做不到」。《還珠格格》雖然讓我絞盡腦汁，仍然逃不出人類重覆的「喜怒哀樂」。至於我因為「做不到」而沒有「做好」的部分，請大家原諒。

❖

我特別把這篇《點點滴滴話還珠》收錄到《我的故事》裡，因為只要看了這篇文章，就瞭解我的電視劇生涯。鑫濤在二〇〇四年出版過一本他的自傳，在那本書裡，他對於我拍戲時的求好心切，有這麼一段描寫：

> 寫作，由她自己控制，可以盡量做到完美，拍戲就不同了！導演、演員、工作人員都會影響品質，不是瓊瑤所能把握，她就全程掌握拍攝過程的各種細節，從毛片、初剪、配音、配字幕，瑣瑣碎碎，她都不厭其煩的把缺點調整到最低，一部電視劇所花的心力，比她自己寫小說多過十倍，百倍。

這就是我在電視劇時代的工作情形。由鑫濤筆下寫來，看得更加清楚。當然，我的電視不止《還珠格格》，我後來又拍攝了《情深深，雨濛濛》《又見一簾幽夢》……直到二〇一三年的《花非花霧非霧》為止，我一共拍攝了二十五部電視劇，真是不可思議的工作量！

二十八、滄海桑田，物換星移

現在，是二〇一八年二月，距離《我的故事》初版完稿，已經二十九年，在這二十九年中，我的生活，忙忙碌碌，風風雨雨，到了晚年，還面對了一場「生與死」的大風暴。為了讓這本書完整，我必須把這本書裡的人物，都交待一下。

一九九一年，小慶和他的同班同學何琇瓊結婚了。這是一場愛情長跑，他們是輔仁大學大眾傳播系班對，大一時兩人還只是同學關係，大二就進入了戀愛階段，結婚時兩人已經交往十年了。琇瓊的父母都是很有學問和愛心的人，有六個子女，琇瓊是最小的一個。我常常說，琇瓊是何家的掌上明珠，居然被我兒子追到，所以，我總是喊她「何珠」。當他們大學還沒畢業，因為「怡人」和「可人」的成立，他們兩個，就常常到傳播公司來幫忙了。因此，我早期的電視劇裡，經常可以看到小慶和何珠，在裡面充當各種「臨時演員」。有一次，導演找不到臨時演員，居然讓小慶去客串一位神父，小慶天生娃娃臉，如此年輕的「神父」，怎麼看怎麼不像，讓我看到就大笑不已，簡直是「喜劇效果」。至於何珠，丫頭、女學生、女工……什麼都客串過。

一九九二年，我的孫女兒可柔就報到了！可柔的來到，帶給我非常巨大的欣喜。四年後，第二個孫女兒可嘉也報到了！我們一家六口，終於到齊。因為孩子們都跟著我姓陳，有時，我覺得鑫濤不是平家人，而是陳家人。他也寵愛兩個孫女，寵得無以復加。連他的個性，也被我同化。因為小慶和何珠，常常帶隊去大陸拍戲，兩個孫女，就跟著我們長大。我忙著寫作編劇，還要隔海監督拍戲，應付隨時要改劇本的種種問題。鑫濤會帶著她們去逛玩具反斗城（大型玩具店），每次都帶回滿車子的玩具。我抗議可柔可嘉太浪費，可柔才說：

「不是我們要買的，都是爺爺買的！」

保姆在一邊頻頻點頭作證。鑫濤就帶著一臉笑，振振有詞的說：

「去反斗城，不買玩具要做什麼？」

怎能想到，在我補充這本書的今天，當初那兩個黃毛丫頭，現在一個已經從倫敦留學歸來，開始工作了！另外一個，瘋狂的愛上了貓，也愛上了畫貓，取了個筆名「貓瘋子」，她的第一本繪本，也即將出版了！

❖

慶筠和我離婚以後，沒有幾年，就再度結婚了。聽說婚姻很幸福，生了兩個兒子。還聽說，他不再賭博，也放棄了寫作。我不得不相信，婚姻一定要碰到對的人，才會走上對的路。慶筠婚前，偶而還會來我家，帶小慶出門玩，那時小慶也不過四、五歲。等到他婚後，就再也沒有出現。這樣，日昇日落，年復一年，大家都各自過著自己的新生活。

小慶婚後，有一天出門，晚上回家後對我說：「我今天去醫院陪了我爸！」

「你爸？」我問，一時間都不知道他在說誰，鑫濤不是整天在家嗎？後來才知道是慶筠。原來，慶筠出了車禍，在醫院裡忽然想起這個從小就沒有接近的兒子，打了個電話到怡人傳播公司，找到了我兒子。小慶聽說他車禍在住院，二話不說，就直奔醫院，甚至沒有告訴我。到了醫院，才發現傷勢不重，他的妻子要上班，兒子要上課，沒人陪他。小慶就坐在床前，陪他聊天，照顧了他一會兒。那時，我這本《我的故事》（注：一九八九年版）已經出版，他也看過了。當兒子離開醫院時，他笑著對我兒子說：「告訴你媽，她在後記裡有一段寫錯了，他說我放棄了寫作，我沒有！現在我真的退休了，可以好好開始寫作了！」

我愕然的聽著，然後笑了。慶筠還是慶筠，到了老年，還在想他那部未開始的作品！

❖

鑫濤的前妻，不知何時開始學畫，等到我和鑫濤結婚後，她也嫁給了這位教她畫畫的藝術家。這應該是另一場「師生戀」吧！總之，她有了很好的歸宿，我和鑫濤，都非常代她慶幸。人，總會犯錯，我一直認為，鑫濤愛上我，追求我長達十六年，是他的過錯，我沒逃掉，是我的過錯。可是，我也很不解，**人，為什麼有離婚制度？不就是要挽救那些在婚姻上犯錯的人嗎？如果嫁錯了，還要錯一生嗎？娶錯了，也要錯一生嗎？錯誤的婚姻不能糾正**

嗎？離婚有時是喜劇而不是悲劇。勉強維持一個沒有愛的婚姻才是悲劇！當鑫濤前妻再婚，而且嫁給她的老師，我才驚覺，我的「命運論」是存在的，一切可能上蒼老早就安排好了，才讓我當初「退無可退」！我還記得母親痛罵鑫濤的那晚，還記得鑫濤在停車場拉住我，說的那句話：

「時間會證明一切！我會用我的一生，來證明我對妳的愛！相信我！」

時間，是的，時間才是關鍵。他確實用他的一生，來證實了他的愛。在我補寫《我的故事》的此時此刻，他已經依賴插管維生兩年了！事實上，在兩年前，或者更早，在他重度失智時，他這「一生」，已經走到了盡頭。從他對我說那句話到今天，早已超過了半個世紀！我們兩個用這麼長的時間，來證明什麼是「碰到對的人」，什麼是「碰到不對的人」，這是真實的人生！在世俗的眼光裡，在道德的眼光裡，或者有錯！但是，在用正能量追逐生命真諦的原則下，**我們付出了努力，也付出了代價！不但共同打拚，讓雙方的子女衣食無缺，還留給他們可以繼承的事業。就算我們有錯，誰受到了傷害？誰又得到了益處？在錯的時間，碰到對的那個人，放棄和爭取，哪一項才是「正確選擇法」？誰能回答我呢？**

❖

我的母親和父親，一直住在我為他們買的北投小屋裡。可是，母親個性倔強，常常和父親一言不合，就離家出走。走到哪兒去呢？當然是我家。我在可園裡，一直為父母保有一個房間，因為父母親會輪流住進來，不是母親出走，就是父親被母親鎖在門外，回不去了。那時，我幫母親請了不少女傭，都被她趕走。可園以前那棟四層樓的小洋房，不堪歲月摧殘，火車震動，風吹雨打，和幾次的大地震，終於退休。我們把它拆了，重建了現在的可園（這新可園也已經快三十年了），不管是舊可園，還是新可園，那時父母都常常和我住在一起。

母親，一直是我心中永遠的痛。我們母女之間，只要住在一起，就會摩擦起火，分開兩地，又會牽腸掛肚。鑫濤對我母親，一直是戒慎恐懼的，即使我們已經結婚，母親也沒把鑫濤放在眼裡。有時，甚至會認為鑫濤是個掠奪者，從她身邊，搶走了她的女兒。我夾在中間，左也不是，右也不是。那時，我認為母親的脾氣太難控制，對我和父親，都是極大的壓力。現在回憶起來，母親一定很早就害了憂鬱症。只是那時大家對憂鬱症都不瞭解，認為她只是個性因素，造成她偏激的言詞和舉動。長期疏忽，因而延誤了治療的機會。

等到母親病情日益嚴重，有了被害妄想的症狀，認為我們兄弟姊妹都是她的仇人，全世界的人都要害她，我們才急忙請醫生診治。母親脾氣剛烈，拒絕任何治療。我們兄弟姊妹和父親，都束手無策。這時，母親的眼睛又因為白內障，漸漸看不見了。失去視力的她更加恐懼，卻堅決不肯動手術，認為醫生也要害她。這時，對於母親的病，各大醫院都不肯收，至於動手術治眼疾，更是天方夜譚，沒有醫生肯對一位情緒不穩的病人動刀。

有一天，我在報紙上讀到一篇文章，是訪問一位治療白內障的名醫。我立刻打電話給報社，要來這位名醫的電話。然後，我懇求這位名醫幫我母親治療，那位醫生三天後就將出國，告訴我不可能。我失望已極，一天打了好幾通電話給那位醫生請示我該怎麼做？最後，他被我感動了，同意在出國前診治一下母親。那天，我和弟妹，把母親用輪椅推到醫院給醫生檢查。奇怪的是，母親並沒反抗，竟然讓醫生做了檢查。然後，醫生對我說：

「瓊瑤，我被妳感動了！為了妳的堅持，我就冒險幫妳母親動手術，她的精神狀況，使這手術必須全身麻醉，兩個眼睛一起做，手術後不能亂動，那就是你們家屬的事了！」

我拚命點頭，和弟妹商量，讓母親住院，請了特別護士，我們要二十四小時按住母親，讓她的手術成功！

這樣，母親動了白內障的手術，醫生開完母親的刀就出國了，介紹了另外的醫生做術後的治療。開刀後，我們硬是守著母親，抓著她的手，不讓她去掀開眼罩。果然，母親麻醉甦醒後，非常恐懼，又喊又叫的鬧了很久。可是，當術後治療的醫生，揭開母親的眼罩時，母親呆住了！她看向我，看向弟妹，看向窗外……那是華燈初上的時候，醫院對面的大樓上，有很大的霓虹燈廣告，母親無法置信的對我說：

「我看到了！那兒有霓虹燈，是S—O—N—Y！」

聽到母親清楚唸出那幾個英文字母，我知道手術成功了！立刻抱住母親，弟妹們也加入我，在那一瞬間，我和弟妹都哭了。

母親恢復視力以後，只活了兩年。這兩年，她又患了「失智症」，醫生說，是她多年的憂鬱症造成的。我和弟妹研究之後，我在附近的永吉路上一座十四層大樓裡，買下一個單位給他們住。因為我的兩個弟弟的家，都在永吉路附近，這樣，我們三家都可以隨時去照顧他們。當然，我還是請了二十四小時的看護，陪伴照料著他們。母親害了失智症後，剛開始很暴燥，我和弟弟都會隨時奔去應付各種突發狀況。然後，她很快就忘記了父親是誰，忘記了我們的名字。但是，她平靜下來了，變得很依賴父親，對我們兄弟姊妹，都不再仇視。我想，在她生命中的最後一年，她終於「忘記了恐懼」，「忘記了愛恨情仇」，「忘記了過去」……甚至忘記了她活著的這個世界。她的「失智」沒有到末期，她一直可以行動，還沒到「失能」階段，卻因為突然而來的一場「敗血症」，在二十四小時之內，離開了人世。當我們送她去醫院時，我很慶幸，我們全家一致，都沒有再為母親插管，她幾乎是睡著的情況下走了！那是一九九〇年十月！母親享年七十四歲。

我的父親，在母親去世後，捱過一段悲傷的時光。然後，閒暇時作作詩，到棋社下下圍棋。二〇〇二年，他已經九十四歲，身體才開始衰弱。有四個月，他無法進食，吃什麼都吐。可是醫生卻診斷不出任何病症，告訴我，他是「老化」，胃壁的皺褶已經磨平，無法消化吃進去的食物。我又束手無策了！醫生可以治病，卻無法治老。這時我才體會到「老」比「病」更可怕！

這樣，有一天，父親摔倒了！我們立刻把他送進醫院，到了醫院，他就沒有再醒過來。同樣，我和弟妹們，放棄開腦治療，也放棄插管和多餘的急救。二〇〇二年七月三十日，他得到「善終」，永遠的離開了我們。父親一生鑽研中國歷史，留給了我們六百多萬字的著作，有《秦漢史話》、《三國史話》、《什麼是中國人》、《中華通史》等。其中《中華通史》

一書，更於一九八一年，榮獲教育部圖書著作金鼎獎。他一生顛沛流離，又因母親的長期生病，飽受折磨。但是，他卻一直是個幽默風趣的人，永遠活在我們兄弟姊妹的心中。

❖

我的雙胞胎弟弟麒麟在美國獲得碩士學位，曾留在美國八年，當工程師。然後他回臺灣發展，棄學從商，辦了一家貿易公司，專營小五金的進出口貿易。他和小霞育有一子一女，子女們也早就有了兒女，也是三代的大家庭了。麒麟近年來身體狀況較差，把公司轉給了兒女經營。可是，侄兒在美國的事業依舊很成功，只能兩邊跑。

小弟在美國念了一年書，就回國了。他天性灑脫，不喜拘束，完全是藝術家的作風。回國後就專心從事藝術生涯。婚後有一兒一女，兒子現在是檢察官，非常優秀。女兒在美國，嫁給了一位大陸留學生，真正做到「兩岸一家親」，也有一兒一女。

小弟對於祖父為了期望抗戰勝利，給他取的名字「兆勝」實在不喜歡，學畫後，自己又取了一個藝名「陳懷谷」，他的老師是歐豪年大師，歐大師常常說一句話：

「我的學生裡，最得到我真傳的，就是陳懷谷！」

小弟經常開畫展，每次到場買畫的，總有我這個愛畫的姊姊！

小妹和阿飛在美國結婚，雙雙取得博士學位，留在美國發展事業，一帆風順。先在美國太空總署工作，後來自組一家顧問公司，有職員數百人，每個職員都是博士學位。優秀的小妹，畢竟是優秀的！他們夫婦，到了五十幾歲以後，就把公司合併給別人了，退休享受自由自在的生活。最關心的不是美國未來怎樣，而是臺灣大選怎樣？父親去世之後，他們很少回國，但是，每當大選，他們一定飛回來，投下他們神聖的一票！

這，就是我身邊人的故事！然後，回到我自己身上。

二十九、亂石崩雲，驚濤裂岸，捲起千堆雪

二〇〇二年七月，我的父親去世了。當年的九月，鑫濤生病了！

鑫濤的病名，是「帶狀皰疹」，開始只是嘴唇內長了一顆痘痘，因為連續五、六家醫院都誤診，住院後又被庸醫耽誤，後來竟然變成不可收拾的大病。這場病，讓鑫濤的面部神經痲痺，整個右臉都垮了下來，讓他的右眼闔不攏，還讓他的面部潰爛，幾乎毀容。我從那時，就遵照醫生的指示，整天幫他的面部清創，成了他貼身的「特別護士」。關於鑫濤生病的種種，我曾在去年八月，出版了一本《雪花飄落之前》，在那本書裡，我只對鑫濤的「失智症」，和造成必須插管的「大中風」寫得比較詳盡，其他的病，我都略過了。鑫濤是個勇者，雖然生病，很少叫痛。我的陪伴，成了他最大的安慰。夫妻夫妻，只有在這種時候，才能患難見真情。我的讀者們，如果關心我的晚年生活，那是一本不可不看的書。

鑫濤那年的病，在我悉心照顧之下，總算逐漸恢復。但是，他的健康，就此走下坡。那場病留下很多後遺症，包括永遠不停的「神經疼痛」和面部的痲痺，各種小病接連而來，一直不斷。二〇〇七年，他的體重開始下降，我驚覺到不能再忽視他的健康。年終，我毅然關閉了我所有的社群網站，把全部精力放在他的健康上。二〇〇八年，鑫濤的體重從六十五公斤一路下降到五十一公斤，已經骨瘦如柴，常常半夜胸口痛，痛到我們全家慌慌張張送他去掛急診。二〇〇八年底，醫生告訴我，他必須做一個很大的「開胸」手術，因為他的胃已經整個移位到橫隔膜上方，壓迫到心臟和肺，假若不拉回原位，是面對「生死」的問題。

鑫濤是個熱愛生命的人，面對疾病的時候，比我堅強積極，完全是個生命的鬥士。他立刻決定動手術，他的兒女也全部贊成。十二月，他住進醫院，我開始簽署各種手術「同意書」，每簽一張，我都膽戰心驚。我的擔心、害怕、恐懼、脆弱都不能讓他知道。每天在醫院，笑著為他打氣，告訴他絕對沒危險。晚上回到家裡，房間是黑暗的，迎接我的，是冬日冰冷的空氣，我一個人坐在房裡，痛楚兜心而來，淚水就不禁決堤。

手術因為許多突發狀況，一再延期，最後決定在十二月二十五日，剛好是耶誕節。二十四日晚間，我陪著他，他忽然拉著我的手，鄭重的對我說：

「萬一我沒能撐過去，答應我，妳會好好的活下去！」

我咬緊牙關，噙住淚水，生氣的說：

「說什麼廢話？如果你沒能撐下去，你還管得了我嗎？你什麼都管不了！所以，你最好撐過去！」

二十五日一早，鑫濤動了手術，我和他的兒子，我的兒子媳婦一起在手術室外等待，手術動了四個多小時，終於完畢。他在推進加護病房前，先進了恢復室，醫生允許我進去看他，他仍然在麻醉中，身上插滿了各種管子。醫生笑著對我說：

「我送了妳一個耶誕大禮！手術很成功，現在就看恢復和復健的情形了！」

我知道後面還有漫漫長路要走，但是，總算第一關是過關了！接著，是一連串治療和復健的日子，他撐過來了！當他出院後，我又開始像二〇〇二年那樣，全心全力的照顧著他，即使請了二十四小時的護士，我依舊陪著他復健，每天和營養師研究他的飲食，不斷的調整又調整。我的生活裡，沒有我的小說，我的戲劇，只有醫生、醫院、營養師……和他的體重！因為，只有他的體重上升，才能證明病情都控制好了！這樣，到了二〇〇九年四月，他的體重已經上升到五十八公斤，他依舊每週三次去醫院，每天持續復健。

這時的鑫濤，已是百病叢生，我的護士生涯，讓我日漸憔悴。鑫濤見我如此，堅持他的病都沒關係，還鼓勵我回去工作，不要整天牽掛著他。這樣，我在他的各項疾病指數控制後，帶著編劇助理素媛，還寫了一部電視劇《新還珠格格》，根據原來小說《還珠格格》小說改編，長達九十八集。我的生活，變成鑫濤健康第一，寫電視劇和拍攝電視劇，成為調劑護士生涯的業餘工作。我不止寫了《新還珠格格》，二〇一二年，我還寫了《花非花，霧非霧》，於二〇一三年播出。

然後，鑫濤的健康，又占據了我的整個生活。到了二○一五年，鑫濤確診為「血管型失智症」，從此，我就掉進最深最深的深淵裡去了！上蒼造人，實在造得不好，為什麼在必定會來臨的「死亡」之前，要有這麼多生病痛苦的日子呢？為什麼不能時間到了，就一睡不醒呢？**從二○○二年起，鑫濤的健康，就成為我生命裡的主題！照顧他，愛護他，保護他……如果說，他曾經是我的大樹，這段時間，我卻是他的大樹！他信任我，依賴我，仰仗我……最後，卻完全遺忘了我！留給我的，是無邊無際的痛苦和回憶！**不止如此，還有意料之外的**打擊！**

二○一六年二月二十九日，鑫濤在重度失智的情形下，躺在床上（那時也已失能）就忽然意識完全不清，喉中發出「啊啊」的聲音，三月一日，再度住進醫院，直到現在，兩年了！他再也沒有醒過來，也沒有離開過醫院。在榮總，經過各種檢查，證實發生了「大中風」。腦中有11×8×3公分那樣的大面積血管栓塞，醫生告訴我：

「這是不可逆的病，他不會好了，也不會再醒來了！他沒有意識，已經不在我們的世界裡面！」我哭著問：「那麼，我們該怎麼辦？」醫生說：「如果插上鼻胃管，他可能可以『活』很多年，只是一個什麼都不會的『臥床老人』，如果不插管，就會慢慢的走了！」

鑫濤曾在二○一四年便再三叮囑過我們，不能在他身上插管維生，並且，寫了三封信，交給他的兒女。我和小慶何珠，都早有共識。**我這樣一路陪伴著他，太瞭解他的「強人個性」，我不捨，卻深知「愛，必須學會放手！」我一直哭，痛定思痛之後，想到他這些年生**

病的辛苦，點滴在心頭。他已盡力，我不能強留他的軀殼。我對醫生點頭，表示尊重他的選擇和權利，不插管，我能為他做的最後一件事，應該是讓他「善終」！

但是，鑫濤的兒女堅持父親還有「奇蹟」，希望能為父親插管。

我太愛鑫濤了，半個多世紀，多少掙扎，多少痛苦，多少甜蜜，多少幸福，多少風波……我們真正的度過了豐富的一生！還創造了很多的紀錄！我不能讓他面對「死亡」一關時，成為一個「被豢養」的生命體。這太殘忍！我和他的子女試著溝通，三個兒女深愛著父親，就是「不要他死」，「不忍他死」！只要活著，他們認為就有希望！我們在醫院裡產生了很大的歧見，堅持到十天以後，我已心力交瘁，筋疲力盡，而且快要窒息了……最後在強大的壓力下，和鑫濤日漸衰弱的狀態下，我支持不住，崩潰的投降了。鑫濤插了鼻胃管，轉進長期照顧的醫院，開始他自己最痛恨的「生不如死」的日子……

❖

如果我不愛鑫濤，事情到了這個地步，我責任已了！可以出國去走走，我已經為了他，十幾年沒有出國了！但是，我卻生活在自我煎熬中，我走不出我違背他「善終權」的陰影，我依然在醫院和家裡兩邊跑，痛苦把我包圍得透不過氣來。我一天一天的數著他住院的日子，覺得每個日子，都是我帶給他的「酷刑」！他愛了我超過半個世紀，我卻這樣報答他！這種折磨的日子，足足過了一年，忽然有一夜，我夢到他捧著稿紙給我，要我：「寫下來！」

二〇一七年三月十二日，我開始把《雪花飄落之前》的第一篇文章，貼在臉書上。我決定了，我要把我遭遇的「生死問題」，告訴這個社會大眾。當時，因為我經常跑醫院，已經看到很多和我有類似經驗的人。我想讓更多和我一樣痛苦的家屬，把他們遭遇的問題也寫出來，然後，說不定我們大家的故事，可以集結成書。喚醒很多同樣觀念的人，救救那些已經無法為自己發聲的病患！

沒想到，我的貼文引起很大的迴響，我片片段的寫，也把臉友的故事一起討論。這樣，在我寫到五月初的時候，一場風暴使我停止了寫書，必須面對排山倒海而來的各種報導，這事對我造成了毀滅性打擊。我的書在寫「善終權」，討論的是，面對人生最後一站，怎樣的愛，才是正確的愛？這是一個嚴肅的課題，卻被有意無意的引導到五十年前的八卦上去。鑫濤已經不能為他自己發言了，我也不能代他發言了，眼看事態擴大，我心如刀絞。無人關懷我的主題「善終權」，大家要知道的是名人家事糾紛！我立即像是被捲進強烈颱風中的一片落葉，一任風吹雨打。如果我把鑫濤當時的照片發布，可能所有的謠言都會不攻自破！可是，我怎麼忍心讓他如此不堪的樣子曝光？

我的書寫不下去了，心灰意冷，並有一了百了的想法。我對臉書上愛我的朋友說：「珍重再見，後會無期！」關閉了留言版。

這段痛楚的日子，正像蘇軾〈念奴嬌〉中的句子：

「亂石崩雲，驚濤裂岸，捲起千堆雪！」

鑫濤數年的生病，開刀、失智、失能、急救、住院、出院……對我來說，早就把我的生活弄成「亂石崩雲」。鑫濤大中風，我不得已同意插管，使他生不如死時，正是「驚濤裂岸」（還真有一個濤字）！等到我寫書被阻，造成媒體瘋狂報導的目標，就是「捲起千堆雪」的時候。火花已滅，雪花在天空飄飄欲墜。我不想活了，也沒有活下去的理由。可是，當我關閉臉書留言版，就有許多愛我的朋友看穿了我，用各種方法鼓勵包圍我。**有幾位朋友，透過私訊，對我喊話，最長的一封信，長達三千字！第一句話就是：「妳不能倒！」**

我不能倒？我已經倒了，而且不想醒來。那夜，我在恍恍惚惚中，像「穿越劇」一樣，掉進一個「似真非真，似假非假」的情境裡去了！

三十、瀑布上滑落的小紙船

起先，我覺得我在一陣天搖地動裡，被一陣狂風捲住，在空中飛快的旋轉。狂風撲面而來，我睜不開眼睛，看不到我在何處，只能隨著那股旋乾轉坤的大力量飛竄……奇怪的是，我心中一點恐懼都沒有，就像我在時空旅行一樣，平靜而安詳。我完全放鬆了自己，讓那股力量帶著我往前騰空而去。然後，我降落了。那陣風把我放在一個地方，我聽到風吹樹葉的聲音，聽到隱隱的水聲，還有鳥鳴的啁啾……我睜開了眼睛，驚奇的發現，我正站在幾條直瀉的瀑布對岸，面對著那幾乎垂直而下的瀑布。這是什麼地方？我明明來過，太熟悉了！我確定，我來過！

我四面張望，怎麼，一個遊人也沒有，只有我一個人，站在瀑布對岸的觀景崖邊。我仔細研究那瀑布，忽然明白過來，這是烏來瀑布！烏來！我心中猛的一跳，就是這兒，鑫濤和我大吵，我堅持要分手，鑫濤把我推下車子，自己駕車往山崖下衝去！如果那天，我沒有撲上車蓋，後果會怎樣？如果車子真的衝下了懸崖，我還會有今天的痛苦嗎？我會不會跟著跳下懸崖？那樣，當時就結束了！最起碼，我不會處在現在的地位，任人凌遲！

我一面思索，一面向著瀑布極目望去，忽然間，我看到瀑布頂端，出現了一條很小很小的白色小船，我再仔細看去，那不是真的船，是一條用紙摺出來的小船。我想起來了，鑫濤最會用紙摺出立體的小船，還能摺出各種不同的形式！以前我寫小說《船》，他坐在我對面看著我寫，一面用摺紙，摺著小船，我寫了一段，抬頭一看，我面前放著一排紙摺的各種小船，他對著我笑嘻嘻說：

「船！妳的船都在這裡！」然後把小船用手臂圈住，說：「港灣也在這裡！」

我看向對面瀑布，是的，這條小船，正是鑫濤當初摺過的小紙船！紙船怎會在瀑布頂端，我有點驚疑，再一看，不得了！鑫濤正坐在紙船當中，不知用什麼東西在划著水，要從瀑布頂端滑落下來，我大驚，伸出雙臂，拚命搖著手，大喊：

「危險！危險！不要划了，瀑布瀑布……」

我還沒喊完，小紙船已經隨著瀑布，一落而下。我還在驚慌失措中，小船已經落到我看不見的深谷裡，我緊張的向深谷中看去，忽然發現很年輕的鑫濤，瀟灑的從山谷中走了過來，如履平地。不知怎的就來到了我的面前，我太驚訝了，瞪大眼睛看著他，不敢相信的問：

「你居然乘坐小紙船滑下烏來瀑布，你不要命了嗎？」

「我不是好好的嗎？」鑫濤對著我笑。

「你怎麼做到的？為什麼要冒這種危險，如果船翻了，你還有命嗎？」

「可是我非來不可呀！我有太重要的事！小紙船也是船，這不是安然抵達了？」

「什麼事這麼重要？」

他盯著我，說了一個字：

「妳！」

「我？」我愕然的思索，不對，我的思想在飛馳，有什麼事不對？不可能有瀑布，不可能有小紙船，不可能！我在做夢，我想。我凝視他，說：「你不是在醫院裡嗎？你不是依賴插管在維生嗎？你躺在那兒不能動，沒有意識也不能說話，怎麼會出現在這兒？」

「因為我們現在不在那個四維世界裡，」鑫濤解釋著：「我們在四維世界外，另一維度空間裡！」

「你在說什麼？」我搖頭，困惑的說：「我完全聽不懂！」

「妳不需要懂！」鑫濤忽然用雙手握住我的雙手，看進我的眼睛裡。「這是我們唯一能溝通的方式，是妳我以前都不相信的方式！以後，我也不知道我們還能不能這樣見面！所以，聽清楚！我要告訴妳的話很重要！」

我愣愣的看著他，一時之間，心裡惻然，滿腹淒涼，感到自己像隻迷途的羔羊。他緊握著我的手，眼神堅定，卻像個來自未來的保護神。

「對不起，我處理得不好，讓妳面對這樣的委曲和打擊，千錯萬錯，都是我的錯！」他這樣一說，我的眼睛就濕了，以前他沒生病時，這話他常常說。我忍住眼淚，凝視他，他緊緊的盯著我，臉色變得嚴肅了，說：「**我真怕妳過不了這個關。聽著！妳正在寫的書，將會影響整個華人社會，非常重要，不能放棄！妳要勇敢一點，無論阻止妳的是什麼人，不能屈服！無論打擊有多大，妳要寫下去！不能停止！**」

鑫濤的話才說完，我就驚醒了！什麼鑫濤、鳥來、瀑布、小紙船都不存在，我正躺在床上，原來又是一個夢！我躺了片刻，就起身走到窗前，天色早已大亮。我站在窗前，拉開窗帘，呆呆的看著窗外。窗外那棵巨大的火焰木，開了一整年的花，現在終於休養生息，沒有花了，卻有一對八哥鳥，忙著在樹葉茂密處築巢。我下意識的看著那對鳥兒，我的耳邊，還響著鑫濤的聲音：

「**妳正在寫的書，將會影響整個華人社會，非常重要，不能放棄！妳要勇敢一點，無論**

阻止妳的是什麼人，不能屈服！無論打擊有多大，妳要寫下去！不能停止！」

這句話在我腦中不停的迴響。我轉身徘徊在我們兩人的房間內，認真的思索，我想起他曾經入夢，要我「寫！」現在呢？真有什麼「四維世界外的另一維度空間」嗎？這些也不重要，重要的是，他來過了！或者，是我的潛意識編織了一個「紙船」的故事，是回憶與幻想的交疊。我沉思又沉思，想到我和鑫濤這場「世紀之愛」，想到他一直是我寫作的「推手」。想到他最怕的，是他走後，我會追隨而去。想到他不生不死的處境和我不生不死的處境，想到我自己常說的話：「生時願如火花，燃燒至生命最後一刻，死時願如雪花，飄然落地，化為塵土！」

我知道了，他又超越時空而來點醒我，我聽到自己的聲音，在堅定的說：

「臉書上的貼文可以停，我生命裡最重要的這本書，絕不能停！」

三十一、《雪花飄落之前》及《瓊瑤經典全集》

不管是夢是幻，這紙船和瀑布讓我豁然貫通，我想清楚了！如果書未寫完就放棄人生，是完全「負面」的作法。我是火花，我不能就這樣熄滅！當天，我就壓抑著椎心之痛，坐回到電腦前面，忍辱的、默默的、繼續去寫《雪花飄落之前》。

去年，二〇一七年八月一日，這本書出版了！我生平第一本著作，不是鑫濤出版的！出版當天，有一個盛大的「新書發布會」，我第一次走進人群，面對所有的媒體，回答各種問題，談論什麼是「真愛」？什麼是「斷、捨、離」？什麼是「善終權」？什麼是從愛中學會「放手」？臺灣各電視臺，全程直播。我寫了一輩子的小說，從來沒有面對這麼大的陣仗。我從書房走進了社會，走進了我的議題中，接著一段時間，我都在為「善終權」呼籲和努力！參加一場又一場的訪問，還開了「新書座談會」，重量級的人權醫生，立法「病人自主權」的前立委都參加了，還有很多我這本書的讀者，和很多的媒體。

在新書出版那天，我也重啟我的臉書留言版，面對我「正能量」的人生！也面對那些愛我、關心我、鼓勵我和體恤我的朋友們。我在臉書上一一回答他們的問題，知無不言，言無不盡。

第二天，我拿著《雪花飄落之前》到醫院去看鑫濤，我把書直立著放在他的面前，雖然他連眼睛都沒睜開，我卻對他含淚說：

「鑫濤，我做到了！你明白的，我一生不相信鬼神，不相信靈魂。可是，面對你的生死，我的寫書，好像你一直都在我身邊指導著我，或者，於有非有，於無非無，靈魂真的存在。你雖然沒有意識了，你的靈魂還在保護著我，關心著我，這才會三番兩次，出現在我面前！鑫濤，雖然沒有你，我依舊在最短的時間內，出版了這本書！謝謝你在冥冥中的支持！」

我正說著，醫院的護理長和護士們都來了，拿著我的書，要我簽名。她們好多都是我的粉絲。事實上，當鑫濤剛剛轉進這家醫院的時候，護理長為了買書要我簽名，對我說：

「妳知道妳的書都絕版了嗎？」

「不可能！」我說：「我有六十五本書呢！」

「現在不到十本！」

我愣住了，這才回憶起來，大概在二〇一一年，鑫濤曾經告訴我：

「時代不一樣了！妳以前的書，都出版得太簡陋，出版社決定要為妳重新出版全集，取名叫『典藏瓊瑤』！要設計全新的封面和版面，讓年輕族群也能認識妳！我們要擴大宣傳妳的書，今年訂為瓊瑤年，妳趕快選十本書，我們先出十本『典藏版』，然後再把六十五本，一本一本的出齊！」

「哎呀！」我高興得輕飄飄，那些年忙著鑫濤的健康，都沒有管我的書。「你們對我這樣好！要重新出全集呀！」

「是呀！妳快選十本出來！」

我選了十本，鑫濤還親自為這十本書寫了序。可是，後來這十本出版得非常緩慢，至於其他五十五本，似乎沒有進一步的音訊。我這才恍然大悟，其他五十五本，大概早就停止出版了。我看著在病床上，人事不知的鑫濤，想著當初，他怎樣千方百計，要誘出我每部新作來！那些書，都是在他鞭策鼓勵下，一本一本完成的。我看著他，喃喃的說：

「還好！你什麼都不知道了！如果你知道，恐怕比我還要傷心！」

❖

從醫院回到家裡，我想著，《雪花飄落之前》已經出版，我的心願已了。我以後的人生，應該怎樣度過呢？我是眼看著鑫濤怎樣從老年，走到多病，走到失智，走到「求生不得，求死不能」的今天！我呢？我也要重複這條路嗎？雖然全世界都知道我的願望，可是，萬一事到臨頭，小慶和何珠捨不得我，不能執行我的願望呢？想著想著，我心頭戚戚，悵然若失。忽然，**我似乎聽到鑫濤的聲音，不知從何處隱隱傳來：「先把六十五本書解決吧！當初從來沒有跟妳簽約，妳一直是自由的，我不再能保護妳，妳還有很大的天空，飛吧！用力的飛吧！」**

我覺得從內心湧起一股熱流，是啊，我的六十五本書，是我的一生，我不能讓這些書莫名其妙的消失，雖然我已經八十歲，我還沒變成雪花，還沒落地，我依然是「火花」！我對自己說：**「飛吧！我應該重新開始了！開始就是新生，開始就是勇敢，開始就是正能量！」於是，我飛了！飛進城邦集團的「春光出版」！繁花盛開日，春光燦爛時！**今年二月初，我的《經典作品全集》第一輯十二本書，精緻完美的出版了！「春光出版」和國立故宮博物院合作，用了宮廷畫師郎士寧的工筆花卉畫做為典藏書盒外封設計，簡直美不勝收。我捧著如此豪華精緻高雅的第一輯書，眼淚在眼眶中打轉。我曾經對每個朋友和家人都發誓：「二〇一八年，我只會笑，不會哭！」我要收起眼淚，活得像一簇燃燒的火花，直到上蒼把我變成雪花為止。所以，我沒有讓眼淚掉下來。只是到醫院裡，對著鑫濤誠摯的說了一句：

「真正的瓊瑤典藏版，已經隆重的出版了！你，也對我放心吧！」

❖

自從去年五月，我面對風暴開始，到我出版了全集第一輯為止，這段時間，我幾乎忙得喘不過氣來，很多事情，也無法深思。或者，我用忙碌來避免我去思考一些「問題」，和一些「謎團」。可是，我的很多老朋友，目睹我和鑫濤一路走來的經過，看到我現在的處境，都紛紛為我不平。有人直接罵我「愚愛一生」！有的說我：「難道妳生命裡只有愛嗎？妳甘心一生當愛的俘虜嗎？」有人說：「有這麼一個人，對妳無微不至，長達五十幾年，妳當然逃不掉！」還有人，採懷疑態度，問我寫了一輩子的戀愛小說，走到今天，還相信愛情嗎？還有位老友，對鑫濤有很多不滿，質問我：「一切值得嗎？你還愛他嗎？」

三十二、我愛你

公元二〇〇〇年是千禧年，那一年五月三日，有個電腦病毒，名叫「情書」，癱瘓了五十萬臺電腦，造成天下大亂，被病毒感染的人，都快要崩潰了，許多企業都停擺了。這「情書」病毒，利用三個字：「我愛你」進行傳輸，並且迅速擴散。當時，這是一件大事！在這事發生的時候，鑫濤七十三歲，他寫了一封信給我，雖然我們早就是「老夫老妻」，時時刻刻都在一起，他還是喜歡寫信給我。那封信裡有些錯字，信的內容如下：

親愛的老婆

「情書」癱瘓了全球數千萬臺電腦！電腦本來就有好多防毒措施，但「我愛妳」三個字，卻輕而易舉的攻破了一切的防禦。

這三個字，最有威力的一種力量，不論古今中外，無堅不摧！

電腦被癱瘓了，So What！人類活了幾千萬年，沒有電腦還不是活過來了，現在被癱瘓了數千萬臺，又怎樣呢？大家還不是活得好好的。

再說，有了電腦網路，雖說是科學的極大進步，但帶來了多少負面的影響，甚至可說是災難。

網路四通八達，可以放肆的和陌生人談情說愛，但實際上，卻使人與人真正的關係，越來越淡漠，如果全面癱瘓了，說不定因禍得福。

至於這三個字，如果不再存在，人類還可能怎樣生存下去？絕大多數的小說、戲劇、音樂、以至「歷史」都將不再存在。

大學時代有位同學很喜歡我，我也有點喜歡她，但到離別那一天，始終沒有說過這樣的話。

但，「自從有了妳」，我用各種方式表達了這三個字。

也因為這三個字，改變了我的生活、人生。假使這是一種「病毒」，我欣然接受。

謝謝妳

老公

2000、5、7

5:30

當然希望感冒的病毒，早日離妳而去！

他的原信：

親愛的老婆

「情書」癱瘓了全球數千萬架
電腦！電腦本來就有好多防毒措施，
但「我愛你」三個字，卻輕易舉地
攻破了一切防禦
這三個字，最有威力的一種力量，不論
古今中外無堅不摧。
電腦被癱瘓了，So what，人類活了幾千
萬年，沒有電腦還不是活過來了，跑
在被癱瘓了數千萬台，又怎樣呢。
大家還不是活得好好的。
再說有了電腦、網路，雖說是科學
的極大進步，但也帶來了很多負面
的影響，甚至可說是災難。
網路四通八達，可以放肆地和陌生人
談情說愛，但實際上，卻使人對人真正
的關係，愈來愈淡漠，如果今後癱瘓了，
說不定由禍得福
至於這三個字，如果不再存在，人類
還有什麼好活下去了，絕大部份的
小說、戲劇、音樂，以至「歷史」都將
不再存在。
大學時代有位同學很喜歡我，我也
有點喜歡她，但到最後分別那一天，她
仍沒有說過這樣的話。
但「自從有了妳」，我用各種方式表
達了這三個字。
也因為這三個字，改變了我生活、人生。
但願這是一種「病毒」，我欣然接受。
謝謝妳
老公
2000.5.7
5:30
當然也希望感冒的病毒，早日離開妳身。

鑫濤認識我以後，從來沒有為任何其他的女人動心。他用全心全意對待我，數十年如一日，細膩體貼，無微不至，這也是他鎖住我的原因。他對這個社會是有貢獻的，他是第一個用「百萬獎金」徵文的發行人，魄力不小！他的雜誌，培植了不少新作家，也曾是臺灣最有聲望的文藝雜誌。認識我之後，他確實「如虎添翼」。我曾把南部的作家，像是司馬中原、朱西寧、劉慕沙等人介紹給他，他都能親自去拜訪，盡力爭取。至於他和我，在這漫長的五十幾年裡，彼此配合，一路奮鬥。對臺灣的電影、電視劇都有很大的影響，對兩岸的交流，更是走在時代前端。這些，是無法抹煞的事實。

我還相信愛情嗎？我想起，多年前，他出版了我的第一本書《窗外》，多年前，他帶我到野柳修改《煙雨濛濛》，多年前，他閃電推出我差點放棄的《幾度夕陽紅》……我每一本書，有個關於他的幕後故事！連我想放棄一切時，都有小紙船出現，從烏來瀑布上滑落，才讓我完成了《雪花飄落之前》！鑫濤，他的「打鐵趁熱」哲學，造就了我！他在我生命中，占據了五十幾年。他和我的相遇，是我逃不掉的命運，儘管世事難料，眾口鑠金。但是，我們相知相守五十載，我只想記住他的好，記住我們共同創造的神奇，記住每個共同的喜怒哀樂！

記得，我剛認識他的時候，稱呼他「平先生」，我不喜歡直呼他的名字，就是覺得彆扭。有一天，我陪著兒子看卡通影片，發現裡面有隻北極熊，可愛無比又胖呼呼的，和鑫濤竟然有幾分神似。從此，我給鑫濤取了個綽號「阿熊」。儘管有點不敬，他卻沾沾自喜。我們結婚後，我的弟弟妹妹，弟媳妹夫，還是這樣喊他，改了好久才改正過來。對於我，鑫濤一直充滿了歉意。他認為我跟他這一段感情，讓我受到很多不公平的批判，都是他的過錯！我們婚後第三年，出國旅行，到了酒店，我就收到一束只有三朵花的花束，和他寫的一張卡片：

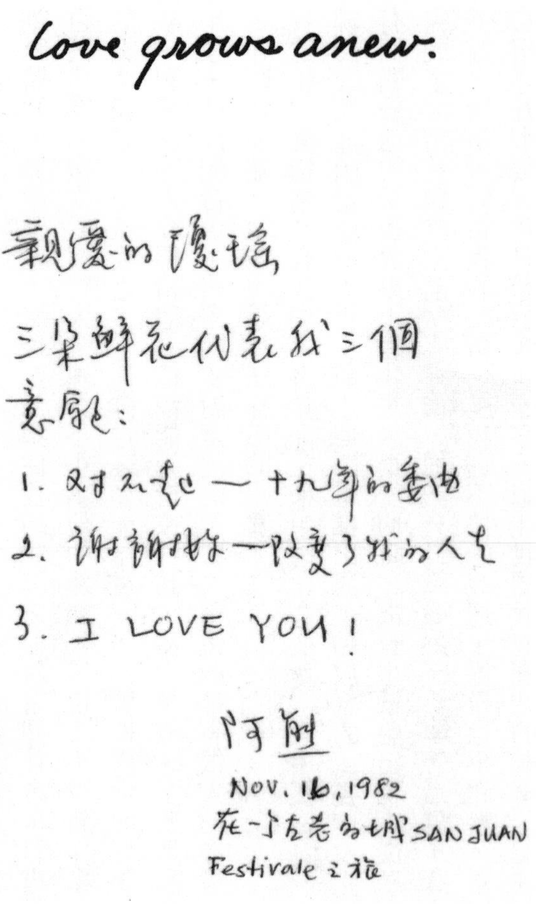
Love grows anew.

親愛的瓊瑤

三朵鮮花代表我三個意願：

1. 對不起——十九年的委曲
2. 謝謝妳給一段美好的人生
3. I LOVE YOU!

阿鑫
NOV. 16, 1982
在一個古老的城 SAN JUAN
Festivale之旅

三朵花代表結婚三年，以後，我們又過了三十幾年，每年我都會收到他類似的卡片和鮮花。我不知道世間有幾個人，能夠做到像他這樣？

我在十幾歲的時候，曾經問我母親一個笨問題，那時我看了很多愛情小說，對愛情卻完全懵懵懂懂。我問：

「媽！如果有兩個男人喜歡我，第一個愛我不深，卻非常會表現，隨時都能讓我快樂。第二個愛我很深，卻不會表現，總是弄巧成拙。我應該選擇哪一個？」

我母親連考慮都沒有，就立刻回答我：

「當然選擇第一個！」

「為什麼？」我不解的問：「他沒有第二個愛我呀！」

「愛是什麼？」母親問我：「愛是要妳感覺自己被愛，第一個就算是假裝愛妳，假裝到妳一生都感到被愛，那麼，假的就是真的！第二個就算愛妳到刻骨銘心，妳感覺不到他的愛，那麼，真的就是假的！」

母親這番充滿智慧的話，我到很多年後才體會出來。愛，沒有真和假，只有妳能體會多少，被愛多久？愛到讓妳一生都覺得他愛妳，這份愛，就是「真情不渝」！我還相信愛情嗎？我想著那個到了七十幾歲，還會不斷給我寫情書的鑫濤。想著每次離別，都會給我寫「長信」的鑫濤。想著我的生日，挖空心機想花招的鑫濤。想著用雙鉤的英文字，告訴我他的愛有多長的鑫濤。是的，我依然相信愛情！我們曾經攜手走遍世界各地，他一向很嚴肅，只有和我在一起，就會原形畢露，玩到瘋狂！我們也曾像我寫的歌：「讓我們紅塵作伴，活得瀟瀟灑灑！騎著駱駝，共享人世繁華！」（用原詞改了數字）。為了我愛旅行，我們在四處留下我們「愛的行蹤」。凡走過必留下痕跡！我們曾有過的幸福時光，永遠停格在那兒。愛，是在絲絲縷縷的感覺中，是在綿綿密密的回憶中，是在內心的深處。像我在《幾度夕陽紅》中寫過的：

「我珍藏著，
我保有著，
從以前，到現在，到永恆！」

寫到這兒，已是黃昏，窗外的細雨打著樹葉，發出簌簌聲響。我忽然想起蘇東坡的詞〈定風波〉：

「莫聽穿林打葉聲，何妨吟嘯且徐行，
竹杖芒鞋輕勝馬，誰怕？一蓑煙雨任平生。
料峭春風吹酒醒，微冷，山頭斜照卻相迎。
回首向來蕭瑟處，歸去，也無風雨也無晴。」

這闋詞，好像是為我而寫的。在我的生命裡，一直充滿了「穿林打葉聲」。很巧，「一蓑煙雨任平生」，這句話裡，又有「煙雨」，還有個「平」字，似乎暗示我就這樣信任了那個姓平的人！現在的我，正是「料峭春風吹酒醒，微冷，山頭斜照卻相迎。」至於我的一生，還真是：「回首向來蕭瑟處，歸去，也無風雨也無晴。」

總有一天，我的故事會隨著生命的消失而「歸去」，那時，也無風雨也無情！至於現在呢？我挺直了背脊，在電腦上打下：「莫聽穿林打葉聲，何妨吟嘯且徐行！」沒有什麼需要我在乎的事了！沒有什麼需要我趕路的事了！沒有什麼需要我打鐵趁熱的事了！慢慢走吧！看看風景，迎著細雨，唱首歌吧！如果高興，說一句「我愛你」吧！

（全書完）

一九八九年二月十四日原始版本完稿於臺北可園
一九八九年五月十一日原始版本修正於長沙華天酒店
二〇一八年二月二十八日增訂完整版本完稿於臺北可園
二〇一八年三月十五日增訂完整版修正於臺北可園

後記

就像我在「緣起」中所寫的，這本書，原來是一九八八年，我第一次回到大陸，看到坊間有無數報導我的書，把我的一生，報導得牽強附會，因而，讓我興起寫一本「真實」自傳的念頭。所以，這本《我的故事》原始版本，是在一九八九年完成的，那個版本，寫到我和鑫濤結婚，就結束了。我完全沒有料到，從結婚到今天，又過去了三十九年，這三十九年等於是我的後半生，發生的故事更多，我面對的喜怒哀樂也更強烈。我更沒料到，在我八十歲的今天，在時勢所趨之下，我會重新整理我全部的作品，出版一套「世紀典藏全集」。這套全集裡，如果缺少這本《我的故事》，等於不是全集。如果要包括這本書，我卻不能不把我的後半生補足，即使是大略的寫，也該有個交待。

❖

以前，我就說過，真實的故事很不好寫，因為要牽涉到很多真實的人物。人類是很奇怪的動物，發明了「文字」，發明了「衣服」，發明了「科學」，發明了「醫學」，發明了太多太多的東西，這些東西，是別的動物怎樣也不會發明的。所以人類是「萬物之靈」。萬物之靈太厲害，又發明了「法律」，「婚姻」，「政治」、「道德」、「孝道」……種種東西來「管理」人類。因為人類的頭腦千變萬化，人類的感情千變萬化，人類的行為也千變萬化……必須建立制度來管理。這樣重重管理的人類，依舊複雜無比，幾乎任何制度都有漏洞。因為，人類還有會說謊的嘴，會仇視報復的行為，會粉飾太平的虛偽……我在二〇一七年完成的著作《雪花飄落之前》中，寫過這樣一段話：「**真實的人生裡，有太多的虛偽，你一旦寫出了真實，虛偽會像一群野獸般跳出來反噬你！**」

這個道理我懂，但是，如果要我親筆寫一本自傳，我只能刪減生命裡的情節，卻不能杜撰故事。所以，在一九八九年的版本裡，我已經有很多的情節，被我簡化或刪減了。那時，我對人性還沒有這麼深刻的認識，我的簡化和刪減，主要為了保護我愛的人。記得，第一版《我的故事》是在大陸完成的。那時我們住在長沙華天酒店，湖南電視臺招待，整個總統套房讓我和鑫濤住。那套房有好幾間，我在書房中寫這本《我的故事》，湖南臺的副臺長、祕書、公關……和若干女職員都在客廳裡陪伴鑫濤。歐陽常林和劉向群都在座。我寫完之後，覺得客廳裡的氣氛有點詭異，我走到客廳門邊悄悄一探，卻看到鑫濤正在對所有招待他的人「說故事」，聽故事的人，不但個個動容，還有好幾位女士，在那兒頻頻拭淚。我仔細一聽，鑫濤說的，正是我們的故事，而且，他正說到「烏來山頂，車子衝向懸崖」的一幕。聽的人，全部感動得唏哩嘩啦。可是，我那時的版本中，卻刻意避掉了這一段，並沒有寫進書裡。當時，我驚訝的喊：

「鑫濤！你連這個都敢說！我都不敢寫！」

鑫濤回頭看著我，還沒從他說故事的情緒中恢復，他坦蕩蕩的說：

「真實的事實，妳為什麼不寫？如果不是發生了那天的事，或者妳已經嫁給別人了！」

「哦？」我驚愕的看著他問：「我可以寫嗎？你不避諱嗎？」

「如果妳要寫我們的故事，只要是真正發生的事，什麼都別避諱，如果妳這也避諱，那也避諱，還算『真實故事』嗎？」

「好！」我一轉身奔回書房：「我補寫這一段！」

我在酒店補寫了那一段，完成了《我的故事》原始的版本。

❖

這次，重新整理全集，我必須把這本書後面的三十九年補充起來，對我來說，這又是一件很困難的事。因為我晚年的遭遇，我都寫進我另外一本書《雪花飄落之前》裡，再寫必然重複，不寫，這本書單獨看，就會有漏洞。我只能盡量補充，有的情節，也在隱隱約約中交代。人生如夢，夢如人生。我不想把這本書寫得很冗長，有些，就用以前曾有的文字來補述，例如我的「電視劇生涯」，我用了一篇「點點滴滴話還珠」來取代。二〇一五年，《我的故事》簡體字版，曾經再度出版，我被要求補寫後面的故事。當時，鑫濤已經患了失智症，我在心力交瘁的照顧下，哪兒有情緒繼續寫下去？何況，鑫濤的兒女，每次對父親生病，都很怕外人知道，有次，連鑫濤都生氣的對我說：「生病是我的錯嗎？生病就見不得人嗎？為什麼生病不能跟朋友說？」

人，就算有血緣，有時在觀念上都有很大的不同。所以，在那一版中，我只增加了一篇後記，交待我身邊的人物，後來的狀況，沒有時間，也沒有情緒去真正的補足。連我當時的「水深火熱」，我也避而不談。這次，我的補充比較完整，但是，如果讀者能夠和《雪花飄落之前》一起看，才是真正的完整。

❖

《我的故事》完了嗎？我不知道。因為我還沒有落地成塵！每次我以為故事已經結束，都會意外的跑出新的故事來，讓我無法迴避的捲進故事裡。請讀者原諒我補充的部分有點潦草，畢竟，我已經盡了我的全力。經過了鑫濤插管的「生死風波」，我更加認為，人來世間，是一趟苦難之旅，如何在苦難中挺立不倒，是最大的學問。我一生中，坎坷的歲月實在不少，痛楚的體驗也深，我能化險為夷，完全靠我自己的迷信，迷信人間有「愛」就是最大的原因。假如有一天，我發現世間的人，都失去了愛的本能，我相信，我的精神支柱也就會隨之倒塌了。我這幾年，生活裡的「大風大浪」，幾乎沒有停止過，我仍然堅信，會發生這些風浪，也是因為「人間有愛」！「愛的衝突」有時比「恨的衝突」更加激烈！

寫到這兒，我又想起當我母親痛罵鑫濤，並且把他關在門外，他在車上等我一夜，見到我之後，說的那句話：

「時間會證明一切！我會用我的一生，來證明我對妳的愛！相信我！」

當時我相信了他，五十年後的今天，我依舊相信他！他現在躺在那兒，正是「回首向來蕭瑟處，歸去，也無風雨也無情。」是的，蘇東坡用了雙關語，「晴」也是「情」。鑫濤，他連「回首」也沒有了！什麼是「蕭瑟處」，他也不知道了！何時真正「歸去」，他也無權作主。我唯一肯定的，是他現在的「生命」裡，是「也無風雨也無情」了！這樣也好，無知也是一種幸福。時間會證明一切！當他受盡漫長的肉體折磨，等不到奇蹟而「歸去」時，也證明了怎樣的愛才是正確的真愛！

❖

《我的故事》已到尾聲，當我「**回首向來蕭瑟處，歸去，也無風雨也無情。**」的那天到來時，我的故事，都將隨我而去。那天，才是這本書的「最後一頁」。

瓊瑤　寫於可園
二〇一八年三月十五日

注：本書附錄我所有的「著作全紀錄」，「電影資料年表」，「電視劇資料年表」，「影視劇歌曲年表」。並特別感謝：許德成、劉建梁、曾波、牧人、咪咪、韓廣大等朋友，收集整理這份詳盡的資料。

不論黑白還是彩色，我的照片大部分都是鑫濤拍攝的。我們一生，只進過一次朋友開的照相館，為他捧場。拍了兩張藝術照。這張鑫濤太酷了，我不敢拿出來，為了《我的故事》，這還是第一次曝光。

歐洲是我和鑫濤最愛去的地方，前後去過三次。我不擅攝影，他卻要我在他雙手都有鴿子停駐時，拍攝一張照片，拍得他狼狽萬狀，終於拍成了！我也抓住他最燦爛的笑容。

在歐洲和鴿子玩，不是鑫濤的專利，我和鴿子玩得更開心，奇怪的是，照片裡還有個義大利人，頭上站著鴿子渾然不知，卻新奇的看著我。

一九八九年，我決定去內地拍戲，四月先勘景，在頤和園住了三天，攝於十七孔橋前。

然後我們到了湖南張家界，和湖南合作，展開長達二十幾年在大陸拍攝電視劇的日子。

《還珠格格》第二部拍攝時，我去北京探班。

《青青河邊草》，著名的金銘和葉靜！我和鑫濤，和兩位童星合影。

我去大陸，敲定《還珠格格》演員續演第二部。

小慶和女友何珠訂婚啦！

小慶和何珠結婚啦！孫女兒可柔可嘉也都報到啦！

在繁忙的寫作空檔，我的休閒就是出國旅行。美國有我和鑫濤崇拜的張大千大師，我們的訪問，留下了最珍貴的照片。

攝於美國黃石公園外，奇特的地質岩石前。

攝於美國黃石公園外，廣大的鹽水湖之前。

一九八四年，我們兄弟姊妹夫妻檔八人，好不容易湊齊，一場「中東之旅」終身難忘！我騎白馬的地方，拍過007電影，是著名的佩特拉（Petra）入口。

讓我們紅塵作伴，活得瀟瀟灑灑，騎著駱駝，共享人世繁華！

陳氏家族一起遊美國。右起：鑫濤、麒麟、小妹、我、弟媳小霞、侄兒小麟。攝於夏威夷。

金字塔前的「全家福」。右起：阿飛、鑫濤、小妹、我、大弟媳小霞、小弟媳瑞媛、小弟陳懷谷、麒麟。

我和土耳其的孩子們合影，他們很窮苦，卻個個歡笑著。

全世界都留下我們的足跡。在我們身後，是「耶路撒冷」城。

離別時，鑫濤寄來最感動我的一張卡片，上面的照片是他帶出國的，拍自鹿港小鎮。那雙鉤英文字，把思念加倍又加倍！

只要有風景古蹟的地方，我都喜歡。只要我喜歡的地方，他都喜歡。

二〇一五年因大陸媒體需要而拍照，外界不知鑫濤當時已失智，我強顏歡笑中。

二〇一七年八月為新書出版而拍照，鑫濤當時插管已一年半，我努力振作中。

我珍藏著，我保有著，從以前，到現在，到永恆！

〈回眸往事〉

誰說過盡千帆皆不是？
昨是今非，
今非昨是。
浮生一夢愛交織，
驚濤裂岸情不止。

何須眾裡尋他千百度？
日出月落，
月落日出。
攜手踏遍紅塵路，
滄海桑田心如故。

回眸斜暉脈脈水悠悠，
往事已在燈火闌珊處。

瓊瑤　二〇一八年三月二十七日

瓊瑤經典風華全紀錄

※ 小說／遊記 ／自傳／繪本作品

	作品名稱	完稿日期	初版日期	備注
1	窗外	1963年春	1963年9月	
2	六個夢	1963年夏	1964年5月	
3	煙雨濛濛	1963年秋	1964年4月	
4	幸運草	1964年	1964年6月	
5	菟絲花	1964年夏	1964年10月	
6	幾度夕陽紅	1964年8月	1964年11月	
7	潮聲	1964年12月	1966年7月	
8	船	1965年7月	1966年10月	
9	寒煙翠	1966年3月	1966年12月	
10	紫貝殼	1966年6月	1966年8月	
11	月滿西樓	1966年暮秋	1967年8月	
12	翦翦風	1967年5月	1967年8月	
13	彩雲飛	1968年3月	1969年8月	
14	庭院深深	1969年3月	1969年10月	
15	星河	1969年12月	1969年12月	
16	水靈	1971年1月	1971年6月	
17	淹沒的傳奇——白狐	1971年8月	1971年12月	
18	海鷗飛處	1972年3月	1972年10月	

	作品名稱	完稿日期	初版日期	備注
19	心有千千結	1972年1月	1973年4月	
20	一簾幽夢	1973年5月	1974年1月	
21	碧雲天	1974年1月	1974年9月	
22	浪花	1974年4月	1974年5月	
23	女朋友	1975年3月	1975年3月	
24	在水一方	1975年3月	1975年7月	
25	秋歌	1975年8月	1976年1月	
26	人在天涯	1976年3月	1976年5月	
27	我是一片雲	1976年4月	1976年10月	
28	月朦朧鳥朦朧	1976年10月	1977年2月	
29	雁兒在林梢	1976年10月	1977年10月	
30	一顆紅豆	1978年1月	1978年6月	
31	彩霞滿天	1978年5月	1979年2月	
32	金盞花	1979年2月	1979年6月	
33	夢的衣裳	1979年7月	1980年2月	
34	聚散兩依依	1980年4月	1980年8月	
35	卻上心頭	1980年8月	1981年3月	
36	問斜陽	1981年2月	1981年7月	
37	燃燒吧！火鳥	1981年8月	1981年12月	
38	昨夜之燈	1982年3月	1982年8月	

	作品名稱	完稿日期	初版日期	備注
39	匆匆太匆匆	1982年9月	1982年11月	
40	失火的天堂	1983年10月	1984年2月	
41	不曾失落的日子	1984年1月	1984年10月	
42	冰兒	1985年8月	1985年12月	
43	剪不斷的鄉愁—— 瓊瑤大陸行	1988年10月	1989年1月	
44	我的故事	1989年5月	1989年10月	
45	雪珂	1990年11月	1990年12月	
46	望夫崖	1991年1月	1991年3月	
47	青青河邊草	1992年1月	1992年3月	
48	梅花三弄之梅花烙	1993年7月	1993年9月	
49	梅花三弄之水雲間	1993年9月	1993年11月	
50	兩個永恆之新月格格	1994年6月	1994年9月	
51	兩個永恆之煙鎖重樓	1994年8月	1994年11月	
52	還珠格格・陰錯陽差	1997年7月	1997年8月	
53	還珠格格・水深火熱	1997年7月	1997年8月	
54	還珠格格・眞相大白	1997年7月	1997年8月	
55	蒼天有淚・無語問蒼天	1997年11月	1997年12月	
56	蒼天有淚・愛恨千千萬	1997年11月	1997年12月	
57	蒼天有淚・人間有天堂	1997年11月	1997年12月	

	作品名稱	完稿日期	初版日期	備注
58	還珠格格第二部 風雲再起	1999年3月	1999年4月	
59	還珠格格第二部 生死相許	1999年3月	1999年4月	
60	還珠格格第二部 悲喜重重	1999年3月	1999年4月	
61	還珠格格第二部 浪跡天涯	1999年3月	1999年4月	
62	還珠格格第二部 浪跡天涯	1999年3月	1999年4月	
63	還珠格格第三部 天上人間之一	2003年5月	2003年7月	
64	還珠格格第三部 天上人間之二	2003年5月	2003年7月	
65	還珠格格第三部 天上人間之三	2003年5月	2003年7月	
66	雪花飄落之前—— 我生命中最後的一課	2017年6月	2017年8月	2017年3月12日發表「寫給兒子和兒媳的一封公開信」於facebook
67	瓊瑤經典作品全集	65本， 五大輯	2018年2月 至 2019年6月	內含《我的故事》（全新增修版），《梅花三弄之鬼丈夫》（全新編寫版）

	作品名稱	完稿日期	初版日期	備注
68	我的故事（全新增修版）	2018年3月	2018年7月	收錄在春光出版之瓊瑤經典作品全集
69	小黑與大白	2018年	2018年5月	瓊瑤首度跨界繪本創作，與孫女陳可嘉攜手描繪動人故事
70	梅花三弄之鬼丈夫（全新編寫版）	2018年8月		親自重新全新編寫，收錄在春光出版之瓊瑤經典作品全集

※ 電影作品

	片名	首映日期	備注
1	婉君表妹	1965年8月	改編自《六個夢（追尋）》（本片為第一部瓊瑤作品改編電影）
2	菟絲花	1965年9月	在臺灣首映，改編自同名小說
3	煙雨濛濛	1965年10月	在臺灣首映，改編自同名小說
4	啞女情深	1965年12月	在臺灣首映，改編自《六個夢（啞妻）》
5	花落誰家	1966年5月	在臺灣首映，改編自《六個夢（三朵花）》
6	窗外（黑白片）	1966年5月	在臺灣首映，改編自同名小說
7	幾度夕陽紅（上集）	1966年9月	在臺灣首映，改編自同名小說
8	幾度夕陽紅（下集）	1966年10月	在臺灣首映，改編自同名小說
9	春歸何處	1967年2月	在臺灣首映，改編自《幸運草（黑繭）》
10	尋夢園	1967年4月	在香港首映，改編自《幸運草（尋夢園）》（同年5月於臺灣上映）
11	遠山含笑	1967年07月	在新加坡首映，改編自《潮聲（深山裡）》（1967年12月於臺灣首映）

	片名	首映日期	備注
12	深情比酒濃	1967年7月	在新加坡首映，改編自《六個夢（歸人記）》 （1968年6月於臺灣上映）
13	紫貝殼	1967年8月	於港臺同月先後獻映，改編自同名小說
14	苔痕	1967年8月	於香港首映，改編自《潮聲（苔痕）》 （1968年1月於臺灣上映）
15	窗裡窗外	1967年9月	改編自《幸運草（迴旋）》
16	船	1967年9月	於香港首映，改編自同名小說 （電影遲至1969年3月於臺灣上映）
17	寒煙翠	1967年11月	在新加坡首映，改編自同名小說 （1968年1月於香港上映、8月於臺灣上映）
18	第六個夢	1968年2月	又名《春盡翠湖寒》，在臺灣首映，改編自《六個夢（生命的鞭）》
19	月滿西樓	1968年4月	在臺灣首映，改編自同名小說
20	陌生人	1968年5月	在臺灣首映，改編自《幸運草（陌生人）》
21	晨霧	1968年6月	在新加坡首映，改編自《潮聲（晨霧）》 （同年8月於臺灣首映）
22	女蘿草	1968年6月	在臺灣首映，改編自《月滿西樓（晚晴）》 （1970年6月更名為《愛你想你恨你》於香港上映）

	片名	首映日期	備注
23	春夢了無痕	1968年	改編自《潮聲（復仇）》，查無上映紀錄
24	明月幾時圓	1969年4月	在新加坡首映，改編自《月滿西樓（形與影）》 （同年6月於香港上映，1971年於臺灣上映）
25	幸運草	1969年6月	在香港首映，改編自同名小說 （1970年5月於臺灣上映）
26	庭院深深	1971年6月	在香港首映，改編自同名小說 （同年8月於臺灣上映）
27	彩雲飛	1973年2月	在香港首映，改編自同名小說 （同年6月於臺灣上映）
28	窗外	1973年8月	在香港首映，改編自同名小說， （臺灣未上映）
29	心有千千結	1973年10月	在臺灣首映，改編自同名小說
30	海鷗飛處	1974年4月	在香港首映，改編自同名小說 （同年6月於臺灣上映）
31	女朋友	1975年12月	在香港首映，改編自同名小說 （1975年3月於臺灣上映）
32	一簾幽夢	1975年2月	在臺灣首映，改編自同名小說
33	翦翦風	1975年3月	在臺灣首映，改編自同名小說
34	在水一方	1975年7月	在臺灣首映，改編自同名小說

	片名	首映日期	備注
35	秋歌	1976年1月	在臺灣首映，改編自同名小說
36	碧雲天	1976年4月	在香港首映，改編自同名小說（同年7月於臺灣上映）
37	浪花	1976年10月	在臺灣首映，改編自同名小說（1977年1月於香港上映）
38	我是一片雲	1977年2月	在臺灣首映，改編自同名小說（此為巨星公司第一部瓊瑤電影）
39	人在天涯	1977年3月	在臺灣首映，改編自同名小說
40	奔向彩虹	1977年6月	在臺灣首映，改編自《水靈（五朵玫瑰）》
41	風鈴風鈴	1977年7月	在臺灣首映，改編自《水靈（風鈴）》
42	月朦朧鳥朦朧	1978年2月	在臺灣首映，改編自同名小說
43	雁兒在林梢	1978年3月	在臺灣首映，改編自同名小說
44	一顆紅豆	1979年1月	在臺灣首映，改編自同名小說
45	彩霞滿天	1979年12月	在臺灣首映，改編自同名小說
46	金盞花	1980年3月	在臺灣首映，改編自同名小說
47	聚散兩依依	1981年2月	在臺灣首映，改編自同名小說
48	夢的衣裳	1981年3月	在臺灣首映，改編自同名小說
49	卻上心頭	1982年1月	在臺灣首映，改編自同名小說

	片名	首映日期	備注
50	燃燒吧！火鳥	1982年1月	在臺灣首映，改編自同名小說
51	問斜陽	1982年9月	在臺灣首映，改編自同名小說
52	昨夜之燈	1983年3月	在臺灣首映，改編自同名小說 （此為巨星公司最後一部電影）
53	庭院深深 （上、下）	1990年6月	在大陸首映，改編自同名小說
54	地獄・天堂	1990年6月	大陸首映，改編自《失火的天堂》小說 （自行拍攝）
55	情海浪花	1992年初夏	在大陸首映，改編自《浪花》小說 （自行拍攝）

※ 電視劇作品

	電視劇名稱	播映日期	對應小說	備注
1	星河	1970年8月臺視31集 1972年8月香港32集	星河	
2	夢影	1972年10月香港	六個夢： 夢影殘痕	
3	煙雨濛濛	1973年3月香港20集 1986年8月華視40集 1990年5月中國大陸	煙雨濛濛	
4	船	1973年10月香港25集	船	
5	庭院深深	1974年8月臺視10集 1987年5月華視40集 1990年9月中國大陸	庭院深深	
6	心有千千結	1976年5月香港20集 1987年中國大陸4集 （自行拍攝）	心有千千結	
7	幾度夕陽紅	1986年1月華視30集 1989年10月中國大陸 1989年中國大陸5集 （自行拍攝）	幾度夕陽紅	
8	在水一方	1986年7月中國大陸4集（自行拍攝）1988年1月華視40集	在水一方	
9	失火的天堂	1987年中國大陸3集 （自行拍攝）	失火的天堂	

	電視劇名稱	播映日期	對應小說	備注
10	月朦朧鳥朦朧	1987年中國大陸6集（自行拍攝）	月朦朧鳥朦朧	
11	我是一片雲	1988年中國大陸5集（自行拍攝）	我是一片雲	
12	六個夢之啞妻	1988年6月中國大陸3集（自行拍攝） 1990年3月華視19集 1990年11月中國大陸	六個夢之啞妻	
13	海鷗飛處彩雲飛	1989年2月華視40集 1992年中國大陸	海鷗飛處 彩雲飛	
14	六個夢之婉君	1990年2月華視18集 1990年4月中國大陸	六個夢之婉君	
15	六個夢之三朵花	1990年4月華視11集 1991年4月中國大陸	六個夢之三朵花	
16	雪珂	1990年12月中視24集 1992年9月中國大陸 1996年2月香港	雪珂	
17	月滿西樓	1990年中國大陸6集（自行拍攝）	月滿西樓	
18	望夫崖	1991年3月中視26集 1992年11月中國大陸	望夫崖	
19	穿紫衣的女人	1991年中國大陸（自行拍攝）	紫貝殼	

	電視劇名稱	播映日期	對應小說	備注
20	青青河邊草	1992年3月中視42集 1993年1月中國大陸	青青河邊草	
21	梅花三弄之 梅花烙	1993年10月中視21集 1993年11月中國大陸 1994年8月香港	白狐（白狐） 梅花烙	
22	梅花三弄之 鬼丈夫	1993年11月中視21集 1994年1月中國大陸 1994年9月香港	白狐（禁門） 鬼丈夫	
23	梅花三弄之 水雲間	1993年12月中視26集 1994年3月中國大陸 1995年2月香港	六個夢（生命 的鞭）水雲間	
24	兩個永恆之 新月格格	1994年10月臺視26集 1995年4月中國大陸	兩個永恆之 新月格格	
25	兩個永恆之 煙鎖重樓	1994年11月臺視24集 1995年7月中國大陸	兩個永恆之 煙鎖重樓	
26	一簾幽夢	1996年3月中視47集 1996年12月中國大陸	浪花 一簾幽夢	
27	兩個天堂之 蒼天有淚	1998年3月中視24集 1998年5月中國大陸	無語問蒼天 愛恨千千萬 人間有天堂	
28	兩個天堂之 還珠格格	1998年4月中視24集 1998年10月中國大陸	陰錯陽差 水深火熱 眞相大白	

	電視劇名稱	播映日期	對應小說	備注
29	還珠格格第二部	1999年4月中視24集 1999年7月中國大陸	風雲再起 生死相許 悲喜重重 浪跡天涯 紅塵作伴	
30	情深深雨濛濛	2001年4月中視46集 2001年5月香港 2001年9月中國大陸46集	煙雨濛濛	
31	還珠格格第三部 天上人間	2003年7月中國大陸 2003年7中視40集 2003年8月香港	天上人間三之一 天上人間三之二 天上人間三之三	
32	又見一簾幽夢	2007年6月中國大陸 2007年7月華視46集	一簾幽夢	
33	新還珠格格	2011年7月中國大陸98集 2007年7月華視52集	還珠格格三部曲	
34	花非花霧非霧	2013年8月中國大陸54集 2013年10月華視40集	心有千千結 雁兒在林梢	

※ 瓊瑤影視劇歌曲（電影部分）

序號	戲劇名稱	發行年份	歌曲名稱	作詞	作曲	演唱者
01	花落誰家	1966年	春之歌	瓊瑤	王菲	黃淑芬 張琪 高麗
02			花月良宵	瓊瑤	王菲	—
03			永結同心	瓊瑤	王菲	王菲 張琪 黃淑芬 秦晉 王浩
04			月色溶溶	瓊瑤	梁樂音	黃蜀娟
05	窗外（黑白版）	1966年	悲傷夜曲	瓊瑤	呂泉生	餘由紀
06			請把你的窗兒開	瓊瑤	呂泉生	餘由紀
07	尋夢園	1967年	我和你長相守	瓊瑤	李鵬遠	敏華
08			寂寞的夜	瓊瑤	李鵬遠	敏華
09			燦爛的春天	瓊瑤	李鵬遠	—
10	紫貝殼	1967年	紫貝殼	瓊瑤	駱明道	敏華
11	寒煙翠	1967年	寒煙翠	瓊瑤	周藍萍	江宏
12	船	1967年	船	瓊瑤	王福齡	方逸華
13	月滿西樓	1968年	月滿西樓	瓊瑤	劉家昌	張明麗 夏心
14			船	瓊瑤	慎芝	夏心
15	幸運草	1970年	翻山越嶺	瓊瑤	林福裕	合唱
16	庭院深深	1971年	庭院深深	瓊瑤	劉家昌	歸亞蕾
17			我倆在一起	瓊瑤	劉家昌	楊群

序號	戲劇名稱	發行年份	歌曲名稱	作詞	作曲	演唱者
18	彩雲飛	1973年	彩雲飛（一）	瓊瑤	古月	尤雅
19			彩雲飛（二）	瓊瑤	古月	尤雅
20			彩雲飛（三）	瓊瑤	古月	尤雅
21			我怎能離開你	瓊瑤	古月	鄧麗君
22	心有千千結	1973年	心有千千結	瓊瑤	蔡榮吉	尤雅
23			浪子回頭	瓊瑤	蔡榮吉	萬沙浪
24	女朋友	1974年	女朋友	瓊瑤	湯尼	方怡珍 高凌風
25			大眼睛	瓊瑤	湯尼	高凌風
26			黑眼睛	瓊瑤	湯尼	高凌風
27			一個小故事	瓊瑤	湯尼	高凌風
28	一簾幽夢	1975年	一簾幽夢	瓊瑤	劉家昌	蕭孋珠 劉家昌
29			詩意	瓊瑤	劉家昌	蕭孋珠
30	翦翦風	1975年	翦翦風	瓊瑤	湯尼	崔苔菁
31			有人告訴我	瓊瑤	湯尼	崔苔菁
32			忘不掉	瓊瑤	湯尼	崔苔菁
33			我的心曲	瓊瑤	湯尼	崔苔菁 高凌風
34	在水一方	1975年	在水一方	瓊瑤	林家慶	江蕾 高凌風
35			昨夜夢中相訴	瓊瑤	林家慶	江蕾
36			請你靜靜聽我	瓊瑤	林家慶	江蕾
37			陽光下	瓊瑤	林家慶	高凌風

序號	戲劇名稱	發行年份	歌曲名稱	作詞	作曲	演唱者
38	秋歌	1976年	秋歌	瓊瑤	劉家昌	甄妮
39			秋天在我們手裡	瓊瑤	劉家昌	甄妮
40			幸福永遠	瓊瑤	劉家昌	甄妮 劉家昌
41	我是一片雲	1977年	我是一片雲A	瓊瑤	古月	鳳飛飛
42			我是一片雲B	瓊瑤	古月	鳳飛飛
43			如果你是一片雲	瓊瑤	古月	鳳飛飛
44			松林的低語	瓊瑤	古月	鳳飛飛
45	奔向彩虹	1977年	追隨彩虹	瓊瑤	古月	鳳飛飛
46			奔向彩虹A	瓊瑤	古月	鳳飛飛
47			奔向彩虹B	瓊瑤	古月	鳳飛飛
48			彩虹彩虹	瓊瑤	古月	鳳飛飛
49	風鈴風鈴	1977年	風鈴風鈴	瓊瑤	翁清溪	崔苔菁 陳芬蘭
50	月朦朧鳥朦朧	1978年	月朦朧鳥朦朧	瓊瑤	古月	鳳飛飛
51			魂牽夢也系	瓊瑤	古月	鳳飛飛
52			花開當珍惜	瓊瑤	古月	鳳飛飛
52			寄語多情人	瓊瑤	古月	鳳飛飛
54	一顆紅豆	1978年	一顆紅豆	瓊瑤	古月	鳳飛飛
55			小小紅豆	瓊瑤	古月	鳳飛飛
56			伊人知否	瓊瑤	古月	鳳飛飛
57			自從與你相遇	瓊瑤	古月	鳳飛飛

序號	戲劇名稱	發行年份	歌曲名稱	作詞	作曲	演唱者
58	雁兒在林梢	1979年	問雁兒	瓊瑤	欣逸	鳳飛飛
59			雁兒在林梢	瓊瑤	欣逸	鳳飛飛
60			又是黃昏到	瓊瑤	欣逸	鳳飛飛
61			野菊花	瓊瑤	嶽勛	高凌風
62			且把幸福來追求	瓊瑤	嶽勛	高凌風
63			雁兒雁兒何處飛	瓊瑤	嶽勛	高凌風
64	彩霞滿天	1979年	彩霞滿天	瓊瑤	古月	蕭孋珠 大地二重唱
65			朵朵彩霞	瓊瑤	古月	蕭孋珠
66			別問黃昏	瓊瑤	古月	蕭孋珠
67			等待	瓊瑤	古月	蕭孋珠 高凌風
68			並肩看彩霞	瓊瑤	古月	蕭孋珠
69			但願人長久	瓊瑤	古月	蕭孋珠
70	金盞花	1980年	金盞花	瓊瑤	古月	鳳飛飛
71			金盞花帶來了春天	瓊瑤	古月	鳳飛飛
72			金盞花一朵朵	瓊瑤	古月	鳳飛飛
73			你走進我的生命	瓊瑤	古月	鳳飛飛
74	聚散兩依依	1981年	聚也依依散也依依	瓊瑤	左宏元	李碧華
75			聚散兩依依	瓊瑤	左宏元	李碧華 鐘鎮濤 潘安邦
76			生命來得巧	瓊瑤	左宏元	旅行社三重唱、鐘鎮濤
77			讓我的歌把你留住	瓊瑤	左宏元	旅行社三重唱、鐘鎮濤

序號	戲劇名稱	發行年份	歌曲名稱	作詞	作曲	演唱者
78	夢的衣裳	1981年	夢的衣裳	瓊瑤	古月	李碧華 羅吉鎮 鐘鎮濤
79			神話	瓊瑤	古月	李碧華 羅吉鎮
80			她說她愛這個鬼地方	瓊瑤	古月	羅吉鎮 鐘鎮濤
81			水車	瓊瑤	古月	李碧華 羅吉鎮 鐘鎮濤
82			一直一直	瓊瑤	古月	羅吉鎮 鐘鎮濤
83			有個早晨	瓊瑤	古月	羅吉鎮 鐘鎮濤
84	卻上心頭	1981年	卻上心頭	瓊瑤	譚健常	劉文正
85			遇	瓊瑤	陳揚	劉文正
86			揮揮衣袖	瓊瑤	陳揚	劉文正
87	燃燒吧火鳥	1982年	燃燒吧火鳥	瓊瑤	黃仁清	高凌風
88			七束心香	瓊瑤	黃仁清	高凌風
89			老爺車	瓊瑤	黃仁清	高凌風
90			燕語呢喃	瓊瑤	陳志遠 周高俊	高凌風
91	問斜陽	1982年	問斜陽	瓊瑤	譚健常	費翔
92			為什麼	瓊瑤	浪雲	費翔
93			不再別離	瓊瑤	譚健常	費翔

序號	戲劇名稱	發行年份	歌曲名稱	作詞	作曲	演唱者
94	昨夜之燈	1983年	昨夜之燈	瓊瑤	葉佳修	蔡琴
95			珍重今宵	瓊瑤	葉佳修	蔡琴
96			陽光與小雨點	瓊瑤	浪雲	費翔 林靈
97			小書呆	瓊瑤	洪小喬	費翔 林靈
98			錯錯錯	瓊瑤	浪雲	費翔 林靈
99			醉了的音符	瓊瑤	葉佳修	林靈

※ 瓊瑤影視劇歌曲（電視部分）

100	星河	1970年	星願	瓊瑤	牧童心	趙曉君
101			星河	瓊瑤	牧童心	趙曉君
102	星河	1972年	星河	瓊瑤	顧嘉輝	詹小萍 江鷺
103	庭院深深	1974年	庭院深深	瓊瑤	湯尼	夏臺鳳
104			不如離去	瓊瑤	湯尼	夏臺鳳
105	幾度夕陽紅	1985年	幾度夕陽紅	瓊瑤	陳玉立	潘越雲
106			終須一別	瓊瑤	王新蓮	潘越雲
107	煙雨濛濛	1986年	煙雨濛濛	瓊瑤	史擷詠	江淑娜
108			煙雨濛濛	瓊瑤	梁弘志	江淑娜
109			濛濛煙雨	瓊瑤	張勇強	高淩風

序號	戲劇名稱	發行年份	歌曲名稱	作詞	作曲	演唱者
110	庭院深深	1987年	庭院深深	瓊瑤	剛澤斌	江淑娜
111			不如離去	瓊瑤	張勇強	江淑娜
112			不如相聚	瓊瑤	剛澤斌	江淑娜
113			庭院深深	瓊瑤	劉家昌	李碧華
114			深深庭院	瓊瑤	張勇強	洪榮宏
115			我倆在一起	瓊瑤	劉家昌	江淑娜
116	在水一方	1988年	在水一方	瓊瑤	史俊鵬	江淑娜
117			你我的腳印	瓊瑤	于仲民	江淑娜
118			在水一方	瓊瑤	林家慶	李碧華
119			留夢詞	瓊瑤	陳信義	李碧華
120			愛的悲歌	瓊瑤	陳揚	李碧華
121			伊人在水一方	瓊瑤	劉家昌	洪榮宏
122	海鷗飛處彩雲飛	1989年	海鷗飛處彩雲飛	瓊瑤	剛澤斌	關艾
123			海鷗的家	瓊瑤	戴維維	關艾
124			我是一片彩雲	瓊瑤	曾淑勤	關艾
125			彩雲伴海鷗	瓊瑤	左宏元	高勝美
126			願君珍重	瓊瑤	左宏元	高勝美
127			海鷗飛翔	瓊瑤	左宏元	高勝美
128			彩雲飛	瓊瑤	左宏元	高勝美
129			我怎能離開你	瓊瑤	左宏元	高勝美

序號	戲劇名稱	發行年份	歌曲名稱	作詞	作曲	演唱者
130	婉君	1990年	婉君	瓊瑤	左宏元	李翊君
131			一個女孩	瓊瑤	左宏元	李翊君
132			追尋	瓊瑤	陳進興	大小百合
133			六個夢	瓊瑤	左宏元	李翊君 大小百合 高勝美 宋達民 孟庭葦 大學合唱團
134			往事渾如夢	瓊瑤	陳進興	高勝美
135	啞妻	1990年	無言的吶喊	瓊瑤	左宏元	大小百合
136			無語問蒼天	瓊瑤	左宏元	高勝美
137			義海情天	瓊瑤	陳進興	高勝美
138			情深鎖情深鎖	瓊瑤	左宏元	高勝美
139			雪落無痕	瓊瑤 林齡齡	徐嘉良	高勝美
140	三朵花	1990年	天若有情	瓊瑤	司馬亮	高勝美
141			三朵花	瓊瑤	左宏元	高勝美
142			愛花千萬知花意	瓊瑤	左宏元	高勝美
143			總是	瓊瑤	陳進興	李翊君
144	雪珂	1991年	雪珂	瓊瑤	左宏元	李翊君
145			你	瓊瑤	左宏元	李翊君
146			夢裡的爹娘	瓊瑤	左宏元	金銘
147			小雨點	瓊瑤	左宏元	金銘
148			雪珂雪珂	瓊瑤	左宏元	金銘

序號	戲劇名稱	發行年份	歌曲名稱	作詞	作曲	演唱者
149	望夫崖	1991年	情定望夫崖	瓊瑤	左宏元	高勝美
150			望夫崖	瓊瑤	陳進興	高勝美
151			走向孤獨	瓊瑤	左宏元	李翊君
152	青青河邊草	1992年	青青河邊草	瓊瑤	左宏元	高勝美
153			共此花月春風	瓊瑤	左宏元	高勝美
154			小草之歌	瓊瑤	楊小波	于文華
155			上學堂	瓊瑤	蕾蕾	中央人民廣播電臺少年廣播合唱團
156			我是一棵小小草	瓊瑤	左宏元	金銘
157			小小草	瓊瑤	左宏元	金銘
158			風中的小草	瓊瑤	左宏元	金銘
159	梅花烙	1993年	梅花三弄	瓊瑤	陳志遠	薑育恆
160			你是我心底的烙印	瓊瑤	陳志遠	鐘鎮濤 章蓉舫
161			你我曾經走過紀元	瓊瑤	吳大衛	費玉清
162	鬼丈夫	1993年	鴛鴦錦	瓊瑤	吳大衛	葉歡
163			冥婚	瓊瑤	吳大衛	嶽翎
164	水雲間	1993年	水雲間	瓊瑤	陳復明	童孔
165			我心已許	瓊瑤	陳耀川	蔡幸娟
166			結伴遊	瓊瑤	陳志遠	群星
167	新月格格	1994年	且留新月共今宵	瓊瑤	陳復明	葉歡
168			兩個永恆	瓊瑤	陳復明	童孔 張雨生

序號	戲劇名稱	發行年份	歌曲名稱	作詞	作曲	演唱者
169	新月格格	1994年	有一種醉	瓊瑤 林久愉	童孔	童孔 蘇芮
170			新月	瓊瑤	吳大衛	薑育恆
171	煙鎖重樓	1994年	七重門	瓊瑤	陳耀川	潘越雲
172			一種錯誤	瓊瑤	吳大衛	鐘鎮濤
173	一簾幽夢	1996年	我有一簾幽夢	瓊瑤	陳進興	許茹芸
174			浪花	瓊瑤	劉天健	李翊君
175			一簾幽夢	瓊瑤	劉家昌	許茹芸
176			匆匆	瓊瑤	陳耀川	許茹芸
177			柔情深種	瓊瑤	左宏元	高勝美
178			天涯海角珍重	瓊瑤	薛忠銘	許茹芸
179	蒼天有淚	1997年	問雲兒	瓊瑤	徐景新	吳碧霞
180			人間處處有天堂	瓊瑤	徐景新	吳碧霞
181			對花	瓊瑤 改編	徐景新	吳碧霞 趙冬蘭
182			夫妻觀燈	瓊瑤 改編	徐景新	吳碧霞 趙冬蘭
183			打鐘	瓊瑤 改編	徐景新	吳碧霞 趙冬蘭
184			十八相送	瓊瑤 改編	徐景新	吳碧霞 趙冬蘭
185			新小放牛	瓊瑤 改編	徐景新	吳碧霞 趙冬蘭
186			什麼人	瓊瑤 改編	徐景新	吳碧霞 趙冬蘭

序號	戲劇名稱	發行年份	歌曲名稱	作詞	作曲	演唱者
187	蒼天有淚	1997年	婚禮祝福曲	瓊瑤	徐景新	吳碧霞 趙冬蘭
188			我們回家了	瓊瑤	徐景新	—
189	還珠格格	1997年	山水迢迢	瓊瑤	徐景新	方瓊
190			長相憶	瓊瑤	徐景新	方瓊
191			天氣好晴朗	瓊瑤	徐景新	方瓊 徐景新
192			讀書郎之二	瓊瑤	宋陽	吳碧霞
193			雨蝶	瓊瑤 許常德	張宇	李翊君
194			山水迢迢	瓊瑤	徐景新	方瓊
195	還珠格格 第二部	1999年	自從有了你	瓊瑤	Charles Tso 呂禎晃	趙薇
196			有一個姑娘	瓊瑤	李正帆	趙薇
197			你是風兒我是沙	瓊瑤	呂禎晃	林心如 周杰
198			夢裡	瓊瑤	李正帆	林心如 周杰
199			我們	瓊瑤	WON	趙薇
200			不能和你分手	瓊瑤	Charles Tso 呂禎晃	趙薇
201	情深深雨濛濛	2001年	情深深雨濛濛	瓊瑤	徐嘉良	趙薇
202			好想好想	瓊瑤	尤景仰	趙薇 古巨基
203			不由自主	瓊瑤	塗惠元	趙薇

序號	戲劇名稱	發行年份	歌曲名稱	作詞	作曲	演唱者
204	情深深雨濛濛	2001年	離別的車站	瓊瑤	徐嘉良	趙薇
205			煙雨濛濛	瓊瑤	尤景仰	趙薇 古巨基
206			往事難忘	瓊瑤	佚名	趙薇
207			小冤家	瓊瑤	佚名	趙薇
208			自從離別後	瓊瑤	郭亮	趙薇
209			船	瓊瑤	尤景仰	趙薇
210			雨中的故事	瓊瑤	C.TSO	趙薇
211	還珠格格三 天上人間	2003年	天上人間	瓊瑤	古巨基	古巨基
212			只要有你	瓊瑤	莊立帆	古巨基 黃奕 周杰 馬伊琍 黃曉明 劉濤
213			自君別後	瓊瑤	徐嘉良	陳思思
214			奈何	瓊瑤	徐嘉良	劉盼
215			在這離別的時候	瓊瑤	古巨基	古巨基
216			問燕兒	瓊瑤	古巨基	古巨基
217			最怕別離	瓊瑤	項仲為	劉盼

序號	戲劇名稱	發行年份	歌曲名稱	作詞	作曲	演唱者
212	還珠格格三天上人間	2003年	只要有你	瓊瑤	莊立帆	古巨基 黃奕 周杰 馬伊琍 黃曉明 劉濤
213			自君別後	瓊瑤	徐嘉良	陳思思
214			奈何	瓊瑤	徐嘉良	劉盼
215			在這離別的時候	瓊瑤	古巨基	古巨基
216			問燕兒	瓊瑤	古巨基	古巨基
217			最怕別離	瓊瑤	項仲為	劉盼
218			天上人間會相逢	瓊瑤	小堅	劉盼
219			重逢時刻	瓊瑤	小堅	劉盼
220			小橋流水	瓊瑤	徐嘉良	陳思思
221			西湖柳	瓊瑤	李正帆	陳思思
222			山一程水一程	瓊瑤	項仲為	陳思思
223			英雄出征	瓊瑤	浩瀚	浩瀚
224	又見一簾幽夢	2007年	一簾幽夢	瓊瑤	劉家昌	同恩 EDDIE
225			這種感覺就是愛	瓊瑤	陳志遠	張嘉倪 曾之喬
226			相遇的魔咒女版	瓊瑤	陳志遠	張嘉倪 曾之喬
227			相遇的魔咒男版	瓊瑤	陳志遠	羅吉鎮 範逸臣
228			請回頭看我一眼	瓊瑤	張克帆	雯雯

序號	戲劇名稱	發行年份	歌曲名稱	作詞	作曲	演唱者
229	又見一簾幽夢	2007年	愛愛愛	瓊瑤	曹俊鴻	馬毓芬
230			錯錯錯	瓊瑤	曹俊鴻	馬毓芬 秦嵐
231			夢女孩	瓊瑤	曹俊鴻	馬毓芬
232			夢女孩抒情版	瓊瑤	曹俊鴻	馬毓芬
233			失意	瓊瑤	劉家昌	EDDIE、 RUBY
234	新還珠格格	2011年	奔向你	瓊瑤	莊立帆	張睿
235			燕兒翩翩飛	瓊瑤 羅希亞	彭學斌	鐘舒祺
236			風兒陣陣吹	瓊瑤 羅希亞	徐子崴	班傑明
237			人兒何處歸	瓊瑤 羅希亞	陳韋伶	安心亞
238			黑暗裡的你	瓊瑤	盧文韜	劉娛嘉
239			燕子歌	瓊瑤	COLOR 可樂	COLOR BAND 班傑明
240			滄桑的浪漫	瓊瑤 黃素媛	莊立帆	李晟 張睿
241			吉祥歌	瓊瑤 莊立帆	莊立帆	李晟
242			一見鐘情	瓊瑤	小堅	李晟
243			紫薇花	瓊瑤	莊立帆	李晟

序號	戲劇名稱	發行年份	歌曲名稱	作詞	作曲	演唱者
244	花非花霧非霧	2013年	花非花霧非霧	瓊瑤	黃韻玲	張睿
245			枯葉蝶	瓊瑤	許藝娜 金貴晟	許藝娜
246			錯過	瓊瑤	文穎秋	李晟
247			允許我愛你	瓊瑤	蕭人鳳	張睿
248			愛在天長地久	瓊瑤 黃素媛	黃韻玲	張睿 劉惜君
249			美麗的春天	瓊瑤	曹龍一	張睿
250			恨我愛你	瓊瑤 張睿	張睿	張睿
251			鎖住浪漫	瓊瑤	顏小健	張睿
252			喜歡	瓊瑤	海南	劉惜君
253			雨中的紅玫瑰	瓊瑤 張睿	張睿	張睿
254			揮灑青春	瓊瑤 黃素媛	金其國	張睿
255			霧裡的小花	瓊瑤	黃自	許藝娜
256			婚禮歌	瓊瑤	黃自	合唱

※ 瓊瑤影視劇歌曲（其他部分）

257	姚蘇蓉專輯	1974年	煙雨濛濛	瓊瑤	李潔心	姚蘇蓉
258	高凌風專輯	1975年	小路	瓊瑤	陳彼得	高凌風
259	處處聞啼鳥（電影）	1978年	處處聞啼鳥	瓊瑤	古月	蕭孋珠
260			聞啼鳥	瓊瑤	古月	蕭孋珠
261			處處鳥啼處處聞	瓊瑤	古月	蕭孋珠

序號	戲劇名稱	發行年份	歌曲名稱	作詞	作曲	演唱者
262	處處聞啼鳥（電影）	1978年	夢向何處尋	瓊瑤	古月	蕭孋珠
263			那個春天	瓊瑤	古月	蕭孋珠
264	雲且留住（劉文正專輯）	1981年	雲且留住	瓊瑤	鄭貴昶	劉文正
265			飛翔飛翔我飛翔	瓊瑤	何慶清	劉文正
266			讓我為你唱一支歌	瓊瑤	大何	劉文正
267	高凌風專輯	1986年	唱支新歌	瓊瑤	張勇強	高凌風
268	單曲	1989年	念我故鄉	瓊瑤	王立平	李谷一
269	高凌風專輯	1990年	夢裡長江	瓊瑤	黃大維	高凌風
270	孟庭葦專輯	1990年	無言花	瓊瑤	司馬亮	孟庭葦
271	高凌風專輯	1991年	今夜月正嬋娟	瓊瑤	張勇強	高凌風
272			曉風殘月中的獨白	瓊瑤	苦瓜	高凌風
273	趙薇專輯	2001年	最後一次分手	瓊瑤	李正帆	趙薇
274	合集	－	年年歲歲永相依	瓊瑤	奚其明	陳巧琳

春光出版‧全書系目錄

✪瓊瑤經典作品全集

書號	書名	作者	定價
OR1001	窗外	瓊瑤	380
OR1002	六個夢	瓊瑤	320
OR1003	煙雨濛濛	瓊瑤	350
OR1004	幾度夕陽紅	瓊瑤	520
OR1005	彩雲飛	瓊瑤	380
OR1006	庭院深深	瓊瑤	380
OR1007	海鷗飛處	瓊瑤	320
OR1008	一簾幽夢	瓊瑤	320
OR1009	在水一方	瓊瑤	350
OR1010	我是一片雲	瓊瑤	320
OR1011	雁兒在林梢	瓊瑤	320
OR1012	一顆紅豆	瓊瑤	320
OR1012G	瓊瑤經典作品全集 I‧故宮聯名花鳥工筆燙金限量典藏書盒（內含 12 冊‧拆封不退）	瓊瑤	特價 3999
OR1013	還珠格格‧第一部（1）陰錯陽差	瓊瑤	320
OR1014	還珠格格‧第一部（2）水深火熱	瓊瑤	320
OR1015	還珠格格‧第一部（3）真相大白	瓊瑤	320
OR1016	還珠格格‧第二部（1）風雲再起	瓊瑤	350
OR1017	還珠格格‧第二部（2）生死相許	瓊瑤	350
OR1018	還珠格格‧第二部（3）悲喜重重	瓊瑤	350
OR1019	還珠格格‧第二部（4）浪跡天涯	瓊瑤	350
OR1020	還珠格格‧第二部（5）紅塵作伴	瓊瑤	350
OR1021	還珠格格‧第三部：天上人間（1）	瓊瑤	350
OR1022	還珠格格‧第三部：天上人間（2）	瓊瑤	450
OR1023	還珠格格‧第三部：天上人間（3）	瓊瑤	450
OR1024	我的故事（全新修訂版）	瓊瑤	380
OR1024G	瓊瑤經典作品全集 II‧故宮聯名花鳥工筆燙金限量典藏書盒（內含 12 冊‧拆封不退）	瓊瑤	特價 3999

✪暢銷小說

書 號	書 名	作 者	定價
OG0009	新娘（全新中譯本）	茱麗・嘉伍德	320
OG0010	國王的獎賞	茱麗・嘉伍德	320
OG0011	格雷的五十道陰影 I：調教	E L 詹姆絲	380
OG0011X	格雷的五十道陰影 I：調教(電影封面版)	E L 詹姆絲	380
OG0012	格雷的五十道陰影 II：束縛	E L 詹姆絲	380
OG0012X	格雷的五十道陰影 II：束縛(電影封面版)	E L 詹姆絲	380
OG0013	格雷的五十道陰影 III：自由	E L 詹姆絲	380
OG0013	格雷的五十道陰影 III：自由(電影封面版)	E L 詹姆絲	380
OG0013S	格雷的五十道陰影三部曲	E L 詹姆絲	1140
OG0013T	格雷的五十道陰影三部曲(電影封面版)	E L 詹姆絲	1140
OG0014	天使	茱麗・嘉伍德	320
OG0015	禮物	茱麗・嘉伍德	320
OG0017	危險情人	諾拉・羅伯特	360
OG0019	守護天使	茱麗・嘉伍德	360
OG0020	祕密的承諾	茱麗・嘉伍德	360
OG0021	夜戲	雪洛琳・肯揚	350
OG0022	贖金	茱麗・嘉伍德	390
OG0023	暗夜奪情	雪洛琳・肯揚	350
OG0024	格雷的五十道陰影・克里斯欽篇：格雷	E L 詹姆絲	420
OG0025	冷情浪子	莉莎·克萊佩	360
OG0026	危險紳士	莉莎·克萊佩	360

✪奇幻愛情

書 號	書 名	作 者	定價
OF0001X	初相遇(新封面)	蝴蝶	180
OF0002X	幻影都城 II - 再相逢(新封面)	蝴蝶	180
OF0002Y	再相逢	蝴蝶	220
OF0004	歸隱	蝴蝶	220
OF0004X	幻影都城 III - 歸隱(新封面)	蝴蝶	220
OF0004Y	歸隱	蝴蝶	220
OF0006	幻影都城 4：千年微塵	蝴蝶	220
OF0006X	幻影都城 IV - 千年微塵(新封面)	蝴蝶	220
OF0006Y	千年微塵	蝴蝶	220
OF0008X	初萌	蝴蝶	220
OF0009	降臨	蝴蝶	180
OF0010	妖花	蝴蝶	180
OF0011X	追尋	蝴蝶	220
OF0012	曙光女神	蝴蝶	180

書號	書名	作者	定價
OF0013	亞馬遜女王	蝴蝶	180
OF0014	幻影都城：歿日	蝴蝶	220
OF0014X	歿日	蝴蝶	220
OF0015	櫻花樹下的約定	蝴蝶	200
OF0016	親愛的女王陛下	蝴蝶	200
OF0017	我愛路西法（封面改版）	蝴蝶	200
OF0018	有熊出沒（封面改版）	蝴蝶	200
OF0019	食在戀愛味（封面改版）	蝴蝶	200
OF0020	灰姑娘向後跑	蝴蝶	200
OF0021	我們戀愛吧（封面改版）	蝴蝶	200
OF0022	小情人	蝴蝶	200
OF0023	天生戀人（封面改版）	蝴蝶	200
OF0024	竹馬愛青梅（封面改版）	蝴蝶	200
OF0025	翻翠袖	蝴蝶	200
OF0026	羽仙歌（封面改版）	蝴蝶	200
OF0027	沁園春（封面改版）	蝴蝶	200
OF0028	雲鬢亂（封面改版）	蝴蝶	200
OF0029	愛情總是擦身而過	那子(雷恩那)	200
OF0030	那年我們傻傻愛（封面改版）	那子(雷恩那)	200
OF0031	雲畫的月光〔卷一〕：初月	尹梨修	350
OF0032	雲畫的月光〔卷二〕：月暈	尹梨修	350
OF0033	雲畫的月光〔卷三〕：月戀	尹梨修	350
OF0034	雲畫的月光〔卷四〕：月夢	尹梨修	350
OF0035	雲畫的月光〔卷五・完〕：烘雲托月	尹梨修	350
OF0036	遺落之子：〔輯一〕荒蕪烈焰	凌淑芬	350
OF0037	遺落之子：〔輯二〕末世餘暉	凌淑芬	350
OF0038	遺落之子：〔輯三〕曙光再現（完）	凌淑芬	350

✪TOUCH

書號	書名	作者	定價
OT1002	最後的禮物	西西莉雅・艾亨	280
OT1005	我一直都在	西西莉雅・艾亨	320
OT1011	在我離開之前	強納生・崔普爾	280
OT1013	一百個名字	西西莉雅・艾亨	320
OT1015	最好的妳	克莉絲汀・漢娜	380
OT1016	再見，最好的妳	克莉絲汀・漢娜	380
OT1017	14 天的約定	西西莉雅・艾亨	320
OT1018	丈夫的祕密	黎安・莫瑞亞蒂	380
OT1019	小謊言（HBO 影集《美麗心計》原著小說書衣版）	黎安・莫瑞亞蒂	380

書號	書名	作者	定價
OT1020	畫星星的女孩	依萊莎．瓦思	320
OT1021	如果愛重來	克萊兒．史瓦曼	320
OT1022	若能再次遇見妳	凱特．艾柏林	380

✪心理勵志

書號	書名	作者	定價
OK0017X	機會命運請選擇：謝震武寫給年輕人的簡明成功學（全新封面）	謝震武	300
OK0033X	零誤解說話法：圖解 100%成功表達技巧（全新封面）	平木典子	220
OK0039	看見 59 分的機會：孩子一生中最重要的信心教育	吳順火	260
OK0051X	不怯場說話術：不擅言詞者也能學會的 66 種表達技巧（全新封面）	菊原智明	240
OK0052	真誠。莫忘最初的夢想：30 個忠於自己，找尋夢想的真實故事	游嘉惠	199
OK0053	無懼。阻礙是前進的動力	黃琬珺	199
OK0054	寬容。拋開怨懟另闢一扇窗：30 位寬容他人，用愛貫徹的真實人物	曾文瑩	199
OK0055	擁抱。回饋讓幸福更寬廣：30 位關懷感恩，分享榮耀的真實人物	蔡筱雨	199
OK0063G	說出好人緣：謝震武的獨門說話術	謝震武	300
OK0067X	行動的力量 21，心想事成的密碼（暢銷慶功版）	謝文憲	280
OK0068	最後 56 天最想跟爸媽一起做的 46 件事	春光編輯室	240
OK0071	地球另一端的眼淚：知足，我在人道救援 1000 天後學到的事	許以霖	320
OK0074	人生最後一次相聚：禮儀師從 1000 場告別式中看見的 25 件事	江佳龍	250
OK0075X	說出影響力（新編版）：3 分鐘說一個好故事，不說理也能服人	謝文憲	280
OK0080	千萬講師的百萬簡報課(內附憲哥教學 DVD 一片+《提案快速通過的簡報技巧》手冊)(拆封不退)	謝文憲	350
OK0081X	教出好幫手（全新封面）：想當好主管，先學會教人	謝文憲	280
OK0089	不放手，直到夢想到手：景美拔河隊從九座世界盃冠軍中教我們的二十四件事	景美女中拔河隊	280
OK0091	放下拳頭，揮毫人生新顏色：好小子顏正國的青春與覺醒	顏正國	280
OK0093	就算衰到爆，也要窮開心：趙大鼻的傻瓜日記	趙大鼻	280

書號	書名	作者	定價
OK0097	人生最重要的小事：擁有不遺憾的人生一定要做到的四十件事	謝文憲	250
OK0099	媽媽的一句話	春光編輯室	250
OK0100	別仰賴前輩教你，這些事要自己偷學！	千田琢哉	250
OK0101	這些事你沒有教，別指望部屬自己會懂	內海正人	250
OK0107	不健忘的靈活工作術：溝通、開會、企劃不再轉身就忘的 10 種工作技巧	石谷慎吾	250
OK0108	傾聽力：溝通不是「說」出來的，是「聽」出來的	齋藤孝	250
OK0109	職場最重要的小事	謝文憲	280
OK0110	工作減肥術：化繁為簡不瞎忙，讓工作速效輕盈的 34 個實用技巧	山崎將志	250
OK0116	即使如此，這一天也不錯	具鏡善	320
OK0117	小事的力量　：將職場習以為常的「基本小事」做好做滿，你不只值得信賴，也將不可取代	今藏由香里	260
OK0118	今天也是快樂的一天：Benny 的心情圖繪筆記書	具鏡善	320
OK0119	丹妮婊姐：人生哪來那麼多可是	丹妮婊姐	280
OK0120	50 公分的世界：進入我生命的腦麻小貓，未來	金赫	350
OK0122	於是，我們仍相信愛情(夕落+星夜雙面書衣版)	小生	350
OK0123	巫醫、動物與我：菜鳥獸醫又怪異又美好的非洲另類行醫之旅	瑞博醫師	320
OK0124	歡迎加入「策略思考研究社」：高中生必讀的第一堂思考邏輯課	鈴木貴博	299
OK0125	你不必討好這個世界界，只需做更好的自己	采薇	280
OK0126	謝謝妳，成為我的媽媽	具鏡善	360

春光出版

Stareast Press Publications

https://www.facebook.com/stareastpress

TEL：02-25007008，FAX：02-25027676

104 台北市民生東路二段 141 號 8 樓

國家圖書館出版品預行編目資料

我的故事 / 瓊瑤著. -- 初版. -- 臺北市：春光出版：家庭傳媒城邦分公司發行, 民107.06
面；　公分. --（瓊瑤經典作品全集）
ISBN 978-957-9439-14-5（平裝）

857.7　　107003605

瓊瑤經典作品全集㉔我的故事（全新增修精裝版）

作　　者／瓊瑤
企劃選書人／王雪莉
責任編輯／王雪莉

版權行政暨數位業務專員／陳玉鈴
資深版權專員／許儀盈
資深行銷企劃／周丹蘋
業務主任／范光杰
行銷業務經理／李振東
副總編輯／王雪莉
發　行　人／何飛鵬
法律顧問／元禾法律事務所　王子文律師
出　　版／春光出版
台北市 104 中山區民生東路二段 141 號 8 樓
電話：(02) 2500-7008　傳真：(02) 2502-7676
部落格：http://stareast.pixnet.net/blog　E-mail：stareast_service@cite.com.tw
發　　行／英屬蓋曼群島商家庭傳媒股份有限公司城邦分公司
台北市中山區民生東路二段 141 號 11 樓
書虫客服服務專線：(02) 2500-7718 / (02) 2500-7719
24小時傳真服務：(02) 2500-1990 / (02) 2500-1991
服務時間：週一至週五上午9:30～12:00，下午13:30～17:00
郵撥帳號：19863813　戶名：書虫股份有限公司
讀者服務信箱E-mail: service@readingclub.com.tw
歡迎光臨城邦讀書花園　網址：www.cite.com.tw
香港發行所／城邦（香港）出版集團有限公司
香港灣仔駱克道 193 號東超商業中心 1 樓
電話：(852) 2508-6231　　傳真：(852) 2578-9337
E-mail : hkcite@biznetvigator.com
馬新發行所／城邦（馬新）出版集團　Cite(M)Sdn. Bhd
41, Jalan Radin Anum, Bandar Baru Sri Petaling,
57000 Kuala Lumpur, Malaysia.
Tel: (603) 90578822　Fax:(603) 90576622　E-mail:cite@cite.com.my

版型設計／小題大作
封面設計／黃聖文
內頁排版／極翔企業有限公司
印　　刷／高典印刷有限公司

■ 2018 年（民 107）6 月 26 日初版
■ 2018 年（民 107）7 月 6 日初版 4 刷
Printed in Taiwan

售價／480元

城邦讀書花園
www.cite.com.tw

ISBN　978-957-9439-14-5

廣	告	回	函
北區郵政管理登記證			
台北廣字第000791號			
郵資已付，免貼郵票			

104 台北市民生東路二段 141 號 11 樓

英屬蓋曼群島商家庭傳媒股份有限公司

城邦分公司

請沿虛線對折，謝謝！

愛情 · 生活 · 心靈

閱讀春光，生命從此神采飛揚

春光出版

書號：OR1024C　　書名：瓊瑤經典作品全集㉔我的故事（全新增修精裝版）

請於此處用膠水黏貼

讀者回函卡

謝謝您購買我們出版的書籍！請費心填寫此回函卡，我們將不定期寄上城邦集團最新的出版訊息。

姓名：＿＿＿＿＿＿＿＿＿＿＿＿＿＿＿＿

性別：□男　□女

生日：西元＿＿＿＿＿＿年＿＿＿＿＿＿月＿＿＿＿＿＿日

地址：＿＿＿＿＿＿＿＿＿＿＿＿＿＿＿＿＿＿＿＿

聯絡電話：＿＿＿＿＿＿＿＿＿＿ 傳真：＿＿＿＿＿＿＿＿＿＿

E-mail：＿＿＿＿＿＿＿＿＿＿＿＿＿＿＿＿＿＿＿＿

職業：□ 1. 學生 □ 2. 軍公教 □ 3. 服務 □ 4. 金融 □ 5. 製造 □ 6. 資訊
□ 7. 傳播 □ 8. 自由業 □ 9. 農漁牧 □ 10. 家管 □ 11. 退休
□ 12. 其他＿＿＿＿＿＿＿＿＿＿＿＿＿＿＿＿

您從何種方式得知本書消息？

□ 1. 書店 □ 2. 網路 □ 3. 報紙 □ 4. 雜誌 □ 5. 廣播 □ 6. 電視
□ 7. 親友推薦 □ 8. 其他＿＿＿＿＿＿＿＿＿＿＿＿＿＿

您通常以何種方式購書？

□ 1. 書店 □ 2. 網路 □ 3. 傳真訂購 □ 4. 郵局劃撥 □ 5. 其他＿＿＿＿

您喜歡閱讀哪些類別的書籍？

□ 1. 財經商業 □ 2. 自然科學 □ 3. 歷史 □ 4. 法律 □ 5. 文學
□ 6. 休閒旅遊 □ 7. 小說 □ 8. 人物傳記 □ 9. 生活、勵志
□ 10. 其他＿＿＿＿＿＿＿＿＿＿＿＿＿＿＿＿

為提供訂購、行銷、客戶管理或其他合於營業登記項目或章程所定業務之目的，英屬蓋曼群島商家庭傳媒（股）公司城邦分公司，於本集團之營運期間及地區內，將以電郵、傳真、電話、簡訊、郵寄或其他公告方式利用您提供之資料（資料類別：C001、C002、C003、C011等）。利用對象除本集團外，亦可能包括相關服務的協力機構。如您有依個資法第三條或其他需服務之處，得致電本公司客服中心電話 (02)25007718請求協助。相關資料如為非必要項目，不提供亦不影響您的權益。

1. C001辨識個人者：如消費者之姓名、地址、電話、電子郵件等資訊。
2. C002辨識財務者：如信用卡或轉帳帳戶資訊。
3. C003政府資料中之辨識者：如身分證字號或護照號碼（外國人）。
4. C011個人描述：如性別、國籍、出生年月日。

請於此處用膠水黏貼